Nam Le

IM BOOT

Nam Le

IM BOOT

Erzählungen

Aus dem Amerikanischen
von Sky Nonhoff

claassen

Die amerikanische Originalausgabe
erschien 2008 unter dem Titel
The Boat im Verlag Alfred A. Knopf, New York.

claassen ist ein Verlag
der Ullstein Buchverlage GmbH

ISBN 978-3-546-00442-8

Gesetzt aus der Granjon bei Leingärtner, Nabburg
Druck und Bindung: CPI – Clausen & Bosse, Leck
Printed in Germany

Aufdringlich in der Dunkelheit
Ein Kreis aus Offenkundigkeiten
Die Fackeln der Verzweiflung nah.

W. H. Auden

Seltsam, wie gut ich mich stets fühlte,
wenn ich zum Direktor zitiert wurde.

Frank Conroy

Für
Ta Thi Xuan Le, meine Mutter,
Le Huu Phuc, meinen Vater,
und Truong und Victor, meine Brüder

Inhalt

LIEBE UND EHRE UND MITLEID UND STOLZ UND HINGABE UND AUFOPFERUNG

Mein Vater kam an einem regnerischen Morgen an. Ich träumte gerade von einem Gedicht, lauschte dem dumpfen Klack-klack der Schreibmaschinentasten. Es war ein gutes Gedicht – vielleicht das beste, das ich je geschrieben hatte. Als ich aufwachte, stand mein Vater in der Schlafzimmertür, ein unentschiedenes Lächeln auf den Lippen. Er trug eine schwarze Hose und eine nasse, zerknitterte Jacke, die aussah, als hätte er sie gerade aus der Waschmaschine gezogen. Im Türrahmen wirkte er noch kleiner und hagerer, als ich ihn in Erinnerung hatte. Noch ganz benommen von meinem Traum sah ich mich nach dem Wecker um.

»Wie spät ist es?«

»Hallo, Sohn«, sagte er auf Vietnamesisch. »Ich habe mehrmals geklopft. Und dann ist die Tür von selbst aufgegangen.«

Die Felder sind Glas, dachte ich. Dann Tum-ti-ti, Zeilenende, dann die Worte *Ersatz* und *Gemisch* in der Zeile darunter. *Komm schon*, dachte ich.

»Es regnet in Strömen«, sagte er.

Ich runzelte die Stirn. Es war 11 Uhr 44. »Ich dachte, du würdest erst nachmittags kommen.« Es war seltsam, nach all den Jahren wieder Vietnamesisch zu sprechen.

»In Los Angeles haben Sie mich auf eine andere Maschine gebucht.«

»Warum hast du nicht angerufen?«

»Habe ich ja versucht«, sagte er gleichmütig. »Aber niemand ist drangegangen.«

Ich rollte mich auf die andere Seite des Bettes und stieß das Fenster auf. Das Geräusch des Regens drang ins Zimmer – Regen, der auf die Straße, die Dächer und das Wellblechkabuff auf dem Parkplatz prasselte und der sich anhörte, als würden irgendwo in der Ferne lauter winzige Knallkörper gezündet. Es roch durchdringend nach nassem Laub.

»Ich hab's leise gestellt, weil ich schlafen wollte«, sagte ich. »Tut mir leid.«

Er lächelte mich weiter an, irgendwie fragend, als würde er darauf warten, dass ich ihm etwas Bedeutendes verkündete.

»Ich habe geträumt.«

Als Kind hatte er mich stets geweckt, indem er sich über mich gebeugt und mir sanft auf die Wangen geschlagen hatte. Widerwillig erinnerte ich mich an den sauren Geruch seiner feuchten Hände.

»Komm schon«, sagte er und griff nach einer großen Adidas-Tasche und einem zusammengerollten Bündel, das wie ein Schlafsack aussah. »Jeder neue Tag ist ein Meer der Erkenntnis.« Er zitierte oft vietnamesische Sprichwörter. Ich hatte früh gelernt, sie zu ignorieren.

Ich zog ein T-Shirt über und reckte mich vor dem Fenster. Der Himmel wirkte so grau und geriffelt wie Graphit. *Die Felder sind Glas* ... Das Gedicht verschwand wie eine Gestalt im Dunst, verlor sich in der kalten, seltsamen Wirklichkeit: ein von Wind und Regen gepeitschter Parkplatz, ein dunkles Zimmer, das fast ganz von meinem Bett eingenommen wurde, und die schmale Gestalt meines Vaters, von der Wasser auf die Dielen tropfte.

Gänsehaut kroch über meine Beine, als ich zu ihm trat. Mit freundlichem Desinteresse richtete er den Blick auf

12

meine ausgestreckte Hand, schüttelte sie und stellte seine Sachen wieder auf dem Boden ab. »Du bist bestimmt todmüde«, sagte ich.

Er war in Sydney losgeflogen. Dreiunddreißig Stunden Flug mit Zwischenstopps in Auckland, Los Angeles und Denver, ehe er in Iowa gelandet war. Ich hatte ihn seit drei Jahren nicht mehr gesehen.

»Du kannst in meinem Zimmer schlafen.«

»Schick«, sagte er, während er mich durch mein eigenes Apartment führte. »Du hast ja sogar ein Klavier.« Fast reumütig lächelte er mich an. »Ich wusste, dass du das Klavierspielen nicht aufgeben würdest.« Ein Schatten schien über sein Gesicht zu huschen, und mit einem Mal saß ich wieder auf einem Klavierhocker, während meine Finger dem Takt des Metronoms hinterherjagten, ihn mal überholten, mal hinter ihm zurückblieben, und versuchte, die wiederholten Seufzer des Klavierlehrers und sein schweres Messinglineal zu ignorieren. Plötzlich merkte ich, dass ich meine Fingerknöchel massierte. Mein Vater klopfte auf den Futon im Wohnzimmer. »Ich werde hier schlafen.«

»Du schläfst in meinem Schlafzimmer, Ba.« Ich ließ ihn nicht aus den Augen, während er den Blick über die quer im Raum verteilten Bücher, Manuskriptseiten, schmutzigen Teller, Teetassen und Klamotten schweifen ließ; eigentlich hatte ich vorgehabt, in aller Ruhe aufzuräumen, ehe ich ihn vom Flughafen abholte. »Ich arbeite sowieso bis spät in die Nacht, also schlafe ich am besten auch hier.« Während er in die Küche ging, nahm ich die noch fast volle Whiskyflasche vom zweiten Regalbrett und stellte sie unter den Tisch. Ich sah mich um. Die Tischplatte war übersät mit Zigarettenasche. Ich warf ein paar Zeitschriften auf die verdreckten Stellen und drehte eins der Magazine um, da auf der Titelseite der Große Vorsitzende Mao abgebildet war. Rasch sammelte ich die Zigarettenschachteln,

Schlaftabletten und Räucherstäbchenhalter ein und warf alles zusammen kurzerhand hinter meine Kafka-Ausgabe, die auf dem obersten Regalbrett stand.

Ich wollte gerade durch die Schwingtür in die Küche treten, als ich mich an das Foto von Linda erinnerte, das neben dem Drucker lag. Ihr Model-Bild, wie ich es nannte, auf dem sie mit windzerzaustem Haar und zusammengekniffenen Augen zu sehen war und irgendjemanden anlächelte, der außerhalb des Bildes stand. Einer ihrer Exfreunde hatte es am Lake McBride aufgenommen. Sie sah glücklich aus. Ich griff nach dem Foto, drehte es um und bedeckte es mit einem Stapel alter Manuskriptseiten.

Als ich in die Küche ging, dachte ich für einen Moment, dass ich die Tür zur Feuerleiter offen gelassen hatte. Ich meinte Wasser durch die Regenrinnen und die Rohre rauschen zu hören, doch dann erblickte ich meinen Vater, der mit aufgekrempelten Ärmeln an der Spüle stand und, einen Schwamm in der Hand, den Berg von verkrusteten Tellern abwusch, der sich hier über Monate hinweg angesammelt hatte. Der Gestank war unerträglich. Ich runzelte die Stirn. »Komm, Ba, das musst du nicht machen.«

Seine Hände, hart und ledrig, bewegten sich emsig im Spülbecken.

»Ba«, wiederholte ich halbherzig.

»Ich bin sowieso schon fast fertig.« Er sah auf und lächelte. »Hast du Hunger? Soll ich uns etwas zum Mittagessen machen?«

»*Thoi*«, sagte ich irritiert. »Du solltest dich lieber ausruhen. Ich gehe raus und hole uns was zu essen.«

Während ich ins Schlafzimmer zurückging, klaubte ich alle möglichen Sachen vom Boden auf.

»Mach dir keine Sorgen um mich«, rief mir mein Vater hinterher. »Mach einfach, was du sonst auch machst.«

Fest stand, dass er zur ungünstigsten Zeit gekommen war. Es war mein letztes Jahr beim Iowa Writers' Workshop; es war Ende November, und in drei Tagen musste ich meine letzte Geschichte für dieses Semester abgeben. Auf meinem Schreibtisch stapelten sich Texte von Kommilitonen, die ich noch zu bewerten hatte, Stipendiumsanträge und Bewerbungen, die dringend abgeschickt werden mussten. Kein Wunder, dass ich so viel trank.

Ich hatte Linda erst am Vorabend von seinem bevorstehenden Besuch erzählt. Wir waren bei ihr gewesen. Ihr Körper war schweißnass und so glitschig, dass ich sie kaum zu fassen bekam. Ihre Haut roch nach ihrer Kleidung. Sie drehte mich auf den Bauch, so dass ich das Laken küsste, und dann fing sie an, meinen Rücken mit ihren Handkanten zu bearbeiten. *Weiter oben. Nur ein ganz klein wenig weiter oben.* Es gelang ihr nicht, einen gleichmäßigen Rhythmus zu halten. »Sanfter«, sagte ich. Einen Augenblick später begann ich zu lachen.

»Was ist denn?«

Das Laken unter meinem Gesicht war warm und feucht.

»Was ist denn?«

»*Sanfter*«, sagte ich. »Nicht langsamer.«

Hart ließ sie ihre Handkanten auf meinen Rücken niedergehen – einmal, zweimal, aber ich konnte nicht mehr aufhören zu lachen. Ich wälzte mich auf die Seite und griff sie bei den Handgelenken. Sie kauerte gebeugt über mir, errötete und war dabei wunderschön. Ihr Haar fiel schleiergleich über ihr Gesicht; nur ihr offener Mund war unter der aschblonden Haarkante zu sehen, während sie mich auf die Matratze zurückdrückte. »Schluss jetzt!«, drang es zwischen ihren Lippen hervor. Sie entwand mir ihre Handgelenke, und dann spürte ich ihre Finger auch schon unter meinem Hosenbund, ihre Fingernägel, die über meine Schenkel, Knie und Knöchel kratzten. Unwillkürlich streckte ich den einen Fuß wie ein Balletttänzer.

Hinterher erzählte ich ihr, dass mein Vater bislang nichts von ihr wusste. Sie antwortete nicht. »Wir reden einfach nicht über solche Sachen«, erklärte ich ihr. Sie sah aus wie eine Schauspielerin, die aussah wie meine Freundin. Ich wurde müde, während ich sie anblickte, das passierte mir in letzter Zeit häufiger. »Aber er bleibt ohnehin nur für drei Tage.« Von der Straße drang das Johlen einer Gruppe Collegeboys an meine Ohren.

»Ich dachte, du würdest überhaupt nicht mehr mit ihm reden.«

»Er ist mein Vater.«

»Was will er denn hier?«

Ich stützte mich auf den Ellbogen und versuchte mich zu erinnern, was ich ihr bereits über ihn erzählt hatte. Wir lagen auf dem Bett, beide leicht beschwipst, und lauschten dem Heulen des Windes. Wir waren nur zwei Stimmen in der Dunkelheit. »Er bleibt bloß drei Tage«, sagte ich.

Eine ganze Weile musterte sie mich mit seltsam verschlossenem Blick. Dann stand sie auf und zog sich an. »Sieh bloß zu, dass du deine Story fertig kriegst«, sagte sie.

Ich hatte schon getrunken, bevor ich hergekommen war. Ich hatte schon als Student getrunken und auch später, als ich Rechtsanwalt geworden war – in meinem früheren Leben, wie es andere zu bezeichnen pflegten. Unweit der Kanzlei, in der ich arbeitete, befand sich ein Hotel mit einer Kellerbar; jeden Abend ließ ich mich dort auf einem Barhocker nieder und tat so, als hätte ich etwas gegen den Smalltalk des Barkeepers. Er war nur wenig älter als ich, und ich beneidete ihn um seine Gelassenheit und seine Selbstsicherheit, die mir gleichsam zu sagen schienen, dass nichts ewig war, sich alles in ständigem Wandel befand. Ich hinterließ exorbitante Trinkgelder. Nach einer Weile bekam ich zerquetschte Shrimps und Shepherd's Pies auf Kosten des Hauses. Meine Eltern hatten sich zu diesem

Zeitpunkt bereits getrennt; mein Vater war nach Sydney gezogen, meine Mutter in eine Sozialwohnung.

Ich beschäftige mich mit Wörtern, seit ich denken kann. Manchmal zähle ich Wörter wie ein General die Gefallenen nach der Schlacht. Inzwischen war ich seit mehr als einem Jahr hier in Iowa, wo sich Tage wie Wochen und Monate wie Jahre hinzogen, und hatte gerade mal dreieinhalb Geschichten zustande gebracht – ungefähr siebzehntausend Wörter. Als ich Anwalt gewesen war, hatte ich für dieselbe Menge etwa zwei Wochen gebraucht; ganz abgesehen davon, dass diese Wörter einen klaren Zweck erfüllt hatten.

Ich zwang mich, die Abgabetermine einzuhalten. In den langen Zeiträumen dazwischen zermarterte ich mir das Hirn und starrte auf den leeren Bildschirm. Ich versuchte es handschriftlich, im Bett, in der Badewanne. Als der Abgabetermin näher rückte, der mich dieses Mal unter Druck setzte, erinnerte ich mich an die Worte eines Freundes, der behauptet hatte, seine Schreibhemmung mit Hilfe einer Schreibmaschine überwunden zu haben. Hat man sich erst mal dran gewöhnt, dass man nichts mehr löschen kann, hatte er gesagt, läuft alles wie von selbst. Ich kaufte mir eine elektrische Smith Corona in einem Antiquitätengeschäft. Die Maschine summte wie ein tropisches Aquarium, als ich sie einschaltete. Sie machte sich gut auf meinem Schreibtisch. Zur Einstimmung las ich grotesk formalistische viktorianische Lyrik und trank schottischen Whisky pur. So schwer konnte es doch wohl wirklich nicht sein. Überall auf der Welt passierten Dinge, ich musste sie nur aufschreiben. Am Firmament vereinigten sich zwei Schwalbenschwärme, drifteten aus- und wieder ineinander wie Schleier, die auf einem Fluss dahintreiben. In der Schlange vor der Supermarktkasse küsste eine schwarze Frau den Griff ihres Einkaufswagens; ihre Haut glänzte wie die lackierte Oberfläche eines Klaviers.

Weil ich so anhaltend pessimistisch blieb, hatte mir ein Freund kurz vor der Ankunft meines Vaters eine Gardinenpredigt gehalten.

»Schreibhemmung?« Im Schein der Straßenlaternen sah ich seinen Whiskyatem. »Wie kannst du 'ne Schreibhemmung haben? Schreib doch einfach 'ne Geschichte über Vietnam.«

Wir waren gerade von einer Party gekommen. Vorher hatte eine Lesung des neuesten Workshop-Stars stattgefunden, einer Chinesin, die die amerikanische Staatsbürgerschaft beantragt und einen Band Kurzgeschichten über Chinesen geschrieben hatte, die nach Amerika einwandern wollten – ausgesprochen subtile Storys, die ein hohes Maß an Könnerschaft bewiesen. Es ging das Gerücht, dass man ihr für einen Zwei-Buch-Deal einen hohen sechsstelligen Vorschuss geboten hatte. Zwar war es ein ungeschriebenes Gesetz, dass über solche Dinge nicht geredet wurde, aber natürlich sprachen alle darüber.

»Ethno-Literatur ist schwer angesagt«, hörte ich von einem unserer Kursleiter an der Bar. »Und relevant noch dazu.«

Zwei Literaturagentinnen sahen es ähnlich. »Begabte Autoren gibt es reichlich«, sagte die eine. »Es kommt darauf an, sich von ihnen abzuheben.« Sie wandte sich zu ihrer Kollegin, die ihr sofort beisprang. »Durch persönlichen *Background* und *Lebenserfahrung*«, ergänzte sie so langsam, als würde sie ein Mantra anstimmen.

Ein paar meiner Bekannten äußerten sich ein wenig freimütiger. »Ich kann keine Ethno-Literatur mehr sehen«, sagte einer. »Dauernd öde Beschreibungen exotischer Gerichte.« Und ein anderer: »Und wenn einer knapp und schmucklos schreibt, weiß man nicht, ob er das absichtlich macht oder die Sprache nicht beherrscht.«

Ein weiterer Bekannter erzählte mir von einem befreundeten Autor, einem Harvard-Absolventen aus Washington, D.C., der auf der Rückseite seines Buches in traditioneller nigerianischer Kluft abgebildet war. Ich stellte mir vor, wie es wohl aussehen würde, wenn ich mich, einen konischen Strohhut auf dem Kopf, in einem Reisfeld photographieren lassen würde. Dann stellte ich mir meinen Vater im selben Reisfeld vor, in seiner verschlissenen Armeehose, jung und mit unbewegtem Gesicht in die Kamera blickend.

»Unglaublich dröges Zeug«, sagte mein Freund. Wir waren betrunken und schoben unsere Fahrräder nach Hause, weil wir uns auf dem Weg zur Party beide – unabhängig voneinander – einen Platten geholt hatten.

»Das sind doch alles Pappfiguren. Solange ein chinesischer Autor über Chinesen schreibt, ein peruanischer Autor über Peruaner oder ein Russe über Russen ...« Er hätte womöglich noch andere Nationen angeführt, schien aber plötzlich den Faden verloren zu haben. Seine Lippen verzogen sich zu einem verächtlichen Grinsen. Offensichtlich war er ziemlich geladen.

»He«, sagte ich und deutete auf eine erleuchtete Veranda vor uns. »Die Typen sind bewaffnet.«

»Und kaum findet ein Kritiker auch nur eine halbwegs interessante Metapher in« – er hielt Daumen und Zeigefinger auseinander – »so 'nem bisschen Text ...« Sein Fahrrad schlingerte hin und her. Ich nickte, und dann nickte ich den Typen auf der Veranda zu, die wiederum zurücknickten. Einer hielt ein Luftgewehr mit Holzimitat-Schaft in der Hand und winkte uns durch, während ein Auto im Schneckentempo in die Einfahrt bog und ein paar Mädchen im Wageninneren kreischten: »Nicht schießen! Nicht schießen!«

»Du weißt doch, was Faulkner gefordert hat«, sagte mein Freund. »Dass wir über die alten Wahrheiten schreiben sollen. Liebe und Ehre und Mitleid und Stolz und Hingabe und Aufopferung.« Hinter uns ertönte unvermittelt ein scharfes Krachen, als würde ein gigantischer Typenhebel auf eine Manuskriptseite niedergehen, gefolgt von unterdrückten Schreien. »Ich mag ja ein alter Nörgler sein«, sagte mein Freund, »aber deine Sachen finde ich gar nicht so schlecht, Nam. Weil du einfach nur über vietnamesische Boat-People schreiben könntest. So wie in deiner letzten Story.«

Für ihn musste es so aussehen, als würde ich bescheiden den Kopf senken; tatsächlich aber versuchte ich herauszufinden, ob ich am Oberschenkel getroffen worden war. Ich hatte ein unangenehmes Stechen gespürt. Möglich, dass mich ein Querschläger erwischt hatte.

»Na ja, du könntest die ganz sichere Nummer fahren. Aber stattdessen schreibst du über lesbische Vampire, kolumbianische Killer, Waisenkinder in Hiroshima – und New Yorker Künstler mit Hämorrhoiden.«

Für einen traumverlorenen Augenblick war ich sprachlos; von der Woge seines Whiskyatems mitgerissen, versanken meine Geschichten im Reich der Schmeichelei. Mein Bein tat immer noch weh. Ich stellte mir vor, wie ich im Licht einer Straßenlaterne auf meine blutverschmierte Hand blickte, nachdem ich mein Bein abgetastet hatte. Ich stellte mir vor, wie ich mich umwandte, wortlos die Stufen zu der Veranda erklomm und die beiden Kids gnadenlos zusammentrat. Im Krankenhaus würde ich die Geschichte dann in ein Mikro diktieren. Vielleicht würde ich einen von ihnen versehentlich töten, aber nie darüber reden, mit absolut niemandem. In meiner Hose war kein Loch.

»Aber wahrscheinlich bin ich bloß ein alter Nörgler«, sagte mein Freund, während er mit seinem Rad vor mir her stolperte.

Würden Sie mich fragen, warum ich nach Iowa gekommen bin, würde ich sagen, dass Iowa schön ist, in dem Sinne, dass es an jedem Ort schön ist, wenn man ihn so betrachtet, als sei er die Antwort auf eine Frage, die man sich jeden Tag aufs Neue stellt.

An jenem Nachmittag – ich war gerade im Begriff, zu Linda zu gehen – rief mich mein Vater aus dem Schlafzimmer.

Ich verharrte vor der Apartmenttür. Ich hatte angenommen, er würde ein Nickerchen machen.

»Wo gehst du hin?«, rief er.

»Nur ein bisschen spazieren«, gab ich zurück.

»Ich begleite dich.«

Jedes Mal war ich aufs Neue verblüfft, dass auf der Summit Street alles größer wirkte als anderswo: die doppelstöckigen Häuser, die gepflegten Rasenflächen, die zum Gehsteig hin sanft abfielen, und die Ulmen mit den hohen, dicken Ästen, die vor meinem inneren Auge Bilder von Vätern heraufbeschworen, die an ebendiesen Ästen Schaukeln für ihre ganz in Weiß gekleideten Töchter befestigten. Die unlängst noch rotgolden schimmernden Blätter wurden langsam braun. Es hatte zu regnen aufgehört. Aus irgendeinem unerfindlichen Grund marschierten wir mitten auf der Straße; unter den feuchten, welken Blättern glänzte der dunkle Asphalt wie ein Walfischrücken.

»Hast du dir irgendwas Besonderes vorgenommen?«, fragte ich meinen Vater.

Sein Gesicht war blass, sein Lächeln starr. »Mach dir um mich keine Sorgen«, sagte er. »Ich kann auch einfach nur meditieren. Oder lesen.«

»Weiter unten gibt's ein Café«, sagte ich. »Und in der Stadt gibt's ein japanisches Restaurant.« Es klang erbärmlich in meinen Ohren. Ich hatte nicht die geringste Ahnung, womit sich mein Vater die Zeit vertrieb.

Er lächelte weiter, den Blick auf die Straße gerichtet.

»Ich muss jedenfalls schreiben«, sagte ich.

»Schreiben«, sagte er.

Sein Lächeln war undurchdringlich. Seit unserem letzten Zusammentreffen hatte er es wahrlich perfektioniert. Fast unmerklich umspielte es seine Lippen, und womöglich hätte ich es für ein Anzeichen von Senilität gehalten, wäre da nicht dieses wissende Glitzern in seinen Augen gewesen.

»Auf der anderen Flussseite gibt's ein Kunstmuseum«, sagte ich.

»Ja, bring mich dahin.«

»Zum Museum?«

»Nein.« Er warf mir einen Seitenblick zu. »Zum Fluss.«

Wir gingen zurück zur Burlington Street und zum Fluss hinunter. Wir hatten die Brücke halb überquert, als er plötzlich stehen blieb. Das Wasser unter uns sah kalt und schwarz aus, wegen der niedrigen Temperaturen floss es träger dahin als sonst. Auf sechs feuchten Fahrbahnspuren glitt der Verkehr in beiden Richtungen an uns vorbei; ein Geräusch, als würde der Wind in Stücke zerfetzt.

»Hast du Kontakt zu deiner Mutter?« Er stand stocksteif vor dem Geländer; sein Kopf wirkte merkwürdig klein über der dicken Daunenjacke, die ich ihm geliehen hatte.

»Ab und zu.«

Er verfiel in formelles Vietnamesisch. »Wie geht es der Mutter von Nam?«

»Es geht ihr gut.« Ich brüllte fast, da im selben Moment ein Truck an uns vorbeidonnerte.

Er nickte. Hinter ihm leuchtete das Ostufer matt im Nachmittagslicht. »Komm«, sagte ich. Wir überquerten die Brücke und gingen zu einem nahegelegenen Dairy Queen. Als ich wieder herauskam, zwei Becher Kaffee in Händen, war mein Vater zum Ufer hinuntergegangen. Bei ihm stand eine in Lumpen gehüllte, bärtige Gestalt, die sich vor einer brennenden Benzintonne wärmte – ein ungewohnter Anblick in Iowa City.

»Das ist mein Sohn«, sagte mein Vater, als ich zu ihnen hinuntergeklettert war. »Der Schriftsteller.« Ich warf ihm einen raschen Blick zu, doch seine Miene verriet mir gar nichts. Er nahm mir den warmen Becher aus der Hand. »Wollen Sie einen Kaffee?«

»Nein, danke.« Der Mann rührte sich nicht vom Fleck, betrachtete seine knotigen Hände; seine Handflächen leuchteten orangefarben im Schein des Feuers. Er sprach leise; seine Kleidung war schwer vom Gewicht seines Lebens. Er roch nach Tieren, Benzin und Regen.

»Ich habe eine Geschichte von ihm gelesen«, fuhr mein Vater in seinem holprigen Englisch fort. »Über vietnamesische Boat-People.« Er sah dem Mann in die ausdruckslosen, wässrigen Augen und sagte, als würde er zur Pointe kommen: »Wir *sind* vietnamesische Boat-People.«

Eine ganze Weile standen wir dort und starrten in die Flammen. Als ich den Blick hob, war es dunkel geworden.

»Hast du Geld dabei?«, fragte mich mein Vater auf Vietnamesisch.

»Willkommen in Amerika«, nuschelte der Mann durch seinen Bart. Er sah nicht auf, als ich seine Faust um die feuchten Dollarscheine schloss.

Auch wenn mein Vater so mancher Schwäche nachgab, mir ließ er keine durchgehen. Er sei Soldat, sagte er einmal, als würde das alles erklären. Ansonsten bekam ich nur Sprichwörter und Vorschriften zu hören. Keine privaten Telefongespräche. Keine Freundinnen. Keine Bücher außer denen, die in der Schule gelesen wurden. Während meiner Grundschulzeit hatte er mich dazu verdonnert, in den Ferien täglich zehn Stunden zu lernen; wich ich in irgendeiner Weise von diesem Stundenplan ab, wurde ich unumwunden bestraft. Er kannte eine Methode, mich so mit dem Rohrstock zu züchtigen, dass nach zwanzig Schlägen nur ein einziger, schwarzroter Striemen zurückblieb, der sich wie ein Brandmal über meinen Hintern zog. Wenn er danach Tigerbalsam in die Wunde rieb, weinte ich aus Wut über mein eigenes Weinen. Als meine Mutter einmal erwähnte, dass ich mich von Durianfrüchten übergeben musste, zwang er mich, selbige in Anwesenheit von Gästen zu essen. *Doi an muoi cung ngon.* Hunger kennt kein schlechtes Essen. Ich lernte ihn zu hassen, ohne es mir irgendwie anmerken zu lassen.

Mit vierzehn fand ich heraus, dass er viele Jahre zuvor Zeuge eines Massakers geworden war. Später gerieten Photos, Transkripte und Bücher in meine Hände; an jenem Abend aber – ein Freund meines Vaters gab eine Party in seinem Haus in einem Melbourner Vorort – war dies nur eine von vielen Anekdoten in einer Runde betrunkener Männer. Sie hockten im Schneidersitz auf Zeitungen um eine blaue Plane herum und ließen sich mit billigem Bier volllaufen. Wir trafen spät ein, als die Stimmung allmählich hochzukochen begann – gerötete Gesichter, laute Stimmen, verschüttete Drinks. Die anderen Männer rückten zusammen, um meinem Vater Platz zu machen.

»Thanh! Fick mich ins Knie! Hast wohl Muffe gehabt, hier aufzukreuzen, was? Komm, setz dich erstmal …«

»Fünf Flaschen für ihn!« Mit herausforderndem Blick wandte sich der Gastgeber um. »Wir machen's dir leicht – hier hat jeder schon acht, neun Flaschen intus.«

Zum ersten Mal erlaubte mir mein Vater, in einer solchen Männerrunde zu verweilen. Ich ließ mich am Rand des Kreises nieder und lauschte mit gespitzten Ohren. Ein Wirrwarr vietnamesischer Stimmen, die Flüche ausstießen, sich zuprosteten, mit ihren Kindern angaben und sich über einen Mann lustig machten, der in einem fort »Das Ding hat f-f-fünfhundert Pferdestärken!« vor sich hin stotterte. Mein Vater lachte herzlich mit; sein Gesicht war so rot vom Alkohol, als hätte er einen Sonnenbrand. Schale und Essstäbchen in Händen, wirkte er irgendwie kind-

lich, eingequetscht zwischen zwei Männern, die Kriegser-
innerungen austauschten. Ich sah zu, wie er sich sparsam
an den Gerichten bediente, die in der Mitte des Kreises
standen. *Do nhau* nannte man diese Speisen: Alkohol-
Nahrung. Fette Austern in einer Sauce aus Salz, Pfeffer
und Zitronensaft. Gekochte Seeschnecken, so groß wie
Billardkugeln. In Essig getränkter Hähnchenbrustsalat
auf südvietnamesische Art, der mit braunen Reiskeksen
gegessen wurde. Jemand rief den Namen meines Vaters.
Er legte seine Essstäbchen beiseite und sprach mit leiser
Stimme:

»Erst griffen sie mit Helikoptern, Raketen und M6o-
Maschinengewehren an. Erinnert ihr euch noch an den
Lärm? Es war, als müsste man jede Sekunde taub werden.
Wir hatten uns in dem Bunker unter dem Tempel ver-
steckt, meine Mutter, ihre vier Schwestern, Frau Tran, die
Bäckerin und noch ein paar andere Leute. Dann erstarb
das Geschützfeuer, und Frau Tran sagte, wir müssten uns
wieder auf die Straße begeben, da die Amerikaner uns
sonst für Vietcong halten würden. ›Ich gehe nirgendwo-
hin‹, erwiderte meine Mutter. ›Sie haben Granaten‹, sagte
Frau Tran. Ich war ängstlich und aufgeregt zugleich.
Schließlich hatte ich noch nie einen Amerikaner gesehen.«

Es dauerte ein Weilchen, bis ich begriffen hatte, dass
mein Vater von sich selbst sprach. Er warf mir einen Blick
zu und sah mich einen Moment lang an, als würde er mir
ein Geheimnis mitteilen. Er war betrunken.

»Und so verließen wir den Keller. Straßenstaub und
Rauchschwaden hingen in der Luft, und nichts war zu
hören außer Hubschraubern und Schnellfeuergewehren.
Überall brannten Häuser. Und dann erblickte ich einen
Amerikaner. Beinahe hätte ich gelacht. Die Uniform passte ihm nicht richtig, und dazu trug er eine Perlenkette und
eine Baseballkappe. Das M16 hatte er wie einen Spaten ge-
schultert. Du lieber Himmel, er sah völlig harmlos aus –

verglichen mit den Vietcong, die ihre Uniformen immer bis zum Kinn zugeknöpft hatten, selbst wenn sie stundenlang durch Matsch und Morast gerobbt waren.«

Er griff nach seinen Essstäbchen und nahm sich ein wenig *tiet canh* – in frischem Entenblut eingelegtes Hackfleisch. Einige der Männer lächelten wissend. Mit rot verfärbten Zähnen fuhr mein Vater fort.

»Sie trieben uns zum östlichen Ende des Dorfs. Sie waren zu zehnt, wir etwa fünfzig. Frau Tran rief immer wieder, wir seien keine Vietcong, aber bei all dem Maschinengewehrfeuer und dem Krachen der Granatenwerfer bekamen die Amerikaner sowieso nichts davon mit. Ich war der Einzige, der sie hörte. In den Reisfeldern lag überall totes, von Granaten zerfetztes Vieh, darunter ein Wasserbüffel, dem die eine Hälfte fehlte – er sah aus wie eine halb ausgelöffelte Grapefruit. Dann beobachtete ich durch den Rauch, wie sich Großvater Long grüßend vor einem der GIs verneigte. Ich wollte ihm etwas zurufen, aber die Worte blieben mir in der Kehle stecken. Seine Frau, seine Tochter und seine Enkelinnen My und Kim standen schüchtern hinter ihm. Der GI trat auf Großvater Long zu, rammte ihm den Gewehrkolben gegen den Kopf, wirbelte die Waffe herum und schlitzte ihm mit dem Bajonett die Kehle auf. Niemand gab einen Ton von sich. Meine Mutter versuchte, meine Augen mit den Händen zu bedecken, doch ich sah trotzdem, wie er sein Gewehr von Dauerfeuer auf Einzelschuss umstellte, ehe er Großmutter Long erschoss. Dann zerrten er und ein anderer GI die Tochter in einen nahegelegenen Schuppen, während sich die beiden kleinen Mädchen verzweifelt an den Beinen ihrer Mutter festklammerten.

Sie trieben uns bis zu einem Entwässerungsgraben nahe der Brücke. Auf der Straße lagen Leichen, darunter ein Baby, dem die obere Schädelhälfte fehlte, und ein Mönch, dessen Robe sich rosa zu verfärben begann. Ich sah zwei

Tote, in deren Brust ein Pik-As geritzt war. Ich verstand nicht, was vor sich ging. Meine Schwestern weinten nicht einmal. Dann wurden Rufe laut – »No VC, no VC!« –, doch die Amerikaner runzelten nur die Stirn, spuckten aus und lachten. Einer von ihnen sagte irgendetwas, worauf die anderen begannen, uns in den Graben zu stoßen. Das schlammige Wasser reichte mir fast bis zu den Hüften. Meine Mutter sprang in den Graben und nahm meine Schwestern auf den Arm. Als ich aufsah, wimmelte es über uns nur so von Helikoptern. Dann mussten wir uns hinknien. Sie befestigten ihre Gewehre auf Stativen. Dann hießen sie uns, wieder aufzustehen. Einer der Amerikaner, ein Junge mit feistem Gesicht, weinte leise vor sich hin, während er sein Magazin neu lud. »No VC, no VC!« Sie würdigten uns keines Blickes. Schließlich mussten wir uns umdrehen und wieder hinknien. Als sie zu feuern begannen, wurde der Körper meiner Mutter gegen mich geschleudert, wieder und wieder, während die Geschosse in ihren Leib eindrangen, und dann war nichts mehr zu hören außer dem Dröhnen der Helikopter, das immer lauter wurde, als wollten sie alle gleichzeitig landen, und um mich herum war alles dunkel und nass und warm, während sich ein stickiger, süßlicher Geruch ausbreitete.«

Schweigen senkte sich über die Runde. Meine Mutter kam aus der Küche, hockte sich hinter meinen Vater und schlang die Arme um ihn – ein klarer, wenn auch nur geringer Verstoß gegen die Regeln. »Du meine Güte«, sagte sie. »Fällt euch wirklich kein besseres Thema ein?«

Niemand gab einen Ton von sich, bis sich einer der Gäste laut räusperte. »Du hast gewonnen, Thanh. *Dich* hat es richtig schlimm getroffen!«, sagte er, und dann brachen alle in lautes Gelächter aus, mein Vater eingeschlossen. Zögernd stimmte ich mit ein. Sie hoben die Gläser, stießen miteinander an und prosteten sich mit Trinksprüchen zu, deren Sinn ich nicht verstand.

Möglich, dass er es nicht haargenau so erzählt hat; vielleicht habe ich das Ganze etwas ausgeschmückt. Aber schließlich steht man nicht unter Eid, wenn man einen Nachruf verfasst, und so etwas Ähnliches schwebt mir vor. Mein Vater wuchs in der Provinz Quang Ngai auf, in einem kleinen, bei Son My gelegenen Dorf namens Tu Cung, das später unter dem Namen My Lai bekannt werden sollte. Er war damals vierzehn Jahre alt.

Später am Abend warf ich die Smith Corona an, die ein vielversprechendes Summen von sich gab. Ich holte die Flasche Scotch unter dem Schreibtisch hervor und schenkte mir einen Doppelten ein. *Scheiß drauf*, dachte ich. Mir blieben noch zweieinhalb Tage. Ich würde eine Ethno-Story über meinen vietnamesischen Vater schreiben. Es war eine gute Geschichte. Es war eine verdammt *großartige* Geschichte.

Ich spannte ein Blatt Papier ein. Dann tippte ich in Großbuchstaben »ETHNO-STORY« in die oberste Zeile. Ich drückte zweimal auf die Wagenrücklauftaste und begann. Das Knattern von Rotorblättern unter einem dunklen Himmel. Die Typenhebel gingen auf die Seite nieder.

Am nächsten Tag kam ich erst spät aus den Federn. Ich setzte mich mit den ersten Manuskriptseiten ins Café und beobachtete die anderen Gäste. Sie lachten, nippten an ihren Tassen und unterhielten sich, während mir einmal mehr bewusst wurde, dass ich mich in der Kleinstadt eines fremden Landes befand.

Meine Gedanken schweiften zu meinem Vater, der im Halbdunkel meines Schlafzimmers lag. Die Schlafzimmertür war geschlossen gewesen, als ich die Wohnung verlassen hatte. Bevor ich zu Bett gegangen war, hatte ich noch kurz nach ihm gesehen. Sein Körper war unter der

Decke verschwunden, und sein Kopf wirkte winzig auf dem großen Kissen. Er war deutlich gealtert in den vergangenen drei Jahren. Seine Haut schimmerte gläsern im blauen Schein der Dämmerung. Kaum war er hier angekommen, schien mein Leben immer unwirklicher zu werden.

Ich las, was ich geschrieben hatte, sann nach über den Jungen, der er damals gewesen, den Mann, der aus ihm geworden war. An einem Tisch in der Nähe zog ein junger Typ einen seiner iPod-Ohrstöpsel heraus und bedeutete seiner Verabredung, sich neben ihn zu setzen. Ein kalter Windstoß wehte herein, als sich die Tür öffnete. Ich versuchte mich zu konzentrieren.

»Hey.« Es war Linda. Sie trug eine orangefarbene Winterjacke; ein frischer, belebender Hauch ging von ihr aus. Eben hatte sie noch gelächelt. »Was machst du denn hier?«

»Ich arbeite an meiner Story.«

»Ist dein Vater auch da?«

»Nein.«

Zwei Freundinnen von ihr warteten am Tresen. Sie nickte ihnen zu, hob einen Finger, trat hinter mich und legte die Hände auf meine Schultern. »Ist das die Geschichte?« Ihr Haar strich kalt und seidig über meine Wange, als sie sich über mich beugte. Sie nahm zwei Seiten zur Hand und las sie schweigend. »Kapiere ich nicht«, sagte sie schließlich. »Was hast du denn da geschrieben?«

»Was meinst du?«

»Davon hast du mir nie was erzählt.«

Ich zuckte mit den Schultern.

»Hat er dir das erzählt? Spricht er jetzt etwa mit dir?«

»Nicht direkt«, sagte ich.

»Nicht direkt?«

Ich wandte mich zu ihr um. In ihren Augen spiegelte sich kein Licht.

29

»Weißt du, was ich glaube?« Sie ließ den Blick über die vor mir liegenden Seiten schweifen. »Du versuchst sein Verhalten zu entschuldigen.«

»Was?«

»Du romantisierst seine Vergangenheit«, sagte sie leise. »Um dir zu erklären, was er dir angetan hat.«

»Es ist bloß eine Geschichte«, sagte ich. »Was soll er mir denn angetan haben?«

»Du hast gesagt, er hätte dich missbraucht.«

Die Worte trafen mich bis ins Mark. Ich sah in ihr ernstes, ebenmäßiges Gesicht und die stumpfen Augen, die mich ausdruckslos taxierten.

Sie trat einen halben Schritt zurück. »Ich nehme an, du hast ihn auch deinen Exfreundinnen nicht vorgestellt«, sagte sie tonlos. »Oder?« Die Frage spannte sich gleichsam über ihre Züge.

Ich antwortete nicht, und nach einer Weile nickte sie, während sie sich auf die Oberlippe biss, eine Eigenart, die mir nur allzu bekannt war. Ich wusste, sie erwartete jetzt von mir, dass ich aufstand, sie in ihrer orangefarbenen Jacke an mich zog und ihr etwas Beschwichtigendes ins Ohr flüsterte, doch meine Gedanken kreisten ununterbrochen um meinen Vater und seine Rechtfertigungen. Die zerfetzten Körper, die auf ihm gelegen hatten. Die zehn Stunden, die er bis zum Einbruch der Dunkelheit im Schlamm ausgeharrt hatte. Es war ganz wie früher.

Sie beugte sich vor und gab mir einen Kuss auf die Stirn. Das war eine ihrer Regeln: niemals im Streit zu scheiden, ohne sich ein Zeichen der Zuneigung gegeben zu haben. Ich sah sie nicht an. Meine Mutter erzählte gern, wie wir nach unserer Ankunft in Australien zuerst in einem Wohnheim in einem Viertel am Stadtrand untergekommen waren, wo sich die Einheimischen – ob sie sich nun begrüßten oder verabschiedeten – innig zu umarmen und zu küssen pflegten, und wie mein verdutzter Vater unsere Straße den »Weg der Liebenden« getauft hatte.

Ich wandte mich zum Fenster. Es war dunkel geworden; der Abend senkte sich tief und schwer über die Stadt. Ich bemerkte einen Mann und eine Frau, die sich an einem Stehtisch gegenübersaßen. Die Ellbogen auf dem Tisch, beugte sich die Frau lächelnd vor; ihre Hände waren nur Zentimeter von der Hemdbrust des Mannes entfernt, und während sie redete, blitzten ihre Zähne. Hinter ihnen saß eine Mutter mit ihrem Sohn. »Ich will jetzt nicht spielen«, sagte sie, während sie in einer Zeitschrift blätterte.

»L«, sagte der Junge.

»Schluss jetzt«, sagte sie. »Ich habe doch gesagt, ich will jetzt nicht spielen.«

Ich glaube, wir verzeihen unseren Eltern jedes Opfer, das sie nicht in unserem Namen bringen. Für meinen Vater aber hat es nie einen anderen Namen gegeben, nur den meinen – und obendrein hatte er mich nach dem Land benannt, aus dem er geflohen war. Er opferte sich so allumfassend auf, dass sein gesamtes Dasein davon bestimmt war. An all das reichte ich nicht heran.

Mit sechzehn verließ ich mein Elternhaus. Da gab es ein Mädchen, Methylamphetamin und eine nicht für möglich gehaltene Verlustangst. Sie verkörperte alles, was meinem Vater nicht in den Kram passte, und damit alles, was erstrebenswert war. Natürlich hatte er recht mit seiner Meinung über sie: Durch sie erfuhr ich bloß Leid – aber eben auch Verheißung. Wir waren wie zwei Tiere im Dunkel, die unablässig aufeinander einhackten, und nie wieder habe ich mich einer Sache derart mit Haut und Haar verschrieben. Als mein Vater herausfand, dass meine Mutter mich deckte, stellte er ihr ein Ultimatum. Sie zog aus, begann in der Textilfabrik eines Bekannten zu arbeiten, lernte mit der Overlockmaschine umzugehen

31

und unterstützte mich, indem sie mir weiterhin Geld schickte.

»Natürlich würde ich gern weiter mit ihm zusammenleben«, sagte sie, als ich sie Monate später besuchte. »Aber ich möchte auch, dass du wieder nach Hause kommst.«

»Ba will das nicht.«

»Du bist sein Sohn«, sagte sie. »Er wünscht sich nichts sehnlicher, als dass du bei ihm bist.«

Ich steckte meine Schuluniform in die Waschmaschine, bat eine Bekannte, mir die Haare zu schneiden; die Stunden in der Schule zogen sich endlos hin, bis ich endlich nach Hause fahren konnte. Mein Vater zog sich zurück, als er mich sah. Wieder im Wohnzimmer hatte er das Hemd gewechselt und seine Haare waren nass. Mir war übel und ich fühlte mich hellwach – als befeuchteten nach Monaten des Schlafs wieder Tränen meine Wangen kalt und heiß. Das Zimmer roch nach Pfefferminz. Er fragte, ob es mir gutginge, was ich bejahte, doch als er dann wissen wollte, wie es meiner Freundin ginge, wurde mir im selben Augenblick klar, dass er mit mir sprach, als wäre ich nicht sein Sohn, sondern lediglich ein Freund, irgendjemand, und das machte mich fertig. Ich wusste inzwischen mit Verletzungen umzugehen, was aber nichts war im Vergleich hierzu. Ich zwang mich, ihm in die Augen zu sehen, und bat ihn, Ma wieder nach Hause zurückzuholen.

»Und mein Sohn?«

»Dein Sohn wird von Ma kein Geld mehr annehmen.«

»Komm wieder nach Hause«, sagte er mit halb erstickter Stimme.

Doch selbst jetzt funktionierten meine Gefühle wie ein System aus Hebeln und Zahnrädern; sein Anblick hatte bereits ausgereicht, um es unausweichlich in Gang zu setzen. »Nein«, spuckte ich ihm das Wort geradezu entgegen.

»Komm wieder nach Hause, und dann reden wir nicht mehr über die Sache.« Er wich meinem Blick aus, lächelte verkrampft und zog ein Taschentuch hervor. Seine Stirn war schweißbedeckt. Von ihren Leibern erdrückt, war er lebendig begraben worden in der feuchtwarmen Umarmung seiner Verwandten. Ich hätte ihn gern gefragt, wie er aus dem Bewässerungsgraben herausgekommen war. Ich hätte ihn gern gefragt, ob je ein wirkliches Gespräch zwischen uns stattfinden würde. All das hätte ich ihn gern gefragt, doch in mir arbeitete es ohne Unterlass, und mit jedem Augenblick entfernte ich mich weiter von ihm.

»Das Leben ist hart«, sagte er. Einen Moment lang war ich mir nicht sicher, ob er mal wieder ein Sprichwort absonderte. Er sah mich an; sein Gesicht war eine leuchtende Maske. »Sag einfach ja, und wir können alles vergessen. Das ist alles. Sag einfach nur: Ja.«

Aber ich sagte nicht ja. Nicht an jenem Tag, nicht am nächsten und auch an keinem weiteren – fast ein Jahr lang. Als ich es schließlich, geläutert und neu verbandelt, doch tat, hielt er Wort und sprach nie mehr über das, was zwischen uns vorgefallen war. Tatsächlich äußerte er sich zu so gut wie gar nichts mehr, nachdem ich wieder zu Hause war, und in diesem fortgesetzten Schweigen führten wir – mein Vater, meine Mutter und ich, wieder vereint unter einem Dach – unser Leben, unrettbar voneinander getrennt.

Als ich zurückkehrte, roch mein Apartment nach gebratenem Knoblauch und Sesamöl. Mein Vater saß im Wohnzimmer auf der Matte aus Schaumstoff, die er aus Australien mitgebracht hatte – für seinen Rücken, wie er sagte. »In der Küche steht noch Essen für dich.«

»Danke.«

»Ich habe deine Geschichte gelesen«, sagte er. »Heute Morgen, als du noch geschlafen hast.« Plötzlich wurde mir übel. Ich hatte keinen Gedanken daran verschwendet, die Seiten zu verstecken. »Da sind eine Menge Fehler drin.«

Meine neueste Geschichte. Ich erinnerte mich, wie meine Mutter mir seinerzeit erzählt hatte, dass mein Vater, der allein in Sydney lebte und arbeitslos war, damit begonnen hatte, per E-Mail alte Freunde zu kontaktieren – Menschen, die er vor dreißig, vierzig Jahren gekannt hatte. Ich solle öfter mit ihm reden. Ich hatte ihm meine Flüchtlingsgeschichte geschickt, aber keine Antwort erhalten. Als ich nun mit dem Essen aus der Küche kam, versuchte ich mich an die Passagen zu erinnern, die ich eher nachlässig recherchiert hatte. Vielleicht die Szene in Rach Gia, bevor sie an Bord des Bootes gingen. Ich schaufelte marinierten Tofu, Cashews und Kichererbsen auf die Gabel. Er war einkaufen gewesen. »Das sind doch bloß *Geschichten*«, sagte ich kauend. »Und Geschichten sind eben *erfunden*.«

Er schwieg einen Moment. »Okay, Sohn«, sagte er dann.

Ich hatte mich schon seit Ewigkeiten ausschließlich von Chips, Nudeln und Pizza ernährt und fast vergessen, wie richtiges Essen schmeckte. Während ich aß, machte er Streckübungen auf seiner Matte.

»Wie geht's deinem Rücken?«

»Ich habe ein CT machen lassen«, sagte er. »Zwischen meinen Wirbeln tritt Nervenwasser aus.« Er lächelte leidend, während er den rechten Fuß zur linken Hüfte zog. »Ich habe die Aufnahmen mitgebracht.«

»Hast du Schmerzen, Ba?«

»Und ob.« Er gab ein kurzes Lachen von sich, als handele es sich um einen Witz. »Aber was soll ich machen? Ich muss mich damit abfinden.«

»Kann man das nicht operieren lassen?«

Ich merkte, wie ich das Interesse verlor. Ich war ein schlechter Sohn. Er hatte sich von meiner Mutter getrennt, als ich mein Jurastudium begonnen hatte; seitdem hatte er so oft über Rückenschmerzen geklagt – stets in der üblichen buddhistischen Pose leidender Hinnahme –, dass ein harter, kalter Teil von mir argwöhnte, er übertreibe bloß, um sich meines Mitleids zu versichern und mich anschließend sanft zurechtzuweisen. Es war ihm zuzutrauen. Bis zu meinem sechzehnten Lebensjahr hatte er mich gezwungen, Karatestunden zu nehmen, was schließlich dazu geführt hatte, dass ich unwillkürlich in Kampfposition ging, als er bei einer unserer letzten Auseinandersetzungen plötzlich auf mich losgegangen war. Für mein Entsetzen hatte er nur ein Lächeln übrig gehabt. »Recht so«, hatte er gesagt. Wir waren tief in unsere komplizierten Schuldgefühle verstrickt. Und wenn wir in den Spiegel sahen, blickte uns stets auch das Gesicht des anderen entgegen.

»Tja, lass uns drüber reden«, sagte ich.

»Wenn man alt wird, macht der Körper nicht mehr mit«, sagte er.

»Nein. Ich meinte die Story.«

»Du willst drüber reden?«

»Ja.«

»Worüber denn?«

»Über die Fehler«, sagte ich.

Würden Sie mich fragen, warum ich nach Iowa gekommen bin, würde ich antworten, dass ich Anwalt war – und doch wieder nicht. Alle vierundzwanzig Stunden erwachte ich zur smogverseuchtesten Zeit des Morgens und pendelte in kratzigen Klamotten – per Bus, Straßenbahn, Aufzug, einen Latte Macchiato in einem weißen Pappbecher in der Hand – zu meinem fensterlosen Büro, das sich in einem der höchsten Glaskästen von Melbourne befand. Meine Zeit war in Sechs-Minuten-Einheiten unterteilt; ein Lunch mit Freunden erlaubte acht Einheiten. Ich hasste meinen Job, und noch mehr hasste ich, dass ich so gute Arbeit leistete. Am meisten aber hasste ich, dass mein Vater so stolz war auf das, was ich tat. Als ich ihm erzählte, dass ich gekündigt hatte, um am Iowa Writers' Workshop teilzunehmen, erwiderte er: »*Trau buoc ghet trau an.*« Der gefangene Büffel hasst den freien Büffel. Aber er hatte keine Macht mehr über mich. Ich war fünfundzwanzig Jahre alt.

Es geht nicht darum, etwas zu schreiben, das niemand anders geschrieben haben könnte, sondern darum, etwas zu schreiben, das man nur selbst geschrieben haben kann. Erst kürzlich bin ich in einem meiner alten Notizbücher wieder auf diesen Satz gestoßen. Derjenige, der das geschrieben hat, war sich offenbar nicht ganz im Klaren darüber, was alles passieren kann: wie man unvermittelt die Zeit zum Gegner hat, wie eine Stimme allmählich hohl wird, wie einst geliebte Worte auf den Seiten verwittern.

»Warum hast du überhaupt diese Geschichte geschrieben?«, fragte mein Vater.

»Weil es eine gute Geschichte ist.«

»Aber du könntest doch über tausend andere Dinge schreiben.«

»Es ist ein wichtiges Thema, Ba. So etwas darf nicht in Vergessenheit geraten.«

»Du willst doch nur Mitleid erregen.«

Damit hatte er mich getroffen. »Ich will, dass sich die Leute erinnern«, sagte ich.

Er schwieg eine ganze Weile. »Nur du und ich werden uns erinnern«, sagte er dann. »Die anderen werden deine Geschichte lesen, in die Hände klatschen und das Ganze vergessen.« Mit einem Mal lächelte er nicht mehr. »Manchmal ist es besser zu vergessen, verstehst du?«

»Ich schreibe die Story trotzdem«, sagte ich. Plötzlich entsann ich mich, wie ich mich beim Schreiben der Geschichte gefühlt hatte. Dann kam mir ein Gedanke. »Eine wahre Geschichte lässt sich einfach besser verkaufen«, sagte ich.

Mein Vater musterte mich eingehend, als hätte er irgendetwas in meinem Gesicht entdeckt, das ihm all die Jahre entgangen war. »Ich werde dir die Wahrheit erzählen«, sagte er schließlich. Er überlegte einen Moment. »Aber es wird dir nicht gelingen, sie in Worte zu fassen.«

»Ich mach's trotzdem«, sagte ich.

Dann geschah etwas, womit ich nicht gerechnet hatte. Seine Miene hellte sich auf, und er begann zu lachen, ein Lachen ohne Selbstmitleid oder Hintergedanken, das sich in vollen Atemzügen seiner Brust entrang. Ich war völlig perplex. So hatte ich ihn noch nie lachen hören, in meinem ganzen Leben nicht. Und plötzlich musste ich ebenfalls lachen, ohne genau zu wissen, warum. »Ja … ja … ja«, stieß er auf Vietnamesisch hervor. Seine Augen leuchteten. »Gut, ich werde es dir erzählen. Aber erst morgen.«

»Aber …«

»Ich muss nachdenken«, sagte er. Er schüttelte den Kopf und versuchte wieder zu Atem zu kommen. »Mein Sohn, ein Schriftsteller. *Co thuc moi vuc duoc dao.*« Wie weit willst du dich von deinem leeren Magen leiten lassen?

»*Moi nguoi lam quan, ca ho duoc nho*«, gab ich zurück. Ein eifriger Schüler ist ein Segen für die ganze Familie. Er sah mich verblüfft an, bevor er abermals laut auflachte und nachdrücklich nickte. Jahrelang hatte ich darauf gewartet, das alte Sprichwort aus dem Ärmel zaubern zu können.

Nachmittag. Wir saßen uns am Esstisch gegenüber. Ich stellte Fragen und machte mir Notizen auf einem Schreibblock; er redete, erzählte von seiner Kindheit, seiner Familie, und schließlich auch von My Lai. Dann aber hielt er inne.

»Willst du deinem Vater keinen Drink anbieten?«

»Was?«

»Du meine Güte. Glaubst du ernstlich, du kannst derart hochwertigen Alkohol lange vor mir verstecken?«

Das Nachmittagslicht fiel durch das Fenster, rahmte seinen Körper in einem silbernen Rechteck ein und wurde allmählich schwächer, während wir redeten. Ich schenkte uns nach. Er redete gegen den Lärm des Feierabendverkehrs an; er erzählte bis in den späten Abend. Als das Telephon zum zweiten Mal klingelte, stöpselte ich es aus. Er sprach gerade davon, wie er der südvietnamesischen Armee beigetreten war.

»Nach allem, was die Amerikaner mit deiner Familie gemacht hatten? Wie konntest du auf ihrer Seite kämpfen?«

»In mir war nichts als Hass«, sagte er, »aber davon war genug für alle da.« Bei dem Wort »Hass« hielt er kurz inne, wie ein Vater, der es zum ersten Mal vor seinem Kind ausspricht, als wolle er herausfinden, was dem Wort selbst innewohnt und was sein Gegenüber hineindeutet.

Er erzählte mir vom Krieg. Er erzählte, wie er meine Mutter kennengelernt hatte. Von ihrer Hochzeit. Von der Eroberung Saigons. 1975. Er berichtete von seiner Zeit im Umerziehungslager, den erzwungenen Geständnissen, den Indoktrinationen, den Verhungernden. Der Zwangsarbeit, die seinen Rücken ruiniert hatte. Den alltäglichen Hinrichtungen. Er berichtete von den Tigerkäfigen und Containern, in die sie gesperrt worden waren, den verschiedenen Bezeichnungen für die verschiedenen Foltermethoden: die Honda, das Flugzeug, das Auto. »Sie ziehen dir den einen Arm von hinten über die Schulter, den anderen quer über den Leib und binden dir die Daumen zusammen. Oder sie fixieren einem die Beine, so dass sie lang ausgestreckt sind, und binden einem die Mittelfinger mit den großen Zehen zusammen ...«

Er zeigte es mir. Ein dürrer alter Mann in tantrischen Posen – es war ein ziemlich grotesker Anblick. Während des Autos verzog er schmerzhaft das Gesicht, doch dann bat er mich lächelnd, ihn zu stützen und zu seiner Matte zu führen. Ungeduldig wartete ich, bis er sie endlich ausgerollt hatte. Wieder bat er mich, ihm zu assistieren. Los, drück schon, ja, dort. Komm schon, ein bisschen fester. Dann erzählte er weiter, mal mit gedämpfter Stimme, mal mit einem Grinsen auf den Lippen. Manchmal, ungläubig und wütend, begann er unwillkürlich zu blinzeln. Seine buddhistische Gelassenheit kaufte ich ihm nicht ab. Ich stellte mir vor, dass er restlos in seinem eigenen Zorn gefangen war, dazu verdammt, die Greuel von einst tagtäglich aufs Neue zu durchleben, ohne irgendetwas dagegen tun zu können. Dennoch war es nur eine Vermutung. Vielleicht hegte er tatsächlich keinen Groll. Ich konnte ihm nicht das Gegenteil beweisen.

Dann erzählte er mir, wie er nach drei Jahren Inhaftierung unsere Flucht aus Vietnam organisiert hatte. 1979. Fünfundzwanzig war mein Vater damals gewesen.

Ich betrachtete ihn von der Schlafzimmertür aus, als er schließlich mit vom Whisky gerötetem Gesicht eingeschlafen war. Ich war betrunken. Während ich den Blick auf ihm ruhen ließ, kam es mir vor, als befände ich mich ebenfalls in einem Traum. Für einen Augenblick wurde ich zu meinem Vater, der seinen schlafenden Sohn betrachtete und sich – um seines Sohnes willen – an das erinnerte, was er schon seit Ewigkeiten zu vergessen versuchte. Eine Vergangenheit, trauriger als ein Klagelied, gefährlicher als die Erinnerung. Ich schüttelte den Kopf, um wieder einigermaßen wach zu werden, und ging zurück an meinen Schreibtisch. Ich las meine Notizen sorgfältig durch, die ganzen fünfundvierzig Seiten. Dann las ich noch einmal die erste Version meiner Geschichte, bevor ich sie beiseitelegte, die Schreibmaschine anschaltete und zu tippen begann, ohne einen weiteren Blick auf das bereits Geschriebene zu verschwenden.

Die Morgendämmerung kam so schleichend, dass ich die metallblaue Färbung der Luft erst beim Vorbeifahren des Müllwagens bemerkte. Das Dach des Wellblechschuppens war weiß. Der erste Schnee war gefallen.

Er war nicht da, als ich aufstand. Auf dem Esstisch fand ich eine Notiz: Bin spazieren gegangen. Habe deine Geschichte mitgenommen. Ich hockte mich mit einem Glas Scotch auf die Feuerleiter und wartete auf ihn. Ich nippte an meinem Whisky, ließ die wärmende Flüssigkeit durch meinen Körper rinnen. Ich hatte nur drei Stunden geschlafen und war zu müde, um irgendetwas anderes als inneren Frieden zu empfinden. Die roten Geranien im gegenüberliegenden Stockwerk waren von Raureif überfroren. Als ich einen Blick durch die Fenster meiner Nachbarn zu erhaschen versuchte, sah ich rein gar nichts.

Er würde die Geschichte mit seinem aus Büchern stammenden Englisch lesen und sich selbst in einem ganz neuen Licht sehen. Und mich natürlich auch. Er würde erkennen, welchen Stellenwert seine Erfahrungen, sein Leiden wirklich hatten, und nicht zuletzt, wie ich seinem Schicksal universelles Gewicht verliehen hatte. Er würde stolz auf mich sein.

Ich trank das Glas aus. Es war halb zwölf, der Himmel dunkel und von grauen Schlieren durchsetzt. Um zwölf musste ich meine Story abgeben. Ich zog Handschuhe an, kletterte vorsichtig die Feuerleiter hinab und machte mein Rad vom Ständer los. Er würde stolz auf mich sein. Ich fuhr um den Block, radelte die Summit Street hinauf und hinunter und hielt Ausschau nach jemandem, der meine dicke Daunenjacke trug. Die Straßen waren verlassen. Der Schnee war zum Großteil geschmolzen, aber ich fuhr langsam, da sich ein dünner Eisfilm auf dem Asphalt gebildet hatte. Meine Augen brannten, und ich sah meinen eigenen Atem, während ich quer über die Wiesen des Campus in Richtung Innenstadt fuhr – das Gras war so steif gefroren, dass die Halme unter meinen Reifen brachen. Hinter den Vorhängen in den Fenstern glomm schwaches Licht. Als ich die Washington Street erreichte, erfasste ein Windstoß die dort stehenden Ulmen und riss die Blätter von den Ästen, die langsam und lautlos zu Boden glitten.

Ich hatte die Brücke bereits halb überquert, als ich ihn erspähte. Er stand unten am Flussufer. Zwar konnte ich sein Gesicht nicht erkennen, doch er war es, klein, halb verschwunden in meiner dicken Jacke. Er befand sich in Gesellschaft des Obdachlosen; zusammen starrten sie in die lodernde Benzintonne. Dichte Rauchschwaden stiegen in die Luft. Einen Moment lang hielt ich den Atem an, während eine schreckliche Gewissheit in mir aufkeimte. Ascheflocken wirbelten, vom Wind getrieben, über den Fluss hinweg. Mein Vater klopfte dem Obdachlosen auf die Schulter, griff in seine hintere Hosentasche und drückte ihm ein paar Scheine in die großen, abwehrenden Hände. Als er die Böschung hinaufsteigen wollte, sah er mich. Ich hoffte so inständig, dass es mir schier das Herz zu sprengen drohte, doch seine Hände waren leer.

Hätte ich zu diesem Zeitpunkt begriffen, worum es ging, hätte ich sicher nicht all diese schrecklichen Dinge gesagt. Ich hätte nicht gesagt, dass er nicht verstand – denn das tat er zweifellos. Ich hätte nicht gesagt, dass ich es ihm nie verzeihen würde. Dass ich wünschte, er hätte mich nie besucht, und dass er nicht länger mein Vater sei. Aber ich hatte eben noch nicht begriffen, worum es ging, und alles, was ich sah, während ich wartete und der Wind drehte, war ein Mann in einer lächerlich großen Jacke, der sich die rußgeschwärzten Hände rieb, ein Mann, dessen Konturen sich langsam aus dem sich kräuselnden Rauch schälten, ein Mann, der sich einmal mehr in meinem Namen selbst zerstört hatte. Hinter ihm lag der Fluss. Ein beißender Geruch hing in der Luft. Im träge dahintreibenden Licht blickte ich auf den Fluss hinaus. Bald würde er zufrieren;

große, schaumige Blasen schimmerten auf der dunklen Oberfläche. Und plötzlich musste ich daran denken, dass es Stunden, manchmal auch Tage dauerte, bis ein Fluss zugefroren war, bis er eine Haut gebildet hatte, unter deren kristallisierter Oberfläche sich seine ganze, vollkommene Welt befand – und wie diese Welt durch einen kleinen Stein zerstört werden konnte, gleich einer einzigen Silbe, die jemand achtlos fallenließ.

CARTAGENA

In Cartagena, sagt Luis, ist der Strand grau, wenn die Sonne aufgeht. Er weist auf den Lauf seines G3, als er das sagt, *stahlgrau*, sagt er. Er lächelt. Der Sand ist weiß, sagt er, diese Farbe, und tippt sich gegen die Zähne. Und wenn die Sonne rechts von dir aufgeht, Mann, das ist 'ne Explosion wie in Zeitlupe, so wie im Film, ein fetter Kerosinblitz, und dann funkelt das Wasser in allen möglichen Farben, Grau und Orange und Rot. Luis ist ein Schwätzer, aber er kann sich ziemlich gut ausdrücken; außerdem ist er der Einzige von uns, der schon mal in der Karibik war. In Cartagena.

Und die Mädchen?, fragt Eduardo.

Luis wirft sein gegeltes schwarzes Haar zurück. Er weiß, dass wir begierig auf seine Antwort warten. Er ist der Älteste von uns (abgesehen von Claudia, die aber nicht zählt, weil sie ein Mädchen ist) und hat die Geschichte schon x-mal mit sichtlichem Genuss zum Besten gegeben.

Die Mädchen, sagt er. Sein Lächeln erweist mir Respekt, als er mich ansieht. Gemeinsam grinsen wir über Eduardos Unreife.

Nein, sagt Claudia. Erzähl uns von den Fischern. Davon, wie …

Die Mädchen, sagt Luis, ohne auf Claudia einzugehen, sind die besten von ganz Kolumbien. Die Röcke reichen ihnen gerade mal bis hier, wie auf MTV, und die Stiefel bis hier, und da läuft's nicht wie auf dem Land, wo sie Angst haben müssen, von *autodefensas* erschossen zu werden. Sie sind größer und weißer und haben wunderschöne Zähne, und man kann mit ihnen über die tollsten Dinge reden – ganz anders als hier.

Er hält inne. Neuerdings trägt er einen Bart, der aussieht, als hätte er ihn sich mit feuchter Kohle über die Oberlippe gemalt. Er streicht sich mit Daumen und Zeigefinger darüber. Plötzlich kommt mir ein Spruch aus einem Film in den Sinn.

Mit dem Bart, sage ich, siehst du aus wie ein scheißefressender Schwuler. Eduardo lacht laut auf. Die würden wohl eher dich abknallen – wegen deiner langen Haare.

Luis schenkt mir keine Beachtung. In Cartagena ist alles ganz anders als hier, sagt er bedächtig.

Wir sind zu fünft, Claudia mitgezählt, und unterwegs in die Stadt. Außer mir und Luis und Claudia und Eduardo ist noch der kleine Pedro dabei, der, die Hände in den Taschen seiner verschlissenen Hose vergraben, hinter uns her trabt und an seinen Eiern rumspielt. Was wir schon lange nicht mehr lustig finden.

Mit Ausnahme von Claudia habe ich die anderen vier Monate lang nicht gesehen. Claudia – der als Einziger bekannt ist, wo ich gesteckt habe – hat mich gestern in die Sache eingeweiht. Erst wollte ich nicht herkommen, doch dann erzählte sie mir, dass Luis darauf bestand.

Sie sehen jünger aus, als ich sie in Erinnerung habe. Nur Pedro ist größer geworden – es scheint, als hätte ihn jemand an den Haaren gepackt und fünf Zentimeter in die Höhe gezogen. Ich warte, bis er zu mir aufschließt. *Ay*, sage ich dann, du bist ja inzwischen fast ein richtiger Mann!

Frag ihn mal, ob er schon Haare an seinem *pipí* hat, sagt Eduardo.

Pedro lässt die Hände in den Taschen, ohne darauf zu reagieren.

Siehst du, selbst jetzt holt er sich einen runter!

Kommt, sagt Luis. Er klingt irgendwie abgelenkt. Claudia lächelt in sich hinein. Ich senke den Blick.

Normalerweise wären wir mehr, um diese Sache abzuwickeln, aber drei Jungs von unserer alten *gallada* sind nicht mehr dabei. Carlos wurde am späten Abend vor dem Parque del Poblado in die Kehle geschossen; er verkaufte gerade *basuco* an die üblichen Crackheads, als ein paar reiche Kids in einem gelben Jeep aufkreuzten und ihm das Licht auslöschten. Salésio machte es wie sein älterer Bruder und schloss sich der örtlichen Miliz an; er schickte uns ein Photo von sich mit einer Kapuze, in der einen Hand eine Uzi, in der anderen eine 45er Beretta. Durch den schwarzen Stoff konnte man sein bescheuertes Grinsen sehen.

Und dann war da noch Hernando. Aber lassen wir das. Ich will jetzt nicht an Hernando denken.

Wir bleiben am Rand unseres Barrios stehen, auf einer Müllhalde am Fuß eines Bergrückens. Ein schmaler Abflussgraben verläuft quer durch den Unrat. Wortlos nehmen Pedro und Claudia Stellung und halten Ausschau. Luis und Eduardo stellen sich breitbeinig über das Rinnsal, werfen schimmelige Pappkartons und Plastikkram beiseite, bis schließlich eine nylonbezogene Sitzbank zum Vorschein kommt, die wir vor Monaten aus einem Omnibus geklaut haben. Sie kippen die Sitzbank nach vorn; dahinter gähnt ein großer Betontunnel, in den das Wasser hineinläuft. Ich stehe Wache, während die anderen in den Tunnel kriechen.

Es handelt sich um eins unserer alten *mocós*. Nur wir fünf kennen das Versteck. Es handelt sich um einen Abfluss des Regenwasserkanals, aber es stinkt wie eine Kloake. Ich bin froh, dass es dunkel ist.

Da drüben, sage ich.

Eduardo und Pedro gehen zu der Stelle, auf die ich deute, leuchten mit den blauen Displays ihrer Handys vor sich her. An einem hüfthohen Mauervorsprung ziehen sie eine dicke, wasserdichte Plane beiseite. Pedro stößt einen überraschten Schrei aus und schlägt sich die Hand vor den Mund. Seine Stimme hallt von den feuchten Betonwänden zurück.

Luis grinst. Da kommst du nach vier Monaten wieder, sagt er, und schon glaubst du, du bist hier der Obermacker. Sein Grinsen wird noch breiter. Alles dein Zeug?

Ich pass drauf auf, sage ich.

Handgranaten, sagt er, nimmt zwei und wiegt sie in der Hand, als handele es sich um Früchte. Ein neues AR-15. Und die da?

Glocks, neun Millimeter. Eure Achtunddreißiger könnt ihr wegschmeißen.

Ich hab gehört, Fünfundvierziger wären besser.

Die sehen aus wie Spielzeugpistolen, lässt sich Claudia aus dem Dunkel vernehmen.

Tja. Luis grinst immer noch. Tjaja. Der Padre ist ein großzügiger Mann.

Außer Luis' G3 nehmen wir einen der Colts und die beiden Pistolen mit. Da es sich um Luis' Mission handelt, hake ich nicht nach, ob wir genug Waffen dabeihaben. Weil Pedro noch ein Kind ist, soll er die Tasche mit der Munition tragen. Er besteht darauf, dass wir ein paar Granaten mitnehmen. Nur für den Fall, sagt er.

Was für 'nen Fall?, spottet Eduardo. Für den Fall, dass sich unser Mann in einem Rebellenpanzer versteckt?

Es wird bereits dunkel, als wir schließlich im richtigen Viertel ankommen. Wir befinden uns auf fremdem Terrain, und mir ist nicht ganz wohl bei der Sache, weil es nun wirklich die schlechteste Tageszeit ist, um unseren Mann ausfindig zu machen. Außerdem bin ich sauer auf Luis, weil er unbedingt einen Umweg machen musste, um seine E-Mails zu checken. Luis wiederum ist sauer auf mich, weil ich meinte, wir sollten den nächsten Bus nehmen, worauf er erwiderte, Vergiss es, *puto*, da fahren keine hin, und gerade eben hätte uns beinahe ein *chiva* über den Haufen gefahren. Außerdem sind wir alle sauer auf Eduardo, weil er in einen Haufen warmer Hundescheiße getreten ist.

Hast du vorher die Lage gecheckt?, frage ich Luis.

Fick dich ins Knie, sagt er. Ich habe zwar keinen Bürojob, aber ich bin kein Kleinkind.

Und die Zielperson ist ungeschützt?

Wie du wieder daherredest, sagt Eduardo. Und die *Zielperson* ist *ungeschützt*?

Unter dem dämmerigen Himmel verschmilzt alles zu braunen und grauen Schatten. Wir kommen an Behausungen aus Ziegeln, aus Zementblöcken, aus Holz und Plastik vorbei. Die Gesichter der Leute werden eins mit dem Material ihrer Häuser. Wir sehen Straßenkids, die im Müll nach Essbarem kramen, und einige, die fahlgelbes *sacol* aus Supermarkttüten schnüffeln, mit halboffenen Augen und starrem, tierischem Blick. Wir passieren unbewachte Stände, halbvolle Schubkarren, Stundenhotels, bis wir die Häuser hinter uns gelassen haben und ein stillgelegtes Gleis erreichen, das am Rand des Felsens verläuft. Wir überqueren das Gleis. Die Straße fällt steil ab, führt in eine Senke; wir starren hinunter in ein Wirrwarr aus Bambuspfählen, zerrissenen Abdeckplanen und Hunderten und Aberhunderten von Kisten und Kartons. Das ist unser Ziel. Die *tigurio* – die Stadt aus Pappe.

Die wenigen Bewohner, die wir sehen, kümmern sich nicht weiter um uns. Wir marschieren durch schwach beleuchtete Gräben ans nordwestliche Ende der Siedlung. Hinter Kerzen und Petroleumlampen bewegen sich die Schatten von Gesichtern. Luis führt den Zeigefinger an die Lippen und deutet auf einen Schuppen am Ende einer Gasse. Er schleicht voran. Gelbes Licht schimmert durch die Lücken zwischen den Pappen. Als wir näher kommen, erblicke ich einen Schwarzen, der auf dem Rücken liegt und einen Donut mit rotem Zuckerguss isst. Luis tritt zu ihm, packt ihn an den Haaren und zwingt ihn auf den Bauch. Wenn Luis keinen Scheiß gebaut hat, muss das unser Mann sein. Der Bursche ist älter als wir alle – sogar älter als Claudia, die immerhin schon sechzehn ist. Seine Haut ist dunkler als meine und schweißbedeckt, und in seinen Mundwinkeln kleben noch Zuckerkrümel. Luis drückt ihm den Stiefel ins Gesicht, während er ihm in die Hose greift, um das Gewehr herauszuziehen. Er runzelt die Stirn, als das Magazin sich im Hosenbund verfängt – ein altes Problem beim G3. Eduardo hat sich hingekniet und hält die Beine des Typen fest.

Na, wer ist jetzt der Hurensohn?, sagt Luis. Seine Stimme klingt hell und ein wenig atemlos, wie immer, wenn er aufgeregt ist.

Du, *puto*, kreischt der Typ. Er versucht Luis anzuspucken, verfehlt ihn aber.

Claudia kommt herein und geht in die Hocke; der Raum ist so niedrig, dass wir nicht aufrecht stehen können. Die Petroleumlampe strahlt so viel Wärme ab, dass wir zu schwitzen beginnen. Endlich gelingt es Luis, ihm das Gewehr aus der Hose zu ziehen; er rammt den Gewehrlauf in die Augenhöhle des Typen.

Kurzer Prozess?, fragt er. Er sieht mich an, und auch Claudia und Eduardo haben ihre Blicke auf mich gerichtet. Pedro behält die Gasse im Auge.

Einen Moment lang weiß ich nicht, was ich sagen soll. Mit Mord hatte unsere *gallada* bislang nichts am Hut, es sei denn, es hat sich in den letzten vier Monaten einiges grundlegend geändert. Vielleicht wollen sie mich beeindrucken, da ich ja jetzt einen Bürojob habe. Kann aber auch sein, dass sie mich extra deshalb mitgenommen haben.

Kurzer Prozess?, fragt Luis noch einmal. Er klingt angespannt – so, als wolle er wirklich meine Meinung wissen.

48

Was hat er denn getan?

Luis schweigt. Er hebt das Gewehr, geht zwei Schritte nach links und dann zwei nach rechts, leicht gebeugt, da er sonst mit dem Kopf an die Decke stoßen würde. Der am Boden liegende Typ wendet den Kopf, sieht Eduardo, der seine Beine festhält, Claudia, und dann Luis. Er sieht Luis' Hand, seinen Zeigefinger, der am Abzug zittert.

Alles Mögliche, sagt Luis. Aber vor allem hat er behauptet, dass meine Mutter von einer räudigen Hündin abstammt.

Ich kenn dich nicht mal, sagt der Typ. Er wirft mir einen Blick zu. Außerdem stehe ich unter Schutz. Da kannst du jeden fragen.

Ich sehe zu Luis hinüber, der gerade den Mund öffnet.

Der Typ folgt meinem Blick und sieht ebenfalls Luis an. Sein Tonfall ist leise, klingt irgendwie gerissen. Was hast du vor?, murmelt er. Sein Gesicht glänzt im Schein der Petroleumlampe. Du bist kein *sicario*, das weißt du genauso gut wie ich.

Schwer atmend nimmt Luis das Gewehr in beide Hände und rammt ihm den Lauf in den Mund. Ich höre, wie das Metall auf seine Zähne trifft.

Frag ihn, wer jetzt von einer räudigen Hündin abstammt, sage ich. Unwillkürlich muss ich an die gefasste Miene denken, die ich vor vier Tagen selbst vor dem Lauf meiner Glock hatte.

Dem Typ läuft Speichel aus dem Mund, der sich schnell rosa verfärbt.

Ich sage alles, was ihr wollt, krächzt er, alles! Jetzt markiert er nicht mehr den harten Brocken, den *soldado*, so viel steht mal fest. Die Worte dringen nur undeutlich aus seinem halboffenen Mund; seine Lippen bewegen sich wie die von Claudias verrückter Mutter. Bitte, fleht er.

Kapierst du's immer noch nicht?, brüllt Luis. Von seinen Haarspitzen tropft Schweiß.

Der Typ schüttelt den Kopf. Es tut mir leid, stöhnt er.

Ach ja? Was denn? Wir wollen dich hier wirklich zu nichts zwingen.

Wir starren Luis an.

Das muss schon von Herzen kommen.

Okay, Mann.

Okay?

Okay, Mann.

Also? Er entfernt den Lauf aus dem Mund des Typen und drückt ihn gegen seine Wange.

Ich sag alles, was du …

Luis' Stirnfalten vertiefen sich.

Ich meinte, ich will wirklich sagen, wie leid es mir …

Was bist du?, unterbricht ihn Luis.

Der Typ braucht ein, zwei Sekunden, bis er die Frage begriffen hat. Ich bin der Sohn einer Hündin, sagt er dann.

Was für einer Hündin?

Einer … einer räudigen, dreckigen Hündin, die für alle die Beine breit macht.

Und was noch?

Ich bin ein potthässlicher, strunzdummer Hund, der aussieht wie eine verseuchte Ratte und nach Scheiße stinkt …

Und du frisst doch auch deine eigene Scheiße, stimmt's?

Für einen Augenblick hört sich Luis an wie einer der Gangster in dem amerikanischen Film, den ich neulich in einem Kino in der Stadt gesehen habe. Er grinst sogar genauso schäbig wie der Gangster im Film.

Ja, genau. Der Typ greift nach seinem halb gegessenen Donut und zieht ihn quer durch den Dreck, ehe er ihn sich in den Mund stopft. Claudia wendet sich ab. Merkwürdig, was Frauen abkönnen und was nicht.

Von weitem dringt das Klingeln von Glöckchen zu uns herüber. Ich spähe durch einen Spalt in der Pappwand, doch Pedro schüttelt bereits den Kopf. Benzinlaster, ruft er mit seiner hellen Stimme.

Was noch?, fragt Luis.

Den Mund voller Dreck, sagt der Typ: Ich bin ein Hund, der seine eigene Scheiße frisst und seine eigene Pisse trinkt, und ich …

Er kommt nicht mehr dazu, sein Gestammel zu Ende zu bringen, weil Luis plötzlich das G3 hebt und ihm den Aluminiumkolben mit voller Wucht gegen den Schädel rammt. Mir ist, als würde ich ein leises Knacken hören. Kurz sieht Luis verblüfft drein, dann droht er dem leblos auf dem Boden Liegenden mit erhobenem Zeigefinger, als würde er ein Kind ausschimpfen.

Da hast du noch mal Glück gehabt, *puto*, dass meine Freunde Mitleid mit dir haben, sagt er. Er spuckt aus, direkt neben den blutenden Kopf des Typen. Aber nächstes Mal gibt's kein Mitleid mehr.

Du hast ihm den Schädel eingeschlagen, sagt Claudia. Er hört dich sowieso nicht. Gebückt tritt sie zu dem Typen. Im ersten Moment sieht es so aus, als wolle sie die Wunde in Augenschein nehmen, doch dann tut sie etwas völlig Unerwartetes: Sie verpasst ihm einen festen Tritt gegen die Brust. Eduardo drängt sich vor und tut es ihr nach. Wir sehen, dass der Bursche noch lebt, da seine Beine zucken.

Luis deutet mit dem G3 auf den Typen. Und?, fragt er mich. Sollen wir's dabei belassen?

Die anderen richten ihre Blicke auf mich. Der gelbe Schein der Petroleumlampe fällt auf ihre geröteten Gesichter. Merkwürdig, denke ich, wie bereit sie waren, jemanden kaltblütig zu ermorden – obwohl keiner von ihnen, soweit mir bekannt ist, je etwas Derartiges getan hat.

Als wir gehen, klaubt Luis eine Plastiktüte vom Boden auf, in der sich zwei Donuts mit grünem und gelbem Zuckerguss befinden. Für Pedro, erklärt er. Er steht ja auf süßes Zeug.

51

Draußen ist es komplett dunkel geworden. An der Bushaltestelle frage ich Luis abermals, was der Typ verbrochen hat.

Hat 'ne Ladung *basuco* unterschlagen, sagt er. Oder Marihuana. Ich hab's vergessen.

Hast du nicht gesagt, er hätte beim Zocken betrogen?, fragt Eduardo.

Halt's Maul, sagt Luis. Halt bloß das Maul, du fette Sau.

Mein Name ist Juan Pablo Merendez. Seit vier Tagen halte ich mich im Haus meiner Mutter versteckt. Für gewöhnlich werde ich Ron genannt, weil ich als Junge bei einer Mutprobe einmal zwei Flaschen Ron de Medellín getrunken habe und nicht kotzen musste.

Ich bin ein *sicario*, ein Auftragskiller, ein gedungener Mörder. Seit vier Monaten arbeite ich nun als *sicario*, obwohl mein Kontaktmann, El Padre, immer wieder sagt, in Wirklichkeit sei ich ein *soldado*, der für eine Sache kämpft. Ich weiß nicht, was für eine Sache das sein soll; fest steht nur, dass ich vierzehn Menschen eigenhändig umgebracht habe, und wahrscheinlich noch zwei, bei denen ich es nicht so genau weiß. Im Gegenzug für meine Dienste stellt mir der Padre einen Unterschlupf im Barrio zur Verfügung – ich lebe dort allein –, zahlt mir 800 000 Pesos im Monat sowie 300 000 Pesos für jeden Mord. Davon gehen pro Monat 400 000 Pesos an meine Mutter, die jeden Abend zu Gott betet, mir meine Sünden zu vergeben, aber ansonsten mein Geld nimmt, davon Medizin, Klamotten und Kabelfernsehen bezahlt und darüber hinaus keine Fragen stellt.

Man nennt das einen Bürojob, da ein *sicario* stets auf den nächsten Anruf wartet. Ein Bürojob ist in Medellín eine ganz große Sache.

Mein Vermittler heißt Xavier – seinen Nachnamen weiß ich nicht, aber man kennt ihn überall als den Padre.

Ich habe ihn noch nie persönlich getroffen. Dem Hörensagen nach ist er ein großer, hellhäutiger Mann Mitte zwanzig und der einzige Vermittler in Medellín, dem es erlaubt ist, sich eine Privatarmee zu halten. Ich weiß nicht genau, für wen er arbeitet, aber die Morde, die er in Auftrag gibt, lassen nur einen Schluss zu: dass er etwas mit einem Drogenkartell zu tun hat.

El Padre hat einen Ruf wie Donnerhall. Es geht das Gerücht, dass er sich unter dem Bett versteckt hielt, als eines Nachts Guerilleros kamen, erst seinen Vater erschossen und dann seine Mutter vergewaltigten und erstachen; er war sechs Jahre alt. Man erzählt sich, dass er sich merkte, wie die Füße der Mörder aussahen, dass er sich ihre Stimmen einprägte, die Gerüche, die sie ausströmten, und dass er sie später aufspürte, einen nach dem anderen, und Rache an ihnen nahm. Man erzählt sich, dass er jedem ein letztes Gebet gestattete, auch wenn keiner von ihnen bis zum Amen kam, da er ihnen mitten im Gebet von hinten die Kehle durchschnitt. Der Geschichte mit dem Gebet verdankt er auch seinen Namen: El Padre.

Die bessere Geschichte, die man sich über ihn erzählt, geht so: dass er vor zehn Jahren dabei war, als ein Freund von ihm den Abwehrspieler Escobar erschoss, weil der die Todsünde begangen hatte, während der Weltmeisterschaft ein Eigentor zu schießen. Außerdem erzählt man sich, dass er besagten Freund ein paar Jahre später wegen eines verschütteten Drinks erschoss. Einen so berühmten *sicario* zu töten, dazu gehört schon etwas – aber eine solche Legende wegen einer minimalen Respektlosigkeit umzulegen, das ist einfach cool. Man erzählt sich, dass Hunderte von Morden auf El Padres Konto gehen.

Vier Monate lang habe ich für El Padre gearbeitet. Ich war ein guter *sicario*, ein loyaler *soldado*, habe ihn nie enttäuscht – bis auf jenes eine Mal vor vier Tagen. Vor vier Tagen sollte ich jemanden beseitigen und habe es nicht getan.

Ich hatte meine Gründe, aber die interessieren El Padre natürlich nicht.

Wie immer rief er mich am nächsten Tag auf meinem Handy an, um sich die Sache bestätigen zu lassen.

Bueno, sagte ich, stand auf und ging nach draußen, damit meine Mutter nichts mitbekam. Als ich auf der Straße stand, sagte ich ihm, dass ich die Zielperson nicht gefunden hatte.

Am anderen Ende herrschte einen Moment lang Schweigen. Nicht gefunden, sagte er dann. Er sprach leise, als hätte er gerade eine Erkältung überwunden. Vielleicht hatten wir nicht die richtigen Informationen. Manchmal passiert eben so was … Ja, da hat wohl irgendwas nicht gestimmt.

Ich hatte einen ganzen Tag Zeit gehabt, mir etwas zu überlegen, aber mir fiel immer noch nichts Besseres ein.

Vielleicht warten wir am besten bis Sonntag, sagte ich. Soweit wir wissen, ist er sonntags meistens zu Hause, also sollten wir die Sache am besten dann erledigen.

Das Ganze sollte gestern über die Bühne gehen.

Ich konnte ihn nicht finden, log ich wieder. Vielleicht treffe ich ihn ja am Sonntag an.

Wir haben uns nie persönlich kennengelernt, nicht wahr, Ron?

Nein, Sir.

Du warst ein guter *soldado*, sagte er. Ich denke, es ist an der Zeit, dass wir uns treffen. Am besten noch diese Woche.

Ja, Sir.

Ich rufe dann noch mal an.

Ja, Sir.

Ich bin kein Kind mehr, alles andere als ein Grünschnabel. Ich bin vierzehn Jahre und zwei Monate alt. Ich weiß, wie der Hase läuft. Ich weiß, dass persönliche Kontakte zwischen *sicario* und Vermittler tabu sind. Ich weiß, dass ich auf der Abschussliste stehe.

Als ich nach der Geschichte mit Luis und den anderen nach Hause komme, sitzt meine Mutter im dunklen Wohnzimmer und sieht sich eine amerikanische Soap im Fernsehen an. Ich lasse den Blick kurz über die Straße schweifen, ehe ich die Tür hinter mir schließe.

Ich knipse eine Lampe an. Im gelben Lichtschein sehe ich, dass sie noch Make-up und ihre Straßenklamotten trägt. Einen Augenblick lang betrachte ich sie, während sie wie gebannt auf den Bildschirm starrt.

Deine Freundin hat angerufen, sagt sie, ohne den Blick vom Fernseher zu wenden – einem großen Sony mit 40-Zoll-Bildschirm, der fast neu war, als Carlos ihn uns verkauft hat.

Claudia?

Ich hab's aufgeschrieben, sagt sie und macht eine vage Geste. Auf dem Bildschirm umklammert eine weiße Frau mit großen Lippen ihre Ellbogen und weint. Ich ergreife die Hand meiner Mutter und hauche einen gespielten Kavalierskuss darüber. Sie riecht nach Fisch und Nagelpolitur.

Oh, *darling*!, sage ich in affektiertem Englisch. Komm zu mir zurück, da ich … die Frucht deiner Liebe unter meinem Herzen trage! Den zweiten Teil des Satzes spreche ich auf Spanisch, damit sie mich versteht.

Sie gibt einen leisen Zischlaut von sich und wedelt mich weg. Als Werbung kommt, dreht sie sich halb zu mir. Soll ich mir die Haare noch blonder färben?, fragt sie. Was meinst du?

Warum willst du das machen, liebe Mutter?

Ich weiß nicht, sagt sie. Vielleicht sehe ich dann jünger aus.

Jünger? Aber du bist doch jung. Wenn wir zusammen unterwegs sind, glauben die Leute immer, du wärst meine Schwester. Das hat sie zwar schon tausendmal von mir gehört, doch sie strahlt über das ganze Gesicht. Immer werde ich gefragt, ob du meine Schwester bist. Und ich sage dann immer, ihr macht wohl Witze, was?

Tonto!, ruft sie. Ich gehe in die Küche, um ihr einen Becher *panela* zu holen. Du solltest dir deinen Freund Xavier zum Vorbild nehmen, ruft sie hinter mir her.

Xavier?

Ich spüre, wie sich mein Magen zusammenzieht – so, als würde ich einen Raum mit gezückter Waffe betreten, aber mein Opfer nicht vorfinden. Doch dann denke ich, bloß nicht ins Bockshorn jagen lassen.

Er hat erstklassige Manieren am Telefon. Was ist das überhaupt für ein Freund? Weißt du, was er gesagt hat? Dass du dich glücklich schätzen kannst, eine Mutter wie mich zu haben.

Ah, ja.

Ich gieße etwas Milch in die *panela* und bringe sie zusammen mit ein paar Saltina-Keksen ins Wohnzimmer.

Wir brauchen mehr Kerzen, sagt sie geistesabwesend. Heute Nacht gibt es wahrscheinlich schon wieder einen Stromausfall.

Was hat Xavier sonst noch gesagt?, frage ich, während ich das Tablett abstelle, aber die Werbung ist zu Ende und meine Mutter wieder in der Soap versunken.

Ich greife nach dem Notizblock neben dem Telefon. In ihrer großen, mädchenhaften Handschrift steht dort eine Adresse, die mir nichts sagt. Einen Augenblick lang überlege ich, ob ich den Fernseher ausschalten und ihr sagen soll, dass sie ihre Sachen packen kann, aber das bringt sowieso nichts. Ich weiß, dass es bereits zu spät ist. Ich kann nur hoffen, dass ich ihn noch heute Abend erwische. Während mein Herz – *pá, pá, pá* – wie wild klopft, stecke ich den Zettel in die Jackentasche und beuge mich über den Sessel, um meiner Mutter einen Kuss auf die Stirn zu geben.

Ich nehme den Bus nach Aures. Claudias Haus ist der alte blaue Betonbau auf halber Strecke des Hügels.

Sie sitzt im Fenster und wendet den Kopf, als sie mich erblickt. *Buenas noches, guapo,* sagt sie. Inzwischen bin ich wieder ruhiger; mag sein, dass es an der kühlen Abendluft liegt. Claudia kommt zu mir, hebt die Hand und berührt fast mein Gesicht, senkt die Hand dann aber wieder. Sie weiß, dass ich nicht so drauf stehe, am Kopf berührt zu werden.

Lass uns in den Park rübergehen, sagt sie. Es klingt wie eine Frage.

Ich nicke. Das Fenster hinter ihr ist größer als sie selbst, und irgendwie kommt mir der Anblick des dunklen, offenen Fensters fast überwältigend vor; in der Stadt findet man nur selten ein Fenster, das nicht mit Läden oder Gittern gesichert ist. Jenseits des Fensters geht es zwanzig Meter steil bergab, in einen Abgrund aus Felsen, Schlamm und Müll.

Zusammen marschieren wir den Hügel hinauf. Die Luft ist kalt und frisch. Claudias Fenster will mir einfach nicht aus dem Sinn gehen; ich muss die ganze Zeit daran denken, dass es einst verglast war, bis ihre Mutter eines Tages vom Markt nach Hause kam, die Fenster so weit nach außen drückte, dass die Angeln brachen, aufs Fensterbrett stieg und sich in die Tiefe stürzte – auch wenn sie nicht mehr hingekriegt hat, als ihre rechte Körperhälfte zu ruinieren.

Wir sind an unserem Platz angekommen. Es ist dunkel. Seit ich Claudia die Stelle gezeigt habe, spricht sie von »unserem Platz«, obwohl ich eigentlich lieber ohne sie hierher komme. Die Stelle liegt hoch über dem Barrio, hoch über den Stromleitungen, ganz oben auf dem Hügel; ringsherum erstreckt sich gelbes Gras, und der Wind weht aus allen Richtungen. In letzter Zeit komme ich jeden Tag hierher, hocke mich ins hohe Gras und denke nach; manchmal nehme ich eine Flasche Alk mit oder ziehe mir ein, zwei Pfeifen *basuco* rein. Von hier aus sieht man das tiefe, schmale, langgestreckte Tal von Medellín. Die Stadt ist von Bergen umgeben; in der Mitte ragen die höchsten Gebäude empor. Ich sehe die namenlosen Straßen, die *carreras*, die in die eine Richtung, und die *callés*, die in die andere Richtung verlaufen. Wenn es Abend wird, kann man beobachten, wie die Straßenlaternen angehen, deren Licht blockweise entflammt, bis es die Anhöhen und die Barrios erreicht, die sich wie Sternbilder um die Stadt legen.

Und so sieht es auch heute Abend aus. Die ganze Welt wirkt, als stünde sie auf dem Kopf; unter uns sind die Sterne und über uns ein Himmel, der die Farbe von Erde hat.

Willst du wirklich nach Cartagena abhauen?, fragt Claudia.

Ja.

Warum?

Warum? Um das Meer zu sehen, schießt es mir durch den Kopf. Doch stattdessen sage ich: Was willst du von mir? Ich habe noch was Wichtiges vor.

Was denn?

Ich habe keinen Grund, ein Geheimnis daraus zu machen. Ich treffe mich mit dem Typ, der mir die Aufträge verschafft, sage ich.

Es stimmt also, sagt sie. Du stehst auf der Abschussliste.

Ich schweige. Ringsherum erklingt der Gesang der Zikaden, und aus der Ferne brandet Motorengeräusch an meine Ohren. Es klingt wie das Rauschen eines Ozeans, aber wenn man weit genug weg ist, klingt alles wie der Ozean.

Vom Terminal del Norte geht ein Nachtbus nach Tolú, sagt Claudia.

Ich schüttele den Kopf.

Ich weiß Bescheid, sagt sie. Wegen Hernando. Alle wissen Bescheid.

Was hast du gehört?

Sie öffnet den Mund, hält dann aber inne. Dass sie einen Killer auf ihn angesetzt haben. Dich.

Was weißt du denn schon?, sage ich.

Ich fasse sie genau ins Auge. Ihre Züge sind hart; ihr dünner Zigarettenmund ist der eines *soldado*.

Ich muss erst meinen Vermittler fragen, erkläre ich. Sonst halten die sich an meine Mutter.

Claudia zögert kurz. Wie geht es ihr?, fragt sie dann.

Sie ist froh, dass ich endlich mal wieder zu Hause bin, sage ich. Schon ganze vier Tage. Ich halte den Blick weiter auf Claudia gerichtet. Bis auf heute, als wir bei dem Typen in der *tigurio* waren.

Sie geht nicht darauf ein. Und … und wie fühlst du dich so?, fragt sie stattdessen.

So was kann wirklich nur ein Mädchen fragen.

Wie ich mich *fühle*?, gebe ich zurück.

Aber sie hat recht. Wenigstens am heutigen Abend sollte ich etwas fühlen. Ja, ich habe Angst, wenn ich es mir recht überlege, und irgendwie bin ich auch traurig, aber trotzdem ist es so, als wäre es jemand anderes, der diese Dinge fühlt. In Wahrheit weiß ich nicht, was ich fühlen soll. Eigentlich fühle ich gar nichts.

Dieselbe Frage hat sie mir zuletzt bei Carlos' Beerdigung gestellt, vor sechs Monaten auf dem Cemeterio Universal. Der erste Tote unserer *gallada*. Alle waren einhellig der Meinung, dass es ein guter Tod gewesen war. Während ich an seinem Grab stand und nicht wusste, was ich fühlen sollte. Die Grube war so klein – so wie er selbst, auch wenn er von uns allen die meisten Haare auf der Brust gehabt hat. In meinem Kopf hörte ich lauter Stimmen. Du solltest jetzt weinen, sagte eine Stimme, ich will ja, eine andere, und plötzlich sah ich mich selbst, die frisch ausgehobene Erde, die Gebinde aus künstlichen Blumen, die Maria-Statuen und die steinernen Engel auf den Grabsteinen; ich hörte das Zwitschern der Vögel, roch den Duft des

Jasmins, und dann spürte ich, wie mir das Wasser in die Augen schoss, Krokodilstränen, die mich gleichsam zu beobachten schienen, während sie mir die Wangen hinunterliefen.

Und genauso ist es jetzt auch. Ich beobachte mich selbst wie einen Fremden.

Wie wär's mit 'ner Runde *basuco*?, fragt Claudia und greift in ihre Tasche.

Ich muss gehen, sage ich.

Dann komme ich mit, sagt sie.

Mädchen lenken einen nur von den wirklich wichtigen Dingen ab; Luis sagt, dass es zwischen den Beinen einer *chica* manchmal gefährlicher ist als unter einer Brücke in einem fremden Barrio. Claudia und ich sind mal miteinander gegangen. Ich stehe auf sie, aber als Freundin, echte Freundin, würde ich sie nicht bezeichnen. Es gibt nur einen, den ich als echten Freund bezeichnen würde, und das ist Hernando.

Hernando war mal der Kopf unserer *gallada*, auch wenn das keiner zugegeben hätte – schon gar nicht Luis, der genauso alt ist wie er. Damals waren wir noch mehr, ungefähr zwölf; Hernando organisierte unsere Truppe, sprach mit Restaurantbesitzern und Marktstandinhabern, bot ihnen Schutz an, während sie im Gegenzug dafür sorgten, dass wir zu essen bekamen. Die Jüngeren mussten sich nützlich machen, indem sie Windschutzscheiben putzten, Schuhe auf Hochglanz polierten, mit Macheten jonglierten, Autos reparierten oder Waren verkauften – Zigaretten, Blumen und Kaugummis, die von den Älteren gestohlen worden waren. Auf Raubzug gingen nur die wenigsten von uns, und wir arbeiteten ausschließlich für uns selbst. Nachdem mein Vater gestorben war, kämpften meine Mutter und ich ums nackte Überleben, und Hernando half uns, über die Runden zu kommen: Er nahm mich in die *gallada* auf und brachte mir alles bei – wie man sich als Zweierteam organisiert, wann man eine Privatschuluniform anzieht und wie man bestimmte Tricks erkennt, zum Beispiel, wenn irgendwelche Gringos mit einem Wäschesack an den Bankomat gehen und die Scheine in dreckigen Socken verstecken. Ich lernte schnell, und bald darauf war ich jedes Mal dabei, wenn Hernando ein größeres Ding drehte.

Wenn die anderen nicht dabei waren, verhielt Hernando sich anders. Manchmal nahm er sich Zeit, einfach nur die Leute zu beobachten – insbesondere an belebten Orten, wenn wir die Lage checkten. Einmal, gegen Mittag auf einer Plaza, machte er mich erst auf einen Bauern an einem Marktstand aufmerksam, dann auf einen Bauarbeiter auf einem Gerüst.

Glaubst du, die sind glücklich?, fragte er.

Keine Ahnung.

Und was ist mit denen da?

Ich sah in die Richtung, in die er deutete.

Wahrscheinlich glücklicher als die beiden anderen, sagte ich.

Pah! Er spuckte in das verdorrte Gras. Klar, die Typen in den Anzügen haben mehr Geld. Er richtete den Blick wieder auf den Bauarbeiter, eine hagere, sonnenverbrannte Gestalt, die sich langsam in der Hitze bewegte. Er runzelte die Stirn und überlegte einen Augenblick. Aber Arbeit mit den Händen, das ist ehrliche Arbeit, sagte er dann. Abermals spuckte er aus. Vor einiger Zeit hatte er erwähnt, dass sein Vater eine Farm im Westen bewirtschaftete, nachdem ich ihm zuvor von meinem eigenen Vater erzählt hatte und von den Umständen, unter denen er ums Leben gekommen war. Seither aber war die Vergangenheit nie wieder zur Sprache gekommen.

Mag schon sein, dass die Schufterei nicht glücklich macht, sagte er, aber wenigstens ist es anständige Arbeit.

Auch in dieser Hinsicht unterschied er sich von den anderen Mitgliedern unserer *gallada*, deren vornehmliches Interesse darin bestand, sich alles Mögliche kaufen zu können. Während jener drei Jahre sprachen wir oft über Glück, Anstand und Ehre – ja, sogar über Politik – und eine Zukunft, in der wir keine Geldsorgen mehr haben würden.

Dann kam der Tag – sieben Monate ist es nun her –, an dem wir zu Brüdern wurden. Wir spielten Fußball in einem Park am Stadtrand. Hernando war einer der besseren Spieler und sah aus wie eine zum Leben erwachte Bronzestatue. Dann kickte einer den Ball vom Feld. Er flog hoch durch die Luft und kullerte schließlich vor die Füße eines Mannes, der mit seinem Motorrad angehalten hatte. Der Mann stieg von seiner Kiste, nahm die Sonnenbrille ab und kickte den Ball in die entgegengesetzte Richtung, mitten in den Verkehr.

Hernando war dem Ball hinterhergelaufen. Ich war ihm gefolgt, weil ich kurz mit ihm bequatschen wollte, wie wir den anderen ein paar Tore einschenken konnten.

Was machen Sie da?, rief Hernando.

He, *puto*!, rief der Mann zurück. Hast du nichts zu arbeiten? Leiste was, statt dich den ganzen Tag auf die faule Haut zu legen!

Das hätten Sie nicht tun sollen, sagte Hernando.

Ich tu euch doch bloß 'nen Gefallen. Der Mann hielt inne und warf einen Blick über die Schulter. Im selben Augenblick sah ich, dass sich neben ihm noch ein zweiter Mann auf einem Motorrad befand – ein uniformierter Polizist.

Komm her, sagte der Polizist zu Hernando. Er lächelte, und auch der andere Mann begann zu lächeln.

Ohne auch nur eine Sekunde zu zögern, trat Hernando zu den beiden Männern. Er trug nur eine kurze Hose; im Vergleich zu seinem athletischen, schweißbedeckten Körper wirkte der auf seiner Maschine hockende Polizist klein und schmächtig. Ich hielt mich im Hintergrund und schwieg.

Du willst dich mit einem ehrenwerten Bürger anlegen? Der Polizist grinste und öffnete sein Holster. Hernando rührte sich nicht. Los, umdrehen, sagte der Polizist. Jetzt kannst du dich erst mal auf dem Revier austoben.

Ich sah zu, wie der Polizist Hernando Handschellen anlegte. Dann wurden mir selbst die Arme auf den Rücken gerissen – der andere Mann hatte sich unbemerkt von hinten angeschlichen –, und im selben Moment spürte ich auch schon, wie sich kaltes Metall mit einem Klicken um meine Handgelenke schloss. Der Mann führte mich zu seinem Motorrad und ließ mich verkehrt herum aufsteigen. Er roch nach Alkohol.

Als er losfuhr, drückte ich mich an seinen Rücken, um nicht vom Sitz zu fallen. Der Park wurde kleiner und kleiner; von den Jungs, mit denen wir Fußball gespielt hatten, war keiner mehr da. Wohin wir fuhren, konnte ich nicht sehen.

Hernando sah ich ebenfalls nicht, da sich das andere Motorrad vor uns befand. Die Handschellen schnitten mir in die Gelenke. Kurz darauf wurde mir klar, dass wir die Innenstadt von Medellín allmählich verließen. Wir fuhren zu keinem Polizeirevier. Dann ging es eine Richtung Westen führende Anhöhe hinauf, steiler und steiler, mitten hinein in ein Slumgebiet. Nackte Angst stieg in mir auf. Ich wandte mich um, versuchte einen Blick auf Hernando zu erhaschen, doch der Mann vor mir stieß einen wütenden Schrei aus und rammte mir seinen Ellbogen in die Seite. Von irgendwoher drang Gesang an meine Ohren. Wir bogen auf eine Schotterstraße ab. Der Hinterreifen wirbelte Staub auf; ich musste husten, während mir Tränen in die Augen traten. Durch den Staub sah ich Bretterbuden, ein paar Wäscheleinen und zwei Frauen, die kurz von einer

63

Feuerstelle aufsahen – hier oben gab es keine Stromleitungen –, aber gleich wieder den Blick senkten. Als wir erneut abbogen, erblickte ich in der Tiefe die Stadt – ein riesiges Tal aus Beton unter einem Smogfilm, der so flach und blau war wie ein See.

Wir rasten einen schmalen Pfad hinunter. Mein Atem brannte mir in der Kehle. Der Rücken meines T-Shirts war nass vom Schweiß des Mannes, der die Maschine lenkte. Die Sonne gleißte auf den Wellblechdächern und Plastikabdeckungen der hangabwärts gelegenen Behausungen. Olivfarbenes Gestrüpp und Bananenstauden säumten den Wegesrand.

Der Mann gab irgendetwas von sich, aber wegen des Fahrtwinds konnte ich nicht verstehen, was er sagte. Im selben Moment fiel mir auf, dass weit und breit keine Häuser mehr zu sehen waren. Der Fahrer ging vom Gas.

Spring!, hörte ich jemanden schreien. Hernando. Instinktiv beugte ich mich zur Seite und versuchte abzuspringen, doch mein Hosenbein verfing sich in der Kette. Einen Augenblick später kippte die Maschine nach rechts; ich stürzte vom Sattel und rollte, die Hände nach wie vor auf den Rücken gefesselt, einen grasbewachsenen Abhang hinunter. Ich hörte zwei Schüsse, rollte weiter und weiter, bis der Boden ebener wurde. Mein Kopf fühlte sich an, als hätte mir jemand von hinten ein Messer hineingestoßen. Sekunden später spürte ich, wie jemand einen Fuß unter mich schob und mich auf den Bauch drehte. Ich wartete auf den Schuss. Der Geruch von Erde und Gras stieg mir in die Nase, intensiver als alle Gerüche, die ich je wahrgenommen hatte. Ich wartete, doch kein Schuss ertönte, und dann spürte ich, wie meine Handschellen aufgeschlossen wurden. Hernando half mir auf die Beine. Er blutete aus der rechten Achselhöhle. Er führte mich den Hügel hinauf. Der Kerl, der mich gefangen genommen hatte, lag unter seiner Maschine; sein eines Bein war so verdreht, dass der Fuß beinahe die Hüfte berührte. Hernando reichte mir eine Pistole.

Das ist seine, sagte er.

Und der Polizist?, fragte ich.

Dein korrupter Kumpel ist tot, schnauzte Hernando den Verletzten an, als hätte der die Frage gestellt.

Der Mann stöhnte. Die Haut um seine Mundwinkel war erschlafft. Damals wusste ich nicht, dass das ein Zeichen von Angst war.

Du musst es machen, sagte Hernando. Er sah mich an, als sei ich sein Bruder. Du musst es machen, Ron, sagte er. Wir stecken beide in der Sache drin.

Ich nahm die Waffe, die sich unerwartet warm und schwer anfühlte; sie roch wie ein Streichholz, das in einem dunklen Raum aufflackert. Ich richtete die Pistole auf den Kopf des Mannes. Die Sonnenbrille hing an seinem Ohr; die Gläser waren zerbrochen, und auf dem Boden glänzten Splitter im Licht der Nachmittagssonne. Ich zielte auf das dunkle Loch in der Mitte seines Ohrs und drückte ab.

Schließlich wandte ich meinen Blick vom Gesicht des Mannes ab und versuchte, das Motorrad von seinen Beinen zu hieven. Eine überwältigende Leichtigkeit strömte durch mich hindurch, als würde meine Brust mit jedem Atemzug weiter werden. Dann fiel mir plötzlich etwas ein.

Der Polizist. Wie hast du …

Hernando gab ein kurzes Lachen von sich, das wie ein Rülpser klang. Er ging in die Hocke, als wolle er sich auf einen unsichtbaren Stuhl setzen, und klopfte sich auf den Hintern. Er benahm sich, als sei er betrunken.

Der Vollidiot hat angehalten, sagte er. Weil ihn die Handschellen störten, die in seinen Rücken drückten. Trotzdem wollte er nicht, dass ich in Fahrtrichtung hinter ihm sitze – er meinte, er hätte keine Lust darauf, dass sich ein Schwuler von hinten an ihm reibt. Hernando rülpste wieder. Deshalb hat er meine Hände nach vorn gefesselt.

Und als wir oben auf dem Hügel waren, habe ich ihn ausgebremst – so.

Hernando warf den Kopf in den Nacken und reckte die Arme so weit nach hinten, wie er konnte. Ich sah die tiefen Kratzer in seiner rechten Achselhöhle; offenbar hatte ihn der Polizist dort zu fassen bekommen, als sich die Hände mit den Handschellen plötzlich um seine Kehle gelegt hatten.

Er lachte erneut, während ich ihn wortlos betrachtete. Die dünne Luft füllte meine Lungen wie *sacol*. Hilf mir mal mit der Maschine, sagte ich, doch er würdigte das Motorrad keines Blickes, blieb einfach im Gras sitzen, die Arme um die nackten Beine gelegt.

Für mich auch, sagte er. Für mich war's auch das erste Mal. Er runzelte die Stirn und starrte geradeaus. Sein Gesicht war weiß wie eine Plastiktüte. Dann veränderten sich seine Züge, als sei ihm plötzlich schlecht geworden, ehe sie sich wiederum veränderten und ein Lächeln auf seinem Gesicht erschien, das sich jedoch auf seine Mundpartie beschränkte.

Schließlich gelang es mir, das Motorrad allein aufzurichten. Wir müssen hier weg, sagte ich. Ich fahre.

Er nickte. Ich half ihm auf die Maschine. Auf dem Weg ins Tal hielt er mich so fest umklammert wie eine *chica* bei ihrer ersten Fahrt.

Hernando und ich wurden Freunde, aber natürlich veränderten sich noch eine ganze Reihe anderer Dinge. Wer mal eben einen Polizisten und einen ehrenwerten Bürger umbringt, braucht nicht zu hoffen, dass ihm die Straßen irgendeinen nennenswerten Schutz bieten.

El Padre trat an mich heran – über einen *nero*, den ich zwar kannte, von dem ich aber nicht wusste, dass er mit El Padre in Verbindung stand – und ließ mich wissen, dass er sich um meine Rückendeckung kümmern würde. Er bot mir an, mich von der Straße zu holen, so wie er andere Kids von den Zwiebelfarmen holte, nur dass er mir etwas entschieden Besseres in Aussicht stellte: einen Bürojob. Ich hätte den Nerv dazu, sagte er am Telefon. Ich könnte in mein altes Barrio zurückkehren, wo ich mit meinem neuen Status sicher wäre. Wir sind uns ähnlich, sagte er. Wir sind beide *soldados*, wir wissen, was getan werden muss, und wir haben beide unsere Väter im Bürgerkrieg verloren. Ich werde mich für dich einsetzen, sagte er.

Inzwischen hatte Hernando unserer *gallada* den Rücken gekehrt. Seit er den Polizisten gekillt hatte, war er im Barrio zu so etwas wie einer Berühmtheit geworden, und wir alle gingen davon aus, dass er sich versteckt hielt. Bis irgendjemand mehrere Wochen später berichtete, er hätte ihn in der Stadt gesehen, bei einem der Jugendprojekte der Gringos, die Gewalt, Drogensucht und Armut zu bekämpfen versuchen, indem sie in öffentlichen Parks Theaterstücke aufführen.

Ich spürte ihn auf und erzählte ihm von meinem neuen Job. Ich bot ihm an, meinen Gönner zu fragen, ob er ihm nicht ebenfalls einen Bürojob verschaffen oder ihn wenigstens als *soldado* einsetzen konnte. Was ist denn das für eine Bruchbude?, sagte ich grinsend, während ich den Blick durch den fensterlosen, weiß verputzten Raum schweifen ließ, der mit Pappkartons und Papierstapeln vollgestellt war. Es roch durchdringend nach Bleichmittel. Hernando setzte sich hinter einen verkratzten Metallschreibtisch. Hinter ihm hing ein Plakat, auf dem ein Gewehr mit geschmolzenem Lauf abgebildet war. Darunter standen die Worte: MACHT DICH DAS ZUM MANN?

Vergiss den Scheiß, sagte ich. Du kannst jederzeit von vorn anfangen. Mein Vermittler sorgt dafür, dass deine Polizeiakten frisiert werden.

Hernando sah mich lange an. Dann sagte er, er sei froh, mich zu sehen. Er hatte sich die Haare schneiden lassen, wodurch sein Gesicht ganz anders aussah; seine Züge wirkten müde, in sich gekehrt. Na schön, du hast also jetzt einen Bürojob, sagte er schließlich. Und wie ist das so?

Ich erzählte ihm alles: wie viel ich verdiente, was ich an Prämien bekam, was für Waffen ich benutzte und welchen Respekt ich im Barrio genoss. Er hörte aufmerksam zu. Dann lehnte er sich zurück und schloss die Augen. Ich setzte mich ihm gegenüber und fragte mich, was er hier den ganzen Tag so trieb. Alt sah er aus.

Aber wie ist das so?, fragte er noch einmal.

Jetzt erst ging mir auf, dass er vom Töten sprach. Zu jenem Zeitpunkt hatte ich noch keinen Auftrag erhalten. Seine Frage verunsicherte mich. Es ist einfach, sagte ich.

Wer vermittelt dir die Jobs?

Ich sagte es ihm.

Er schwieg.

Was ist?

Hör mir zu, Ron. Hör mir gut zu. Der Mann, den du als El Padre kennst, ist gefährlich.

Ich lachte. Sollte das ein Witz sein?

Hör mir zu.

Klar ist er gefährlich. Er ist eine Legende.

Ja, sagte Hernando nachdenklich. Aber verglichen mit *seinen* Auftraggebern ist er bloß ein kleiner Fisch. Was ihn noch gefährlicher für dich macht. Die Metallplatte bog sich leicht unter seinem Gewicht, als er sich unvermittelt vorbeugte. Ron, du musst damit aufhören. Lass den Bürojob sausen, verstanden?

Willst du mich verarschen?

Ich schämte mich für ihn. Was hatte der *nero* gesagt, der ihn aufgestöbert hatte? Dass Hernando, gekleidet wie ein Bauer, ihm geraten hatte, er solle wieder zur Schule gehen, sonst würde er unweigerlich der Kultur der Gewalt zum Opfer fallen – worauf ihm der *nero* applaudiert und gesagt hatte, Hernando solle sich zu seinen neuen Schwulenfreunden verziehen. Ich hatte ein mulmiges Gefühl gehabt, mir aber nichts anmerken lassen. Vorher hätte es niemand gewagt, so mit Hernando zu reden.

Hast du das von deinen Gringo-Freunden?, fragte ich.

Ich brauche keinen Gringo, um zu sehen, was Sache ist. Er wandte den Blick von mir ab. Aber manchmal haben sie eben recht, zum Beispiel, was El Padre angeht. Er ist nichts weiter als ein Handlanger der Drogenbarone – ein Mann, der Unschuldige ermorden lässt, damit die Reichen noch reicher werden.

Von wegen unschuldig, fuhr ich ihm ins Wort. Er holt genau die Jungs von der Straße, die du hier schlechtmachst. Beinahe hätte ich gesagt: Leute wie mich. Seine Worte hatten mich getroffen. Ich zwang mich, ruhiger zu atmen. Du kennst ihn doch überhaupt nicht.

Mich hat er auch angesprochen, sagte Hernando.

Eine Weile sagte keiner von uns ein Wort. Seine Klamotten waren fadenscheinig und ausgeblichen, und aus dem einen Treter ragte sein großer Zeh. Unwillkürlich musste ich an meine Nike-Schuhe denken, an mein Adidas-Trikot mit dem Drei-Streifen-Logo.

Wenn du weiter solche Scheiße verzapfst, wird es höchstens für dich gefährlich.

Eine Schande, dass Menschen so etwas tun müssen wie du, sagte er leise, wie zu sich selbst. Er stand auf und kam um den Schreibtisch herum.

Kriegst du Geld? Dafür, dass du an dem Jugendprojekt teilnimmst?

Hernando lächelte. Schwer hing das Lächeln an seinen Mundwinkeln. Mir gefällt's hier, sagte er.

Ich kann dir aushelfen. Ich habe schon fast 'ne Million Pesos gemacht.

Du bist wie ein Bruder für mich, sagte er. Ich will doch nur, dass dir nichts passiert. Er runzelte die Stirn, überlegte, wie er seinen Gedanken in Worte fassen sollte. Wir können einander nicht helfen, Ron. Vielleicht ist es zu spät. Aber vielleicht gelingt es dir ja, deiner richtigen Familie zu helfen.

Vielleicht wär's besser, wenn du die Stadt verlässt, sagte ich.

Er lächelte wieder, trat zu mir und umarmte mich. Vielleicht, sagte er.

In der Woche darauf kaufte ich über einen Strohmann ein Haus im Barrio, ganz in der Nähe des El Poblado, und ließ meine Mutter dort einziehen, ohne jemandem davon zu erzählen. Der Kontakt zwischen mir und Hernando war abgebrochen; erst vor vier Tagen hatte ich wieder mit ihm gesprochen, nachdem ich von El Padre den Auftrag erhalten hatte, ihn zu beseitigen.

Als wir noch in der alten Wohnung lebten, regnete es einmal – ich war neun und meine Mutter vierundzwanzig – neun Tage hintereinander. Die Schule fiel aus; der Regen fiel so heftig, dass man auf der Straße bis zur Taille im Schlamm stand und viele Leute nicht mehr aus ihren Häusern kamen. Am zehnten Tag hörte es auf zu regnen, und es war wie ein Feiertag. Die Leute traten vor ihre Türen wie zum ersten Mal; die Sonne wärmte ihre Haut, Rasen und Bäume schimmerten in kräftigen Farben, und die Gesichter der Touristen glänzten wie reife Früchte. Die Miliz hatte auf der Avenida Oriental zwei Straßensperren errichtet und kaperte einen Linienbus, der gerade aus unserem Barrio kam. Sie vergewaltigten zwei Frauen und töteten meinen Vater; seine Leiche und seine Gitarre wurden in der Gasse hinter meiner Schule gefunden. Die Zeitungen schrieben, dass unter den Entführern auch Polizeibeamte gewesen seien.

Sie haben seine Gitarre kaputtgemacht?, fragte meine Mutter, als uns zwei Uniformierte aufsuchten, mit Schweißflecken unter den Armen und vom Matsch verdreckten

Schuhen. Zu diesem Zeitpunkt wussten wir natürlich bereits, was passiert war.

Warum fragen Sie?, sagte der eine. Wollen Sie das Instrument zurück? Er sah überrascht aus. Nun ja …

Er stockte, als er den Blick seines Kollegen bemerkte.

Am Abend begann es erneut zu regnen; die Luft war graugrün, ehe es dunkel wurde. Zwei Nachbarinnen kamen vorbei – meine Mutter sprach leise an der Haustür mit ihnen –, doch danach ließ sich niemand mehr sehen. Den ganzen Abend gab sie keinen Ton von sich; ich wusste nicht, was ich machen sollte. Sie hockte sich auf den braunen Teppich im Schlafzimmer, blätterte im Dunkeln in den Noten meines Vaters. Aus der Küche fiel das Licht der Petroleumlampe auf ihre Züge; sie sahen irgendwie missgestaltet aus. Stundenlang saß ich auf dem Bett meiner Eltern und sah zu, wie sie die Notenblätter auf verschiedene Stapel verteilte, ohne dabei auch nur einmal innezuhalten, als würde sie einem besonderen System folgen. Wie gebannt sah ich auf ihre Finger, betrachtete ihr fremdes Gesicht, den Regen, der von der Küchendecke tropfte, und wartete, dass sie mir erklärte, was nun aus uns werden würde.

Er war Musiker gewesen, Lehrer an einer Grundschule. Alle sagten, sein Tod sei ein unglücklicher Zufall, ein bedauerlicher Fehler, auch wenn alle verschwiegen, dass er ebenfalls einen Fehler begangen hatte: sich mit den Entführern anzulegen, ja, überhaupt ihre Aufmerksamkeit auf sich zu ziehen, obwohl er nur seinen Mund und seine Hände zur Verteidigung aufbieten konnte. Außerdem verschwiegen alle, dass in unserer Stadt kein Tod ein wirklich unglücklicher Zufall ist.

Zwei weitere Tage lang regnete es wie aus Gießkannen. Meine Mutter verharrte im Schneidersitz auf dem Teppich, dessen Farbe sich im regengetrübten Licht in ein fahles Orange verwandelt hatte. Sie trug immer dasselbe graue

Kleid und aß nichts mehr. Am dritten Morgen fuhr ein Wagen vorbei, aus dem jemand über Lautsprecher verkündete, dass Andrés Astrana Arango die Präsidentenwahl gewonnen hatte. Ich erinnerte mich, wie mein Vater ihn immer als »Hippie-Kandidaten« bezeichnet hatte. Ich nahm mir Geld aus dem Portemonnaie meiner Mutter und machte mich auf, um mir etwas zu essen zu kaufen. Draußen spielte ich Fußball mit ein paar anderen Kids.

Am Abend sahen meine Mutter und ich uns wieder, als ich ihr zwei Mangos und einen Topf mit abgekochtem Wasser brachte. Sie sagte, ich solle mich setzen. Schweigend hockten wir uns im Dunkeln gegenüber, bis sie sich vorbeugte und jene Stelle meines Körpers küsste, die ihr am nächsten war, die Außenseite meines Knies, die sie erst zweimal und dann noch zweimal küsste. Dann sprach sie meinen Namen aus, Juan Pablo, sagte sie, und als ich sie ansah, sagte sie, du brauchst nichts zu sagen, du bist jetzt ein Mann. Mutter?, sagte ich, doch ihre einzige Antwort bestand aus meinem Namen, den sie wie ein Mantra vor sich hin sprach: *Juan Pablo, Juan Pablo, Juan Pablo.*

Stromausfälle sind nichts Ungewöhnliches in den Barrios; manchmal gibt es tagelang keinen Strom. Als Claudia und ich in dem Barrio ankommen, in dem El Padre sein Hauptquartier hat, bricht das elektrische Summen in der Luft auf einmal ab; der gesamte Hang liegt plötzlich im Dunkeln. In meinen Augenwinkeln tanzen Lichtgespenster, Erinnerungen gleich, auf der Rückseite meiner Lider gefangen. Am Himmel steht kein Stern. Nach und nach erreicht der Widerschein der Stadt den dunklen Grat der Berge und erzeugt ein Licht, als würde jemand mit einer Taschenlampe durch graue Decken leuchten.

Im Halbdunkel setzen wir unseren Weg fort. Aus Fenstern dringt trübes Kerzenlicht auf die Straße. Schließlich erblicke ich ein Haus hoch auf dem Hügel. Das muss es sein: Vor dem Tor stehen zwei junge Burschen mit Uzi-Maschinenpistolen. Selbst aus dieser Entfernung kann ich erkennen, dass es sich um Neun-Millimeter-Waffen mit Fünfundzwanziger-Magazinen handelt. Das Haus hat zwei Etagen; vom oberen Stockwerk geht ein Balkon aufs Tal hinaus. Auf dem Balkon steht noch ein Posten. Der Schatten einer weiteren Wache bewegt sich hinter schwach beleuchteten Fenstern. Auf den Mauern befinden sich Glasscherben verschiedener Größe und Farbe, die im Kerzenlicht schimmern.

Wie ein Palast ragt das Haus aus der Mitte des Slums hervor.

Bleib hier, sage ich zu Claudia.

Zu meiner Überraschung gibt sie keine Widerworte. Ich warte hier, sagt sie und tritt in den Schatten einer Gasse zurück.

Am Tor stelle ich mich vor, werde schnell und professionell abgetastet und dann von einem der Wächter ins Haus begleitet. Er öffnet die Haustür, bedeutet mir einzutreten und geht wieder zum Tor. Drinnen ist es dunkel; die Luft ist zum Schneiden, als wären die Fenster den ganzen Tag über geschlossen gewesen. Es riecht, als hätte gerade jemand einen mit Kokain versetzten Joint geraucht.

Du bist sicher Ron, dringt eine weibliche Stimme an meine Ohren, während ich gleichzeitig ein Dreieck aus Licht erspähe, das sich in schiefem Winkel auf mich zubewegt. Ein Mädchen kommt die Treppe herunter; zuerst sehe ich ihre spitzen Stiefel und die engen Jeans, dann ihren nackten Bauch, die in einem Top steckenden Brüste und schließlich ihr Gesicht und das hochgesteckte Haar, das im Licht bernsteinfarben schimmert. Sie ist ungeheuer schön.

Ja.

Xavier wartet schon auf dich, sagt sie. Sie kommt direkt auf mich zu und reicht mir die Hand. Ihre Berührung ist warm und weich; die Spitzen ihrer Finger zeichnen sacht einen Kreis auf meine Handfläche. Diese *chica*, denke ich, würde mich sofort ficken – oder mir ebenso bedenkenlos die Kehle durchschneiden.

Oben sitzt El Padre hinter einem großen Holzschreibtisch. Hinter ihm gehen Glastüren auf den Balkon hinaus. Der Raum ist voller Kerzen – auf jeder ebenen Fläche, in jedem Fenster stehen Kerzen, wie in einer Basilika. Während ich den Blick durch den Raum schweifen lasse, erwarte ich fast, jeden Augenblick ein Bild des Gekreuzigten zu erblicken. Es ist zehn Uhr abends, und El Padre trägt einen Anzug und ein Hemd mit offenem Kragen. Obwohl er sitzt, wirkt er hochgewachsen, sind seine breiten Schultern nicht zu übersehen; er ist hellhäutig, genau wie die Gerüchte besagen, doch vor allem fallen mir seine in Cornrows geflochtenen Haare auf. Der Anblick überrascht mich. Die geölten, sich wie straffe Kabelstränge über seinen Schädel ziehenden Zöpfe glänzen im Kerzenschein.

Setz dich, sagt er.

Die Bodendielen knarren unter meinem Gewicht, als ich mich zu dem Stuhl vor dem Schreibtisch begebe. Er blättert in irgendwelchen Unterlagen. Abgesehen von seiner Frisur sieht er aus wie ein ganz normaler Geschäftsmann, der einen langen Tag hinter sich hat und gleich sein Büro verlassen wird. Seine Gesichtszüge kommen mir irgendwie merkwürdig vor – dann fällt mir auf, dass er trotz der hellen Haut die breite Nase und dicken Lippen eines Schwarzen hat. Seine Augen sind schwarz. Ich sehe, wie das Kerzenlicht über die Zöpfe, die helle Haut und seine Hände huscht, die sich bedächtig bewegen. Er nimmt einen Stapel Papier zur Hand und stößt ihn auf Kante; dann zieht er einen Stift aus der Hemdtasche und unterzeichnet das zuoberst liegende Blatt mit einer sichtlich widerwilligen Geste. Er legt den Stift beiseite und mustert mich mit kalten Schlangenaugen.

So, sagt er. Endlich lernen wir uns kennen.

Ja.

Sein Blick richtet sich auf etwas hinter mir. Ich weiß, dass sich noch zwei Personen im Raum befinden: die *chica* und eine weitere, mit einem Gewehr bewaffnete Wache, die einen Joint raucht. El Padre sieht mich wieder an.

Tja, Ron, ein Vermittler wird nie aus dir, sagt er sanft.

Weil ich so dunkle Haut habe?

Weil du glaubst, dass du schlauer bist als deine Auftraggeber.

Ich schweige.

Du hast einen Auftrag bekommen, dich aber geweigert, ihn auszuführen.

Ich konnte die Zielperson nicht finden, sage ich leise.

Er überlegt einen Moment. Ein guter *soldado* erfüllt alle Befehle seines *general*, oder?

Ja.

Er dreht sich mit seinem Stuhl zu den Balkontüren um, lehnt sich zurück und spricht weiter, als würde er das Wort an die draußen herrschende Dunkelheit richten. Ich bin dein *general*, sagt er. Ich muss mich um eine ganze Armee von Leuten kümmern. Wenn sich zwei Frauen in die Haare kriegen, lasse ich ihnen die Köpfe rasieren. Wenn mich jemand hintergeht, kriegt er eine Kugel in die Hand. Und wenn ein *soldado* versagt oder mich betrügt … Tja, was habe ich für eine Wahl?

Ich sehe, wie ein Gecko oben über den Rahmen der Balkontür huscht. Plötzlich verharrt er, prüft die Nachtluft mit der Zunge. El Padre wendet sich wieder zu mir und runzelt die Stirn.

Du hast wohl zu viel *sacol* geschnüffelt, sagt er.

Das mach ich schon lange nicht mehr, sage ich. Das ist Kinderkram.

Die Hitze der Kerzen, die auf dem Schreibtisch stehen, der Geruch von Wachs, Marihuana und Kokain – alles vermischt sich in meinem Kopf.

Du hast mir den Gehorsam verweigert, sagt er, mir, deinem Gönner. Du hast es vorgezogen, deinen Freund zu schützen.

Ich schweige.

Hast du eine Ahnung, was dein Freund ausgeplaudert hat? Zum ersten Mal hebt El Padre die Stimme. Ist dir klar, an wen er sich gewandt hat? Weißt du überhaupt, was es kostet, sich Schweigen zu erkaufen? Da hast du uns einen tollen Dienst erwiesen.

Ich schweige weiter.

Und wegen dir bin ich drauf und dran, mein Gesicht zu verlieren. Mein Ruf steht auf dem Spiel.

Sie könnten einen anderen *sicario* mit der Sache betrauen, höre ich mich sagen.

Ach ja? Nachdem du ihm zur Flucht verholfen hast?

Ich konnte ihn nicht finden, das habe ich schon gesagt.

Zeno kümmert sich bereits darum, sagt er.

Ich kenne Zeno nicht. Aber ich habe gehört, er sei ziemlich gut.

Ja, ist er. Die dicken Lippen pressen sich zusammen und öffnen sich wieder. Er hat seinen Auftrag bereits erledigt. Vor zwei Tagen.

Ich spüre, wie sich kalter Speichel in meinem Mund sammelt. Ich rufe mir in Erinnerung, dass ich vor einer Schlange sitze. Ich rufe mir in Erinnerung, dass Hernando genau weiß, wie man die Stadt ungesehen verlässt. Und dass er vier Tage Vorsprung hatte.

Tatsächlich?

Warum sollte ich lügen?, sagt er, als könne er meine Gedanken lesen. Ich habe heute persönlich mit Zeno gesprochen. Im Hospital San Vicente de Paul. Durchdringend fixiert er mich mit seinen leeren schwarzen Augen. Er hat einen schweren Schädelbruch, sagt er dann.

Einmal mehr fühle ich mich, als würde ich meinen eigenen Körper verlassen.

Merkwürdige Sache, fährt El Padre fort, da Hernando laut Zeno keinen Widerstand geleistet hat. Das Ganze ging ruckzuck über die Bühne. Seine Verletzungen muss er sich also hinterher zugezogen haben. Aber du weißt natürlich nichts davon, oder?

Es ist gar nicht so leicht für mich, mir meine Überraschung nicht anmerken zu lassen. Ich erwidere El Padres Blick, doch tatsächlich sehe ich den Schwarzen unter seinem Dach aus Pappe vor mir, den Donut mit rotem Zuckerguss und die Zuckerkrümel auf seinen Lippen. Meine Gedanken rasen, als würde ich einen Film ganz schnell zurückspulen. Sie wussten also alle Bescheid, schießt es mir durch den Kopf – Luis, Claudia, Eduardo. Ich hätte nicht untertauchen dürfen. Aber ich musste untertauchen – um ihm die Flucht zu ermöglichen. Und gleichzeitig muss ich an Claudia denken, an Claudia, die Bescheid wusste, die wusste, wo ich mich versteckt hielt, und mich im Dunkeln gelassen hat. Im selben Moment wird mir klar, dass El Padre auf eine Antwort wartet.

Wenn Sie mit mir nicht zufrieden sind, sage ich, kann ich ja die Stadt verlassen. Meine Stimme hallt in meinem Kopf wider wie ein endloses Echo. Sie können meinen Lohn für diesen Monat einbehalten.

Sehr großzügig von dir, Ron. Vielleicht bin ich ebenso großzügig und gebe ihn deiner Mutter.

Er fixiert mich ohne Unterlass. Ich bin ein *soldado*, sage ich. Das haben Sie selbst gesagt. Lassen Sie meine Mutter aus dem Spiel.

Wir sehen einander an. Ein plötzlicher Luftzug bringt eine dicke Kerze auf dem Tisch zwischen uns zum Zischen, doch keiner von uns beiden blinzelt auch nur. Seine Augen sind schwarze Pfützen.

Draußen in der Finsternis ertönt eine Glocke. Es gelingt mir nicht länger, seinem Blick standzuhalten, aber wo ich auch hinsehe, überall starre ich nur in Kerzenflammen. Es ist wirklich wie in einer Kirche, denke ich, auch wenn ich seit Jahren kein Gotteshaus mehr betreten habe. Mir schwirrt der Kopf. Als ich El Padre erneut ansehe, merke ich, dass mir keine Gebete mehr einfallen. Gegrüßt seist du, Maria, voll der Gnade, denke ich, doch dann ist es in meinem Kopf so dunkel wie in einem leeren Gewehrlauf. Ich frage mich, ob die Geschichten wahr sind, die man sich im Barrio erzählt. Ich frage mich, wo er das Messer hat. Ich frage mich, ob er mich bitten wird, ihm den Rücken zuzudrehen, oder ob er hinter mich treten wird.

Hernando saß über sein Abendessen gebeugt und las die Zeitung, als ich ihn ausspähte, hinter ein paar dichten Sträuchern in seinem Garten verborgen. Vier Tage war das nun her. Meine Glock war geladen und schussbereit. Ich beobachtete ihn eine geraume Zeit, ehe ich aus meinem Versteck kam. Eine Art feierlicher Überraschung trat auf seine Züge, als er mich sah; sein Blick huschte über die Waffe. Dann stand er auf, um mich zu umarmen.

Sie haben dich geschickt?, fragte er leise.

Ich nickte.

Und?

Er musterte mich mit unerschütterlichem Blick, als sei ich schon zeit seines Lebens sein Bruder. Er sah mich an, als wüsste er bereits, was ich sagen würde. Ich fragte mich, ob er womöglich meine Gedanken gelesen hatte, während ich in meinem Versteck unter den warmen, glatten Blättern gehockt und im Halbdunkel den Finger probeweise um den Abzug gelegt hatte.

Ich hab's dir gesagt, sagte ich. Ich hab's dir gesagt.

Er lächelte. Meine Finger schlossen sich fest um die Glock. Ich richtete den Blick auf seine Stirn. Dann senkte ich die Waffe, als würde ich einem anderen Willen folgen, und legte sie auf den Tisch.

Hau ab.

Ich war nicht sicher, ob ich die Worte ausgesprochen oder nur gedacht hatte.

Sein Lächeln gefror. Abhauen?

Er wird andere schicken. Du musst dich aus dem Staub machen. Sofort.

Und was ist mit dir?

Das wusste ich selbst nicht. Ich hätte nie im Leben gedacht, dass alles so enden würde. Mein Kopf war klar – so wie immer, wenn ich einen Job zu erledigen hatte –, doch Hernandos seelenruhiger Blick brachte mich völlig aus dem Konzept.

Willst du mich wirklich laufen lassen?, fragte er. Er hielt inne, runzelte die Stirn und sagte unvermittelt: Du kommst mit.

Er nickte, als hätte ich den Vorschlag gemacht, und nickte noch einmal, nachdrücklicher diesmal. Ja, sagte er wie zu sich selbst. Aber wohin? Wir müssen weit weg. An die Küste. Am besten in den Norden. Cartagena. Lass uns nach Cartagena abhauen. Wir könnten als Fischer arbeiten. Er lachte laut auf. Nach allem, was passiert ist!

Cartagena?

Ja, sagte er. Warum nicht? Sein Ton war scherzhaft, als seien wir wieder Kinder, als befänden wir uns in einem unserer *mocós* und würden damit angeben, was wir auf unseren Raubzügen abgegriffen hatten.

Ich kann nicht weg, sagte ich.

Ich gehe aber nicht ohne dich, sagte er. Als ich ihm in die Augen sah, wusste ich, dass er es ernst meinte.

Mir war klar, was das bedeutete. Er war mein Bruder, doch ich war ihm nichts schuldig – und das wusste er. Wir hatten uns seit drei Monaten nicht mehr gesehen. Er wusste, dass ich von der Straße stammte, die – ebenso wie ich – nichts versprochen hatte und niemanden hinterging. Er lachte, und ich betrachtete ihn, während er lachte und sich seine Züge einen Moment lang in die eines Kindes zurückverwandelten. In jenem Augenblick erhaschte ich einen Blick auf den Hernando, der er einmal gewesen war, den Hernando, den er komplett hinter sich gelassen hatte. Ich erinnerte mich an den großen, bronzehäutigen Hernando, der mir seinerzeit oben auf dem Hügel die Pistole in die Hand gedrückt hatte, den blassen Schwächling, dem ich bald darauf begegnet war – und nun sah sein Gesicht wiederum ganz anders aus. Es glich in nichts den mal verkrampften, mal erschlafften Gesichtern, die ich bislang bei den Todgeweihten gesehen hatte. Es wirkte irgendwie gefasst, frei von Schwäche, das Gesicht eines *soldado*, der zum Sterben bereit war; wofür, verstand ich nicht, doch was es auch war, ich würde ihn gehen lassen. Ich dachte an El Padre. Ich dachte an meine Mutter und an Claudia. Ich dachte an Cartagena und fragte mich, wie viele Male ein Mensch neu anfangen kann. Schließlich begann ich ebenfalls zu lachen.

Ja, sagte er wieder. Ja, ja. Er hielt inne und warf mir einen spitzbübischen Blick zu: Claudia steht auf Cartagena.

Fischer, sagte ich.

Ja. Er nickte und grinste breit. Weißt du noch, was Luis über Cartagena erzählt hat?

Ich führte die Hand zum Mund und tippte mir mit dem Fingernagel gegen die Zähne, worauf Hernando abermals einen Lachanfall bekam. Wir benahmen uns wie zwei betrunkene Schulmädchen. Und ob, sagte ich. Er hat's ja bloß vierzigmal erzählt.

Nach langem Schweigen seufzt El Padre. Sein Atem bringt die Kerzenflammen zum Flackern, während ein Lächeln auf seine Lippen tritt.

Du hast recht, sagt er. Du warst ein guter *soldado*.

Ich antworte nicht. Er lehnt sich in seinem großen Stuhl zurück und verschränkt die Hände hinter dem Kopf. Selbst das Dunkel seiner Achselhöhlen verheißt Gewalt. Gegrüßt seist du, Maria, voll der Gnade …

Als ich so alt war wie du, eigentlich sogar noch jünger, sagt er, musste ich meine besten Freunde beseitigen. Er hält inne. Sein Tonfall hat sich verändert; er spricht mit gedämpfter, belegt klingender Stimme. Den Auftrag, deinen Freund zu töten, habe nicht ich gegeben, sagt er. Aber ich habe dich ausgewählt.

Ich senke den Kopf; ich weiß nicht, was ich sagen soll. Ich rufe mir in Erinnerung, dass mir all das bereits bekannt war. Ich erinnere mich daran, was damals nach der Weltmeisterschaft passiert ist, und frage mich vage, ob El Padre damals genauso aussah wie heute: wie ein Gangster in einem amerikanischen Musikvideo.

Er redet weiter. Während er spricht, scheinen seine Worte zu hohlen Lauten zu erstarren. Danach habe ich gelernt, den Tod nicht mehr so wichtig zu nehmen – nur noch die Details. Der Tod ist nur eine Transaktion. Eine Kette von Konsequenzen.

Ich nicke. Ich fühle mich tonnenschwer. Seine Worte ziehen mich herunter. Mein Körper lastet wie ein Fels auf dem Stuhl.

Nehmen wir beispielsweise mal mich, sagt El Padre, während er mich genau ins Auge fasst. Wenn ich sterbe, was meinst du, wie viele weitere Tote das nach sich zieht. Er nennt eine Zahl. Ich kann seinen Tonfall nicht richtig deuten, weiß nicht, ob Stolz, Bedauern oder Ungläubigkeit darin mitschwingt.

Trotz allem begreife ich, dass es sich um eine außergewöhnliche Sache handelt. Dass von einem Leben das Leben vieler abhängig sein kann und dass sich die anderen dessen womöglich gar nicht bewusst sind. Unwillkürlich kommt mir ein Spiel mit Holzklötzen in den Sinn, das ich früher mit meinen Eltern gespielt habe; wird ein Klötzchen angestoßen, fällt der ganze Turm zusammen.

El Padre mustert mich die ganze Zeit, und während ich seinen Blick erwidere, dringt plötzlich eine Erkenntnis in den heißen Sumpf meines Bewusstseins, auch wenn ich dabei kein Triumphgefühl empfinde. Du bist kein Hernando, sagt eine Stimme in meinem Kopf, und im selben Moment weiß ich, dass es die Wahrheit ist. Dann höre ich eine andere Stimme: Du bist kein El Padre, sagt sie. Und während ich die Stimme höre, beobachte ich ihn, diesen Mann mit den glänzenden Cornrows auf dem Schädel, dort hinter dem Tisch in seinem Kerzenreich – ich beobachte ihn, wie er dort sitzt, beherrscht, lebendig und ganz und gar allein mit seiner Macht, die er nicht teilen kann.

Ich verstehe, sage ich.

Du warst ein guter *soldado*, wiederholt er. Er holt tief Luft. Trotzdem ist dir hoffentlich klar, dass du mit deinem Job nicht weitermachen kannst.

Ja.

Außerdem will ich die Waffen wiederhaben.

Klar.

Ich werde Damita zu deiner Freundin in die Gasse runterschicken. Weiß die Kleine, wo die Waffen sind?

Ich überlege. Gegrüßt seist du, Maria. Dann sage ich: Meine Freundin wird sie nur holen, wenn ich es ihr selbst sage.

Er mustert mich ungerührt.

Die Waffen sind in unserem *mocó*, füge ich hinzu.

Er denkt nach, und schließlich nickt er. Bis zur Gasse, und keinen Schritt weiter, sagt er. Damita wird dich begleiten. Danach können wir ja noch was trinken.

Kurz bevor wir das Tor erreichen, sagt Damita: Er mag dich.

Zum ersten Mal heute Abend lache ich kurz. Irgendwie bringt mich die kühle Nachtluft wieder näher zu mir. Es ist fast vorbei, sage ich mir.

Nein, wirklich, sagt sie. Ich kenne ihn. Beim ersten Mal führt er sich immer so auf. Sie wirft mir einen Seitenblick zu. Sie hat die Art von Gesicht, das man sonst auf den Titelseiten von Hochglanzmagazinen sieht. Als ich zum ersten Mal mit ihm gesprochen habe … *ay!* Genau die gleiche Nummer! *Wenn sich zwei Frauen in die Haare kriegen, lasse ich ihnen die Köpfe rasieren*, macht sie ihn nach, und dann lacht sie, ein kurzes, spitzes Lachen, das sich für mich anhört, als würden Funken von einem Feuer in den nächtlichen Himmel stieben.

Sie bleibt am Tor stehen, um eine Zigarette mit der Wache zu rauchen. Du bleibst in Sichtweite, sagt sie, bevor sie mir winkt wie ein Schulmädchen, das gerade aus dem Bus gestiegen ist.

Zuerst kann ich Claudia nicht finden, doch dann höre ich ihre heisere Stimme aus der gegenüberliegenden Gasse.

Komm schon raus, sage ich. Die wissen, dass du hier bist.

Sie kommt bis zur Ecke; ihre Stirn und die Knie schimmern weiß im Halbdunkel. Als ich zu ihr trete, zieht sie die Stirn in Falten – sie sieht wütend aus.

Lässt er dich gehen?

Ich weiß es nicht, sage ich.

Sie beginnt zu weinen, und mit einem Mal wird mir bewusst, dass ich sie noch nie habe weinen sehen, nicht mal nach dem Selbstmordversuch ihrer Mutter. Ganz weich wirkt ihr Gesicht.

Hernando ist tot, sage ich. Ich muss mich dazu zwingen, den Satz ohne Fragezeichen auszusprechen.

Ich weiß.

Als sie das sagt, ist mir, als würde tief in mir etwas zerreißen. Einen Moment lang kommt es mir vor, als hätte ich meinen eigenen Körper verlassen. Ich konzentriere mich mit aller Macht. Dann sag Luis danke von mir, sage ich. Dass er's dem Dreckskerl besorgt hat.

Sie nickt.

Er hat es für dich getan, sagt sie. Er wollte nur nicht derjenige sein, der dir die Nachricht von Hernandos Tod überbringt, na ja, und du warst ja sowieso untergetaucht, und …

Sie spricht nicht weiter, als sie merkt, was sie da enthüllt. Alle wussten Bescheid, denke ich wieder, aber ohne die geringste Verbitterung.

El Padre weiß, dass du hier bist, wiederhole ich. Er will, dass du seine Waffen aus unserem *mocó* holst.

Ich will ihr verweintes Gesicht nicht sehen. Ich starre ins Halbdunkel hinter ihr, wo ich die Umrisse eines zugemüllten Wassergrabens erspähe. Ich meine das Gesicht eines Kindes zu erkennen, das hinter einer Kerzenflamme auftaucht und wieder verschwindet. Der Himmel wirkt, als würde er sich langsam auf den Boden herabsenken.

Meine Mutter, sage ich.

Mach dir keine Sorgen, sagt sie. Ich bringe sie in Sicherheit.

Ein seltsamer Ausdruck huscht über ihre Züge; ihre schmalen Schultern bewegen sich jäh auf mich zu. Ihre Zähne schrammen über meine Lippen. Ein Gefühl der Verlegenheit ergreift Besitz von mir. Ich versuche, ihren Kuss zu erwidern, aber irgendwie habe ich meinen Mund nicht unter Kontrolle. Ihre Lippen sind plötzlich an meinem Ohr. Sie sagt etwas. Sie sagt etwas, aber ich kann sie nicht verstehen, und als ich mich konzentriere, genau zuhöre, kann ich mich nicht mehr an den Klang ihrer Stimme erinnern. Irgendetwas zieht mich in meinen Körper zurück.

Nimm das hier, sagt sie und drückt mir etwas in die Hand, die sie gleichzeitig in meine Tasche führt. Das, was ich zwischen meinen Fingern spüre, ist hart und kalt und hat die Form eines Apfels. Es ist eine von Pedros Granaten. Ich traue mich nicht, den Blick zu senken.

Wie fühlst du dich?, fragt sie mich zum zweiten Mal am heutigen Abend. Ein leises Lachen schwingt in ihrer Stimme mit.

Ich weiß nicht, was ich sagen soll. Soll ich ihr sagen, dass sich mein Körper anfühlt, als sei er aus Wasser? Soll ich ihr sagen, dass ich beinahe froh bin?

Es wird eine Welle von Rachemorden geben, sage ich.

Wieder nickt sie. Du hast Angst.

Mit der linken Hand hält sie mich nach wie vor fest; ich spüre, dass sie zittert. Ausgerechnet Claudia, der Mensch mit den ruhigsten Händen, die ich kenne. Als ich ihr in die Augen blicke, sehe ich ein Fenster, in dem ihre Mutter steht, und plötzlich muss ich daran denken, wie scheinbar einfach es für sie war, in einen Tod zu springen, den sie sich vielleicht doch nicht wirklich wünschte.

Ja, lüge ich sie an. Ja, ich habe Angst.

Ich werfe einen Blick zurück; so wie Damita dasteht, ist klar, dass sie ihre Zigarette zu Ende geraucht hat; sie langweilt sich mit dem Wächter und wartet auf mich. Das von Kerzen erleuchtete Haus mutet unter den grauen Wolken fast wie eine Kirche an; der Mond sieht aus wie ein riesiger gelber Magnet.

Meine Finger streichen über das kalte Metall in meiner Tasche. Ich muss gehen, sage ich.

Claudia umarmt mich noch einmal; ihre Fingerspitzen bohren sich in die Zwischenräume meiner hinteren Rippen. Sie atmet wieder ruhiger. Sag ihm, dass du nie wieder zurückkommst. Sag ihm, dass er dir vertrauen kann. Sie spricht leise, aber mit ungeheurem Nachdruck.

Ja, sage ich. Aber erst musst du die Waffen holen.

Sie lässt mich nicht los.

Wie ich diesen Ort hasse, sagt sie. Sie wischt sich die Augen an meiner Schulter ab. Lass uns die Stadt zusammen verlassen. Und deine Mutter nehmen wir auch mit.

Meine Mutter, sage ich.

Ich sehe zum Haus hinauf, das auf dem dunklen Hügel über uns schimmert. Claudia hält sich an mir fest. Ihr Körper ist wärmer als sonst. Damita blickt in unsere Richtung, und ich löse mich von Claudia, die ich plötzlich wie aus weiter Entfernung sehe. Sie ist klein, zart und allein, und ich zwinge mich mit aller Macht, sie nicht länger anzuschauen.

Du musst die Waffen holen, sage ich.

Er lässt dich bestimmt gehen.

Sie reißt sich hörbar zusammen. Ich lächle in die Nacht.

Bestimmt, sage ich.

An der Haustür hakt sich Damita bei mir ein und führt mich über die Schwelle. Diesmal werde ich nicht durchsucht. Als wir die Treppe hinaufgehen, stößt Damitas Hüfte gegen meine; das schräg einfallende Licht tanzt auf ihrem nackten Bauch. El Padre steht auf dem Balkon. Er bedeutet mir, zu ihm zu treten.

Der helle Kerzenschein im Haus lässt den Berghang noch dunkler erscheinen. Schweigend stehen wir auf dem Balkon, El Padre und ich; am anderen Ende der Brüstung verharrt bewegungslos eine Wache. Als sich meine Augen an die Lichtverhältnisse gewöhnen, sehe ich verschwommene Lagunen aus Licht in der Ferne.

El Padre macht eine rasche Handbewegung. Ich fahre herum: Eine weitere, mit einer Maschinenpistole bewaffnete Wache kommt auf mich zugelaufen. Ich fummele in meiner Tasche herum, spüre die ledrige Haut der Granate, während ich sie hin und her drehe, bis ich den Stift gefunden habe.

Besser als *basuco*, sagt El Padre. Er lässt den Blick über die Hänge schweifen. Jetzt erst sehe ich, dass uns die Wache einen Joint hinhält. El Padre nimmt den Spliff, macht einen langen Zug und reicht ihn an mich weiter.

Ich nickte – ich bringe kein Wort hervor – und löse meine Finger vom Stift der Granate. Als ich den Rauch inhaliere, strömt er tiefer und tiefer, bis in die kleinste Faser meines Körpers.

Kommt gut, oder?

Er lächelt jetzt, ganz der reizende Gastgeber. Im Zwielicht bemerke ich zum ersten Mal, dass seine Wangen leicht herabhängen. Seine Zöpfe schimmern feucht. Wir stehen auf dem Balkon und blicken auf das dunkle Barrio. Da draußen sind Täler und Anhöhen, die wir nicht sehen können. Ein Hauch von verbranntem Holz und Abwässern liegt in der nächtlichen Luft. Im Kerzenlicht schimmern die Oberlichter des Raums in allen möglichen Farben; es sieht wunderschön aus. Einen Moment lang stelle ich mir vor, das Haus sei ein Schiff, das mit vollen Segeln über einen schweigenden Ozean gleitet. Seltsamerweise tröstet mich der Gedanke, obwohl ich das Meer noch nie gesehen habe. Außerdem erinnere ich mich an die Abende, an denen ich auf dem gepflasterten Hinterhof gestanden und meine Mutter durchs Fenster beobachtet habe – wenn sie eingeschlafen war, ohne sich vorher abzuschminken, wenn sie ihre Medizin mit *aguardiente* einnahm, weil sie sich gerade unbeobachtet fühlte, oder wenn sie aus dem hell erleuchteten Badezimmer kam und sich mit einer geistesabwesenden Geste ein Handtuch um den Kopf schlang. Es beruhigt mich, sie so vor mir zu sehen.

El Padre sagt etwas. Seine Worte zersplittern in den endlosen dunklen Fluchten meiner Gedanken. *Vámonos*, sagt er. *Vámonos*, jetzt brauche ich aber erst mal einen Drink.

Ich blicke in sein lächelndes Gesicht, die schwarzen Monde seiner Augen.

Komm, sagt er. Ich habe eine Bar im Haus. Da können wir auch auf deine Freundin warten.

Die beiden Wachen rühren sich nicht vom Fleck.

Lass uns auf deinen Abschied trinken, sagt El Padre. Du nimmst doch ganz gern mal einen zur Brust, stimmt's? Er wendet sich zur Balkontür. Wo willst du hin? Hast du dich schon entschieden?

Ich weiß nicht genau, sage ich. Vielleicht nach Cartagena.

Cartagena, wiederholt er. Er gibt den Wachen ein Zeichen, worauf diese sich an meine Fersen heften. Cartagena, denke ich, wo Hernando bereits auf mich wartet. Selbst jetzt, ganz am Ende, sind wir untrennbar miteinander verbunden. Ich spüre Claudias Zähne, ihre trockenen Lippen an meinem Mund. Mit schweißnasser Hand drehe ich die Handgranate in meiner Tasche – Gegrüßt seist du, Maria, denke ich dabei –, und als mein Daumen schließlich den Sicherheitsbügel ertastet, schiebe ich den Mittelfinger durch die Schlaufe des Stifts und ziehe ihn mit einem Ruck heraus. El Padre dreht sich zu mir um und lächelt.

Und?, fragt er. Bist du schon mal da gewesen?

Ich schließe die Hand fest um den Bügel und folge meinem Gönner. Eine dritte Wache öffnet die Tür zum angrenzenden Raum. Dort brennen keine Kerzen. El Padre tritt nach der Wache ein, und dann folge ich, als würden wir das gähnende Dunkel einer Höhle betreten, während die beiden anderen Wächter direkt hinter mir bleiben. Der Geruch von Damitas Parfüm hängt schwer in der Luft. Irgendwo vor mir fragt die Stimme von El Padre abermals, ob ich schon mal in Cartagena war, und diesmal antworte ich. Nein, sage ich, während mein feuchter Daumen nervös auf dem Bügel liegt und ich mich erinnere, wie ich mir alles so oft vorgestellt habe. Luis hockt auf der alten Stadtmauer und sieht hinaus aufs Meer. Wenn die Sonne aufgeht, sagt er, sieht man zehn schwarze Linien, die in das stahlgraue Wasser führen, alle ungefähr zwanzig Meter auseinander, und wenn die Farbe des Wassers von Orange in Rot übergeht, sieht man, dass jede einzelne Linie aus lauter kleinen dunklen Umrissen besteht, die sich alle gleichzeitig vom Wasser entfernen, und wenn die Sonne höher steigt, erkennt man, dass die schwarzen Umrisse Menschen sind, Hunderte von Menschen, die ein gigantisch großes Fischernetz aus dem Ozean ziehen, ganz langsam, Schritt für Schritt.

Ein Treffen mit Elise

Heute kommt sie. Es ist 11 Uhr 40, und mir tut mal wieder der Arsch weh. Ich gehe in der Badewanne in die Hocke; meine Beine sind zittrig und fühlen sich an wie Gummi, als ich mich langsam wieder aufrichte. Wasser rinnt über meine Brust, über meinen faltigen Bauch und strömt über meine verschrumpelten Eier. Mit der Rechten lange ich nach unten, drücke sie aus wie einen Schwamm, bis ich nur noch einen zusammengeschrumpften Sack Haut in der Faust halte. Mein Arsch brennt. Die Kopfschmerzen waren vorübergehend weggegangen. Ich schnippe die feuchte Zigarette mit meiner Linken ins Badewasser, greife mir die Tube Lidocain und schmiere mir ein wenig von dem guten Zeug auf die Rosette.

Du bist ein geiler alter Bock, pflegte Olivia ganz allgemein zu sagen und mir dabei ein hyänenartiges Grinsen zu schenken, das sie speziell für mich reserviert hatte. Sie wusste genau, dass mich das geil machte. Wir pflegten unsere halbe Zeit hier in der langen, tiefen Wanne zu verbringen und den Leuten unten auf der Straße hinterherzuschauen. Sie stand drauf, Fremde zu beobachten. Ich stand drauf, sie zu beobachten. Um ein Haar hätte ich mein komplettes Apartment demoliert, damit wir unseren perversen Neigungen frönen konnten. Die Expertisen und Baupläne füllten einen ganzen Aktenordner, aber schließlich hatte ich doch die Genehmigung erhalten, die Wand herauszureißen und einen Stahlrahmen mit Glasbausteinen einzubauen.

Die Erinnerung macht mich fast ein bisschen schwindelig. Ich steige aus der Wanne und nehme die Sonnenbrille ab. Draußen ist es gar nicht so hell, heute nicht. Manchmal gleißt die Sonne derart, dass ich kaum die Straße, die Konturen der Autos, Gebäude und Menschen erkennen kann; alles wirkt völlig ausgeblichen. Ich zünde mir eine Zigarette an, vermeide den Blick in den Spiegel, ignoriere ein lautes Pfeifen von draußen und eile zum dutzendsten Mal an diesem Morgen an den Computerbildschirm. Rasch gehe ich die Biographie auf ihrer Website durch: Elise Kozlov, frühreifes Cello-Wunderkind, berühmt für ihre technische Begabung, ihre virtuose Fingerfertigkeit, ihren anmutigen Ausdruck und so weiter, und so fort. Auch ich werde kurz erwähnt: Henry Luff, »der bekannte neofigurative Künstler« – neben ihrer Mutter, die sie in Russland »aufgezogen« haben soll. Im Alter von fünf Jahren von Elena Dernova ans St. Petersburger Konservatorium berufen; mit zwölf Mitglied von Anatoli Nikitins gefeiertem Cello-Ensemble; weltweit jüngste Besitzerin eines Guadagnini. Dann gibt es noch eine Einzelnotiz, die erst seit ein paar Tagen im Netz steht: »Elise freut sich, ihre Verlobung mit Jason Sharps bekanntzugeben.«

Ich wende mich ab und betrete meinen begehbaren Wandschrank. Die Schmerzen sind nicht ganz so groß, wenn ich mit kleinen Schritten vorwärts schlurfe. *Zieh dich an und mach dich an die Arbeit*, wie Olivia ebenfalls zu sagen pflegte. Aber der Gedanke, einen Pinsel zur Hand zu nehmen, macht mich gerade bloß nervös. Also, zum Tagesablauf:

Erst mal anziehen. Irgendwas Schickes, einen Frack zum Beispiel; schließlich findet das Konzert in der Carnegie Hall statt. Zum Umziehen bleibt nach dem späten Lunch bestimmt keine Zeit. Ich lasse die Finger über die

Schutzhüllen gleiten, in denen meine Abendgarderoben stecken: komplettes Ensemble, kurzer Frack, schwarze Krawatte, weiße Krawatte … Schließlich entscheide ich mich für einen klassischen Smoking und werfe mich in Schale. Der Mann im Spiegel, das bin ich. Klar, ein bisschen plump – schwere Lippen, schwere Nase –, aber durchaus distinguiert, wie ich finde.

Ich will gerade das Haus verlassen, als ich den Drang verspüre, mir abermals ihr Gesicht anzusehen. Der Computer zeigt mir ihr Photo. Langes schwarzes Haar, ungeduldige tiefliegende Augen. Sie ist mein Fleisch und Blut, im strengsten, zufälligsten Sinn des Wortes. Sie ist wunderschön. Sie sieht mir überhaupt nicht ähnlich.

Ich ziehe meine Sachen wieder aus. Diesmal bei meinem Gastroenterologen, Eric Hingess, zu dessen Patienten etwa auch Ed Koch und Art Garfunkel zählen – was ihn entsprechend kostspielig macht. Glücklicherweise habe ich noch einen Termin vor dem langen Wochenende bekommen.

»Okay, ich geb's zu«, sage ich. »Ich bin schrecklich nervös.«

»Das ist doch völlig normal.«

Er lehnt sich in seinem Stuhl zurück – seine Jacke sieht aus, als sei sie aus Teppichresten zusammengenäht – und sieht mir zu, während ich versuche, die Fliege von meinem Hals zu lösen. Seltsamerweise scheint Hingess noch nervöser zu sein als ich; er schnieft und zieht die Augenbrauen in die Höhe wie ein Dirigent, der im Kopf ein Stück durchprobt.

»Das ist ein großer Tag für mich.«

»Hier.« Er reicht mir eine Tablette und einen Plastikbecher. Er hält einen Moment inne, dann seufzt er: »Valium. Zur Entspannung.«

Ich schlucke die Tablette. »Ja, heute treffe ich meine Tochter. Zum ersten Mal seit siebzehn Jahren.«

»Du meine Güte«, sagt er. »Wie alt ist sie?«

»Achtzehn.«

Der Metallkopf des Stethoskops ist so kalt wie ein Eiswürfel, als er damit meine Brust abhorcht; ich stelle mir vor, wie der Eiswürfel schmilzt, wie das Wasser über meinen Bauch rinnt und Olivia blinzelnd die Spur des Rinnsals mit der Zunge zurückverfolgt, während ich ihr dabei zusehe. Ein Schauder überläuft mich. Der Arzt sagt irgendwas.

»Die Hose auch«, sagt er. Seine Augenbrauen ziehen sich theatralisch zusammen. Dann niest er. Einmal, zweimal, dreimal: nasse, klumpige Nieser. »Tut mir leid«, sagt er. »Was haben Sie gesagt?«

»Mal halblang«, sage ich. »Ich dachte, wir hätten die Chose schon beim letzten Mal erledigt.« Ich versuche ihn niederzustarren. Ein vergebliches Unterfangen, weil ich an meinen letzten Besuch denken muss, daran, wie ich ihm die Stuhlproben übergeben habe und er mit seinem behandschuhten, mit Vaseline eingeschmierten und unglaublich grobknochigen Finger in meinem Arsch herumfuhrwerkte. Es fühlte sich an, als würde er mir ein knotiges Seil in den Darm einführen.

Er weicht meinem Blick nicht aus. Ich ziehe meine Lederschuhe aus, öffne den Satinkummerbund, lasse die schwarze Hose mit den makellosen Bügelfalten hinunter und rolle mich frustriert auf die Untersuchungsliege. Er hat nicht mal den Anstand, den Blick zu senken. Er spricht über Hämoccult-Tests, flexible Sigmaschlingen und Adeno-Soundso-Polypen und fragt mich schließlich, ob ich das Informationsblatt gelesen habe, das er mir bei meinem letzten Besuch gegeben hat.

»Ja«, lüge ich. »Aber ich dachte, ich hätte bloß Hämorrhoiden.«

»Das Blut im Stuhl wird sicher auch von ihnen verursacht. Heute gehen wir mal in die tieferen Regionen.«

Er hält inne, um abermals zu niesen. Ich wende mich ab und zucke zusammen, als er die harte Wölbung an meiner Rosette befühlt, ehe ein fieser Schmerz und dann richtig satte Qualen folgen:

Elise, meine Tochter, mein kleines Mädchen, nichts weiter als ein blutiger, unscheinbarer Haufen zwischen den mit Gurten fixierten Beinen meiner Frau. Ein scheußlicher Anblick im künstlichen Licht. Ein schleimbedeckter Klumpen Fleisch, der jeden nur erdenklichen Keim aus der Luft in sich aufsaugt. Wieder ein stechender Schmerz. Wochen und Monate lag sie erst im Inkubator, dann in ihrem Bettchen, unter den wachsamen Augen ihrer Mutter. Ihrer Mutter, die mich genauso wachsam beobachtete wie sie. Elise hatte ihre Ernsthaftigkeit geerbt. Noch bevor sie sprechen konnte, pflegte sie mich anklagend zu mustern, mit großen Augen, die mich genau spüren ließen, dass sie Bescheid wusste. Ich hatte sie nicht gewollt. Wasser strömt in meinen Unterleib, warmes Wasser, das dort nicht hingehört. Tränen treten mir in die Augen, als etwas aus mir herausgerissen wird.

Wir sind fertig, denke ich. Gemessen am Schmerz muss mein Hintern wie eine Blutwurst aussehen. Ich will mir gerade die Unterhose wieder hochziehen, als ich die Stimme des Doktors vernehme: »So bleiben.« Ich sehe über die Schulter. Er kommt mit etwas auf mich zugerollt – mit einem Laptop, an den ein drei Meter langer, furchteinflößender Gummischlauch angeschlossen ist.

»Das war nur das Klistier«, sagt er. »Zur Vorbereitung. Das hier ist das Rekto-Sigmoidoskop.«

»Sie wollen mir doch wohl nicht …«

»Nur etwa sechzig Zentimeter.«

»Ich brauche eine Zigarette«, sage ich. Salzig schmeckender Schweiß rinnt mir übers Gesicht. Ich beäuge den Schlauch. Locker so dick wie mein Daumen – eher dicker.

Er runzelt die Stirn. Dann schürzt er die Lippen. »In Ordnung. Das hilft Ihnen vielleicht beim Atmen.«

Es tut höllisch weh, als ich mich aufrichte. In den um meine Knöchel schlotternden Taschen krame ich nach meinen Zigaretten und stecke mir eine an.

»Hätten Sie was dagegen, wenn mir jemand assistiert?«

»Wer?«

»Eine Medizinstudentin. Ich möchte ihr das Verfahren zeigen.«

Und da ist sie auch schon, ganz in Weiß gekleidet, ein Klemmbrett in der Hand, das Haar zu einem Dutt zusammengebunden. Von der Seite sieht sie auf vogelähnliche Weise heiß aus, und kurz frage ich mich, ob der Doktor ihn ihr schon reingesteckt hat. Sie mustert mich mit an Frechheit grenzender Zurückhaltung. Das ist keine dahergelaufene Medizinstudentin, in tausend Jahren nicht. Wir sind auf der Park Avenue – ganz klar, da war jemand jemandem einen Gefallen schuldig. Sie tut so, als würde sie so etwas jeden Tag sehen: einen schweißgebadeten Mann, der mit einer Zigarette in seiner zitternden Hand in Fötusstellung daliegt, nackt bis auf das weiße Hemd mit Umlegekragen, während Blut aus seinem Arsch läuft. Ihre Coolness kommt mir seltsam vertraut vor.

Die beiden ziehen die Doktormasche durch. Ich werde gebeten, mich auf die linke Seite zu legen. Jemand hebt meine rechte Hinterbacke an, und abermals durchfährt mich ein heißkalter Schmerz, der vom Zentrum meiner Rosette ausgeht. Mir stockt der Atem. Alles okay, sagt der Doktor. Langsam, langsam durch den Mund atmen. Dann spricht er mit dem Vogelmädchen, wie aus der Pistole geschossen kommen die Worte, und bei jedem einzelnen krampft sich mein Magen zusammen. Der Schlauch geht so tief in meine Eingeweide, dass es sich anfühlt, als würde ein Teil davon in mir steckenbleiben, sobald er wieder herausgezogen wird. Die Zigarette gleitet mir aus den Fingern. Ich hebe den Kopf, um einen Blick auf den Bildschirm des Laptops zu erhaschen, irgendein Zeichen, dass es bald vorbei ist, doch ich sehe nur graue und weiße Kleckse – und fette Finger mit derben Knöcheln, die hier- und dorthin zeigen.

Dann herrscht plötzlich Schweigen. Der Doktor und das Mädchen betrachten irgendetwas auf dem Bildschirm, murmeln auf Lateinisch, reden von prozentuellen Vergleichen. Ich senke den Blick. Das Photo auf ihrer Website zeigt unverkennbar, dass sie den Mund ihrer Mutter hat. Einen Mund ohne Lächeln.

»Das ist ja unglaublich«, sagt das Vogelmädchen mit ruhiger Stimme. Als ich mich umdrehe, sehe ich Olivia vor mir; mit ihren Händen beschreibt sie kleine Kreise auf ihrem weißen Kleid, schüttelt den Kopf über meine Begriffsstutzigkeit. »Aber wirklich unglaublich. Das Majakowski-Streichquartett. Die Carnegie Hall. Und sie ist erst achtzehn Jahre alt.«

»Sie heiratet bald«, sage ich. »Ihren Manager.«

»Wirklich unglaublich. Das ist eine ernste Sache.«

»Er ist Engländer.«

»Das ist wirklich eine ernste Sache.«

Ich nicke zustimmend, als mich ein fauliger Gestank jäh aus meinen Träumereien reißt. Es riecht nach alten Anchovis und verstopftem Abflussrohr. Der Doktor, drei Zentimeter von meinem Gesicht entfernt. Ich fokussiere meinen Blick.

»Henry? Alles in Ordnung mit Ihnen?«

Ohne um Erlaubnis zu fragen, ziehe ich meine zerknitterte Hose hoch, stopfe mir das Hemd in den Bund und setze mich mit einem leisen Stöhnen auf. Meine Füße baumeln herab; die gestreckten Zehen versuchen, in die Schuhe zu schlüpfen. Der Doktor konferiert in gedämpftem Ton mit dem Vogelmädchen. Dann wendet er sich zu mir.

»Wir haben eine Reihe von adenomatösen Darmpoly-pen gefunden.«

»Nicht Ihre Schuld, Doc«, witzele ich automatisch. Abermals versuche ich meine Schuhe zu erreichen.

»Die meisten Polypen sind gutartig und können pro-blemlos entfernt werden. Es sind aber so viele, dass wir weitere Tests durchführen müssen.«

»Das ist eine ernste Sache«, murmelt das Vogelmäd-chen. Sie runzelt die Stirn und errötet, als der Doktor ihr einen Seitenblick zuwirft.

Jetzt erst begreife ich. Sie reden gar nicht über meine Hämorrhoiden. Ich mache meinen Hosenstall zu.

»Tests? Wofür?«

Er zeigt mir die Bilder, die er auf dem Laptop gespeichert hat. Bei den Polypen, erklärt er, handelt es sich um über-flüssiges, meist pilzförmiges Gewebe. Da, zeigt er, und da. Ich richte den Blick auf die grobkörnigen Bilder, versuche etwas zu erkennen. Und dann erkenne ich tatsächlich et-was: kleine pilzförmige Gebilde in meinem Darm, eine ganze Kolonie davon. Aber er hat nur ein Drittel meines Darms inspiziert. Er erklärt, dass er mir bei einer komplet-ten Darmspiegelung mit einem Koloskop Gewebeproben entnehmen wird. Er hat fiesen Mundgeruch. Er wird eine Drahtschlinge verwenden und damit die Polypen abtra-gen, doch besteht die Chance, dass sich bereits bösartige Zellen durch meinen Blutkreislauf und das Lymphsystem verbreitet und Metastasen gebildet haben. Ich habe den Schock mit den Pilzen noch nicht ganz verdaut. Das Vo-gelmädchen sieht zu Boden und nickt nachdenklich.

»Sagen Sie mir die Wahrheit«, sage ich.

Hingess ist einer der teuersten Gastro-Ärzte weit und breit, und dafür bezahle ich ihn: für seine klaren Aussa-gen und ungeschminkten Expertisen. »Sie werden mit ho-her Wahrscheinlichkeit Darmkrebs bekommen«, sagt er. »Wenn Sie nicht schon daran erkrankt sind.«

Ich bin Maler; die meisten halten mich sogar für einen ziemlich guten. Mich interessieren Perspektiven, das, was den Dingen Farbe verleiht, der Witz an der Sache. Aus dem Mund meines Arztes stinkt es, als sei ein Fisch in seinen Hals gekrochen und dort verendet. Ich schwitze in meinem Smoking, während mein Arschloch immer noch vom Gegenverkehr brennt. Hier im Raum ist ein Mädchen, das ich sofort besteigen würde, wenn ich nur aufstehen könnte, aber selbst wenn ich's täte – merken Sie sich das –, würde sich nichts an dem sanften, mitleidigen Ausdruck ändern, der ihre Züge gerade zusammenhält.

Ich blicke mich um und überlege, aber es gibt keinen. Die Sache hat keinen Witz.

Jacob Apelman war es zu verdanken, dass ich Olivia vor achtzehn Jahren kennenlernte; ich war unglücklich verheiratet mit einer passiv-aggressiven Frau, Vater einer ununterbrochen schreienden kleinen Tochter und Totengräber einer Karriere, gegen die sich mein Privatleben geradezu idyllisch ausnahm. Ich war schon seit ein paar Jahren bei ihm – damals war er natürlich noch nicht der Obermotz von heute – und womöglich nicht der dankbarste Künstler in seinem Stall. Als jedenfalls ein Aktmodell in letzter Sekunde absagte, verlor Apelman kein Wort darüber (später sagte er, er habe befürchtet, ich würde es persönlich nehmen), sondern ersetzte besagtes Modell stillschweigend durch ein anderes Mädchen. Er verschwieg mir, dass er sie kurzerhand am Washington Square aufgegabelt hatte, dass sie erst siebzehn war und nie zuvor Modell gestanden hatte.

Das Mädchen hatte einen jungenhaften Haarschnitt und ein Botanik-Buch dabei. Sie legte sofort los. Wortlos ließ sie ihre Klamotten auf den Boden fallen und stieg aus dem Kleiderhaufen wie aus einem Weiher. Die Fenster meines Ateliers – die oberste Etage einer alten Kartonfabrik in Gowanus – gingen nach Westen, und während sich der Tag allmählich in den Abend wand, warf die Sonne Streifenmuster auf den Fluss, fiel durch die hohen, fleckigen Scheiben und sprenkelte die Wände mit Licht und Schatten. Ein billiger Koralleneffekt. Das Mädchen ignorierte den Stuhl, hockte sich nackt auf einen Lichtbalken auf dem Betonboden. Sie saß so, dass sich ihre Knie berührten, die Füße auseinander standen und dazwischen ein dunkles Dreieck zum Vorschein kam. Ich war einen Moment lang sprachlos über die perfekte Komposition; da hatte ich einen echten Glückstreffer gelandet. Dann nahm sie ihr Buch, so richtig cool, und sagte: *Ich bin so weit.*

Noch Jahre nach jenem Tag staunte ich darüber, wie ihr Körper das Licht einfing. Selbst als es zu Ende ging – als sie flach und steif unter der Decke im Hospiz lag. Ich konnte nicht genug von ihr bekommen, beobachtete sie dauernd, in jedem Winkel meines Ateliers, oder draußen, wenn wir durch den Central Park spazierten; wie sich die Sonne auf ihrer Haut fing, wenn sie sich ins Gras sinken ließ – oder in der Badewanne, wenn sich der Widerschein des Lichts auf ihren Zügen spiegelte. Wenn ich sie malte, fühlte ich mich wie ein Betrüger. Auch als wir – nach dem Auszug meiner Frau und meiner Tochter – zusammenzogen, stand sie mir fast täglich Modell. Und wenn sie es schließlich müde war, dauernd angestarrt zu werden, leckte sie sich über die Fingerspitze, als wolle sie eine Seite umblättern, doch dann senkte sich der Finger und baumelte über ihrer Magengrube. Was keine besondere Bedeutung hatte. Wenn sie dann lächelte – keine schmallippige Nummer, sondern ein breites Lächeln, das ihre angeschlagenen Eckzähne entblößte –, war das der Wink mit dem Zaunpfahl, das erste unmissverständliche Zeichen, die erste Zutat zu unserem ureigenen Sex-Rezept. Und es war stets genug, um mich glücklich zu machen.

Der alte Apelman strahlt, als er mich sieht. »Dein großer Tag!«, ruft er, ehe er über die frisch gebohnerten Dielen seiner Galerie auf mich zukommt, dabei Skulpturen aus Draht und Gummibändern mit den Händen streift und mich schließlich mit großer Geste an sich drückt. Apelman steht seit jeher auf diese Art von Männlichkeitsritualen. Aber in diesem Augenblick kann ich selbst nicht genug davon kriegen: Ich reibe mein Kinn an seinem Bart, bis er mich wegstößt, mir ein paarmal hart auf die Schulter klopft und sagt: »Du riechst wie das Erdgeschoss bei Bloomingdale's.«

Wohl wahr – ich rieche gut. Vermischt mit meinem Schweiß, scheint das halbe Fläschchen Kölnischwasser, das ich heute Morgen auf mir verteilt habe, eine hübsche chemische Reaktion erzeugt zu haben.

»Sag mal, Alter, war das eben *Powerwalking*, oder was?«

Einige Sekunden später geht mir auf, dass er sich auf meinen staksigen, krüppelartigen Gang bezieht. Eine neue Form von Aerobic, erkläre ich. Wir blödeln über Marathons in Abendgarderobe und Herzstillstand – tja, wer wird Erster? –, aber irgendwie bin ich nicht so recht mit dem Herzen dabei. Dutzende von Gedanken gehen mir im Kopf herum. Ich weiß, warum ich hier bin – Apelmans Zuspruch ist genau das, was ich jetzt brauche –, und ehrlich, ich tue mein Bestes, seinem Gelaber zu folgen, doch in meinem Kopf befinde ich mich nach wie vor in ihrem Schuhschachtel-Apartment mit der Mini-Badewanne, in der wir mit angezogenen Beinen sitzen; ich sehe ihr beim Essen zu, betrachte ihre Lippen, mal vom Mangosaft verschmiert, mal süß vom Pflaumennektar. Nie hätte ich geglaubt, dass mir so etwas passieren könnte – mich in ein Aktmodell zu verlieben. *Ich steh drauf*, sagt sie. Worauf? Wenn du mich zu lange ansiehst. Dann lächelt sie. Ich ziehe sie zu mir, stoße sie wieder weg, während sie wild auf mich einschlägt; das gefällt ihr. Ihre Lippen verziehen sich martialisch. Danach lösen wir uns voneinander, den Geruch von Früchten und Lösungsmittel, Seife und Zeichenkohle auf den zerschrammten Körpern. *Du bist ein geiler alter Bock*, sagt sie, wirft mir ihrerseits einen geilen Blick zu und lenkt die Zigarette in meiner Hand an ihre Lippen. Jedes Mal verlasse ich ihr Apartment mit neuen Blessuren.

Nein, denke ich, konzentrier dich. Bleib am Ball.

»Wie läuft das Geschäft?«, frage ich.

Apelman sieht mich eigenartig an. Ich ziehe an meiner Zigarette. Vielleicht war er ja heiß auf sie gewesen. Vielleicht auch nicht. Er war nie verheiratet. Nach einer längeren Phase des Schmollens und einer Reihe verborgener Drohungen meinerseits hatten beide abgestritten, etwas miteinander zu haben.

»Es würde besser laufen«, sagt Apelman zögernd, »wenn meine Nummer eins mal wieder ein Bild für mich hätte.«

»Freud arbeitet inzwischen bis zu acht Monaten an einem Bild.«

»Der ist ja auch Perfektionist.«

»Genau wie ich.«

»Tja«, sagt er. »Das erklärt immerhin, warum du nichts für mich hast.«

Wir grinsen. Wir sind schon ein ganz besonderes Gespann.

»Hör zu«, sage ich. Dann halte ich inne – plötzlich wird mir klar, dass ich gar nicht weiß, was ich sagen soll. »Tja, eigentlich wollte ich …«

Er lenkt mich in Richtung seines Büros. »He«, sagt er, »vergiss es, Alter. Das ist nicht der Grund, warum ich dich hergebeten habe.« Seine Hand ruht auf meiner Schulter. »Keine Eile«, sagt er. »Nimm dir ruhig Zeit.«

Aber ich weiß, was er denkt. Ich lasse den Blick über die Wände schweifen, während ich hinter ihm herschlurfe: kreidefarbene Öltupfer auf Leinwand und Vinyl, Fotogravuren und Holzschnitte – alles mit der ungeduldigen Fertigkeit und Anmaßung der Jugend aus dem Handgelenk geschüttelt. Richtig gute Sachen, vielleicht ein bisschen marktschreierisch. Apelman hatte schon immer ein gutes Auge. Er denkt an meine letzte Ausstellung – wie lange ist das jetzt her? – vor mehr als einem Jahr: an die obsessiven Porträts von Olivia mit all den schwarzen, feucht schimmernden Schichten, wie ich verzweifelt versuchte, ihr Licht zu bewahren, bevor es endgültig erlosch. Der Tubus in ihrem Mund, die beiden Plastikschläuche in ihrer Nase und die knallgrünen Kabel, die zu der leuchtend blauen Box führten, die ihr den Atem in die Lunge pumpte. Disneyfarben.

»Wie geht's deinen Augen?«, fragt Apelman.

Ich blinzle, suche nach etwas, wo ich meinen Zigarettenstummel entsorgen kann. Vor ein paar Monaten haben meine Augen sich dem Generalstreik meines Körpers angeschlossen. Plötzlich auftretende Lichtempfindlichkeit – welch ironisches Leiden. Egal, worauf ich den Blick richtete, alles wirkte greller als sonst, selbst wenn ich eine Sonnenbrille aufsetzte, so, als sei alles um mich herum verblichen, als würde permanentes Zwielicht herrschen. Andrew Werner, mein Augenarzt, machte ein paar Tests, konnte aber keine körperliche Ursache feststellen.

»Mal so, mal so«, sage ich.

»Wir werden alt.« Er späht durch die gläserne Trennwand in den Galerieraum. Ein junges Paar kommt herein. »Und? Hast du schon mit Elise gesprochen?«

»Seit letzter Woche nicht mehr.«

»Wohin führst du sie aus?«

»Ins Picholine. Ihr Verlobter kommt auch mit.«

»Ihr Manager?«

»Ja«, schnaube ich. »Der Blutsauger.«

Die beiden jungen Leute bummeln schlurfend durch die Galerie; sie drehen sich hierhin und dorthin, halten die

Köpfe schräg. Wahrscheinlich Studenten. Als sie sich dem Büro nähern, sehen sie verstohlen herein, beäugen mich neugierig in meinem Aufzug. Das Mädchen hält eine Zeitschrift hoch und flüstert dem Jungen etwas zu. Ich starre zurück, und schon verlassen sie fluchtartig die Galerie. Der Bursche versucht ein lockeres Schlendern vorzutäuschen, doch er interessiert mich nicht, nur das Mädchen fällt mir auf; wie sie über die Straße flitzt, vorbei an den Glasfassaden der Galerien, den Chichi-Läden und Warenhäusern, ohne die Hüften zu bewegen, während das kecke kleine Barett ihr Haar gegen die vom Hudson her wehende Brise schützt …

»Volltreffer.« Apelman kichert. »He, Alter – he, alles okay?«

Ich zucke mit den Schultern. Er greift in seine Jackentasche, beugt sich über den Schreibtisch und reicht mir ein weißes, tadellos gebügeltes Taschentuch. Ich bin mir nicht sicher, ob ich mich tatsächlich schneuzen soll. Einen Augenblick lang bin ich kurz davor, ihm von der Diagnose zu erzählen. Aber ich kann nicht. Ich bringe keinen Ton heraus; meine Kehle ist verstopft von einem kleinen pilzförmigen Gebilde, vielleicht sind es auch mehrere, die irgendwo tiefer sitzen.

»Das ist eine ernste Sache«, sagt er mit sanfter Stimme. »Du triffst deine Tochter zum ersten Mal seit … na ja, eigentlich zum ersten Mal.«

Ich nicke.

»Sie ist inzwischen erwachsen«, fährt er fort. »Sie trifft ihre eigenen Entscheidungen. Sie hat beschlossen, ein neues Leben zu führen. Und du sollst Teil ihres neuen Lebens sein.«

Unfassbar, wie er es fertigbringt, meine Stimmung zu heben. Ein Rätsel, wie es ihm gelungen ist, bei seiner geschmeidigen Rhetorik unverheiratet zu bleiben – von der schicken Galerie in Chelsea gar nicht zu reden.

»Henry, ich werde dir was sagen.« Sein Mund bildet eine angespannte Linie in seinem Bart. Ich kenne diesen Gesichtsausdruck. Er will mir *einen Rat geben*. Und ich will ihn sogar hören – ich sehne mich geradezu danach. »Ich weiß, du hast Schlimmes durchgemacht«, sagt er. »Ich weiß, wie sehr Olivia dir fehlt. Sie fehlt mir auch. Du bist zornig.« Die Nummer ist unverkennbar Apelman, der salbungsvolle Wortlaut, seine todernste Güte. Und in genau dem Stil geht es weiter – nichts, was ich nicht schon vorher gehört hätte, und dabei blickt er so ernsthaft drein wie eine Kreuzung aus einer Kuh und einem Fernsehprediger. Er will nur mein Bestes, sagt er, und im selben Moment geht mir auf, dass das die Wahrheit ist. Er ist der Einzige. Schließlich hält er inne, atmet tief ein, wartet noch einen Moment und sagt: »Bewahre dir deinen Zorn. Du weißt, wie du bist. Und noch eins: Elise ist nicht ihre Mutter. Vergiss das nicht.«

Ihre Mutter. Ich merke, dass ich leicht zusammenzucke. Das ist die eine Sache, die ich ihm vorhalten könnte, und das weiß er genau. All die Jahre hat er den Kontakt zu meiner Exfrau gehalten – der Hexe, die Elise nach Russland entführt hat –, all die Jahre, die ich von meiner Tochter getrennt verbringen musste, bis es zu spät und schließlich viel zu spät war. Bis die böse Saat komplett aufgegangen war. Was Apelman nicht abstritt. Immerhin hatte er zugegeben, dass sie meine Briefe nicht zu lesen bekam. Bei ihr kam nichts an, zu mir drang nichts durch. In siebzehn Jahren hatte ich genau drei Mal von meiner Exfrau und meiner Tochter gehört. Das erste Mal nach vier Jahren, als ihre Mutter mir 520 000 Dollar aus dem Kreuz leiern wollte.

»Es ist ein Guadagnini«, hatte Apelman erklärt. »1752 gebaut, von einem der großen italienischen Meister.«

»Eine halbe Million Dollar? Für ein *Cello*?«

»So eins ist schon seit Jahren nicht mehr auf dem Markt gewesen. Helen hat recht. Das ist ein Schnäppchen.«

»Sie ist fünf Jahre alt, verdammt noch mal!«

»Und bereits von Elena Dernova höchstpersönlich als Schülerin …«

»Kein Mensch hat mir gesagt, dass sie Cello lernt«, unterbrach ich ihn.

Apelman wartete, bis ich mich wieder beruhigt hatte. Dann sagte er, ich hätte recht: Sie sei noch zu jung, ihr Körper der Aufgabe nicht gewachsen. Aber ich könne es mir leisten, sagte er. Er sprach in vorsichtigem, eindringlichem Tonfall. Es läge in meiner Hand, sagte er, ihr das Cello zu kaufen – irgendwann würde die Zeit reif sein. Damals hatte er mich genauso angesehen wie jetzt. Beinahe flüsternd fügte er hinzu: »Du solltest sie mal spielen hören.«

Und so kam es dazu, dass Apelman, unermüdlicher Netzwerker und treuer Mittelsmann, den internationalen Deal einfädelte, der meinem kleinen Mädchen zu einem Cello verhalf, das anderthalbmal so groß und fünfzigmal älter war als sie. Neun Jahre später erhielt ich eine handgeschriebene Einladung zu ihrem Debüt in Russland. Sie spielte die Rokoko-Variationen mit dem St. Petersburger Philharmonieorchester. Wirklich unglaublich (sie war erst vierzehn!). Die Einladung wurde nicht von Apelman übermittelt, sondern kam mit der Post. Kein Absender. Ganz oben hatte sie in schräger, ordentlicher Mädchenschrift »Vater« eingetragen. Sowohl Apelman als auch Olivia drängten mich hinzufahren, und ich hatte bereits den Flug gebucht, als Apelman, grau im Gesicht, mir in letzter Sekunde einen weiteren Brief überreichte. Von der Hexe: »Unter keinen Umständen …«, et cetera, et cetera. Sollte ich kommen, würde das Konzert abgeblasen. Irgendwie war sie der Sache auf die Schliche gekommen. Ich sagte den Flug ab.

»Tja, den Blutsauger musst du irgendwie loswerden.« Apelman erlaubt sich ein Lächeln. Er beugt sich vor und schlägt mir auf die Schulter. Es ist, als sei ich eins dieser großen Glockenspiele, als würde der eine Klöppel seiner Faust ein Geläut von Gefühlen in mir auslösen. Apelman mag mit jedermann gut Freund sein, aber er ist mein einziger Freund. Er sieht mir in die Augen, und dann spricht er aus, was mir schon die ganze Zeit durch den Kopf geht, seit ich – eine Woche ist es jetzt her – den Hörer abgenommen habe und zum ersten Mal ihre Stimme hörte, ach was, seit ich sie zuletzt gesehen habe, als sie, eingehüllt in eine Decke, klein wie ein Kissen und mit fiebriger Stirn, in ihrem Babykorb vor meinem Apartment lag: »Familie ist schließlich Familie. Und wer weiß, wie oft dir noch Gelegenheit bleibt, sie zu treffen.«

Ich bin ein Wrack, ein totales Wrack. Tausend Dinge spuken mir im Kopf herum. Wenn ich so geistesabwesend war, pflegte Olivia stets zu sagen, ich hätte eine Meise – nur dass sie jetzt die Meise ist, die dauernd durch mein Oberstübchen flattert. Mein Arsch macht wieder die üblichen pyrotechnischen Sperenzchen. Dazu kommt, dass mir alle Knochen im Leib wehtun. Die Erinnerungen sind schuld. Mein Abstecher zu Apelman hat nichts gebracht. Die Vergangenheit ist wie kaltes Wasser für mich, und in diesen Tagen tun mir die Knochen schon nach einem kurzen Bad weh.

Trotzdem, er hat recht. Ich sitze in der Weinstube bei Picholine und versuche mich zusammenzureißen. Meine Tochter ist bis jetzt nicht aufgetaucht. Unser Tisch ist der einzige im Raum – man war mir noch einen Gefallen schuldig. Durch den Flur wehen Geräusche aus dem Restaurant zu mir herüber, gedämpfte Stimmen, Gelächter, klingende Gläser; die Stimmung im frisch renovierten Lokal ist um einiges fröhlicher, als ich sie in Erinnerung habe. Ein grässlicher junger Bursche bedient mich. Er hat sich so viel Gel ins Haar geschmiert, dass es seine Gesichtshaut nach hinten zieht. Ich habe genau bemerkt, wie er auf dem

Weg durch das überfüllte Restaurant – man kommt sich vor wie auf einem Laufsteg – meinen Aufzug beäugt hat; da bin ich in einem der teuersten Läden der Stadt, und trotzdem gibt mir dieser dahergelaufene Jungkellner das Gefühl, komplett overdressed zu sein.

Als Vorspeise bestelle ich den Krabbensalat mit Grapefruit-Gelee, pikantes Stubenküken-Pastrami und Seeigel-Pannacotta. Dann erinnere ich mich an Apelmans Rat. Möglich, dass der Blutsauger es persönlich nimmt, wenn ich nicht warte – Briten sollen in solchen Dingen ja ziemlich empfindlich sein, auch wenn sie es mit der Pünktlichkeit offenbar nicht so genau nehmen. Ich belle den Kellner an und bestelle alles wieder ab. Er lächelt, als hätte er den ganzen Tag nichts Schöneres gehört. Einen Augenblick befürchte ich, seine Gesichtshaut könne reißen.

Eine halbe Stunde später bitte ich ihn, im Restaurant nachzusehen, in beiden Räumen.

»Unter welchem Namen soll ich nachsehen?«

»Kozlov«, sage ich. Der Mädchenname ihrer Mutter. Als er zurückkommt, sage ich: »Oder unter Sharps. Jason Sharps.«

Aus dem Restaurant dringt lautes Gelächter an meine Ohren. Als der Gelkopf erneut zurückkommt, sage ich ihm, dass ich mich anders entschieden habe, und bestelle eine Flasche Rotwein. Schließlich bin ich in einer Weinstube, verdammt noch mal! Während ich trinke, schrumpft der Raum um mich zusammen. Er wirkt auf einmal klamm, und irgendwie stinkt es – es stinkt wie in einem Klohäuschen. Es stinkt nach Krankheit, nach tropfenden Flüssigkeiten, nach vollgesogenem Papier. Jetzt sind sie schon vierzig Minuten überfällig. Fünfzig.

Mein Körper fühlt sich vollkommen fremd an. Ich kenne ihn überhaupt nicht, ich will nichts mit ihm zu tun haben, er gehört nicht zu mir. Irgendetwas in mir stirbt – etwas, aber nicht ich selbst. So ist das also. Wenn einen der eigene Körper im Stich lässt. Meine Olivia – ich hatte gedacht, sie hätte die meiste Zeit ihres Lebens an der Oberfläche ihres Körpers verbracht, aber dann war es ihr doch gelungen, unter die Haut zu gelangen. Sie hatte die Hohlräume in ihrem Fleisch entdeckt. Ich drehte fast durch vor Eifersucht. Sie verließ mich. Ich bettelte sie an, zu mir zurückzukehren. Wie kann jemand nur mit Mitte dreißig anfangen, Heroin zu nehmen?, dachte ich. Und das nach fünfzehn, sechzehn Jahren Beziehung – als hätte ihr irgendetwas gefehlt. Tja, offenbar hatte ihr wirklich etwas gefehlt. Sie gab ihrem Körper die Schuld, genau wie ich. Wieder und wieder hörte sie auf damit, bis schließlich der Punkt gekommen war, an dem sie nicht mehr aufzuhören brauchte.

Inzwischen ist eine ganze Stunde rum. Ich bestelle eine zweite Flasche. Der Gelkopf grinst hinter seiner Maske, das sehe ich genau. Am liebsten würde ich ihm eine reinhauen. In letzter Zeit passiert mir das häufig; ich werde stinksauer auf Leute, die ich überhaupt nicht kenne.

»Möchten Sie vielleicht doch eine Vorspeise bestellen, Sir?«

Nein, er ist ein guter Junge. Er macht bloß seinen Job. Ich schüttele den Kopf und beuge mich vor, um seinen Unterarm zu drücken – ein bisschen Körperkontakt von Mann zu Mann –, doch er zuckt zurück und stößt gegen das Drahtgeflecht des bücherregalartigen Weinschränkchens. Das Klirren von hundert staubbedeckten Flaschen erfüllt den Raum. Er bleibt wie angewurzelt stehen, sieht mich mit weit aufgerissenen Augen an – offensichtlich weiß er nicht, wie er mit der Situation umgehen soll – und wieselt aus dem Raum.

Verstehen Sie mich nicht falsch. Ich mag junge Leute – Olivia war dreißig Jahre jünger als ich. Ich hätte sogar gern ein paar Kinder mit ihr gehabt. Das Problem ist, dass es zu viele von ihnen gibt. Hier kann man nirgends einen Backstein werfen, ohne dass ihn ein Blag an den Kopf bekommt. Ich würde mich gern zurückhaltender äußern, aber ich kann nicht anders. Ich hasse es, wie junge Leute mich ansehen, ich hasse, wie sie mich nicht ansehen, ich hasse ihre austauschbaren Körper, ihr massenerprobtes Verhalten, ihre Autos, die wie Kisten aussehen, wie Baseballkappen, wie künstliche Vergrößerungen, ihre laute Angeberei, ihr Klingeln und Bimmeln und Tönen, ich hasse es, wie sie sprechen, als würden sie die Worte durchkauen, ihre Überzeugung, dass sich die Welt um sie dreht, dass sie damit auch noch recht haben, und wie dieser Jugendkult, dieses pädomorphe Dumpfbackentum, die Schönheit zur Hure macht, verführt, missbraucht, versehrt, in Pixel auflöst und überall in Plastik verwandelt.

Ich bin fast fertig mit der zweiten Flasche; jede Menge Alkohol, der meine Hämorrhoiden zum Tanzen bringen wird. Neunzig Minuten. Der Gelkopf kommt zurück und überreicht mir freudestrahlend ein schnurloses Telefon.

»Henry?«

Ich fühle mich, als sei ich gerade über irgendetwas Undefinierbares gestolpert, so wie schon bei ihrem Anruf letzte Woche. Sie spricht langsam; ihre Stimme ist schläfrig, warm und melodiös. Ganz anders als die ihrer Mutter. Erneut verblüfft es mich, wie viel Macht diese Stimme über mich hat.

»Es tut uns wirklich leid. Wir haben den ganzen Vormittag versucht, dich zu Hause zu erreichen.«

Ich habe keine Ahnung, wie ich mit der Situation umgehen soll; ich schweige. Nach einer langen Pause sagt sie:

»Wir können nicht kommen. Hoffentlich hast du nicht auf uns gewartet.«

»Ich warte hier seit anderthalb Stunden.«

Eine Hand wird über den Hörer gelegt; *sotto voce* geht es weiter. Im Hintergrund höre ich, wie jemand gerade ein Streichinstrument stimmt.

»Es tut mir wirklich leid. Aber das Konzert steht unmittelbar bevor, und ...«

Weiteres gedämpftes Palaver. Ich blicke mich um, wie um mich jenseits ihrer Stimme zu erden. In verborgenen Nischen brennen clever plazierte Kerzen; das Zimmer schimmert und funkelt in den Farben von Wein: Rubin, Amethyst, Burgunder, Bronze ...

»Wir dachten, es wäre vielleicht das Beste, unser Treffen auf ein andermal zu verschieben.«

»Du willst mich also nicht sehen?«

»Henry.«

Sie kann nicht auflegen. Das kann ich nicht zulassen. Ich blicke mich um. Wie bin ich in diesen flimmernden Kerker geraten?

»Ich zahle auch. Falls es ums Geld geht ...«

»Das Konzert ist ausverkauft«, fällt sie mir ins Wort.

»Na, dann treffen wir uns halt auf einen Drink. Ich wohne ja quasi um die Ecke.«

»Henry, ich weiß nicht, ob ich schon so weit bin.« Den Tonfall erkenne ich sofort. So redet die Hexe. Ich weiß, dass ich nicht weiterbohren sollte, aber ich kann einfach nicht aufhören.

»Wie wär's morgen? Ich kenne ein nettes Café im East Village. Nein, im West Village. Wir frühstücken zusammen.«

Am anderen Ende der Leitung rumort es. Ein dumpfes Geräusch ertönt, dann meldet sich eine Stimme mit englischem Akzent:

»Elise möchte das Gespräch jetzt nicht weiter fortsetzen.«

»Fuck you«, sage ich im Scherz.

»Tja, das war's dann wohl«, sagt er.

»Tut mir leid. Es tut mir leid. Ich habe überreagiert.«

»Das ist kein Grund für eine derartige Ausdrucksweise.«

Er hat recht, denke ich. Der Blutsauger hat recht. Ich versuche mich zu erinnern, was Apelman gesagt hat.

»Familie ist Familie.«

Damit bringe ich ihn erst mal zum Schweigen. Weshalb ich es gleich ein zweites Mal sage, mit dem Ergebnis, dass es sich jetzt irgendwie nicht mehr richtig anhört.

»Sie sind betrunken«, sagt er.

»He, Sie Genie – können Sie mir gefälligst noch mal meine Tochter geben?«

»In Ihrem Zustand können Sie nicht mit ihr reden.« Ein Knistern ertönt, das übliche universelle Präludium, bevor jemand auflegt.

»He!« Panisch überlege ich, was ich sagen soll. »Ich habe Krebs. Sagen Sie ihr das. Pressemitteilung für Sie, Mr Manager: K-R-E-B-S. Arschkrebs. Haben Sie mich verstanden?«

»Ich habe jetzt endgültig genug von Ihren …«

»He! Warten Sie!« Ich weiß, dass ich alles vermassele, aber ich habe noch etwas in der Hinterhand, etwas Perfektes, etwas, das die Vergangenheit glätten und die Zukunft auffälteln wird. Was würde Apelman sagen? Dass es schon immer so war. Immer war ich es, der um Vergebung gebettelt hat.

»Ich lege jetzt auf.«

»Ich habe nicht nur Krebs, sondern auch eine Menge Geld«, platze ich heraus. »Und das wissen Sie auch, stimmt's, mein Freund? Eine halbe Million Dollar habe ich für ihr Cello geblecht. Und bei mir ist noch viel mehr zu holen. Jede Wette, dass sie die Kohle auch gern managen würden, wenn ich erst mal unter der Erde liege – oder etwa nicht, Blutsauger?«

Er legt auf.

Ich wünschte, ich hätte mich besser im Griff. Ich wünschte, man hätte es mir in der Schule beigebracht oder besser vorher, als ich noch lernfähig war. Ich hätte die zwei Flaschen 89er Bordeaux nicht weghauen geschweige denn versuchen sollen, anschließend am Telefon noch vollständige Sätze zu bilden. Zumindest hätte ich davon absehen sollen, so lange geduldig auf die beiden zu warten. Und am meisten wünschte ich, ich könnte mich von meinem jetzigen Vorhaben abbringen.

Ich werfe ein Bündel Kohle auf den Tisch – ein Glückstag für den Gelkopf –, gehe dann aber zurück, zähle das Geld und stecke ein paar Scheine wieder ein. Kein Grund, den Kopf zu verlieren. Schlurfe durch den gewundenen, seltsam schäbigen Flur, durch das mauvefarbige, von Kerzen erhellte Restaurant, stoße gegen Käsewagen und Aktenkoffer, und dann bin ich draußen. Der Himmel ist bewölkt. Ich beschließe, zu Fuß zu gehen, um mich erst mal ein wenig auszunüchtern. Um wieder einen klaren Kopf zu bekommen. Ich hinke durch den südlichen Teil des Central Parks, ein Krüppel im Smoking mit einer Alkoholfahne unter Massen von Touristen, Familien und Paaren. Kinder mustern mich argwöhnisch. Alle anderen wenden den Blick ab. Der Park ist proppenvoll. Dann erinnere ich mich – dieses Wochenende ist Columbus Day.

Ich weiß nicht, ob ich schon so weit bin. Was meinte sie damit? Noch nicht so weit für was? Für unser Treffen? Oder meinte sie ihr Konzert? Ich hätte sie vor ihrem großen Auftritt nicht derart bedrängen sollen. Oder hatte sie damit sagen wollen, nach dem Konzert sei sie dann so weit? Vielleicht meinte sie sogar, sie sei noch nicht bereit für die Hochzeit mit dem Blutsauger. Eine verschlüsselte Botschaft. Ich watschele unter Ulmen entlang, vorbei an Ahorn- und Zürgelbäumen, Linden und Eschen, tief in meinen Gedanken versunken. Wenn Olivia und ich hierher kamen, pflegte sie mir stets zu erklären, wie die Bäume und Sträucher hießen. Am Teich knipsen ein paar Amateurphotographen die Astern. Ich beschließe, den langen Weg zu nehmen. Ich habe Schmerzen, während ich mir den Weg durch die Menschenmassen bahne. Erst bei ein paar nebeneinanderstehenden Pferdekutschen halte ich an und gestatte mir mit schmerzendem Körper, das Undenkbare zu denken. Vielleicht will sie mich überhaupt nicht sehen. Vielleicht wird sie nie so weit sein.

Es fällt mir erst auf, als ich die Fifth Avenue bereits ein Stück weit hinuntergegangen bin. Wir befinden uns mitten im Herbst. Der Central Park prangt, ja, krampft vor Farben – Rot, Orange, Grün, Gelb, Lila, Braun, Gold. Die Astern, weiß, lavendelfarben, rot und rosa, haben sich zu ihrer jährlichen Parade versammelt. Ich weiß es, auch wenn ich sie nicht gesehen habe – meine armen Augen haben sie übersehen.

Mit gesenktem Kopf trotte ich die 57th Street hinunter. Schließlich gelange ich zur Carnegie Hall. *Konzentrier dich*, sage ich mir. Ich überzeuge den Mann an der Kasse, dass ich Elise Kozlovs Vater bin. Ich fühle mich wie ein Schwein, aber gleichzeitig erfüllt mich Stolz. Ja, natürlich ist es wichtig, sage ich. Er sagt mir, wo sie proben oder gerade Soundcheck machen. Ich folge der Musik zum Parketteingang des Konzertsaals, öffne die Tür und erkenne sie auf Anhieb, ein schwarzgrauer Fleck neben drei anderen Flecken auf der weit entfernten Bühne: Sie ist diejenige mit dem Instrument zwischen den Beinen, diejenige, die fast hinter ihrem Instrument verschwindet. Ich trete näher. Sie ist nur ein Mädchen in einem Kleid, das gerade mal ihre Knie bedeckt. Sie sieht aus wie das Mädchen auf dem Foto auf der Website. Jung wirkt sie im gleißenden Licht der Scheinwerfer, und so ernst. Selbst die Art, wie sie das Cello hält, wirkt ernst. Jetzt sehe ich alles ganz klar vor mir.

Sie ist schön – auch ohne mich. Noch so ein Grund, warum ich junge Leute hasse. Sie sind so selbstbewusst in ihrer Schönheit wie sonst nur Tiere – unbeleckt vom Gedanken an den Tod.

Am Ende des Stücks sieht sie auf und zu mir herüber.

Ich stehe im Halbdunkel, fast hundert Meter von ihr entfernt, aber sie sieht mich geradewegs an. Kein Zusammenzucken, kein Keuchen, kein dramatisches Hand-vor-den-Mund-Schlagen. Ich selbst bin es, der zu verblüfft ist, um irgendetwas zu unternehmen. Während sie den Blick auf mich gerichtet hält, sagt sie etwas – ihre Lippen bewegen sich –, und ich versuche verzweifelt, ihre Worte zu entschlüsseln, mir eine passende Antwort einfallen zu lassen. Im selben Moment gleitet ein junger Mann in Jeans und schwarzem T-Shirt aus dem Seitenflügel und kommt den Gang herunter. Ohne mich auch nur einmal zu berühren, eskortiert er mich aus dem Saal.

»Sind Sie Jason Sharps?«

Er schüttelt den Kopf. Dann mustert er mich neugierig. »He, Sir, alles in Ordnung mit Ihnen?«

»Sagen Sie ihr, dass ich sie sehen möchte. Nur für einen Moment.«

»Bitte?«

»Elise. Sagen Sie Elise … dass ihr Vater sie sehen möchte.« Ihre Lippen in meinem Kopf, die Linien, die miteinander verschmelzen. Ihre Augen. »Sagen Sie ihr … dass es mir leidtut.«

»Warten Sie.«

Sobald er mir den Rücken zugekehrt hat, schlüpfe ich wieder in den Saal. Ich bleibe im Dunkeln. Dann sehe ich sie auf der Bühne. Der Blutsauger höchstpersönlich steht bei ihr – ein schlaksiger Rotschopf mit Frauenschultern. Sie hebt das Gesicht, küsst ihn. Ich hasse die Anmut, die Sehnsucht, mit der sie es tut. Sie steht auf den Zehenspitzen, hebt die Arme bis zu seinen Ohren. Er muss sich nicht mal zu ihr hinunterbeugen. Ich habe einen Kloß im Hals, mein Atem dringt heiß und schwer aus meinen Nasenlöchern. In meinem Kopf hallt Apelmans Stimme wider wie ein Werbejingle. Ich drücke die schwere Tür auf und schleppe mich wieder nach draußen.

Einige Minuten später öffnet sich die Tür erneut; der Bursche im schwarzen T-Shirt überreicht mir ein Blatt Papier. Unbekümmert mustert er mich, beinahe grob. Mir ist es egal. Das Herz schlägt mir bis zum Hals. Ich habe mich getäuscht. Ich erinnere mich – sie hat mich *direkt angesehen*. Sie will mich sehen, sie weiß, dass es unabwendbar ist. Ich warte, bis der Bursche weg ist, ehe ich das Blatt Papier entfalte:

Henry,
ich will Dich nicht sehen. Bitte komm nach dem Konzert
hinter die Bühne (zeig diese Zeilen vor) und besprich mit
Jason, wie wir Dir das Geld für das Cello zurückzahlen
können.

Zuerst lasse ich mir ein Bad ein. Das schwindende Licht hat die Farbe von Pisse angenommen. Alles sieht pissfarben aus. Ich schäle mich aus meiner Jacke, dem Hemd, der Hose, werfe die stinkenden Klamotten, steif von Schweiß und Wäschestärke, in die Ecke. Schmiere mir die geschwollene, brennende Rosette mit Lidocain ein und senke meinen Hintern – *aaaaarggh* – in das dampfend heiße Wasser. Dann mache ich etwas, das ich schon seit fast einem Jahr nicht mehr getan habe: Ich versuche eine Skizze zu entwerfen. Meine Finger zittern. Ich halte sie über Wasser, einen Kohlestift in der Hand; demütig schweben sie über dem feuchten Zeichenblock.

Apelman hat keine Ahnung, dass ich seit Olivias Tod nichts mehr gezeichnet oder gemalt habe. Ebenso weiß er nicht, dass ich sie dauernd vor mir sehe, überall. Heute allerdings habe ich meine Tochter gesehen – und sie mich. Vielleicht zum letzten Mal. Warum zeichne ich eigentlich? Apelman würde der Gedanke gefallen: Maler wendet sich wieder der Kunst zu, um sein Leid zu lindern. Manchmal kann der Geist ruhen, wenn sich die Hand bewegt. Aber heute nicht. Ich zeichne, um sie mir zu vergegenwärtigen. Wenn mir von ihr nichts als Schmerz bleiben sollte, dann will ich ihn in mir bewahren, ihn am Leben erhalten – es gibt so wenig, an das ich mich überhaupt noch klammern kann.

Immerhin habe ich ihre Handschrift gesehen. Die sich in den letzten vier Jahren kein bisschen verändert hat. Sie hat mich mit meinem Vornamen angesprochen.

Draußen beginnt es zu nieseln. Es wird dunkel. Wasser kondensiert und rinnt über die Glasbausteine. Das Licht ist am Rande der Erschöpfung. Auf der Straße glänzt das Laub wie Schuppen toter Fische. Die Rinnsteine sind schwarz und nass.

Ein Punkt. Noch einer, und die Linie, die beide miteinander verbindet. Plötzlich kommt mir das letzte Gesicht in den Sinn, das ich gezeichnet habe. Olivia war die Einzige, ob Sie's glauben oder nicht. Meine einzige Liebe – auch während der fünf Jahre langen, auch im Bett währenden Eiszeit meiner Ehe. Sie war mein Risiko. Als meine Frau davon Wind bekam und sich mit unserer Tochter aus dem Staub machte, sagte Olivia: »Du hattest die Wahl. Und jetzt hör auf, ihnen hinterherzutrauern. Eine wie mich kriegst du nicht jeden Tag.«

Junge Frauen ficken, als würde ihnen die Zeit davonrennen. Es ist, als wüssten sie irgendetwas, wovon man selbst keine Ahnung hat. Als Olivias Zeit abgelaufen war, saß ich neben ihr, wochenlang, und zeichnete Skizzen von ihr. Ich fragte mich, ob sie mich hören konnte, spüren, während sie im Koma lag, ob sie mit jedem Ausatmen einen Gedanken zu Ende brachte. Ein alter Mann und ein schönes, ernstes junges Mädchen. Ich fragte mich, wie lange sie schon von der Diagnose gewusst hatte. Ich fragte mich, ob es – hätte ich davon gewusst – irgendwie anders gewesen wäre. Aber bekannt gewesen war mir nur ihr vollkommener Hunger, das schmerzhafte Ausspielen ihrer unvollkommenen Befriedigung.

Im Hospiz verscheuchte ich ihre Besucher: meist junge Leute, die straff zusammengebundene, in zerknittertes Papier eingewickelte Blumen, pelzige Kuscheltiere und herzförmige Luftballons in Händen hielten. Sie hatten nichts zu sagen. Sie dehnten die Lippen, als würden sie mich anlächeln, und wenn sie sich mit ihren Gesichtspiercings und Ohrstöpseln und iPods und Handys über ihren an der Maschine hängenden Körper beugten, hätte ich ihnen am liebsten all die Sachen vom Leib gerissen, in den Müll geworfen und ihnen – da sie ja so geil darauf waren, alles Mögliche in die Steckdosen ihrer Körper einzustöpseln – gezeigt, ja, *gezeigt*, was es bedeutete, an dieses Bett gefesselt zu sein.

Nur Apelman blieb, saß an meiner Seite, während sie Cocktail um Cocktail in ihre verseuchten Venen, ihren selbstzerstörerischen Leib pumpten, und ließ mich nicht aus den Augen, während ich sie nicht aus den Augen ließ.

Das Nieseln wächst sich zum Regen aus. Auf der anderen Seite der Glaswand verschwindet das letzte bisschen Farbe aus der Luft, als würde es weggesogen. Die Straßen sind zugemüllt, und der Wind pflückt Papier, Plastiktüten und welke Blätter vom Boden, reißt alles in seine unsichtbare Brandung. Ich halte die Hände in die Luft und tauche meinen Kopf ins Badewasser. Plötzlich höre ich die Rohre im ganzen Haus; es klingt, als würde die Erde laut rumoren. Von draußen dringt das Prasseln des Regens an meine Ohren. Den Trick hat mir Olivia beigebracht.

Ich setze mich auf und sehe durch die Glasbausteine. Ich mag es, wie der Regen alles in Schwarzweiß verwandelt. Selbst sein eigenes Geräusch. Fußgänger eilen vorbei, dunkle Gesichter unter schwarzen Schirmen. Füße, die gedämpft durch seichte Pfützen schlappen. Manche wirken, als hätte sie der Regen kalt erwischt, sie hasten mit gekreuzten Armen und gesenktem Kopf über die Straße, als würden sie sich den Weg aus einer Notaufnahme bahnen.

Andere verlangsamen den Schritt, sehen auf mit von Regentropfen gesprenkelten Gesichtern und aufgerissenen Mündern und tun so, als könnten sie dem Wetter tatsächlich etwas abgewinnen. Volltrottel.

Die Skizze nimmt Form an. Sie sieht mich an; ihr Mund steht offen. Ihr Haar ist so schwarz, dass es nass wirkt. Meine Frau sitzt weinend auf einem Koffer. Sie sagt, dass sie vorübergehend zu einer Freundin nach Bushwick ziehen. Elise schläft mit traumumwölkten Zügen in ihrem Babykorb. Sie gibt ein leises Gurgeln von sich, als ich sie auf den Arm nehme. »Lass das«, sagt meine Frau unter Tränen, »sie ist krank.« Ich lege sie wieder in den Korb und decke sie zu. Eine Erleichterung; sie, und nur sie, gibt mir das Gefühl, dass meine Hände plump und ungelenk sind. Ich sehe die makellosen kleinen Schweißperlen auf ihrer Stirn. Ihr Körper strahlt Hitze ab wie eine Wärmflasche. Ich überlege, ob ich ihr einen Kuss geben soll, will sie aber nicht mit meinen Barthaaren wachkitzeln. Ich senke den Kopf und gehe die Stufen unseres Hauses hinauf, begleitet vom dramatischen, erstickten Schluchzen meiner Frau, lasse die beiden stehen, ohne zu wissen, dass das Taxi sie nicht zu einer Freundin nach Bushwick, sondern zum JFK bringen wird. Ich habe keine Ahnung, dass sie meine Tochter außer Landes schmuggeln wird, dass ich sie siebzehn Jahre nicht mehr zu Gesicht bekommen werde. Die ganze Nacht aber – und dann Nacht für Nacht – erscheint mir ihr puppengroßer Körper in meinen Träumen, glühend, im Fieber der Sünde ihres Vaters.

Ich versuche den Ausdruck ihrer Augen festzuhalten. In meiner Erinnerung ist ihr Blick streng, anklagend. Aber damals war es entweder oder, entweder oder, und glaubt sie ernstlich, meine Erfahrungen, meine Gefühle hätten mir eine andere Wahl gelassen? Wie viel Vergangenheit liegt in einem Augenblick? Wollte sie mich ihre Verachtung spüren lassen, über eine Kluft von siebzehn

Jahren hinweg? Verhärtetes Blut, in Stücke gebrochen. Oben auf der Bühne wirkten ihre Augen so klar und tief und groß und wahrhaftig. Im Licht ihrer Augen konnte sogar ein geiler alter Bock wie ich zu einem neuen Menschen werden.

Ich lasse den Block und die Zeichenkohle auf den Boden fallen und erhebe mich, sauber wie eine Leiche. Olivia machte das immer tierisch an, splitternackt für die Passanten draußen sichtbar zu sein. Apelman hat recht. Familie ist Familie. Ich werfe einen Blick auf die am Boden liegende Skizze; Wassertropfen haben ihr graues Gesicht aufgeschwemmt. Als ich aus dem Bad steige, läuft mir etwas Warmes die Beine hinunter. Als ich den Blick senke, sehe ich – zum ersten Mal – Blut im Wasser: rosafarbene Fetzen, die sich wie die Blüten einer Blume verteilen.

So, und das mache ich jetzt: Ich betrachte mich im Spiegel. Mein Gesicht ist totenbleich, eine Maske aus Knochen, Haut und Haar. Meine Zähne sind gelb und kariös, die Ventile meines Körpers verrostet. *Zieh dich an und mach dich an die Arbeit.* Aufgabe des Tages: Ankleiden – heute kommt sie.

Etwas Elegantes, vielleicht den Frack. Satinrevers, Einstecktaschen und weiße Pikeeweste. Ich stecke mir Kleenex in die Unterhose, damit das Blut nicht durchsickert. Draußen regnet es immer noch – ich rutsche den Bürgersteig entlang, orientiere mich am Licht in den Bürogebäuden. Die Straßen sind verlassen, dunkel wie eine Lunge. Als Wind aufkommt, klingt es, als würden sich die Bäume über den Lärm einer Menschenmenge hinweg miteinander unterhalten.

Ich bin spät dran. Das Konzert hat bereits begonnen. Eigentlich ist es sogar schon fast vorbei, wie der Bursche an der Kasse noch einmal wiederholt, ehe er seinen Vorgesetzten holt. Ich sage ihnen, wer ich bin. In meinem Kopf summt es wie in einer Neonröhre, während ich mit den beiden herumstreite, aber schließlich bekomme ich, was ich will – die Eintrittskarte.

Seitenbalkon. Die Schilder weisen nach oben, nach noch weiter oben. Der Teppich hat ein rotes Karomuster, glänzt ölig und fühlt sich an wie frisch gemähtes Gras – mit jedem Schritt scheine ich ein Stückchen tiefer einzusinken. Meine Schuhe hinterlassen feuchte Krater. Durch die Wände mit den neoklassizistischen Reliefs dringt Musik an meine Ohren, weht zu mir herüber wie von einem weit entfernten Schiff. Die Stufen werden steiler. Ich bilde mir ein, es zu hören, ihr jahrhundertealtes Cello. Als ich oben ankomme, kann ich kaum noch stehen; meine Beine sind schwer von Whiskey und heißem Badewasser. Der Kummerbund ist mir bis zu den Brustwarzen hochgerutscht, der Kragen fühlt sich an wie feuchte Pappe, jede Naht meines Hemds schneidet mir ins Fleisch. Schweiß dringt mir aus jeder einzelnen Pore.

»Sir«, richtet der goldbrokatgeschmückte Platzanweiser das Wort an mich, aber ich starre ihn nieder. Allmählich komme ich wieder zu Atem, lehne mich gegen die schwere Tür und öffne sie. Die Musik kommt plötzlich, herzzerreißend. Sie und die drei anderen Musiker bilden einen beinahe geschlossenen Kreis; es wirkt, als würden sie nur für sich selbst spielen.

Halb erheben sie sich, halb weichen sie zurück, die Leute in meiner Reihe, versuchen jede Berührung zu vermeiden, während ich zu meinem Platz schlurfe. Mein Arsch brennt, als ich mich setze. Ein Pfeiler blockiert mir die halbe Sicht. Vor meinem inneren Auge sehe ich den Blutsauger in der ersten Reihe sitzen, die Hackebeilsilhouette seines Kopfs, die schlaksigen, lang ausgestreckten Beine. Was aber keine Rolle spielt – ich kann sie nach wie vor hören, den vollen, sonoren Klang ihres Cellos, der das Auditorium erfüllt, der meinen ganzen Körper erfasst und allmählich den Schmerz in Wärme verwandelt, und es ist, als habe mein Körper keine Hülle mehr, während ich mich in den Klängen auflöse, die sie aus ihrem Apparat aus Holz und Stahl und Haar herausstreicht – der Konzertsaal nur noch ein Raum in meinem Kopf.

Regentropfen und Schweiß sammeln sich zu meinen Füßen. Mir wird heiß. Die Musik umfängt mich mit ihrer langsam brennenden, prächtigen, verheerenden Glut. Als ich mich vorbeuge, zuckt mein Nachbar zurück, löst eine lange Reihe genervter Seufzer aus. Nun kann ich sie endlich sehen, meine Elise. Ihr Kopf bewegt sich nicht; konzentriert und präzise streicht sie ihr Cello. Ihr Haar schimmert schlohweiß und schwarz unter den Scheinwerfern – sie treibt dahin auf einem Boot aus Licht, meine Tochter, mein kleines Mädchen. Eine ernste Schönheit geht von ihr aus. Mein Herz drückt sich gegen den engen Kummerbund. Ich sehe sie genau. Sie hat alles, was man im Leben braucht. All meine Schwächen hat sie aus ihrem starken, aufrechten Körper gewrungen.

Komm, steh auf. Ich stehe auf. Mir ist schwindelig, und ich fühle mich morsch und alt, kann nichts mehr hören, nirgendwo Halt finden, während ich mich gebeugt und benommen durch die endlose Reihe von halb angezogenen Knien bewege. Als ich wieder auf dem Gang bin, bricht der Applaus los. Er klingt wie Regen. Unglaublich, jetzt sind sogar Rufe und stampfende Füße zu hören. Ich verlasse das Gebäude, trete hinaus in den schimmernden, ja irisierenden Regen, hinaus in die stahlblaue Nacht. Der Beifall erhebt sich über das tote Gewicht der Welt. Draußen regnet es. Ich halte den Atem an und richte den Blick auf die Menge, die das Gebäude verlässt. Bestimmt kommt sie gleich. Es kann sich nur noch um Sekunden handeln.

Und dann sehe ich sie – im Gang eines Knaben kommt sie daher, mit der Mattigkeit eines Zwanzigjährigen, eine ungewöhnliche Ökonomie für diese Altersgruppe, nein, da ist sie, schon fünfzig, auf einer Anzeigetafel, traumhaft schön preist sie Erfolgskonzepte an. Graue Augen, gasblaues Lächeln. Die tieferen Farben ihrer Wangenknochen. Nein, nein – Dunkelheit und Regen können so trügerisch sein. Gleich einem letzten Atemhauch verlässt die Menge das Konzertgebäude, während ich mitzähle, wie oft sie an mir vorbeigeht.

Es regnet. Da ist sie wieder. Gebeugt und irgendwie schwanenhaft wartet sie unter der nächsten Laterne. Das Licht dringt bis unter ihre Haut, durchweicht ihr Gesicht, lässt es glänzen im schwarzen Herz der Stadt. Ein ernstes junges Mädchen. Der Wind zerzaust ihr dunkles Haar. Nein, ich hatte nie eine Chance, jedenfalls keine richtige. Los, weiter, außer Atem, zu auf das brandende Licht. Hol sie ein und sie wird lächeln, ihre Zähne zeigen – wer will es zeichnen? –, eine Sache des Gedenkens, Wort für Wort. Geiler alter Bock. Warte, Olivia, ich komme. Ich kann dich sehen! Bist du so weit? So warte doch auf mich!

Halflead Bay

Es sah nach einem guten Sommer für Jamie aus. Die Prüfungen waren vorbei, und in zwei Wochen würde die Schule aus sein – die Ferien erstreckten sich vor ihm, weit und flach und blau. Außerdem war er ein Held. Gewissermaßen. Bei der Morgenversammlung hatte der Direktor nach der Nennung seines Namens kurz innegehalten, und dann hatte die ganze Schule spontan gejubelt und applaudiert. Jamie stand mit dem Rest der ersten achtzehn auf der Bühne. Die Gesichter unter sich konnte er kaum erkennen – wegen der Hitze waren die Lampen ausgeschaltet worden –, doch erinnerte er sich haargenau an die Stimmen, die aus dem großen, dämmrigen Saal zu ihm herauf drangen, wie sonst in seinen Tagträumen. Ein unbezahlbares Gefühl. Nur sein Dad machte mal wieder nicht mit. Er saß in der ersten Reihe mit den anderen Ehrengästen – unbeeindruckt wie eh und je. Sein Lächeln war so steif wie sein Anzug.

»Los geht's, Halfies!«, rief der Direktor. Er breitete die Arme aus. Am anderen Ende der Halle begannen die Schüler mit den Füßen zu stampfen.

Jamie hatte in der letzten Woche beim Halbfinale das Siegtor erzielt. Zum ersten Mal seit fünf Jahren hatte die Halflead Bay High einen echten Crack, mit dem sie den Wimpel zurückerobern konnte. Jamie konnte sich nicht erinnern, während all der Jahre seiner Schulzeit auch nur ein Gespräch mit Direktor Leyland geführt zu haben, doch nun wandte sich Leyland vom Publikum ab und verneigte sich halb vor ihm. Aller Blicke waren auf sie gerichtet. Dann riefen es plötzlich alle – *Halfies! Los geht's, Halfies!* –, selbst Eltern und Lehrer stimmten mit ein. Still und verzückt stand Jamie im brandenden Jubel, bis sein Blick erneut am Gesicht seines Vaters hängenblieb, dem unbehaglichen Lächeln, das seine Lippen umspielte. Das Stampfen, das Gejohle, Leylands theatralisches Getue: Ein feiner Hauch von Spott schien sich über die Szenerie zu legen. Jamie schüttelte innerlich den Kopf. Sein Vater lag falsch. Er lag falsch, und alles war möglich.

In der Pause trat Alison Fischer zu ihm.

»Leyland ist dir ja ganz schön in den Arsch gekrochen«, sagte sie.

Den Mund voller Wasser, sah er vom Wasserspender auf und schluckte. »Hi«, sagte er. Das Wort kam mit einem Rülpser aus seiner Kehle; er spürte ein feuchtes Rieseln in seiner Brust.

»Selber hi.«

Sie stand mit schief gelegtem Kopf und vorgereckter Hüfte da. Das Kleid ihrer Schuluniform saß so eng, dass es ihr in den Oberschenkel schnitt. Er wischte sich den Mund ab und sah sich um. Alison Fischer. Das passierte einem ebenfalls nicht jeden Morgen.

»Leyland interessiert sich doch nicht die Bohne für Football.«

»Was?«

»Der will doch bloß neue Schüler werben«, sagte Jamie. Er versuchte sich zu erinnern, wie seine Mum es ausgedrückt hatte. »Der Wimpel interessiert ihn doch bloß, um Eindruck bei ihren Eltern zu schinden.«

»Rück mal 'n Stück«, sagte Alison. Sie beugte sich über den Wasserspender und formte die Lippen zu einem glänzenden O. Ihr oberster Blusenknopf stand offen, als hätte die Hitze ihn gesprengt, und er konnte den Ansatz ihrer Brüste erkennen, zwischen denen ein dünner Schweißfilm glitzerte.

»Ich habe dich unten am Hafen gesehen«, sagte sie. Ihre Lippen schimmerten feucht.

»Da arbeite ich in den Ferien.«

»Nee, an der Mole, meine ich. Beim Fischen. Mit deinem Surferkumpel.«

»Cale?«

Erneut sah er sich um. Die meisten Kids waren im Gebäude geblieben; ein paar lagen reglos wie Schlangen unter den Kasuarinen. Für Sport war es zu heiß. Drüben auf der Pferdekoppel stocherten ein paar Jungs auf dem Boden herum. Alison verlagerte ihre Hüften und lächelte ihn geduldig an.

»Das war doch dein Vater da drin, oder?«

»Mein Vater?« Er gab ein schwaches Lachen von sich.

»Der Typ mit der Krawatte.«

Er wusste genau, was abging: Die Girls machten das zum Spaß, stachelten sich gegenseitig auf, irgendwelche Typen anzuquatschen und sich interessiert zu geben. Er hatte es schon öfter gesehen, wie die Mädchen – Alison war ihre Anführerin – zusammengluckten und das Geschehen beobachteten; sie tuschelten so leise, als würden sie heimlich in ihre Hand husten. Tammie, Kate, Laura und die anderen mit ihren spöttischen Gesichtern; sie langweilten sich zu Tode, interessierten sich nur für sich selbst, und jeder Junge auf der Halflead High war scharf auf sie.

»Er ist nicht mal zum Spiel gekommen.«

»*Meine* Eltern hättest du mal nach dem Spiel sehen sollen.« Ihr Lächeln wurde schief, als sie den Kopf wieder zur Seite neigte. »Die würden dich wahrscheinlich am liebsten adoptieren.«

Er tat so, als würde er eine Fliege verscheuchen, während er sich nochmals umsah. Keine von ihnen in Sicht. Und Dory auch nicht. Die Klänge eines Klaviers drangen von irgendwoher an seine Ohren, hingen blechern in der Luft und lösten sich in der Hitze auf. Aha, sie wollte also über das Spiel sprechen. Klar, verarschen würden sie ihn nicht, nicht nach dem letzten Wochenende. Von der Morgenversammlung ganz zu schweigen. Sie war allein. Sie lächelte ihn an, als würde sie nicht jemand anderem gehören.

»Dann wärst du meine Schwester.«

»Tja, und das wollen wir ja nicht, oder?«

Wer auch immer auf dem Klavier spielte, es war ein Anfänger, der Tonleitern übte, langsam und ohne Fluss. Jamie fühlte sich zwischen den Noten gefangen, in der dumpfen Stille dazwischen. Er merkte, dass er teuflisch schwitzte. Na schön, sollte sie halt über seinen Vater quatschen, den alten Herrn in seinem viel zu kleinen Beerdigungsanzug und dem Hemd mit den viel zu kurzen Ärmeln. Donnernder Applaus in seinen Ohren. Das ironische, skeptische Lächeln.

»Und, was glaubst du, können wir Maroomba schlagen?«

»Ich bin da öfter«, sagte er. Das kam rauer heraus, als er es beabsichtigt hatte. »An der Mole, meine ich.«

»Was?«

»Jetzt tu nicht so etepetete. Sag hallo, wenn du mich das nächste Mal siehst.«

»Und was dann?«

»Was willst du eigentlich von mir?«

»Alison!«, ertönte eine Stimme aus dem Schulgebäude. Alle gingen langsam wieder hinein. Die Klavierklänge verstummten, ehe einen Augenblick später ohrenbetäubendes Getöse erklang, als jemand plötzlich auf die Tasten eindrosch.

Sie beugte sich zu ihm. Das Schweißrinnsal zwischen ihren Brüsten – am liebsten hätte er es aufgeleckt. Er woll-

te, dass sie ihn wegstieß, ihm kichernd sagte, dass es kitzel-
te. Ihr Lächeln war plötzlich irgendwie anders.

»Ich kann dir zeigen, wie man Tintenfische ausnimmt«,
sagte er.

»Ist ja 'n Ding«, gab sie mit leiser Stimme zurück.
»Hast du ausnehmen gesagt? Oder rannehmen?«

Er schwieg.

»Würde mich nicht wundern. Ran-an-den-Ball-Jamie,
so nennen sie dich doch, oder?«

Er wurde rot. Erneut rief jemand ihren Namen. Fast
niemand befand sich mehr auf dem Schulhof, doch er hatte das untrügliche Gefühl, beobachtet zu werden, auch
wenn er nichts sah als das Sonnenlicht, das sich in den
Fenstern spiegelte.

Er deutete mit dem Kopf Richtung Klassenzimmer.
»Wir sollten ...«

»Hältst du mich für so eine? Die man mal eben ran-
nimmt?« Ihre Stimme klang komisch, leicht falsch gestimmt: »Sag hallo, wenn du mal wieder an der Mole vor-
beikommst? So läuft das also bei dir, was?«

Nun fiel ihm auch der Schweiß auf ihren Schlüsselbei-
nen auf, der weiß in der Sonne glänzte. Die Haut ihres in
die Hüfte gestützten Arms. Das war das Problem mit Alison Fischer: Man wusste nie, wo man hinsehen sollte. Er
sah in ihr Gesicht. Sie grinste ihn schief an; ihr Mund war
immer noch feucht.

Sie war Dorys Mädchen, aber wer wusste schon, wie ernst
das war? Jamie hatte schon immer eine Schwäche für sie
gehabt, die weit über die Art und Weise hinausging, wie in
den Umkleideräumen über Mädchen geredet wurde: über
Laura Brescia, die einen G-String unter ihrer Schuluniform trug, über Tammie K, die erst Nick einen geblasen
hatte und anschließend auch noch Jimmy, damit er die Sache nicht ihrem Schlägertyp von Freund steckte. Jimmy

krähte, sie hätte ganz schön gewürgt, aber tapfer weitergemacht. Er machte es vor: wie er sie an den langen Haaren festhielt, sich in ihre Kopfhaut krallte. Nein – das mit Alison war mehr als so was. Zwar war sie überall dabei, blieb aber auf Distanz, wartete darauf, im nächsten Jahr in die Großstadt zu ziehen, wo ihre Eltern und ihr Geld herkamen; alle wussten, dass sie dort studieren würde. Bis zu jenem Morgen hätte Jamie nicht im Traum daran gedacht, sich Hoffnungen machen zu dürfen.

Sie wohnten zu viert auf einer Klippe über dem Meer. Ihr Haus war eins der höchstgelegenen im Ort. Seine Eltern hatten es vor zwanzig Jahren gekauft, als Halflead Bay kaum mehr als ein Zwischenstopp zum Tanken auf dem Weg in die Stadt war. Diesem Umstand hatte es sich zu verdanken, dass seine Eltern sich begegnet waren: Jamies Mutter hatte gerade ihren Mietwagen aufgetankt, als sein Vater mit seinen Kollegen vom Hafen hochgeschlurft kam und in den Pub ging. Er fiel ihr gleich auf, weil er die Hände beim Gehen nicht bewegte. Hungrig und ausgelaugt von ihrer Arbeit als Wirtschaftsprüferin in einem muffigen Büro, beschloss sie ebenfalls, sich eine Mahlzeit am Tresen zu gönnen. Zwei Monate später kündigte sie und kehrte mit ihrem eigenen vollgepackten Wagen zurück, um den Mann aufzusuchen, den sie an jenem Abend kennengelernt hatte und der für eine einfachere Welt zu stehen schien: einen blauen Himmel, ein ruhiges Meer und eine Arbeit, deren Zweck jedes Kind verstand.

Zuerst wohnten sie noch bei Dads Verwandten an der südlichen Promenade. Eine Familie von Fischern. Nach ihrer Hochzeit zogen sie auf den Hügel, kurz bevor sie alle kamen: die Makler und die Interessenten für Ferienhäuser, die Weinbauern und die Touristen. Laut Jamies Vater hatte man damals noch Grundbesitz für so gut wie gar nichts kaufen können; der Ort lag im Sterben, Einwohner und Industrie wanderten zuhauf ab, erst, als die Bucht überfischt war, und dann nochmals, als sich der Fischereiverkehr nach Maroomba verlagerte. Nur die Alteingesessenen blieben. Die nächsten fünfzehn Jahre hatten seine Eltern ihren Traum gelebt; sein Dad war mit einem der wenigen verbliebenen Kutter zum Fischen hinausgefahren, während seine Mutter an ihren Landschaftsbildern – eigentlich waren es Meerlandschaften – arbeitete, ausgebleichte Farbkleckse, die an einer horizontalen Linie andockten. Himmel und Meer. Deshalb hatte sich seine Mutter den Ort ausgesucht. Sie konnte nicht ohne den Anblick des Meers leben, so wie sein Vater nicht ohne das Meer selbst leben konnte.

Vor fünf Jahren dann – die Diagnose. MS. All die zermürbenden Rückfälle. Trotz der Proteste seiner Frau hatte Jamies Dad schließlich seine Anteile an dem Kutter verkauft und sich auf Heimarbeit verlegt, übernahm Reparaturen und schreinerte Möbel. Jamie und Michael gingen weiter zur Schule. Alle machten weiter, arbeiteten sich durch die Krankheit und um sie herum, als sei nicht jeder Moment eine neue Herausforderung, als sei nicht jedes Wort ein Wort mehr, jedes Tun ein weiterer Akt des Wartens.

Michael stand an der Mündung der Einfahrt. Seine Umrisse verschwammen in der glühenden Hitze, die vom Asphalt aufstieg. Als Jamie näher kam, verspürte er einen jähen Anflug von Zuneigung; um ein Haar hätte er seinen Namen gerufen.

»Dad will mit uns sprechen«, sagte Michael, ohne von seinem Gameboy aufzusehen.

»Ich gehe runter zur Mole.« Er hielt einen Moment inne, während er zusah, wie Michaels Daumen über die Konsole huschten. »Wenn du willst, kannst du mitkommen.«

»Sie streiten mal wieder.«

»Und?«

»Sie streiten, das ist alles.« Seine Stimme war viel zu tief für einen Zehnjährigen.

Um ein Haar hätte Jamie laut losgelacht. »Alles okay mit Mum?« Er spähte den Hügel hinauf. Von der Straße aus war das Haus, verborgen vom Laub der Eisenholzbäume, Kurrajongs und Eukalyptusbäume, kaum zu sehen. Der Garten war völlig verwildert. Als er die Einfahrt hinaufmarschierte, sah er alles mit Alisons Augen: die herabhängenden Äste, die Ranken, das kniehohe Gras, hier und da gelb, wo all die kaputten, ausrangierten Sachen lagen, die seiner Mutter nicht mehr gefallen hatten. Sonst überall grün, überwuchert von bunt schimmernden Halmen und Gestrüpp. Da drüben war sein Zimmer, in dem Bungalow, der eher aussah wie ein Schuppen. Früher hatte Mum dort ihr Studio gehabt, und es roch immer noch vage nach Terpentin – so schwach wie eine nächtliche Körperausscheidung, die am Morgen getrocknet war. Einen Steinwurf davon entfernt, am Ende der Einfahrt, befand sich ein zweistöckiges Gebäude: ihr verwittertes Weatherboard-Haus, eingekesselt von Büschen und Kletterpflanzen und der ringsherum verlaufenden weißen Veranda. Was sie wohl damit anstellen würde?

Er ging hinten herum und betrat die Werkstatt seines Vaters. Die Lampen – hier drin war es bestimmt zehn Grad heißer als draußen. Sein Dad stand vor der Werkbank, über ein langes, leicht gebogenes Stück Holz gebeugt, um dessen eines Ende Klebeband gewickelt war; es sah aus wie die Faust eines Boxers.

»Ich bin fast fertig«, sagte sein Vater. Sein Hemd war schweißnass, von den Schultern bis zu dem Band, das seine Schürze zusammenhielt. »Ich hab's rausgefunden. Die Enden sind zu schwer, deswegen schaukelt es nicht.« Mit der linken Hand griff er nach einer Zange und entfernte das Klebeband. Mit der Rechten begann er das Holz der

Länge nach zu hobeln. Der obere Teil des Stuhls – Sitz und Lehne – lagen vornübergekippt neben ihm auf der Werkbank.

»Ich geh runter zur Mole«, sagte Jamie.

»Bald gibt's Sturm.«

»Ja?«

»In ein, zwei Tagen. Ich brauche deine Hilfe. Bring das Zeug von deiner Mutter rein.«

»Okay.«

»Und guck genau hin. Die Sachen liegen überall.«

»Okay.«

»Warte mal«, sagte sein Vater. Er legte sein Werkzeug weg und wandte sich um. Nacken und Gesicht waren von Sägemehl bestäubt, abgesehen von zwei weißen Trapezen hinter seiner Schutzbrille. Holzstaub löste sich von seinem Mund, als er lächelte. »Das hättest du mal hören sollen«, sagte er. »Wie sie deinem Bruder zugejubelt haben.«

Jamie begriff überhaupt nichts mehr, doch im selben Augenblick hörte er Michaels Stimme: »Was haben sie denn gesagt?« Sein Bruder trat hinter ihm in die Werkstatt.

Sein Vater strubbelte Michael durch die Haare, ehe er sich den eigenen Haaransatz mit dem Rücken seiner Arbeitshandschuhe zurückstrich und dabei eine orangefarbene Spur auf seiner Stirn hinterließ. »Anscheinend haben wir ein Riesenspiel verpasst. Aber nächste Woche sind wir dabei.« Sein Lächeln war wie üblich zugeknöpft und trocken, als er Michael zunickte. »Das wird der Wahnsinn, oder?«

»Das vergeigen wir bestimmt«, sagte Michael. »Mit Pauken und Trompeten.«

»Halt's Maul«, sagte Jamie.

Michael wich zurück, um aus seiner Reichweite zu gelangen. »Das sagen alle.«

»Jetzt ist aber Schluss, Jungs.«

»Okay«, sagte Jamie. »Ich bringe die Sachen in den Schuppen.« Er trat Sägemehl in Michaels Richtung. »Komm.«

»Moment.« Sein Vater zog die Handschuhe aus und nahm die Schutzbrille ab. »Könnt ihr mir einen Gefallen tun? Es geht um eure Mutter.«

Er trat ans Waschbecken. Mit der Handwurzel öffnete er den Hahn und begann energisch und geistesabwesend, sich die Hände zu schrubben – eine alte Gewohnheit aus Fischertagen, um den Gestank loszuwerden, der sich in den Poren festgesetzt hatte. Er sprengte sich Wasser ins Gesicht.

»Ich habe ein Kaufangebot für unser Haus«, sagte er.

Michael und Jamie gaben keinen Ton von sich.

»Vor Januar müssten wir nicht ausziehen. Aber bis Freitag müssen wir uns entscheiden.« Er zögerte einen Moment, ehe er hinter sich griff, das Band der Schürze löste und sie sich über den Kopf zog. »Wir haben ja schon drüber gesprochen.« Er warf Jamie einen Blick zu. »Ich weiß, du machst diesen Ferienjob. Aber diesen Sommer passiert eh noch nichts.«

»Ich will nicht wegziehen«, sagte Michael.

Jamie verpasste ihm einen Schlag unterhalb der Schulter. Er spürte, wie sein Knöchel auf Michaels Oberarmknochen traf. Das hatte gesessen.

»Lass das«, sagte Michael.

»Dann hör du auf zu nerven.«

Ihr Vater musterte sie stirnrunzelnd, zwinkerte rostfarbenes Wasser aus seinen Augen. Michael rieb sich den Arm. »Volltreffer«, sagte er.

»Aber Mum will doch hierbleiben«, sagte Jamie. Er dachte an Alison.

»Letzten Monat war ich mit eurer Mutter in Maroomba«, sagte sein Vater. Staub wirbelte vor seinem Gesicht herum, als er lautstark einatmete. »Wir haben ja schon darüber gesprochen«, wiederholte er. »In Maroomba kann eure Mutter einfach besser versorgt werden. Wir müssen umziehen – so schnell wie möglich.«

»Was heißt das, so schnell wie möglich?«

Sein Vater seufzte. »Komm, Jamie.«

Vor einiger Zeit hatte er seine Mutter nackt in der Badewanne gesehen, vornübergekrümmt, die Knie weit auseinander, während sein Vater sie mit einem Schwamm gewaschen hatte. Auf dem Wasser trieb kein Schaum, weshalb er alles sah – ihren Körper, der die gleiche Farbe hatte wie das Wasser, abgesehen von ihrem Schamhaar und den zwei großen dunklen Nippeln. Dunkle Flecken schienen sich unter ihrer Haut zu bewegen. Diesmal hatte sie die Augen geschlossen gehalten.

»Ihr Jungs müsst mit ihr reden. Sagt ihr, dass es euch nichts ausmacht. Der Umzug, meine ich.«

»Aber sie will nicht wegziehen.«

»Nicht, wenn ihr so weitermacht.« Orangefarbener Schweiß rann über seine Stirn, als er sich mit den Händen durch die Haare fuhr.

Ihr Körper – der geisterhaft verschwommene Schatten ihres Körpers. Seit dem Befund hatte sie begonnen, sich Stück für Stück von ihrem Körper zu verabschieden. Sein Dad hatte sich nicht mal ganz zu ihm umgedreht. *Komm, Jamie* – damals hatte er dasselbe gesagt.

»Was haben denn die Ärzte gesagt?«, fragte Jamie schließlich, während er sich daran erinnerte, wie seine Mutter protestiert hatte, bevor sie das letzte Mal nach Maroomba gefahren waren – dass alles okay und die Fahrt unnötig sei.

»Verdammt noch mal, was ist eigentlich so schwer zu begreifen, Junge?« Sein Vater blinzelte mehrmals hintereinander, als würde er krampfhaft um neue Klarsicht ringen. »Warum tust nicht einfach, was ich dir sage?«

Michael, der sich immer noch den Arm rieb, sah nicht auf.

Ihr Vater ging zum Becken und wusch sich abermals das Gesicht. Auf dem Stuhl neben ihm lag ein Stapel knittriger Bettlaken. Er benutzte ein Eckchen als Handtuch. »Ihr wisst doch, wie sie ist«, sagte er, das Gesicht in den Händen vergraben.

»Es tut mir leid«, sagte Jamie. Seine Stimme klang zu laut. »Ich rede mit ihr.«

Sein Vater nickte zögernd. »Du willst runter zur Mole?«

»Ja.«

»Die Interessenten wollen bis Freitag Bescheid wissen.«

»Hab ich verstanden.«

Bis dahin – Freitag – würden die Laken gewaschen sein und an den Leinen hängen, die im Zickzack hinter dem Haus verliefen. Wie Vorhänge würden sie sich im Wind bauschen, von Licht durchschienen, während sie oben auf dem Sofa liegen und in die andere Richtung blicken würde. Zum Meer hinaus.

»Du weißt doch, wie sie ist«, wiederholte sein Vater.

Einmal war er von der Mole gefallen. Er war mit ein paar Freunden dort gewesen; sie hatten die ankernden Boote mit Steinen beworfen. Gewinner war der mit dem weitesten Wurf, der Verlierer durfte sich für den Rest des Tages anhören, dass er eine Schwuchtel war. Dann war er dran gewesen: Eben noch hatte er Anlauf genommen, und im nächsten Augenblick war er tot – so musste der Tod sein –, ein Kurzschluss, ein Zucken der Sinne, und dann war alles um ihn herum verstummt. Der kalte, dunkelgrüne Schmerz in seinen Augen.

Er war zu seiner Mutter ins Atelier gelaufen und hatte ihr den Kopf hingehalten.

»So was musste ja irgendwann passieren«, sagte sie mit ihrer klaren Stimme. Sein Vater stand am Fenster und stützte sich, ein Sandwich in der Hand, mit gekreuzten Armen schwer auf eine Staffelei mit einer frisch aufgezogenen Leinwand – das war zu jener Zeit gewesen, als seine Mutter oft an mehreren Bildern gleichzeitig gearbeitet hatte.

»Ich muss los, Maggie, sonst komme ich zu spät. He, was ist denn mit dir passiert?«

Jamie sah auf. Die Unterarme seines Vaters – sonnenverbrannt und übersät mit verschorften Schrammen – wirkten so massiv wie das Holz, auf dem sie ruhten. Er stopfte sich den Rest des Sandwichs in den Mund und trat zu ihm.

»Alles okay mit dir, mein Sohn?«

Seine Mutter träufelte Dettol auf die Wunde und massierte es mit ihrem Hemdsärmel ein. Die dünne, bittere Flüssigkeit rann über Jamies Gesicht und in seinen Mund. Er würgte; in seinem Speichel schmeckte er immer noch das Meerwasser.

Seine Mutter gab seinem Vater einen Klaps auf die Wange und zog ihn zu sich herunter, um ihm einen Kuss zu geben. »Klar ist er okay«, sagte sie.

Zunächst behielt sie es für sich. Es hatte schon mehrere kleine Vorfälle gegeben, aber da Jamie und Michael in der Schule waren, und ihr Dad den ganzen Tag auf dem Kutter verbrachte, hatten sie nichts davon mitbekommen. Das Leben in der Stadt war längst hinter diesem hier verblasst. Zu jener Zeit begann sie sich gerade einen Namen zu machen; ihr Stil bestand darin, die Farbe mit Metallspateln aufzutragen und ihre Kompositionen großflächig über die Leinwand zu streichen. Die Farben mischte sie selbst. Überall im Haus lag ihr Kram herum, ebenso wie im Atelier und im Hinterhof: Glasscheiben, zu Behelfspaletten umfunktionierte Buchumschläge und Muschelschalen, in denen sie Farbe angerührt hatte. Jedes Fenster, an dem sie vorbeikam, riss sie sofort auf; manchmal stieß sie noch Jahre später auf Skizzen und rätselhafte Botschaften an sich selbst, die sie zwischen irgendwelche Bücher gestopft hatte oder die unter Dosen mit Farbpigmenten, Terpentinflaschen und Behältern mit Bindemittel begraben worden waren. Schon vor der Diagnose hatte ihre Arbeit – und es war Schwerstarbeit – an Raserei gegrenzt.

Als hätte sie's gewusst. Als hätte sie von vornherein geahnt, wie alles enden würde: Gerade eben hat man noch vollen Anlauf für den nächsten Wurf genommen, und im nächsten ist alles vorbei, ein Ausrutscher auf Fischgedärm, und schon ertrinkt man in einem Farbkübel, der Körper ein einziger großer Schmerz, ein Nichts in papierdünnen Hemdsärmeln, das einem nicht gehorchen will. Aber schließlich behauptete ja auch niemand, dass es nicht wehtun würde, selbst wenn man nur den Blick über die Ebene schweifen ließ. Und wenn der Körper aus unerfindlichen Gründen durchhielt – wer konnte schon sagen, ob man überhaupt etwas fühlte?

Hunderte von Möwen zogen kreischend ihre Kreise über ihnen. Jamie ließ sich zurücksinken, betrachtete die halbdunklen Flecken, die sich gegen die Sonne abhoben, und blendete Cales Stimme aus.

»Bleib locker, Alter«, sagte Cale. »Bleib locker.« Die Worte waren an Michael gerichtet; er war so stoned, dass er bereits nuschelte.

»Und die ganzen Backpacker auch.«

»Nee, Alter, die sind nicht das Problem, genauso wenig wie die Aborigines«, sagte Cale. »Die bleiben unter sich und stören keinen. Die Typen mit den Ferienhäusern sind der Feind, die ganzen reichen Wichser. Und die Prolls, das ganze Gesocks, das hier rumläuft.«

»Yeah.«

»Und die Asiaten.«

Die Angelschnur zuckte unter Jamies Fingerspitzen. Er

setzte sich auf und fummelte an der Angel herum, doch im selben Augenblick merkte er, dass die Spannung bereits nachgelassen hatte. Wahrscheinlich bloß Tang. Er atmete ein paarmal tief ein, um das Schwindelgefühl aus seinem Kopf zu vertreiben.

»Na ja«, murmelte Michael. »Einige sind schon okay.« Er spielte mit einem alten Kricketball, den er kunstvoll von einer Hand in die andere warf.

Cale wandte sich zu Jamie. »Fetter Fang, was?«

Jamie konnte sich nicht erinnern, wann sie Freunde geworden waren. Cale war vor zwei Jahren in der Stadt aufgetaucht und hatte am Strand herumgehangen, ein weiterer blonder Faulenzer mit zottiger Mähne. Eines Tages war er auf die Mole gelaufen und hatte Jamie geholfen, einen großen Bratpfannenwels aus dem Wasser zu ziehen. Sie hatten das Biest erschlagen, und dann hatte Cale es erst einmal an den Kiemen hochgehalten – beide starrten Jamie mit offenem Mund an –, ehe er sich schließlich vorstellte. Er kam aus dem Westen und suchte nach der perfekten Welle; er war vor der Küste von Tassie, vor Hawaii und am Horn von Afrika gesurft. Das Lederhalsband mit den Topasen war ein Andenken an seine Freundin, die es in Europa erwischt hatte. Ein Schatten legte sich über seinen Blick, als er davon erzählte. Klar, er würde Jamie zeigen, wie man mit dem Board umging.

»Du bist stoned.«

Cale nickte fast schüchtern, ehe wieder das sorglose, dicklippige Lächeln auf seine Züge trat, das seine Lippen für gewöhnlich zu umspielen pflegte. »Nichts gegen die Israelis, Alter. Immer breit wie die Axt.« Er rappelte sich auf und holte seine Angelschnur ein. Nachdem er sie eingehend inspiziert hatte, spießte er einen frischen Wurm auf den Haken.

»Hast du sie mal gesehen?«, fragte er Jamie. »Drüben am Riff?«

»Die Israelis?«

»Die Asiaten, du Birne.«

»Was soll denn mit ihnen sein?«

»Na, da fischen sie doch. Oder soll ich lieber ›wildern‹ sagen?«

Natürlich hatte er sie bereits gesehen, wenn auch nur von weitem. So wie alle anderen auch. Wie sie mit ihren Schlauchbooten rein- und rausfuhren, Typen mit glatten Mienen – komplett undurchschaubar, so wie auch ihr leises, irgendwie freches Gelächter, wenn sie in Grüppchen in der Stadt zusammengluckten. Na ja, warum auch nicht?, dachte Jamie. Inzwischen befand sich die Fischerei so gut wie komplett in ihrer Hand; auch die Fischfabrik hatten sie vor ein paar Jahren aufgekauft, als diese quasi mit dem Bauch nach oben im Wasser getrieben war. Vage erinnerte er sich, wie ihn seine Eltern zu den Gemeindeversammlungen – Hasstiraden ohne Ende auf die geldgierigen Schlitzaugen – mitgeschleift und auf dem Rückweg miteinander gestritten hatten.

»Gar nicht so dumm von ihnen«, sagte Cale. »Hundert Dollar für das Kilo Abalonen.«

Michael sah auf. »Hundert Dollar?«

»Aber hallo. Die verkaufen ihren Fang an die schicken Restaurants – und die Restaurants drehen den Fisch dann den reichen Wichsern an, für zehnmal so viel Kohle.«

»Zehnmal einfacher«, sagte Jamie.

»Scheißabalonen.« Cale grinste. »Da kannst du 'nen Monatslohn für hinlegen, Alter.«

Jamies Eltern hatten schließlich zugestimmt, dass er einen Ferienjob annahm. Endlich würde er selbst Geld verdienen. Sich kaufen können, wonach ihm der Sinn stand. Er würde in der Fischfabrik anfangen, wo Cale ebenfalls arbeitete, doch insgeheim hoffte er, über kurz oder lang mit einem der Boote rausfahren zu können. Schließlich war er seines Vaters Sohn, oder?

Michael begann zu pfeifen und hielt wieder inne. Jamie
ließ sich wieder auf den Boden sinken. Einen Augenblick
lang versengten ihm die heißen Holzplanken schier den
Rücken, dann aber verteilte sich die Hitze in seinem Körper. Er schloss die Augen: ein dunkles orangefarbenes Glühen, sporadisch von den Schatten der Möwen durchzogen.
In seinen Knochen spürte er das Echo des Aufpralls, wenn
Jamie den Kricketball gegen seine Handfläche warf. Während ihn die Wärme einlullte, schweiften seine Gedanken
zurück zur Morgenversammlung – dem donnernden Applaus, Alison –, doch jedes Mal, wenn er an sie dachte, kam
ihm unwillkürlich auch Dory in den Sinn, sein bulliger,
durchtrainierter Körper und die fiese Fresse. Seit vier Jahren war er Full-Forward des Footballteams. Als es still
wurde und plötzlich das Scharren von Füßen erklang, war
ihm klar, dass Michael den Ball hoch in die Luft geworfen
hatte. Er stellte sich vor, wie der Ball langsam durch die
Luft trudelte und dann – aus – ins Wasser fiel. Ein anderer
Gedanke nahm Gestalt an: Was, wenn sie – Alison und
Dory – gar nicht mehr zusammen waren? Wann hatte er
sie zuletzt zusammen gesehen? Michael fing den Ball und
spielte weiter, indem er ihn auf die Planken prallen ließ …
plong … plong … jedes Mal ein hüpfender Fleck vor seinen
Augen.

»He, lass das«, murmelte Jamie.

Michael hielt inne. Cale gab ein feuchtes Schnalzen von
sich. Wasser schwappte gegen die Pfeiler der Mole.

»Tja«, sagte Cale. »Sachen gibt's.«

Jamie rührte sich nicht.

»Du bist ja neuerdings auffällig gut drauf.« Es klang irgendwie anklagend. »Hat das was mit Alison Fischer zu
tun?«

»Was?«

»Ja, ja.« Er schnalzte abermals mit der Zunge. »Diese
kleine Nutte – he, ich rede mit dir.«

Jamie setzte sich auch hin, schlug die Lider auf – gelb und grell stach ihm die Welt in die Augen – und wies mit dem Kopf in Richtung seines Bruders, der über der Köderdose kauerte.

»Sorry.« Cale senkte die Stimme. »Er ist so oft dabei, dass ich ganz vergesse, dass er erst zehn ist.«

»Was hast du gehört?«

»Nichts.« Er grinste. »Sie soll ganz okay sein, das ist alles.« Er leckte sich über zwei Finger und hielt sie hoch, während er Michael einen übertrieben besorgten Seitenblick zuwarf. »Erinnerst du dich noch an Stevo ... Stefan? Den dänischen Lackaffen? Er hat gesagt, er hätte ihr 'nen Finger in die ... na ja, du weißt schon. Letzten April, nach dem Stück, das sie in der Aula aufgeführt haben.«

Jamie drehte sich auf den Bauch. Er hatte nicht erwartet, dass sich die Sache so schnell herumsprechen würde. Wer es wann wo mit wem trieb – in diesem Ort verbreitete sich Geschwätz so schnell wie ein Tripper. Obwohl Cale ein wenig älter war, hing er häufig mit Jüngeren von der Highschool herum – er wusste gern Bescheid, was gerade so abging, und war geschwätziger als jedes Mädchen. Trotzdem – es war gerade mal ein paar Stunden her, dass Alison ihn angequatscht hatte, und davon abgesehen war ja überhaupt nichts passiert.

Cale schwieg einen Moment. »Gott sei Dank hat Dory nichts spitzgekriegt – wie bei ...«

»Halt's Maul.«

Er wusste genau, was Cale meinte: dass Dory sonst jedes Mal davon Wind bekommen hatte, wenn jemand sein Mädchen angebaggert hatte. Jamie erinnerte sich gut, so wie jeder andere auch. Es war eine Art Gemeinderitual, sich an die Dinge zu erinnern, die tatsächlich oder mutmaßlich auf Dorys Kerbholz gingen – inklusive der Sache, die er angeblich mit der Chinesin abgezogen hatte, auch wenn die nie aufgeklärt worden war. Er war erst zwanzig, galt aber als der härteste Bursche weit und breit. Und Alison – das Mädchen, das mit dem Silberlöffel im Mund geboren worden war, das Mädchen, dessen Ruf jeder kannte – hatte ihm reichlich Gründe gegeben, seine Muskeln spielen zu lassen.

»Also?«, fragte Cale.

»Vergiss es. Du hast doch keine Ahnung.«

Cale nickte zufrieden. »Ach«, sagte er. »Wenn du nur wüsstest.«

Jamie spähte mit einem Auge auf eine Lücke zwischen zwei Planken, starrte auf das alte, geschundene Holz. Hätte er sich einen Ort aussuchen können, an dem er für immer bleiben wollte, dann diesen hier. Seltsam, wie Nachdenken und Vergessen hier stets auf dasselbe hinausliefen. Cale laberte immer noch über Alison, mit seiner vertrauten, emotionslosen Stimme, ganz im Einklang mit dem Klagen der Ankertaue und dem metallenen Knarren des Bockkrans auf der anderen Hafenseite. Er laberte über Alison, während Jamie nicht zuhörte, doch dann löste sich plötzlich etwas aus den Tiefen seiner Erinnerung, und mit einem Mal schien ihm alles klar und deutlich, so selbstverständlich und natürlich wie ein Atemzug: Letzten Sommer – die Sonne brannte weiß vom Himmel – hatte er am Strand Krebse gefangen, als sich in Windeseile die Nachricht von einer Schlägerei verbreitet hatte. Sein Herz raste, als er die Hauptstraße entlanglief. Aus allen Richtungen strömten andere Kids, tauschten im Laufen atemlos die Neuigkeiten aus: Dory hatte offenbar einen anderen Typen – Vance Wilhelm hieß er – am Wickel, der mit Alison um die Häuser gezogen war. Dann heulten Sirenen auf und näherten sich aus nördlicher Richtung, als Jamie auf den Hauptparkplatz einbog. Es herrschte allgemeines Tohuwabohu, doch er sah alles auf einen Blick: einen schwarzen Jeep mit eingeschlagener Windschutzscheibe, der schief am Böschungsrand stand, Leute, die sich hinkend vom Geschehen entfernten, und für einen Moment ein blutverschmiertes Gesicht. Er wollte sich gerade wieder vom Acker machen, als er zwei Leiber sah, die sich, ineinander verschlungen, auf einem Rasenstück wälzten – blutige Ellbogen, in die sich Glassplitter gebohrt hatten –, bis der eine die Oberhand gewann, dem anderen ein Knie in den Rücken drückte und ihn mit der nächsten Bewegung in den Schwitzkasten nahm. Weit aufgerissene Augen starrten Jamie direkt an. Die Augen von Lester – Dorys bestem Freund. *Jamie*, keuchte er, *tu doch was!*

»He, Romeo«, rief Cale.

Immer wieder kam ihm diese Szene in den Sinn. Tu doch was! Und er – Beine wie Gummi – war wie angewurzelt stehengeblieben. Ein massiver Schatten schnellte in sein Blickfeld, riss den anderen in einer einzigen Bewegung von Lester herunter, stürzte mit ihm zu Boden und begrub ihn – ein eigenartiges Knacken – unter seinem Gewicht. Jamie trat zur Seite, um einen letzten Blick auf die beiden zu erhaschen, und dann sah er, wie Dory den Kopf des anderen nach unten zwang, sah das zuckende Gesicht des Fremden – das musste Vance Wilhelm sein – über einem metallenen Sprinklerkopf, seinen weit offenen Mund, das Wasser, das ihm über die Wangen lief; das Bild eines Ertrinkenden. Lester rappelte sich auf und warf Jamie einen finsteren Blick zu, und im selben Moment sah auch Dory zu ihm auf. Lester wollte etwas sagen, doch Dory kam ihm zuvor. Während er Vance Wilhelms Kopf weiter mit aller Macht nach unten drückte, sagte er: *Du feiger kleiner Dreckskerl.*

Aber das war schon ein Jahr her. Inzwischen war alles anders. Er war jetzt ein Held.

»He, Jamie, wach auf.« Cales Stimme klang, als hätte er sich aufgesetzt.

»Hmmm?«

»Deine Süße ist da.«

»Lass die Scheiße.«

Nach und nach verflüchtigten sich seine Gedanken. Er spürte, wie ihm das unebene Holz unangenehm in die Hüfte drückte. Sein Rücken brannte wie die Hölle. Er öffnete die Augen. Kleine Schwärme von Köderfischen tummelten sich im klaren Wasser. In den kreuzförmig angebrachten Geländerbalken hatten sich tangverklebte alte Schnüre und Angelblei verfangen.

»Willst du ihr nicht hallo sagen?«

Jamie zog seine Surfshorts herunter und hielt ihm die eine Arschbacke hin. »Du kannst mich mal.«

Michael kicherte.

»Leck mich am Arsch, Cale.«

»Habt ihr was gefangen?«

Eine Mädchenstimme – er drehte sich abrupt um, schirmte die Augen mit der Hand ab. Das durfte doch wohl nicht wahr sein. Zusammen mit Tammie stand sie vorn an der Mole, beide in ihrer Netball-Montur; Alison trug ein Trikot, auf dem in großen Lettern »GA« – Goal Attack – stand. Cale kriegte sich kaum noch ein vor Lachen.

»Nö«, sagte Michael. »Gar nichts.«

»Na, was habe ich gesagt?«, sagte Cale.

»Du Arsch«, sagte Jamie.

»Ich? Wer hat denn hier die Hose runtergelassen?«

Selbst Michael konnte sich ein Grinsen nicht verkneifen. Tammie lachte, ein gequetschter Laut wie das Jaulen eines kleinen Hundes. Sie musterte ihn eingehend, während sie an den Bändern ihres Jäckchens herumfummelte.

»Du hast doch gesagt, ich soll mal vorbeischauen«, sagte Alison.

Er stand auf; sein Gesicht brannte. Plötzlich fühlte er sich, als würde er nackt vor ihnen stehen. Auch wenn alle den Sommer über nur Shorts trugen, kam er sich irgendwie nackt vor. »Eigentlich wollten wir gerade gehen«, sagte er und deutete zu Michael hinüber. Warum hatte er das jetzt gesagt?

»Okay«, sagte Alison. »Dann kommen wir halt mit.« Sie wandte sich zu Cale. »Bei Slogger-Tom steigt 'ne Party. Am Donnerstag. Wie wär's, wenn du auch kommst?«

»Und was habe ich davon?«

Einen Moment lang war Jamie platt darüber, wie cool sein Kumpel sie abblitzen ließ, doch dann ergriff ein seltsam unsicheres Gefühl Besitz von ihm.

»Du bist doch Cale, stimmt's?«

»Yep«, sagte er breit grinsend.

Aber Alison fiel nicht auf seine Nummer herein. Ihre Stimme nahm einen formellen, fast geistlichen Tonfall an: »Das ist übrigens Tammie.« Tammie lächelte pflichtbewusst. Sie war ebenfalls ziemlich scharf, fand Jamie, aber wenn sie lächelte, wirkte ihr Gesicht irgendwie quallig.

»Ach, *das* ist also Tammie«, sagte Cale.

Michael ging ihnen den ganzen Weg voraus, ihr Angelzeug in der einen, den Cricketball in der anderen Hand. Er hielt den Kopf gesenkt und drehte sich kein einziges Mal zu ihnen um. Aus irgendeinem unerfindlichen Grund machte er einen Bogen ums Ortszentrum – die öde, staubige Hauptgeschäftsstraße – und nahm den Weg am Rand des Watts entlang. Obwohl es merklich abgekühlt hatte, waren noch jede Menge Leute unterwegs.

Als sie die Straße erreichten, spürte Jamie, wie Alison ihn leicht am Ellbogen berührte. Sie überquerte die Straße und marschierte die von Gestrüpp überwucherte Anhöhe hinauf. Einen Moment lang sah Jamie seinem Bruder hinterher, der in die andere Richtung nach Hause trottete; dann folgte er Alison. Der Boden war mit Muschelgrus bedeckt und ziemlich rutschig. Während sie den Hügel hinaufkraxelten, umschmeichelte die Sonne Alisons Körper, ihre Waden, die Kniekehlen, den Hautstreifen über dem

Rock, die Rückseiten ihrer golden schimmernden Arme. Die Nylonbuchstaben auf ihrem Trikot blendeten ihn. Sie bahnte sich den Weg zwischen Melden und Mulga-Sträuchern hindurch und wirbelte kleine Staubwolken auf, in die er wie hypnotisiert hineinstolperte.

Dann hatten sie die Lichtung erreicht. Dort oben – am höchsten Punkt des Orts – stand die Ruine des alten Gerichtsgebäudes. Der Himmel hing niedrig über den ehemals weißen Bogenpfeilern der Vorderfront. Die dem Meer zugewandten Mauern waren von Wind und Wetter zerstört worden, so dass man sich vorkam wie auf einer großen Bühne mit Blick auf den Ozean.

Alison stieg über einen maroden Mauerblock, lehnte sich gegen die Wand und wippte auf den Fersen.

»Einen traurigeren Ort kann ich mir nicht vorstellen«, sagte sie. »Was ist der traurigste Ort, den du kennst?«

Er schwieg, völlig verblüfft von ihrer Frage. Dass er ganz allein mit ihr hier oben war, konnte er auch nicht so recht fassen. »Warum fragst du?«, sagte er schließlich.

Vor ihrer Krankheit hatte ihn seine Mutter oft in aller Herrgottsfrühe mit hierher genommen. Sie liebte es, das Meer zu malen, ehe die Sonne herauskam und die Wasseroberfläche flach erscheinen ließ. Er zog den Wagen mit ihren Sachen die Anhöhe hinauf und tat sein Bestes, damit ihm nicht die Augen zufielen, während sie in einem fort redete, manchmal mit ihm, manchmal mit sich selbst. Die Geschichte des Gerichtsgebäudes hatte sie seit jeher fasziniert: wie der Gemeinderat, der damals geradezu im Geld schwamm, vor mehr als hundert Jahren eine Reihe von öffentlichen Gebäuden in Auftrag gegeben hatte; das Gerichtsgebäude war zuerst fertiggestellt, aber nur eine Woche nach der Einweihung von einem Sturm zerstört worden. Der Legende zufolge war der großzügige Gönner, der den Hauptteil der Kosten übernommen hatte, am Tag darauf samt Frau und fünf Kindern in einem Boot aufs

145

Meer hinausgerudert und auf Nimmerwiedersehen verschwunden. Die Geschichte sprach sowohl die romantische Ader seiner Mutter als auch ihren Sinn fürs Absurde an. Anschließend hatte der Gemeinderat die übrigen Bauprojekte gestoppt und alle Zufahrtsstraßen blockiert. Zu viele böse Omen. Und während sie leise in sich hineinlachte, sah er jedes Mal die Umrisse des alten Gerichtsgebäudes, eine bläulich schimmernde Erinnerung an eine Vergangenheit, die zu dieser frühen Stunde seltsam gegenwärtig war.

»Hast du je ...« Alison hielt inne. »Vergiss es, blöde Frage.«

Die Sonne schien auf die gesamte Bucht unter ihnen. Der Atem des Meeres streifte die Lippe der fahlen Küste. Jenseits der Brandung, umgeben von Watt und Dünen, funkelte die Stadt wie ein einzelnes Auge.

»Was?«

»Ach, vergiss es.«

Er blickte sich um und lauschte. Hier oben war man völlig ungeschützt. Heulender Wind, salzige Luft. Von weit her drang das klickende Geräusch von Skateboards an seine Ohren, das Dröhnen voll aufgedrehter Jetskis auf dem Wasser. Menschliche Stimmen, die wie Moskitos über allem summten.

Er wandte sich ab vom Meer und deutete über die Klippen hinüber zur nächsten Anhöhe, wo sein Elternhaus stand.

»Da wohnst du?«, fragte sie.

»Meine Mum ist früher immer hierher gekommen, um zu malen.«

Sie ging nicht darauf ein. »Dein Bruder sieht genauso aus wie du«, sagte sie. Als sie merkte, dass er nicht darauf ansprang, fuhr sie fort: »Tja, da glaubt man, dass man von hier oben eine echt atemberaubende Aussicht hat, oder?« Plötzlich strömten die Worte nur so aus ihr heraus: »Und dann guckt man sich um und um und um, und alles ist bloß voll Scheiße.« Ihre Hände glitten an den Seiten des Faltenrocks entlang. »Dein Freund Cale … ist der immer high?«

»Er ist okay.«

Das schien ihr nicht so recht zu gefallen.

»Sein Freundin ist in Europa gestorben«, fügte er lahm hinzu.

»Europa?« Ihre Stimme schraubte sich nach oben.

»Ja. Er war schon überall. Auf Hawaii, in Afrika und weiß Gott wo, bevor er hierher gekommen ist.«

Sie gab ein abfälliges Glucksen von sich. »Wieso sollte hier jemand herkommen?«

Nun hatte sie aufgehört, auf den Fersen zu wippen, und rieb stattdessen die Hände aneinander. Beide Hände waren zum Greifen nah.

»Na ja«, sagte sie. »Hier gibt's ja nicht mal mehr Fische.«

Bei anderen Mädchen wäre sonnenklar gewesen, wie es weiterging – Hände, Nacken, Zunge, BH. Aber bei ihr war ihm überhaupt nichts klar.

»Komm schon«, sagte sie leise.

Sie beugte sich zu ihm und schmiegte ihren Körper an seine nackte Brust. Ihr Lächeln neigte sich zur Seite, rückte näher und näher, ihr Mund sprang auf, und schon küssten sie sich. Er küsste Alison Fischer. Ihre Zunge schmeckte irgendwie mineralisch, wie ein feuchter Stein. Er hob die Hand, um ihr durchs Haar zu streichen.

»Äh.« Ihre Sohlen knirschten auf ein paar Glasscherben, als sie einen Schritt zurücktrat. »Hier stinkt's.« Sie hüpfte zur gegenüberliegenden Wand hinüber, verharrte unter einem hohen, gähnenden Durchlass, der einst ein Fenster beherbergt haben mochte. In dieser Ecke zog es noch mehr.

»Hier oben kommen alle möglichen Tiere hin«, sagte

er. Wer hatte ihm das erzählt? Der muffige Geruch kam ihm irgendwie bekannt vor.

»Tiere stinken.«

Sie küsste ihn abermals. Er spürte, dass er einen Ständer bekam, der sich gegen den Stoff seiner Shorts presste, dann aber gleich wieder schlappmachte. Vielleicht, weil er darüber nachgedacht hatte. Vielleicht, weil ihm Dory in den Sinn gekommen war. Eine gähnende Kluft tat sich auf – zwischen dem, was er gerade tat, und dem, was ihm durch den Kopf ging. Sie hob den Saum ihres Trikots und wischte sich damit den Mund ab.

»Okay«, sagte sie.

»Sorry.«

Wortlos blickten sie durch die Ruinenmauer hinaus auf die Bucht. Die Sonne stand hoch am Himmel. Ein Drachen schwankte im Wind, und in der Ferne waren die schwarzen Leiber von Surfern zu sehen, die sich unter unvermittelt einbrechenden Wellen wegduckten oder die steilen Wasserwände abritten, bis sie in den weißen Schaum gerissen wurden. Jeder Ritt endete unweigerlich mit einer Niederlage. Das war ihm vorher nie aufgefallen.

»Ich habe keine Angst vor ihm«, sagte sie.

Er schwieg.

»Wir sind sowieso nicht richtig zusammen.«

»Ach, du meinst Dory«, sagte er so gleichgültig wie möglich.

»Alle quatschen doch bloß.« Sie lächelte in die stürmische Luft hinein. »Wie gut kennst du ihn denn? Seid ihr Freunde?«

»Ich und Dory?«

»Nein, du und der Postbote. Ja, Dory.«

»Na ja«, sagte Jamie vorsichtig, »wir spielen im selben Team. Er ist ein echter Crack.« Er hielt einen Moment lang inne. »Ein guter Typ.«

»Ein guter Typ«, machte sie ihn nach.

Er schwieg wieder. Das Wasser in der Bucht schien sich zu wölben. Das Licht erweckte den Eindruck, als würde sich das Gerichtsgebäude zur Seite neigen und jeden Moment ins Meer kippen.

»Da drüben«, sagte sie.

Der Drachen hing, fast bewegungslos, hoch in der Luft. Dann wieder ein Farbtupfer. Weit draußen stiegen ein paar schwache schwarze Rauchfetzen von einem Schiff auf. Sein Blick schweifte über die Dünen und die alte Felsenpier bis zu dem flach abfallenden, von feuchten Linien begrenzten Gebiet dahinter; ein dunkles, von Lichtinseln durchsetztes Gelände.

»Da hinten wohnt er«, sagte sie. »Bei seinem Onkel.«

»Gutes Angelgebiet.« Sofort erschien die alte Felsenpier vor seinem inneren Auge. Schwarz und rutschig, von der Brandung überspült. Eine kleine Ewigkeit war es ihm gelungen, den Gedanken daran zu verdrängen.

»Echt unvorstellbar, wie die da hausen.«

Doch er wusste Bescheid. Es war eines dieser Häuser aus Papierbeton plus Blechdach; die Fenster waren mit Brettern zugenagelt, durch deren Ritzen der Schein einer nackten Glühbirne leuchtete. Er hatte den Bau vom Boot aus gesehen, die streunenden Hunde, die draußen herumliefen.

»Wie viel Geld hast du dabei?«, fragte sie plötzlich.

»Geld?«

Als sie aus dem Schutz der Steinmauern trat, erfasste der Wind eine Handvoll ihres Haars und zerzauste es.

»Wir könnten uns ein bisschen was zu trinken besorgen«, sagte sie.

Er überlegte fieberhaft, was er sagen sollte. »Wie denn, ohne Ausweis? Hast du ... na ja, wir könnten uns Cales Ausweis leihen.«

Aber sie war mit den Gedanken offenbar schon wieder woanders. Er fragte sich, ob er sie langweilte, als sie ohne Vorwarnung zu ihm trat und sich zu ihm beugte; er spürte ihre Oberlippe an seiner Haut, während sie langsam – Zentimeter für Zentimeter – in die Knie ging, bis sie seine Fingerspitzen erreicht hatte. Benommen von der Sonne, stand er stockstneif da, während eine heiße, fast schmerzhafte Spannung Besitz von ihm ergriff. Was hatte das jetzt zu bedeuten?

»Du bist das!« Sie verzog die Nase. »Du stinkst nach Fisch!«

Das Blut stieg ihm in die Wangen. »Scheiße«, sagte er. Er führte die Finger an die Nase und roch an ihnen. Die Köder. »Stimmt. Scheiße, es tut mir leid.«

Sie wich zurück und zog eine finstere kleine Kindermiene. Er rang nach einer Entschuldigung, und sie sah ihn einfach nur an, schwieg und ließ ihn zappeln. Schließlich schlich er mit hängenden Schultern davon. Und nun sagte sie doch etwas, aber er schämte sich so sehr, dass er ihre Worte gar nicht mitbekam. Der Wind war noch stärker geworden. Als er an der Ecke der Ruine angekommen war, gab er sich einen Ruck und drehte sich um.

»Donnerstag«, rief sie in das Heulen des Windes hinein.

»Was?« Er legte die Hand hinters Ohr.

»Donnerstagabend«, rief sie. »Bis Donnerstag.«

Seine Mutter würde bald sterben; einerseits schien sie diese Tatsache zu ignorieren, doch andererseits schien sie den Tod kaum erwarten zu können. Nach dem ersten Schub – und den folgenden Untersuchungen, den Blutabnahmen, den Tests – vergrub sie sich wieder in ihrer Arbeit; ihre einzige Konzession an die Diagnose bestand darin, dass sie von Spateln zu Pinseln wechselte. Sie verbrachte noch mehr Zeit an der frischen Luft als sonst, malte und kümmerte sich um den Garten. Sie war stets eine begeisterte Gärtnerin gewesen, werkelte in Unterhemd, Blundstone-Boots und Handschuhen, die ihr bis zu den Ellbogen reichten, während sie ihr rotblondes Haar mit einem Gummiband oder einem Streifen von einer Plastiktüte zum Pferdeschwanz zusammenzubinden pflegte. Sie war unermüdlich. Sprach man sie auf ihren Zustand an, gab sie zurück, es sei doch sowieso nicht mehr als ein Kribbeln in den Gelenken. Sie weigerte sich, ihre Krankheit zur Kenntnis zu nehmen. Sie kämpfte mit aller Macht dagegen an.

Dann, vor zwei Jahren, hatte sie den zweiten schweren Schub erlitten. Hinterher behauptete sie, sich an nichts erinnern zu können. Und doch hatte sie ihm ins Auge gesehen. Und er ihr. Sie hatte auf der Seite gelegen, parallel zur Staffelei, die ebenfalls auf die Seite gekippt war. Es war, als wäre sie beim Tanz mit dem Tod über dessen Füße gestolpert. Haarsträhnen fielen ihr diagonal ins Gesicht wie in einem Moment höchster Ekstase. Alles schwamm in blauer Farbe; der Boden war bedeckt von einer feuchten, zentimeterdicken Schicht strahlendsten Himmelblaus, das in ihren Kittel sickerte, ihre Arme, Beine und Schuhe umgab. Ihre Handflächen waren leuchtend orange.

»Mum«, sagte er.

Doch sie konnte nicht sprechen. Die blaue Farbe bedeckte sogar ihre Lippen – dazwischen konnte er ihre blaue Zungenspitze sehen –, verklebte ihr Haar und umschloss ihr rechtes Auge wie eine Maske. Das Auge stand offen. Es blinzelte nicht. Er sah es genau. In ihrem Blick stand der blanke Horror.

»Mum?«

Nie, nie zuvor hatte es so schlecht um sie gestanden. Einmal hatte er sie auf dem Linoleumboden in der Küche gefunden, doch sie hatte gesagt, ihr sei bloß schwindelig geworden. Er hatte ihr versprechen müssen, Dad nichts davon zu sagen. Nun kniete er neben ihr, den Blick auf sie gerichtet. Er streckte die Hand aus, aber irgendwie brachte er es nicht über sich, sie zu berühren. Ihr Auge bewegte sich ruckartig wie das einer Puppe; ihr Blick zuckte durch den Raum, richtete sich auf ihn, glitt wieder fort, dann wieder zu ihm hin. Es war, als sei sie beim Kraulen urplötzlich erstarrt; vor ihrem Mund stand blauer Schaum, der allmählich trocknete und eine hellere Farbe annahm. Er fühlte sich, als würde er ebenfalls blauen Schaum einatmen. Dann die Schritte, der abgrundtiefe Bass seines Vaters – was ist passiert, wie lange hockst du schon hier, wie lange, *wie lange?* –, der dunkle Schemen, der neben ihr niederkauerte, aufstand und abermals auf die Knie ging, die verklebten Haare abschnitt, das Geräusch der Schere, ehe er sie behutsam hochhob und sie, Glied für Glied, aus dem blauen Morast befreite. Eine lange Pause.

Komm, Jamie.

Einst hatte er sie beobachtet, als sie vor dem Badezimmerspiegel stand. Wieder und wieder hatte sie mit dem knochengrauen Kamm an ihren Haaren gerissen, als wolle sie sich für irgendetwas bestrafen. Ihre Arme zitterten. Dann hatte sie ihn im Spiegel gesehen und gelächelt. Hier, hatte sie gesagt und ihm den Kamm hingehalten. Hilf mir doch.

Am Wasserhahn draußen wusch er sich den Sand von den Füßen. Sie saß in ihrem Rollstuhl; als er ins Wohnzimmer trat, wandte sie sich zu ihm um. Ihre Züge waren eingesunken; als würde sie sich langsam auflösen, dachte er. Der rote Schimmer ihres Haars nahm immer mehr die Farbe von Asche an.

»Ich habe dich gesehen«, sagte sie. »Drüben am alten Gerichtsgebäude.« Obwohl sie so langsam und verschwommen sprach, klangen ihre Worte leicht missbilligend.

Er küsste sie auf die rechte Wange. Dann sah er aus dem Fenster; sein Blick streifte die Topfpflanzen, Schnittblumen und in alle Richtungen wuchernden Philodendren. Sie hatte nicht gelogen. Es herrschte klare Sicht.

»Ach, das hatte nichts zu bedeuten«, sagte er.

»So hat's aber nicht ausgesehen.«

»Ich war angeln«, sagte er. »Mit Michael.«

»Ich weiß. Er ist vor einer Stunde nach Hause gekommen.«

In der Werkstatt unter ihnen heulte eine Motorsäge auf. Trotz allem musste Jamie unwillkürlich lächeln, als er daran dachte, wie er Alison geküsst hatte. Dann erinnerte er sich an die Worte seines Vaters.

»Wie geht es dir, Mum?«

»Du weichst meiner Frage aus. Magst du dieses Mädchen?«

»Ja.«

Eine andere Antwort kam ihm nicht in den Sinn. Ihre Krankheit hatte dazu geführt, dass sie völlig offen miteinander zu reden pflegten.

»Und sie mag dich auch?«

Er zögerte, während er sich ihren Geruch in Erinnerung rief – einen Geruch, den man auch an den Händen hatte, wenn man einen Maschendrahtzaun hochgeklettert war. Wieder lächelte er, doch dann erinnerte er sich an ihre Reaktion, als sie an seinen Fingern gerochen hatte. »Ich weiß nicht«, sagte er. »Das lässt sich nicht so einfach erklären.«

»Ein Grund mehr, warum wir hierbleiben sollten.« Ihr rechter Mundwinkel krümmte sich aufwärts; automatisch fragte er sich, wie viel Kraft sie diese Regung wohl kostete. Zu viel. An schlechten Tagen war ihr Gesicht so gut wie ausdruckslos. »Ja«, fuhr sie fort. »Ich weiß genau, warum du hier bist.«

»Dad meinte, ich sollte mit dir ...«

»Du kannst deinem Vater ausrichten, dass er sich seine Geheimnistuereien sparen kann«, sagte sie. Ihr Atem rasselte, als sie versuchte, sich zu räuspern. »Du kannst ihm ausrichten, dass er den Bankern und Maklern und den ganzen anderen ...«

Sie hielt inne. Selten hatte er sie in so schlechter Verfassung gesehen. Sprachlos – und so gut wie bewegungsunfähig. Vor nicht allzu langer Zeit wären ihr die Schimpfworte für Immobilienmakler und Konsorten garantiert nicht so schnell ausgegangen. Den letzten Abschaum hätte sie sie genannt. Natürlich hätte sie auch zu jener Zeit nur mühsam aus ihrem Rollstuhl aufstehen können. Nun aber war sie bereits seit zwei Wochen an das Ding gefesselt. Deshalb hatte sie auch nicht erleben können, wie er das Halbfinale entschieden hatte.

Er schüttelte den Kopf. »Ich finde, Dad hat recht«, sagte er. »Wir sollten nach Maroomba ziehen. Wir können ja zurückkommen, wenn es dir wieder besser geht.«

»Nach Maroomba? Zu den Schweinen, die unsere Existenz zerstört haben? Was für ein Schwachsinn!«

»Wir müssen uns bis Freitag entscheiden, Mum.«

Sie versuchte ein weiteres halbes Lächeln auf ihre Züge zu zaubern. Sie musterte ihn eindringlich, ehe sie den Blick wieder zum Fenster wandte. »Das lässt sich nicht so einfach erklären«, sagte sie.

Er verließ das Haus. Als er die Einfahrt hinuntermarschierte, sah er Michael vor dem Bungalow sitzen. Jamie ging zu ihm und riss ihm die Ohrstöpsel aus den Ohren.

»Geh in dein eigenes Zimmer, kapiert?«

Michael zuckte mit den Schultern.

»Und sag Mum, dass du nach Maroomba ziehen willst.«

»Was? Aber das will ich doch gar nicht.«

»Mir doch egal. Sag's ihr, verdammt noch mal.«

Träge erhob sich Michael von den Betonstufen. Haarsträhnen hingen ihm in die Augen; er pflegte sich die Haare selbst zu schneiden, wofür er die Küchenschere benutzte. Er war zu dünn, seine Arme zu lang, und seine Knöchel wirkten irgendwie knubbelig. Sie sahen sich wirklich kein bisschen ähnlich.

»Ich hasse Maroomba. Da wohnen doch nur Lackaffen.«

»Würdest du lieber in die Stadt ziehen?«

Ruckartig hob Michael den Kopf. »Glaubst du, Mum

geht's besser, wenn wir umziehen?« Mitten im Satz wurde seine Stimme tiefer, und plötzlich klang er wie ihr Dad. Aus den Ohrstöpseln drang immer noch Musik.

Jamie schnalzte ungeduldig mit der Zunge. »Gibt's sonst irgendeinen Grund für einen Umzug?«

»Cale will mir zeigen, wie man surft.«

»Einen Scheißdreck wird er dir zeigen.« Im selben Moment bereute er bereits, was er gesagt hatte. »Vor nächstem Jahr klappt das sowieso nicht.«

Michael vergrub die Hände in den Taschen.

»Geh schon«, sagte Jamie.

Michael schürzte die Lippen, als wolle er zu pfeifen anfangen.

»Hau ab!«

»Lester hat uns gesehen. Vorhin – mit Alison.« Fragend sah er zu Jamie auf. »Als wir an der Tankstelle vorbeigekommen sind.«

Einen Moment lang fühlte sich Jamie, als hätte ihn jemand mit einem Arschtritt aus seinem eigenen Körper befördert. Hohl hallte seine Stimme in seinem Kopf wider. »Na und?«, hörte er sich sagen. »Hör auf, mich dauernd zu beobachten.«

Abermals zuckte Michael mit den Schultern. »Ich habe ihn halt gesehen, genauso wie er uns.«

Jamie baute sich vor ihm auf und stieß ihn gegen den Türpfosten. »Halt's Maul.«

»Lass mich«, wimmerte Michael.

»Ich sag's nicht noch mal.«

»Es tut mir leid. Es tut mir leid.«

Zur Teestunde schmollte Michael allein vor dem Fernseher in der Küche, während Jamie sich zu seinen Eltern ins Wohnzimmer gesellte. Er merkte sofort, dass sie sich gestritten hatten. Seine Mutter starrte aus dem Fenster, ihre gestreifte Decke über die Knie gebreitet, während sein Vater ihr schräg gegenüber saß und sie fütterte. Keiner sprach ein Wort. Eine leichte Brise bauschte die Vorhänge. Das stumpfe Grün der Eukalyptusblätter verschwamm mit dem dunkler werdenden Himmel. Plötzlich begann seine Mutter zu husten.

»Alles okay?«, fragte sein Vater.

Als sie wieder zu Atem gekommen war, sagte sie: »Jamie?«

»Ja, Mum?«

»Weißt du, was mich nie jemand fragt?«

Sein Vater blickte starr über ihre Schulter. »Frag sie«, sagte er.

»Was, Mum?«

»Alle fragen mich, ob es mir gutgeht, aber niemand fragt, ob ich glücklich bin.«

Der Fernseher in der Küche wurde leiser; dann ertönte ein Werbespot. Sein Vater stellte den Teller auf den Tisch und verließ den Raum.

Sie hatte bereits verfügt, was im Fall der Fälle geschehen sollte. Sie hatte keine Angst, sich mit dem Tod zu befassen. Sie wollte nicht mit einem Computer verbunden oder an eine Maschine angeschlossen werden, die für sie atmete. Sie wollte kein großes Trara. Ihre Asche sollte im Garten unter den Waratahs verstreut werden – ein Wunsch, mit dem sie nicht zuletzt auch den Verkauf des Hauses verhindern wollte. Außerdem lag sie seinem Dad dauernd in den Ohren, dass er seine Anteile an dem Kutter zurückkaufen sollte. Jamie wusste noch genau, wie sie und Dad nach ihrem zweiten Schub über einen eventuellen Umzug gesprochen hatten. Gedämpfte Stimmen, trübe beleuchtetes Schweigen. Eines Abends sah er seinen Vater durch das Schlafzimmerfenster, als er draußen in der Einfahrt stand. Er sah verweint aus, seine Züge waren verbittert und verzerrt vor Schmerz. Und dann merkte Jamie, wie sich ein dunkler Schatten im Fenster des angrenzenden Zimmers bewegte. Michael. Zwei Söhne, die ihre Eltern beobachteten. Und einmal hatte seine Mutter gesagt – sie klang fast neckisch –, dass ein Teil ihrer Asche ins Meer gestreut werden sollte, von der Klippe, von der sie so oft den aufziehenden Stürmen entgegengesehen hatte.

Sie war bester Laune, als sein Dad wieder hereinkam, und zog Jamie damit auf, welch unglaubliche Aussicht man vom alten Gerichtsgebäude hatte.

»Jamie war heute dort oben«, erklärte sie.

»Na, du hast ja reichlich Freizeit.«

»Ach ja, dein Ferienjob«, sagte sie. »Wenn du unten am Hafen bist, sprich doch mal mit John Thompson. Ich habe gehört, er sucht noch jemanden für sein Boot.«

Sein Vater räusperte sich, sagte dann aber doch nichts.

»Sag ihm, ich hätte dich geschickt. Wahrscheinlich kannst du gleich bei ihm anfangen.«

»Das Finale steht vor der Tür«, fiel ihr sein Dad ins Wort. »Kann das nicht bis später warten?«

»Fischen und Football.« Sie seufzte theatralisch. »Gibt's in diesem Ort eigentlich überhaupt keine anderen Themen?«

Der Raum erbebte, als Michael aus der Küche hereinplatzte. Seine Miene war ängstlich. »Dreißigprozentige Wahrscheinlichkeit, dass es morgen Sturm gibt«, sagte er. »Aber vielleicht doch erst am Wochenende.«

Seine Mutter musterte ihn mit eindringlichem Blick. »Danke, Schatz«, sagte sie.

»Bis dahin habe ich den Schaukelstuhl für dich fertig«, sagte sein Vater.

Die Sonne war fast untergegangen – das Fenster ein Rechteck brütenden Dunkels. Der Honigduft der Waratahs wehte ins Zimmer, während das Meer draußen in sich selbst strömte, seine Massen unablässig hin und her wälzte und selbst die Wolken zu sich hinabzog.

»Wie wär's, wenn wir zur Feier des Tages miteinander anstoßen?«

»Wirklich, Maggie?«

»Na klar. Lasst uns was trinken.«

Es war ein windiger Abend. Tief und schwer hingen die Wolken über dem großen Lagerfeuer im Garten, das mit allen möglichen Dingen geschürt wurde, die sich aus kurzer Entfernung hineinwerfen ließen: Möbelteile, Schulbücher, Bierdosen, Flaschen, sogar Kleidungsstücke flogen in die Flammen. Im Dunkel jenseits des Feuers lagen glühende, langsam verlöschende Zigarettenkippen. Offenbar hatten dort ein paar Leute getanzt.

Cale hatte ihn rasch stehenlassen und sich zu seinen Surferfreunden gesellt – er hätte einen Joint sogar in einem Sandsturm gerochen.

»He, Jamie!«

Jemand hielt ihm von hinten eine Flasche über die Schulter und setzte sie ihm an die Lippen. Jamie hob den Kopf und nahm einen Schluck.

»Teufel!« Er hustete und lachte, während ihm der andere auf den Rücken schlug. Als er sich umdrehte, erkannte er Billy Johnson – halblinker Außenstürmer, ein ziemlich durchschnittlicher Spieler, aber ein Typ, der mit allen gut auskam.

»Was ist das denn?«

»Bourbon«, sagte Billy breit grinsend.

»Wahnsinn«, sagte Jamie.

»Habe ich meiner Schwester geklaut.« Er hielt ihm die Flasche hin. »Komm, einer geht noch.«

Jamie nahm einen weiteren Schluck. Der scharfe Geschmack des Bourbon vermengte sich mit dem beizenden Geruch des Feuers. Er fühlte sich hellwach.

»Danke«, sagte er. »Danke, Mann.«

»Und? Bereit fürs Spiel nächste Woche?«

Er reichte Billy die Flasche. »Welches Spiel?«, gab er feixend zurück.

Um Mitternacht ging die Party erst richtig los. Alison war bislang nicht eingetroffen. Er gluckte mit ein paar anderen Jungs von der Halflead zusammen, in einer Wolke billiger Deodorants. Norsca, Brut, Old Spice. Am kommenden Tag stand eine Informationsveranstaltung für Eltern auf dem Programm, so dass sie keinen Unterricht hatten, und alle ließen es anständig krachen. Sie tranken, tranken noch mehr und palaverten über das bevorstehende Spiel. Jamie behielt das Feuer im Auge, beobachtete, wie der Wind mit dem Rauch spielte, wie das Licht der Flammen über die Körper der Partygäste flackerte.

Dann tauchte Cale auf, bereits komplett neben der Kappe, und stieß ein ums andere Mal mit allen an – aufs bevorstehende Spiel, auf die Fotzen, auf die Kumpels, darauf, sich so richtig die Kante zu geben –, lallte seine Trinksprüche in den rauchgeschwängerten Wind. Aller Augen richteten sich auf ihn, als er in Gorillahaltung quer über den Rasen schlurfte.

Jamie trank weiter. Der Wind strich durch das hohe lilafarbene Gras, durch dessen Halme plötzlich die Scheinwerfer eines Wagens leuchteten. Es sah aus, als sei der Wind aus Licht. Unweit von Jamie hing eine Insektenlampe, deren pulsierendes ultraviolettes Licht über ein Massengrab zuckte: Beine, Panzer, Flügel.

Cale hielt etwas hoch: »Hab's gefunden!«

Dann sah er sie. Ihr Gesicht flackerte im kurzen Schein eines Streichholzes auf, als sie sich eine Zigarette anzuzünden versuchte. Weißer Rock und hautenges Top. Im Dunkel sah sie irgendwie kleiner aus als sonst. Ihre Blicke trafen sich, als sie sich plötzlich zu ihm umwandte; dann tänzelte sie beschwingt auf die Gruppe zu, Tammie und Laura im Schlepptau.

Er sah zur Seite.

»Hast du mal Feuer?«

Aber sie sprach nicht mit ihm, sondern mit Cale, der

einen Zwanzig-Dollar-Schein in den Fingern hielt. Billy kramte in seinen Taschen, förderte ein Feuerzeug zutage, drehte mehrmals am Zündrädchen und wölbte die Hände, um die Flamme zu schützen.

Die Mädchen warteten und zogen dann kichernd davon.

»Und?«, flüsterte Cale ihm ins Ohr.

Doch er brachte keinen Ton heraus. Ihm schwirrte der Kopf. Es war spät. Er versuchte sich zu konzentrieren, blickte hinaus ins Dunkel, wo Münder einander entgegenstrebten, als wollten sie Breschen ineinander schlagen, um zu einem echten Gefühl vorzudringen.

»Was denn?«

»Willst du sie vögeln?«

»Hast du 'ne Meise?«

Sie wartete schon auf ihn. Mit übereinandergeschlagenen Beinen lehnte sie am Kühler eines alten Holden, eingerahmt von einer chaotischen Phalanx von Autos und Motorrädern. Im Dunkel neben ihr stand noch jemand. Als er näher kam, erkannte er Tammie: Sie ließ eine Zigarette zu Boden fallen und flüsterte Alison irgendetwas ins Ohr, ehe sie abzog. Alisons Rock war nach oben gerutscht; ihre Schenkel leuchteten im wolkenverhangenen Mondlicht.

»Du siehst irgendwie anders aus«, sagte sie.

»Du auch«, sagte er. Was nicht gelogen war. Aus der Nähe schmeichelte ihr das Licht nicht besonders. Das Make-up bedeckte ihr Gesicht wie eine dünne Folie.

»Über so was kann ich sonst mit niemandem reden«, sagte sie.

Er nickte. Gelächter drang an seine Ohren, dann das Klirren einer zersplitternden Flasche. Er warf einen Blick über die Schulter.

»Dory ist jedenfalls nicht da«, stellte sie fest.

Er wehrte sie ab, die eisige Klinge, die seinen warmen Kokon zu durchbohren drohte. Aus dem Haus drangen laute Stimmen zu ihnen herüber. Dann änderte der Wind die Richtung. Sie waren wieder allein.

»Er hasst Highschool-Partys«, sagte sie.

»Du kannst dich ja mit mir unterhalten«, sagte er.

Sie sah ihn an, ohne zu lächeln. »Du bist lustig«, sagte sie. »Aber im Ernst, er und ich reden auch bloß die ganze Zeit. Darüber, dass sein Onkel demnächst vielleicht eine Lizenz zum Abalonefischen kriegt. Er hat Freunde bei der Fischereibehörde. Erinnerst du dich an die Sache mit der Chinesin?«

Ein kalter Schauder rann durch jede Faser seines Körpers. Ja, er erinnerte sich. An die Leiche der jungen Frau, die in einer Senke aufgefunden worden war – in Rufweite des Hauses, in dem Dory und sein Onkel wohnten. An ihr leeres, salzverkrustetes Gesicht. An die Polizisten, die in der Schule aufgetaucht waren und erst Dory und dann auch Lester zum Verhör mitgenommen hatten. Nach der ergebnislosen Befragung hatte Lester die Sache auf der Pferdekoppel nachgespielt. Jamie stand zu weit entfernt, um etwas zu hören, sah aber, wie sich die Jungs um Lester herum verteilten, während er vormachte, wie Dory – er war nun Dory – sich auf sie stürzte und wie verrückt auf den Boden unter sich einhämmerte. Dory stand schweigend daneben.

Alison verzog das Gesicht. »Sein Onkel – das ist ein ganz übler Bursche.«

Sie warf einen raschen Blick über die Schulter und sah ihn wieder an. Das Herz schlug ihm bis zum Hals, während sie ihn musterte. Er holte tief Luft.

»Also, bist du jetzt mit ihm zusammen oder nicht?«

Sie zuckte mit den Schultern. »Ehrlich, manchmal frage ich mich, ob er schwul ist. Tammie hat ihn mal angemacht, so richtig. Die Schlampe. Tja.«

»Tja was?«

»Da ist nichts gelaufen. Null.«

»Wie, nichts gelaufen?«

»Ich habe ihn sogar danach gefragt, aber du weißt ja, wie er ist. Er wollte ums Verrecken nicht drüber reden.«

Ihre Unterhaltung war wie eine seichte Welle, die sich unablässig brach und wieder in sich zurücklief. Sie machte ihn seekrank. Plötzlich fiel ihm auf, dass Alison seine Frage nicht beantwortet hatte. Er wollte sie gerade wiederholen, als er hörte, wie jemand ihren Namen rief. Die Haustür wurde abrupt aufgerissen, und im rot schimmernden Lichtschein erschien eine Gestalt, die direkt auf sie zukam, gefolgt von einem weiteren Schemen.

»Scheiße«, murmelte Alison.

»A-lison.« Ein langgezogener Singsang, der die erste Silbe betonte.

Sein Magen rebellierte; mit einem Mal war ihm speiübel. Er schluckte, zwang sich, ruhig zu bleiben. »Wer ist das?«, fragte er, als hätte er es nicht bereits gewusst – als benötige er noch eine Bestätigung. Immer gab es irgendwelche Zwänge, denen man hilflos ausgesetzt war.

»Alison?« Die Stimme täuschte Überraschung vor. Zwei Schatten bewegten sich durch den Garten auf sie zu; dahinter nahm er zwei weitere Schemen wahr. Nacheinander schälten sich die Gesichter aus dem Dunkel. »Dory macht sich Sorgen um dich.«

»Fuck you, Lester«, gab Alison unbeeindruckt zurück.

Lester reckte den Kopf und nahm einen Schluck aus seiner Flasche, ehe er sich mit einem dreckigen Grinsen zu dem Typen neben ihm wandte: einem großen, schlaksigen Burschen mit Fußballermatte, der im Jahr zuvor von der Schule abgegangen war.

Ein paar Schritte dahinter wankte Tammie gegen Cale, entrückt in ihrem eigenen windzerzausten Drama. Beide hielten ihre Bierflaschen wie Kerzen in der Hand.

»Ich werd's ihm ausrichten«, sagte Lester.

»Klar«, sagte Alison. »Wenn sein Schwanz nicht mehr in deinem Mund steckt.«

162

Lesters Begleiter begann zu grinsen. »Drecksau«, sagte Lester gleichmütig. »Du hältst dich jetzt wohl für ’ne ganz große Nummer, was? Nach einem beschissenen Zufallstor.«

Im selben Moment ging Jamie auf, dass Lester ihn angesprochen hatte. Er wollte etwas sagen, aber die Worte blieben ihm im Hals stecken.

»Wir sehen uns am Montag beim Training«, fuhr Lester fort. »Dafür macht er dich alle.« Amüsiert schüttelte er den Kopf. »Du bist am Arsch.« Er wandte sich zu Alison. »Na, weißt du noch, was er mit Vance gemacht hat? Deinem alten Verehrer?«

Alison blieb still. Ihr Gesicht war ernst und konzentriert, als würde sie gerade versuchen, sich eine Zigarette anzustecken. Cale trat einen Schritt vor. »Komm jetzt, Mann.« Er klang nervös; außerdem schien er sich nicht sicher zu sein, an wen er sich wenden sollte. Lesters Freund mit der Fußballermatte musterte ihn mit unbewegter Miene.

»Am Arsch«, wiederholte Lester.

Was sollte er antworten? Er schämte sich für seine hohlen, lahmen Worte, noch bevor sie ihm über die Lippen kamen. »Wie du meinst, Mann.«

Lester lachte. »Am Arsch.«

Was der Wahrheit entsprach. Je öfter Lester die beiden Worte wiederholte, desto klarer wurde ihm, dass es stimmte. Das Blut schien aus seinem Körper zu weichen, und das Schlimmste daran war, wie vertraut ihm das Gefühl vorkam. Aber es war zu spät, um irgendetwas ungeschehen zu machen. Seine Kehle war wie zugeschnürt. Er war erledigt.

Alison ließ den Blick von einem zum anderen schweifen und nickte. »Komm, Jamie, lass uns gehen.«

»Wir sehen uns am Montag«, flötete Lester. »Schönes Wochenende!«

Sie führte ihn weg.

Eine Zeitlang gingen sie wortlos nebeneinander her. Die Stille zwischen ihnen schien sich im Dunkel zu entfalten und wieder zusammenzuziehen. Als sie am Ende der Straße angekommen waren, streckte Alison die Hand aus. Er ergriff sie, klammerte sich beinahe an ihr fest, doch die Berührung entspannte ihn kein bisschen. Er fragte sich, ob sie spürte, dass es gar nicht seine Hand war – es war, als ob sein Körper nicht mehr ihm gehören würde. Sie duckten sich unter einem Zaun durch, und dann gaben seine Beine unter ihm nach.

»Sand«, sagte sie.

Sie marschierten am Rand eines Campingplatzes entlang. Von den erleuchteten Stellplätzen wehten Musik, der Geruch von Sonnencreme und Grillfleisch zu ihnen herüber. Die ersten Sommerfrischler. Schließlich gelangten sie an den Rand einer Klippe. Hinter dem Steilhang lag die Bucht.

»Wollen wir noch weitergehen?«, fragte sie.

»Okay«, sagte er. Eine seltsame Förmlichkeit hatte sich in ihre Unterhaltung geschlichen.

»Du kennst doch bestimmt irgendein nettes Plätzchen, oder? Ich folge dir.«

Er ging weiter den Pfad hinunter, der sich die Klippe entlangschlängelte, durch Mulga-Gestrüpp und wildes Gras, vorbei an von dunklen Bäumen gesäumten Stoppelfeldern. Am liebsten wäre er einfach immer weiter und weiter gelaufen, ohne auch nur eine Sekunde innezuhalten. Was, wenn er den Gedanken in die Tat umsetzte? Wollte er wirklich, dass sie weiter hinter ihm herlief? Es wehte eine scharfe Brise; die Luft roch salzig, und dann spürte er einen Tropfen auf seiner Haut.

»Mir ist kalt«, sagte Alison. Sie rieb sich die nackten Arme. »Wo willst du hin?«

Ihre Stimme riss ihn abrupt aus seinen Gedanken. Er sah hinaus aufs Wasser; es glänzte im Mondschein, als sei es mit

Pailletten besetzt. In der Ferne waren die matten Lichter von Frachtern zu sehen; jenseits davon schimmerten Sterne. Und direkt unter ihnen … Der Anblick traf ihn aus heiterem Himmel. Der dunkle Stumpf in der schwarzen Bucht. Er hatte sie direkt zur alten Felsenpier geführt.

»Willst du da runter?« Sie klang ungeduldig.

»Gleich fängt's an zu regnen.«

»Komm schon«, sagte sie. »Hier oben regnet's auch.«

Halb schwankend, halb tänzelnd tappte sie den dunklen, abwärts führenden Pfad hinunter. Er folgte ihr hinab auf die Felsen, sprintete fast hinter ihr her, bis sie die Spitze der Pier erreicht hatten. An den Kanten spritzte das Wasser auf. Ihm war leicht schwindelig, als er einen Blick zurück warf; im Dunkel sah er vereinzelte Lichter an der Uferstraße. Schwer atmend wandte er sich wieder um und sah hinaus in die pechschwarze Nacht, hinüber zum Kliff, wo sich mächtige Wogen am vorgelagerten Riff brachen.

»Hier bin ich schon seit Ewigkeiten nicht mehr gewesen«, sagte er.

Alison hockte sich auf einen länglichen, leicht gewölbten Felsen auf der Leeseite. Die Pier – eine Ansammlung von Schatten in der Nacht. »Lester ist bloß ein Schwachkopf«, sagte sie und zog die Beine unter sich.

»Ja.«

»Den hättest du mal sehen sollen, als er Dory zum ersten Mal über den Weg gelaufen ist. Meine Güte, was für ein Arschkriecher.«

Fröstelnd setzte er sich ihr gegenüber. Er fand, dass sich der Wind schmierig anfühlte; seine Haut war seltsam glitschig. Dorys Name brachte etwas in ihm zum Schwingen; er streckte die Hand nach ihr aus.

»Komm.«

Er lauschte seinen eigenen Worten hinterher. Er sah seinen von Gänsehaut überzogenen Arm, spürte, wie sich der Geruch von Tang und Metall auf seiner Zunge auflöste. Sie strich sich ein paar Haarsträhnen aus dem Gesicht, als er sie an sich zog, seine Hände um sie legte, so viel von ihr in Besitz nahm wie eben möglich. Sie kam ihm entgegen, entzog sich ihm aber gleich wieder.

»Ich kapiere nicht, warum er sich überhaupt mit ihm abgibt«, sagte sie.

»Was?«

Er schlang die Arme um seine Knie. Sah sie an. Ihr Haar schimmerte silbern im fahlen Schein des Mondes. Ihr Make-up war verwischt und wirkte im trüben Licht unfertig, improvisiert – so, als hätte sie am Gesicht einer Freundin geübt. Sie war ihm völlig fremd.

»Na ja, eigentlich kann er ihn überhaupt nicht leiden.«

»Hör endlich auf damit.« Plötzlich wurde ihm klar, dass ihn ihre eigenartige, seelenruhige Miene komplett ankotzte. »Langsam reicht's, findest du nicht? Dory hin, Dory her.« Kalt und schaumig sprudelten die Worte aus ihm heraus, doch konnte er ihnen nicht schnell genug Nachdruck verleihen. »Also, was ist das zwischen euch? Weißt du nicht, was alle sagen? Was alle denken?«

Sie musterte ihn ausdruckslos. »Und weiter?«

Im selben Augenblick fiel ihm wie Schuppen von den Augen, dass es keineswegs das Gesicht einer Fremden, sondern ihr Gesicht war, in das er blickte, ihr Gesicht, das genau wie Dorys aussah – genauso leer –, und dass es genau dieser Umstand war, der ihn zu ihr hingezogen hatte. Das war es, woran er sich messen wollte. Kaum war ihm das klar geworden, begann sich seine Wut auch schon wieder zu verflüchtigen.

»Also«, sagte sie. »Was denken denn alle?«

Er antwortete nicht.

»Ach, komm«, sagte sie. Sie schmiegte sich wieder an ihn, fast schon aggressiv, nahm seine Hand und führte sie an ihr Schlüsselbein. Ihre Lippen streiften seinen Hals.

»Jetzt sag schon.«

»Nichts Besonderes. Bloß, dass du dir was Besseres leisten könntest.« Es klang wie auswendig gelernt. »Na ja … Der Hellste ist er ja nicht gerade.«

Sie löste sich von ihm. Ihre Zähne blitzten auf, und dann drang ihre Lachen perlend in die Nacht hinaus. Er sah sie an und wartete ab, während er deutlicher und deutlicher spürte, wie ihr Lachen ihn komplett ausschloss. In der Ferne hörte er Metallringe gegen Masten schlagen. Das Knarren von Planken. Er beschloss, den Mund zu halten und darauf zu warten, dass sie vielleicht doch etwas sagte, irgendetwas, das die Situation retten würde.

Plötzlich flackerte eine Erinnerung über ihr Gesicht – eine Erinnerung an die Alison, die er kannte. »Tut mir leid«, flüsterte sie. Sie ging auf alle viere und legte die Hände auf seine Knie.

»Hey.« Er ergriff sie an den Schultern. Vance Wilhelm war mit inneren Verletzungen ins Krankenhaus eingeliefert worden – was immer das auch heißen mochte. War sie für ihn auch auf Händen und Knien gekrochen? War es möglich, dass er hinterher bereut hatte, darauf hereingefallen zu sein? Die Pier schien im Ansturm der Wellen hin und her zu schwanken. Sie sah zu ihm auf.

»Wenn du willst, dann gehe ich.« Wie sie das sagte – als meinte sie das genaue Gegenteil. Nach einer Weile öffnete sie ungläubig den Mund. »Das meinst du nicht ernst.« Sie hob die Hände. »Wie? Erst spielst du mit, und kaum reißt Lester Long das Maul auf, machst du dir in die Hose?«

Der Klagegesang des Winds wurde lauter, erstickte jeden Gedankenansatz im Keim.

»Ich habe doch genau mitbekommen, wie …«

»Ich scheiße auf Lester und sein blödes Gelaber«, fuhr er sie an.

Sie atmete langsam aus; ihre Augen glänzten.

»Egal.« Mit Mühe brachte er seine Stimme unter Kontrolle. »Ich habe gehört, du ziehst weg.«

»Was?«

»Nächstes Jahr. Zurück in die Stadt.«

Alison ignorierte ihn. »Vergiss es«, sagte sie. »Die anderen hatten recht mit dem, was sie über dich gesagt haben.«

»Wir ziehen auch um – aber bloß nach Maroomba.« Ihr Kommentar verwirrte ihn. *Welche anderen?*, hätte er am liebsten gefragt. Und womit hatten sie recht? »Wegen meiner Mum«, sagte er, hielt dann aber inne, da er plötzlich das Gefühl hatte, seine Mutter damit zu hintergehen.

»Hör zu«, sagte Alison. Er holte tief Luft und wappnete sich innerlich – er wusste genau, was jetzt für Fragen kommen würden. Stattdessen reagierte sie abermals, als hätte sie ihm überhaupt nicht zugehört. »Du hast Angst vor Dory«, stellte sie fest. Sie runzelte die Brauen. »Ich habe bloß gedacht …« Sie hielt einen Moment inne. »Mit dir ist es irgendwie anders.«

Er schwieg.

»Ich habe bloß gedacht, mit dir wäre es anders.« Sie stand auf. Als er zu ihr aufsah, lächelte sie mit zusammengepressten Lippen. Irgendetwas schwang in ihrem Lächeln mit, auch wenn er nicht wusste, was. »Na gut, ich rede mit ihm«, sagte sie. »Er wird dich in Ruhe lassen, versprochen.« Ein gedämpfter Laut drang aus ihrer Kehle, der wie ein Kichern klang. »Mach dir keine Sorgen – Dory hört auf mich.« Sie verharrte noch einen Augenblick und ging dann über die Felsen davon.

Jamie wandte sich um und starrte aufs Wasser hinaus. Früher war er oft von hier zum Korallenriff hinausgeschwommen. Jenseits des Riffs vergaß man schnell, dass man sich am Rand des Schelfs befand, bis man hinausgetrieben wurde und kalte Strömungen wie Schlangen aus der Tiefe emporkrochen. Dann erinnerte man sich wieder. Sie war fast außer Sicht, als es ihm einfiel. Dieses Lächeln. In ihrem Lächeln war noch etwas anderes mitgeschwungen. Eine Frage.

»Alison!«, rief er ihr hinterher.

Der Schrei verließ seinen Mund und hallte in seinem Körper wider. Tonnen und Abertonnen von Wasser, die sich unter einem bewegten. Sie blieb stehen, eine schmale, blasse Gestalt vor den dunklen Felsen.

»Was ist denn anders?«, rief er.

»Was?«

»Was ist anders mit mir?«

Sie verharrte im Halbdunkel und zuckte mit den Schultern. Als das Schulterzucken nicht aufhörte, begriff er, dass sie weinte. Du meine Güte. Er rappelte sich auf und stolperte auf sie zu.

»Die ganze Zeit – du hast doch keine Ahnung, wie das alles für mich ist«, sagte sie. Ihre Stimme klang irgendwie älter. Sie hob den Kopf und sah ihn offen an. »Er will immer meine Hand halten, wenn er besoffen ist«, sagte sie. Selbst über den Wind konnte er die Bitterkeit aus ihrer Stimme heraushören. »Die ganze Zeit suche ich nach etwas, aber da ist nichts. Nichts, absolut gar nichts. Mit dir ist es anders.«

»Okay.«

»Einfach anders.«

»Okay.«

»Es tut mir leid.«

Er sah sie an, wie sie dort stand und sich die Arme rieb. Es gelang ihm nicht, sie einfach stehenzulassen und zu gehen. Er wusste genau, was Sache war, und trotzdem war er bereit, ins Verderben zu laufen.

»Bleib bei mir«, sagte er.

Als kleiner Junge hatte er seinen Dad oft zum Hafen begleitet, hatte den Flüchen der Hafenarbeiter gelauscht und ihm dabei zugesehen, wie er die Taue losmachte und beim Lostuckern eine schaumige Spur glänzender Blasen hinter sich ließ. Später hatte er in den Ferien mit seinem Vater hinausfahren dürfen. Für gewöhnlich aber ging sein Vater schon vor dem Frühstück aus dem Haus, auch wenn es sich nie so anfühlte, als sei er verschwunden; ihr Haus atmete den Meergeruch, den er stets mit sich zurückbrachte und der ihnen gleichsam versicherte, wo er sich befand. So war es damals gewesen, vor Michaels Geburt, bevor Mum krank geworden war. Am schönsten war es, wenn sie mit dem kleinen Boot mit dem Außenbordmotor rausfuhren, er und sein Dad, und manchmal war auch Mum dabei gewesen, einen Korb mit gegrilltem Hähnchen und roter Beete auf dem Schoß, während er seine Finger am Heck ins Meer tauchte und weiße Strudel ins dunkle Wasser zeichnete.

Dann war Michael gekommen. Als er alt genug gewesen war, hatten sie mit ihm zusammen die Bucht erkundet. Am südlichen Ende der Bai fischten sie Whitings, fingen weiter draußen Snapper und Stachelmakrelen. Sein Urgroßvater hatte einen der ersten Kutter in Halflead Bay besessen; seinerzeit war er über Weihnachten sechs Wochen lang hinausgefahren und hatte mit seinem Fang genug Geld verdient, um für den Rest des Jahres nur noch zum Spaß zu fischen. Jamie gefiel der Gedanke, dass seine Familie über Generationen in Einklang mit dem Meer gelebt hatte. Seinen ersten Fisch – einen kleinen Makohai – hatte er mit sechs Jahren gefangen; die speerförmige Schnauze und den kobaltblau schimmernden Rücken würde er sein ganzes Leben nicht vergessen. Er erinnerte sich genau, wie die Hände seines Vaters beim Einholen des Fischs auf den seinen gelegen, daran, wie sie dem Tier zwei Haken in die Kiemen geschlagen hatten, und an seinen Stolz, sein schieres Entzücken, selbst als ihn die Schwanzflosse des Hais mit voller Wucht am Arm erwischt hatte. Noch heute erfasste ihn ein warmer Schauder, wenn er an die Worte seines Vaters dachte. *Gar nicht schlecht*, hatte er immer wieder gesagt. *Gleich beim ersten Mal ein Hai, da kann man wirklich nicht meckern.*

Tja, und dann sein letztes Mal. Fünf Jahre war es schon her, es war bereits später Nachmittag gewesen, und sie hatten kein Glück gehabt, nichts, aber auch gar nichts gefangen – geblieben waren sie nur, weil sie schon den langen Weg auf sich genommen hatten. Die Felsenpier war ein relativ schwieriger Ort zum Fischen, da man dort kein Boot vertäuen konnte. Touristen kamen auch nicht hierher, da es hier draußen nicht die geringste Infrastruktur gab. Die nächste Straße lag eine Stunde weit entfernt, was bedeutete, dass man seine Ausrüstung selbst schleppen musste. Sie wollten gerade gehen, als sich Jamies Angelrute nach vorn bog.

Er packte fest zu und kurbelte, bis sich die Rute krümmte, als wolle sie jeden Augenblick brechen.

»Was ist los?«, fragte sein Dad.

Ein starker, aber gleichmäßiger Widerstand. »Ich glaube, die Schnur hat sich irgendwo verfangen.«

Michael wandte den Blick ab und kümmerte sich um die Köderbox. Jamie ließ die Schnur locker und holte sie erneut ein. Es wurde langsam dunkel; die Wasseroberfläche schimmerte gläsern. Die Flut stieg nun rascher, wusch wuchtig gegen die Felsen und hinterließ jedes Mal eine weiße Schaumspur. Seine Mum, die durch die seichteren Pfützen zwischen den Felsen stieg, stemmte jedes Mal die Beine in den Boden und erstarrte in der Bewegung, wenn die nächste Welle kam, als sei sie in ein Spiel vertieft, dessen Sinn nur sie allein kannte.

»Okay«, sagte sein Vater. »Schluss für heute.«

Jamie kurbelte weiter, bis ein plötzlicher Ruck durch die Schnur ging. Er zog an der Angel, dachte im ersten Moment, dass sich die Schnur an einem Fels oder in einem Bett aus Tang verfangen hatte, doch dann spürte er es: das unverkennbare Zerren und Reißen eines Fischs.

»Hab einen«, rief er.

»Bist du sicher?« Sein Vater warf einen Blick auf die Schnur und rappelte sich auf.

»Hab einen«, wiederholte Jamie.

Der Fisch kämpfte jetzt, drehte und wand sich. Die Schnur sauste davon, und kurz darauf gab es einen solchen Ruck, dass er um ein Haar das Gleichgewicht verloren hätte. Er warf einen Blick auf die Felsen unter sich: überall bräunlich-gelbe Flechten. Schaumiges Wasser umspülte seine Knöchel.

Sein Dad grinste. »Schlag an und halt dagegen«, sagte er. Jamie hielt dagegen. Zusammen ließen sie den Blick über das graue Wasser schweifen, aber es war zu dunkel, um etwas erkennen zu können. Er kämpfte gegen das Tier, spürte seinen Bewegungen nach, sah vor seinem inneren Auge, wie der Fisch zu entkommen versuchte, über Sand und Wiesen von Seegras, an spitzen Korallen entlang, während er ihn abwechselnd drillte und Leine gab. Das war es – das war der Grund, warum man so lange wartete. Sein Dad stand nun neben ihm und feuerte ihn lautstark an.

Die Leine zuckte wild hin und her, spannte sich bis zum Äußersten. Jamie packte die Rute und hielt aufgeregt dagegen – nie zuvor hatte er einen Fisch an der Angel gehabt, der sich derart verzweifelt wehrte. Er sah zu seinem Dad, der mit zusammengekniffenen Augen ins Wasser spähte, genau wie Michael und seine Mum. So war das Meer. Manchmal wartete man den lieben langen Tag, und wenn man schließlich frustriert seine Siebensachen zusammenpackte, erblickte man plötzlich den gummiartigen Rücken eines Wals, stach einem das blendende Glitzern einer springenden Makrele ins Auge; und hätte man nicht gewartet, hätte man so manches verpasst. Unvermittelt brach etwas durch die stumpfe Wasseroberfläche, während gleichzeitig ein überwältigendes Gefühl Besitz von ihm ergriff.

Er drillte, ließ Schnur nach, drillte. »O Gott«, hörte er seine Mutter, aber durch die graue Suppe konnte er nichts erkennen. Er als seine Mutter ein zweites »O Gott!« ausstieß, sah er, was er an der Angel hatte. Wild schlagende Flügel. Eine Möwe. Im selben Moment drang ihr hohes Kreischen an seine Ohren – es klang menschlich, wie die Schreie eines Babys. Er drillte weiter; die Rute krümmte sich tiefer und tiefer, während er den Vogel über das Wasser, durch den Brandungsschaum und schließlich auf die Felsen zog. Jetzt war er still.

»O Gott!«

»Wo sitzt der Haken?«, fragte sein Dad.

Die Möwe bewegte sich nicht mehr. Jamie wollte sie zu sich zerren, doch der Körper des Tier hatte sich zwischen zwei Felsen verklemmt.

»Sie ist tot«, sagte er.

Es war eine ziemlich große Möwe. Der pralle Brustkorb war rot verfärbt, und auch über den Hals floss Blut – grellrot breitete es sich auf dem weißen Gefieder aus. Er sah die leblosen Füße mit den Schwimmhäuten, die wie alte Orangenschalen im Wasser trieben. Im selben Moment erblickte er hinter der Möwe den metallen glänzenden Torso eines Fischs.

Er wandte sich um. »Da ist noch ein Snapper«, sagte er. Seine Mutter starrte ihn an, bleich um die Nase, aber vollkommen konzentriert.

»Bob«, sagte sie.

»Er hängt am Pilker«, sagte Jamie.

»Lass ihn das machen«, sagte sein Dad.

Er trat einen Schritt auf den Vogel zu. Als er sich bückte, sah er den zweiten Haken, der sich durch den einen Flügel gebohrt hatte; Blut drang aus der Wunde. Er streckte die Hand aus, und im selben Augenblick fuhr die Möwe kreischend hoch, flatterte wild mit ihren großen Flügeln und riss den Schnabel auf; Jamie starrte direkt in die rosafarbene, zerklüftete Kehle. Der Vogel hatte panische Angst – er stieß einen abgehackten Schrei nach dem anderen aus und verströmte einen Gestank, der an Hundepisse erinnerte. Jamie war klar, dass er seine Finger riskierte, wenn er dem Tier zu nahe kam. Er wich zurück und versuchte die Möwe mit der Fiberglasspitze der Rute auf die Felsen zu schieben, verängstigte den Vogel aber nur noch mehr.

»Hör auf damit«, sagte sein Vater.

»Wir müssen den Haken irgendwie aus dem Flügel kriegen«, sagte Jamie.

Michael starrte den Vogel an, dessen Kreischen allmählich in heiseres Krächzen überging.

»Bob«, wiederholte seine Mum.

Sein Dad griff nach der Angelrute und legte Jamie eine Hand auf die Schulter. »Du siehst doch, wie der Vogel leidet – nicht wahr, mein Junge?«

Jamie nickte, auch wenn er nicht wusste, warum. Die Flügel des Vogels waren halb aufgefächert. Eine kleine Ewigkeit lang betrachtete er den nassen, vom Wasser umspülten Körper. Er regte sich nicht.

Eine Minute verstrich. Dann hörte er, wie Michael in dem Kasten mit dem Angelzubehör kramte und dabei leise vor sich hin murmelte. Er nahm irgendwelche Utensilien heraus und warf sie wieder zurück in den Kasten. »Nee«, flüsterte er. »Zu stumpf.« Kurz darauf war er fündig geworden. Wortlos reichte er Jamie eine Schere.

Sein Dad sah schweigend zu.

Der Vogel. Er würde ihn sich packen müssen. Mit einer Hand. Wo sollte er zupacken – am Kopf oder am Körper? Die Flügel waren riesig. Er sah den Fisch, der sich hinter der Möwe wand. Er öffnete die Schere; verschwindend klein wirkte sie zwischen seinen Fingern. Als er in die Hocke ging, richtete der Vogel seine gelben Augen mit dem schwarzen Herz auf ihn und stieß ein raues Kreischen aus. Erneut stieg ihm der Geruch in die Nase, dieses Sekret der Angst.

»Mach schon«, sagte sein Dad.

»Und wenn ich einfach nur die Schnur durchschneide?«, fragte er, ohne aufzusehen.

»Das wirst du nicht tun.« Die Stimme seiner Mutter klang so schneidend, dass er befürchtete, der Vogel würde jeden Augenblick aufflattern, sich mit der von seinem Flügel hängenden Nylonschnur in die Luft erheben, bis ihn das Gewicht des Bleis unweigerlich wieder zu Boden trudeln ließe.

»Um Himmels willen, Bob.«

»Er muss es selbst machen.«

»Du siehst doch, dass er's nicht hinkriegt.«

»Es ist sein Fang.« Sein Vater sprach mit fester Stimme. »Und deshalb auch seine Aufgabe.«

Jamie wandte sich wieder dem Vogel zu. Dann erhob er sich und trat zurück.

»Du lieber Gott«, sagte sein Vater. Er klang unendlich genervt.

»Er weint«, sagte Michael. Seine Stimme klang nüchtern, doch seine Miene ließ darauf schließen, dass er ebenfalls den Tränen nahe war.

Seine Mutter sagte kein Wort. Sie sah Jamie auch nicht an, als sie die Felsen hinunterstieg. Sie bückte sich, ergriff die Möwe mit beiden Händen und legte sie auf einen flachen Stein. Dann sog sie die Lippen zwischen die Zähne, hob das eine Bein und ließ ihren Stiefel auf den Kopf des Vogels niedergehen – ein Mal, mit voller Wucht.

Über ihm war blauer Himmel, als er erwachte. Alison war weg. War sie überhaupt da gewesen? Von irgendwo auf dem Wasser wehten die Klänge eines Radios zu ihm herüber. Sandkrabben, nicht größer als seine Fingernägel, huschten über seine Schienbeine. Anscheinend hatte er nur geträumt. Ja, er musste geträumt haben, was gestern Nacht passiert war – ihre Haut, die sich an seine Rippen schmiegte, ihre Haut, die so dünn war, dass man ihre Struktur erkennen konnte. Sie hockte rittlings auf ihm; mal fiel Schatten, mal Licht über ihre Züge. Über ihnen drehten sich die Sterne. Hab dich, hatte er gesagt, als sie von den glitschigen Steinen auf ihn geglitten war.

Das harte Licht des frühen Morgens presste ihn zurück in seinen Körper. Die Felsen waren moosbedeckt und feucht. Das Wasser war eiskalt. Mitten in der Nacht hatte es gedonnert und geblitzt, als würde es jede Sekunde ein Gewitter geben, doch es hatte nicht geregnet. Man fühlte bereits die Hitze des kommenden Tages. Aus irgendeinem dunklen Felsspalt drang der süßliche Gestank von totem Tier. An jenem anderen Abend hatten sie die verstümmelte Möwe ins Wasser geworfen; mit ausgebreiteten Schwingen war sie ins Grau getrieben. Stundenlang – jedes Mal, wenn er sich umdrehte – hatte er andere Möwen gesehen, dutzende von Möwen, die lautlos am Himmel kreisten, schwarze Schatten in der Dämmerung. Dann war es dunkel geworden. Das hier, dachte er. Alles tat ihm weh, als er aufstand. Das hier ist der traurigste Ort, den ich kenne.

Als er nach Hause kam, war es bereits Nachmittag. Den ganzen Morgen war er – zu fertig, um einen klaren Gedanken zu fassen – durch das Watt und die Dünen gestreift, ehe ihm das alte Gerichtsgebäude in den Sinn gekommen war; er wusste selbst nicht, warum. Er war dort hinaufgekraxelt und hatte sich in einem kühlen, schattigen Eckchen niedergelassen.

In der Einfahrt stand ein Auto, das er noch nie gesehen hatte; ein offenbar brandneuer Geländewagen. Leute von außerhalb. Von seinem Bungalow aus beobachtete er, wie sein Vater mit zwei Männern um das Haus herumkam. Der eine trug Bergsteigerstiefel und hatte eine rote Joggingjacke um seine Hüften geknotet; er hielt die Autoschlüssel in der Hand und schien es ziemlich eilig zu haben. Der andere war ein Anzugträger; sein mit Brylcreem gestyltes Haar glänzte stumpf in der brütend heißen Sonne. Die beiden stiegen in den Wagen, wendeten in drei Zügen und brausten die Einfahrt hinunter. Sein Vater verharrte vor dem Haus auf der Veranda; auf dem Geländer standen zwei Bierflaschen, von denen Kondenswasser perlte. Da er einen Hut mit kurzer Krempe trug, konnte Jamie sein Gesicht nicht erkennen.

Beim Nachmittagstee fiel kaum ein Wort. Michael warf ihm zwei, drei Mal einen verstohlenen Blick zu, sagte aber nichts. Hinterher packte Jamie die Reste in Zellophan und wusch das Geschirr ab, während Michael abtrocknete und die Sachen wegräumte. Schweigend verrichteten sie ihre Arbeit, während sie darauf warteten, dass ihre Eltern zu streiten anfingen. Michaels demonstratives Schweigen ging Jamie zunehmend auf die Nerven. Ihr Vater kam in die Küche, nahm zwei Flaschen Wein aus dem Kühlschrank und ging ins Wohnzimmer zurück.

»Sie haben ihr Angebot zurückgezogen«, flüsterte Michael.

»Wer?«

»Na, die Typen, die unser Haus kaufen wollten.«

»Und warum?«

Doch Michael wollte nicht mit der Sprache herausrücken, und Jamie drängte auch nicht weiter. Einmal hatte er Michael drüben beim Campingplatz erwischt, obwohl er eigentlich Schule hatte, aber kein Wort darüber verloren – ob aus Loyalität oder Faulheit, wusste er selber nicht. Einmal hatte er Michael eine aufs Maul gegeben und ihm dabei unabsichtlich um ein Haar einen Zahn ausgeschlagen. *Ich hasse dich*, hatte Michael gesagt, während das Blut sein Zahnfleisch dunkel verfärbte. Erst später war Jamie aufgegangen, dass sein Bruder es tatsächlich ernst gemeint haben könnte. Dass er ihn wirklich hasste. Aber schließlich hatte sich Michael wieder beruhigt; seine Miene war glatt und undurchdringlich wie Meerglas gewesen, und er hatte ihn auch nicht verpetzt. Sie redeten vielleicht nicht viel miteinander, doch behielten sie die Geheimnisse des anderen stets für sich.

Die Küchenarbeit war erledigt; es gab nichts mehr zu tun.

Um elf Uhr abends klopfte sein Vater an seine Tür. Er hielt eine offene Flasche Wein in der Hand. Seine Zähne schimmerten kalkig in der Dunkelheit.

»Ich habe gesehen, dass bei dir noch Licht brennt«, sagte er.

»Sorry.«

Er stand auf den Zementstufen des Bungalows; Jamie merkte, dass er leicht schwankte. Er warf einen langen Schatten, der über das Akaziengestrüpp fiel. »Anscheinend kann keiner von uns schlafen«, sagte er. »Deine Mum ist auch noch wach.« Er sah die Einfahrt hinauf und grinste breit. So lächelte er nur, wenn er betrunken war. »Vielleicht hört sie uns sogar.«

»Dad.«

»Ich dachte, ich …« Er hielt die ausgestreckte Hand über die Stufen. »Macht's dir was aus, wenn …« Er hob die Flasche. Sein Stammeln machte Jamie verlegen.

Sie hockten sich auf die Stufen. Sein Vater schien nicht zu wissen, was er mit der Flasche anstellen sollte: Erst rollte er sie zwischen den Handflächen hin und her, dann stellte er sie abrupt auf den Boden.

»Wichtiges Spiel nächste Woche«, sagte er schließlich.

Jamie nickte. Unwillkürlich musste er an die Morgenversammlung in der Schule denken – war das wirklich er gewesen, der vor vier Tagen neben dem Direktor gestanden hatte? Es kam ihm vor, als würde er sich an einen Fremden erinnern.

»Tja«, sagte sein Vater. »Immerhin bleibt dir jetzt der Umzug erspart.«

178

»Der Besuch heute Nachmittag – waren das die Männer, die unser Haus kaufen wollten?«

Sein Vater lachte. »Eigentlich war schon alles unter Dach und Fach. Und dann sagt sie zu dem einen Typ, er sei ein Korinthenkacker – ob er die paar Monate nicht noch warten könnte.«

»Ein paar Monate?«

Jamie bereute sofort, dass er nachgehakt hatte. Es war unmöglich, darüber zu reden, ohne das Danach anzusprechen. Und es gab kein Danach.

»Sorry«, sagte er.

Irgendetwas spiegelte sich im Blick seines Vaters. »Ach was«, sagte er. »Ich finde, du solltest es wissen.« Er warf einen Blick zum Haus zurück und sah dann wieder in den Garten hinaus. »Ein paar Monate noch, dann ist es vorbei. Das haben uns die Ärzte in Maroomba gesagt.« Er wandte den Kopf zur Seite und spuckte aus. »Ihre Nieren machen nicht mehr lange mit. So sind die Ärzte. Statt irgendwie zu helfen, sagen sie einem, wann es zu Ende geht.«

Jamie erstarrte – es war, als würde etwas in ihm erfrieren. Er hatte so etwas erwartet, sich im Grunde Tag für Tag innerlich gegen die Worte gewappnet, die irgendwann unweigerlich kommen mussten, doch nun konnte er – so pervers es war – an nichts anderes denken als an Dory. Die schwarze Tafel seines Gesichts. Er hasste den Gedanken. Er hasste sich dafür.

»Besser, du weißt Bescheid«, sagte sein Vater.

Er hätte ihn einweihen können: Dad, ich stecke in Schwierigkeiten, Dad, Dory Townsend will mir ans Leder. Es wäre ganz einfach gewesen. Er wollte es sagen, brachte es aber nicht über die Lippen. Er wusste, wie sein Vater über ihn dachte.

»Weiß Michael es auch?«

Sein Dad schüttelte den Kopf. »Es ist so schon schlimm genug für ihn.«

Sein Atem roch nach Alkohol. Beide warteten, dass der andere etwas sagte. Wie redeten andere Menschen über solche Dinge?

»Tja, und deshalb wird es auch nichts mit dem Ferienjob«, sagte sein Vater schließlich. »Ich hoffe, du kannst das verstehen.«

»Ja.«

»Ich brauche dich hier im Haus.« Wieder schwieg er. »Du bist ein guter Junge.« Kurz darauf sagte er es erneut. »Ein guter Junge.«

»Dad?«

»Ja?«

Doch die Distanz zwischen ihnen war unüberwindbar. Sein Vater nahm einen Schluck aus der Flasche und tätschelte Jamie das Knie. Als er aufstand, schien all das in ihm mitzuschwanken, was ungesagt geblieben war.

»Du warst angeln?«

»Ja. Mit Cale.«

Einen Moment lang spiegelte sich sein Missfallen auf seiner Miene. Dann runzelte er die Stirn. »Ich habe nachgedacht. Wir könnten auch mal wieder fischen gehen. Würde euch Jungs das gefallen?«

Jamie nickte. Nun war ihm klar, worauf ihre Unterhaltung hinauslaufen würde.

»Wir könnten den Außenborder nehmen.«

Als kleiner Junge war er immer vorausgelaufen, hatte den Außenbordmotor gestartet und die Bilge ausgepumpt. Guter Junge. Inzwischen sah sein Vater stets mit leerem Blick geradeaus, wenn sie am Hafen und an den dort still dahindümpelnden Booten vorbeikamen.

»Deiner Mum ist es wahrscheinlich auch nur recht, wenn sie mal ihre Ruhe vor uns hat.«

»Ja.«

»Wir können ja jemanden kommen lassen, der auf sie aufpasst.«

Nein, man dachte nie daran, was danach kommen mochte, man dachte nur ans Hier und Jetzt, aber selbst das stimmte nicht – man war allein mit seinen Pfützen der Erinnerung, vereinzelten Tümpeln, die früher oder später von der Flut der Zeit fortgespült werden würden. *Ihr seid mir zwei,* hatte seine Mutter einst zu ihm gesagt. *Ihr glaubt, ihr wärt so unglaublich clever, wenn ihr heimlich zum Fischen rausfahrt – und hinterher stinkt das ganze Haus nach Diesel.* Den ersten Schub hatte sie ein paar Wochen nach ihrem Ausflug zur Felsenpier erlitten. Die Möwe. Zum Angeln blieb nun keine Zeit mehr. Nach jenem Vorfall hatte Jamie das Gefühl, dass sein Vater ihn anders behandelte als zuvor, dass sich ihr Verhältnis irgendwie abgekühlt hatte; er schenkte ihm – und ebenso Michael, auch wenn es in seinem Fall nicht so deutlich zu spüren war – weniger Aufmerksamkeit als früher; in seinem leisen Desinteresse schien eine Art skeptischer Enttäuschung mitzuschwingen. Ihrer Mum gegenüber zeigte er sich von seiner allerbesten Seite. Er verlegte ihr Atelier ins Haus. Er verkaufte seine Anteile an dem Kutter und begann mit seinen Schreinerarbeiten. Er wechselte ihre Bettwäsche. Betrachtete man ihn nun, fünf Jahre später, sah man ihm nur allzu genau an, dass so gut wie nichts mehr da war. Und eins war Jamie klar: Was er ihr gegeben hatte – und er gab immer noch –, würde er nie wieder zurückbekommen.

Am nächsten Tag kam Cale vorbei.

»Ich soll dir was von Tammie ausrichten.« Er schloss die Bungalowtür hinter sich.

»Was?«

»Sie hat's von Lester. Dory will sich nach dem Montagstraining mit dir treffen.«

»Er will sich mit mir *treffen*?«

Cale zuckte mit den Schultern. »Ich soll's dir bloß ausrichten.«

Jamie stand auf. Es war Samstag: Ihm blieben also noch zwei Tage. Er lenkte seine Füße, als wolle er die Quadratmeter seines kleinen Zimmers abmessen. Er zwang sich, wieder einzuatmen. »Ich bin am Arsch«, sagte er.

Cale wich seinem Blick aus. »Nächstes Wochenende ist das Finale«, sagte er.

»Und?«

»Na ja …« Er suchte nach den richtigen Worten. »Wär ja möglich, dass er …« Er brach ab.

»Glaubst du? Du weißt doch, was er mit Vance Wilhelm gemacht hat.«

Cale glotzte ihn ratlos an.

»Und mit dem Chinesenmädel«, sagte Jamie. »Hast du vergessen, was mit ihr passiert ist?«

Niemand war jemals in der Sache belangt worden. Es gab nur Indizien, aber keine schlüssigen Beweise, wie ein Polizeibeamter aus Maroomba festgestellt hatte, der zur Lösung des Falls hinzugerufen worden war. Obwohl alle wussten, dass Dory und sein Onkel – ein weithin bekannter Rechtsradikaler – regelmäßig loszogen, um asiatische Einwanderer zusammenzuschlagen, verlor niemand ein Wort darüber. Alle taten so, als ginge sie die Sache nichts an; schließlich handelte es sich bloß um die Leiche einer gesichts- und namenlosen Frau, die anderen den Arbeitsplatz weggenommen hatte. Am deutlichsten erinnerte sich Jamie daran, wie Lester das Ganze nachgespielt hatte – an die schiere Wonne seiner Schläge und die widerwärtige Routine seiner Bewegungen.

Das Gespräch schien zu Ende. Cale zog eine verbissene Miene. Plötzlich verspürte Jamie den Drang, ihm sein Herz auszuschütten, ihm alles zu erzählen – schließlich war er drei Jahre älter, wusste so viel mehr über die Welt –, doch mit einem Mal wollte er nur noch, dass Cale ihn in Ruhe ließ. Eine Weile sahen sie sich schweigend an.

»Sie hat gesagt, sie wären nicht mal zusammen.«

»Ja«, erwiderte Cale sofort. »Das sagt Tammie auch.«

Jamie zögerte, ehe er weitersprach. »Was soll ich machen?«

»Du bist schnell. Nutz das aus.«

»Was?«

»Wirf ihm Sand in die Augen. Und wenn er die Hände hebt, trittst du ihm voll in die Eier.«

Jamie schüttelte den Kopf. Das war völlig unrealistisch. »Hör auf mit dem Scheiß. Ich mein's ernst.«

Cale musterte ihn angestrengt, offenbar schwer von Kapee.

»Am besten, ich hau ab«, sagte Jamie. »So wie du. Einmal rund um die Welt.«

Cale steckte die Hände in die Hosentaschen und sah ihn düster an. »Nee«, sagte er. »Das würde ich bleiben lassen.« Er hockte sich auf Jamies Bettkante. »Lust, einen durchzuziehen?«

»Vergiss es.«

Cale blies die Wangen auf, sog sie zwischen die Zähne und atmete leise, aber hörbar aus. »Wegen so was Ähnlichem bin ich auch abgehauen. Mein Alter hat mich dauernd durchgeprügelt.« Er zog die Hände aus den Taschen und rieb sich die Handgelenke. »Und jedes Mal hat er gesagt, dass er mich nur aus Liebe schlagen würde – weil er mich so sehr liebt, so, so sehr.«

Stocksteif stand Jamie da. Cales Worte waren kaum zu ertragen.

»Scheiße, Mann.«

Cale ballte die Hände und schlug seine Fäuste gegeneinander, während er zu überlegen schien. Die Matratze unter ihm schaukelte. »Scheiße. Vergiss den Mist. Das stimmt alles nicht. Keine Ahnung, warum ich hier solche Scheiße verzapfe.«

Jamie sah ihn verwirrt an. Cale fummelte an seiner Halskette herum, erhob sich und schlurfte zum Fenster.

»Von wegen rund um die Welt«, sagte er. »Ich war noch nie im Ausland.«

»Was?«

»Die Kette ist schon von meiner Ex.« Er hielt keine Sekunde inne. »Na ja, aber sie lebt noch. Drüben in Cairns. Was für ein Drecksloch. Sie ist Astrologin oder Astronomin oder so was.«

»Willst du mich verarschen?«

»Bleib locker, Alter.«

Cale drehte sich um, trat zu Jamie und stieß ihn gegen die Schulter – eine unentschlossene Geste, weder scherzhaft noch feierlich. »Mach dir deinen Kopf, Mann.«

Jamie wandte sich ab, während unvermittelt eine überwältigende Wut Besitz von ihm ergriff.

»Du stinkst nach Fisch«, sagte er.

Cale gab ein trauriges Gackern von sich. »Willst du mich verarschen? Der ganze Ort stinkt nach Fisch.«

Sonntagnachmittag. Den ganzen Tag war er für sich geblieben. Er hatte sich in den Schuppen hinter dem Bungalow verkrochen und dort zwischen den alten Malutensilien seiner Mutter gehockt – Farbtöpfen, Pinseln, in Kisten lagernden Leinwänden. Er lauschte dem Rauschen des Verkehrs auf der Küstenstraße und dem Geschnatter, das der Wind von den Stränden zu ihm herübertrug; die Geräusche der Hauptsaison. Er schwitzte unter dem Wellblechdach. Morgen stand sein »Treffen« mit Dory an. Ihm wurde übel bei der Vorstellung, während seine Gedanken ruhelos zwischen dem bevorstehenden Kampf und der Erinnerung an Alison hin und her schweiften und ineinander verschwammen. Als die Mittagshitze unerträglich wurde, ging er wieder in den Bungalow und legte sich aufs Bett.

Jemand klopfte.

»Der Sturm kommt«, sagte Michael durch die Tür.

»Woher?«

»Ähm, von Westen. Ich meine, von Osten.«

Jamie öffnete die Tür, und Michael schlurfte herein.

»Weiß Mum Bescheid?«

Er zuckte mit den Schultern.

»Komm, wir holen sie.«

Das Haus war verlassen, die Couch vor dem Fenster unbesetzt. »Wahrscheinlich ist sie mit Dad an den Klippen«, sagte Michael.

»Ist ihr Rollstuhl da?«

Sein Bruder warf einen Blick in den Wandschrank.

»Nein.« Ein Schatten huschte über seine Züge. »Ich gucke nach ihnen.«

Als sein Bruder gegangen war, ließ Jamie sich auf die Couch sinken. Die gestreifte Decke lag völlig zerwühlt am Fußende. Er schmiegte sich in die flache Kuhle, die ihr Körper hinterlassen hatte, und stellte sich vor, ihre Wärme zu spüren.

Er warf einen Blick aus dem offenen Fenster. So war das also. Durch das grüne Laub spähte er hinaus auf den Ozean; er spürte, wie sich die Hitze in der Luft ballte, die kühlen Böen, die sich unter die schwüle Wärme mischten, die ersten Vorboten des Gewitters. Er sah die dunkle Energie, die aus einer Entfernung von Hunderten von Kilometern auf die Küste zubrauste und sich aus sich selbst speiste. An der Landzunge bogen sich Bäume unter dem Ansturm des Windes.

»Bald geht's los«, sagte eine laute Stimme.

Er zuckte zusammen und wandte sich um. Niemand. Er setzte sich auf, trat ans Fenster und sah hinaus. Ein murmelgroßer Regentropfen klatschte auf seine Wange.

»Ja.« Es war seine Mutter. »Danke, Bob«, sagte sie. »Was für ein schöner Stuhl.«

Schweigen, dann die Stimme seines Vaters. »Aus bestem Holz.«

Die Stimmen klangen kratzig, wie durch statisches Rauschen übertragen. Anscheinend waren sie gar nicht bis zu den Klippen gegangen; sie befanden sich in der Nähe des Hauses – wahrscheinlich unten auf der schattigen Veranda –, und der Wind wehte den Klang ihrer Stimmen zu ihm hinauf.

Einen Moment lang verstand er nicht, was gesprochen wurde. Dann sagte seine Mutter, während sich der halbe Himmel innerhalb eines Augenblicks dunkel verfärbte: »Schatz, bald geht's los.«

Sie hatte recht. Der Sturm zog unaufhaltsam auf, näherte sich wie ein graues, zähnefletschendes Maul, wie ein zerfetztes Heulen, fauchte den dunklen, jäh unwirtlich anmutenden Küstenstreifen an. Die Bucht wurde schwarz. Ganze Flotten waren im Lauf der Jahrhunderte an dieser Küste zerschellt.

»Ich spüre den Regen fast auf dem Gesicht«, sagte seine Mutter.

Im selben Augenblick erklang ein gewaltiges Donnern, das ihre Stimme erst seltsam verstärkte und dann erstickte. Das Haus erbebte; das letzte Tageslicht schwand, ehe ein heftiger Windstoß die Couch zur Seite riss und es mit einem Mal wie aus Kübeln zu schütten begann.

Jamie verharrte am Fenster. Der Himmel war fahlgelb. Der trockene Boden brach auf; es roch nach Erde und Garten, nach Kloake und Salz und Tierhaut. Das Wasser sang in den Rohren, trommelte auf den Boden, spritzte in die Pfützen, bis diese sich vor seinem inneren Auge in ein von Gräben durchzogenes, schlammiges Schlachtfeld verwandelten. Der Wind drehte und peitschte die Ranken der Hängepflanzen ins Zimmer. Sein Gesicht war feucht. Plötzlich hörte er sie wieder.

»Frag mich«, sagte sie. »Jetzt.«

Vor den anderen Fenstern hingen Regenschleier; der Wind rüttelte an ihnen.

Die Stimme seines Vaters, so leise, dass er sie kaum hören konnte: »Bist du glücklich, Maggie?«

Das nächste Donnern rollte über den Himmel, brachte die Erde zum Erbeben und verschluckte ihre Antwort. Jamie schloss die Augen und versuchte sich vorzustellen, wie sich der Regen auf ihrem starren Gesicht anfühlte. Das Krachen des Himmels ging ihm durch Mark und Bein. Und dann sprach er es selbst aus: »Ja.«

»Es tut mir leid«, sagte jemand. »Vergib mir.« Wessen Stimme war das?

»Ja«, sagte Jamie. »Ja, ich bin glücklich.«

»Ach, es gibt doch gar nichts zu vergeben.«

Er stand auf. Er schämte sich, gelauscht zu haben, und wollte gerade nach unten gehen, als Michael in das Zimmer hereinplatzte. Haare klebten an seiner Stirn; er war tropfnass.

»Wo sind sie?«, keuchte er. »Ich habe sie nicht gefunden.«

»Sie sind unten«, sagte Jamie.

»Aber ich war doch unten.«

Michael trat ans Fenster. Wasser tropfte von seinem Kinn, seinen Ärmeln und Shorts.

»Hör mal«, sagte Jamie.

Leise wehte die Stimme ihrer Mutter zu ihnen herauf. Michael wandte sich um und lächelte Jamie zögernd an. »Das gefällt Mum bestimmt«, sagte er. Draußen toste der Sturm. Michael schien geradezu ängstlich darauf erpicht zu sein, dass Jamie ihm beipflichtete. Jamie lächelte und nickte. Er vergaß immer, wie es einmal zwischen ihnen gewesen war.

»Komm«, sagte er.

Sie waren schon an der Tür, als eine Stimme – die ihres Dads – durch das Fauchen des Winds zu ihnen drang. Ihr Vater redete von irgendeinem Fund, dass man etwas festgestellt habe, dass ...

Die Stimme ihrer Mutter: »Der Townsend-Bengel.«

Michael warf Jamie einen Blick zu.

Ihr Dad antwortete etwas, doch er war nur undeutlich zu vernehmen. Dann trug der Wind plötzlich ein paar Worte klar und deutlich an ihre Ohren. Bei der Obduktion. Bei der Obduktion war etwas festgestellt worden.

»Was ist eine Obduktion?«, fragte Michael.

»Sei still.«

»Der Bursche hat sie doch nicht alle«, sagte seine Mutter.

»Ich mache mir Sorgen.« Die Stimme seines Vaters. Das Geräusch des Regens, das Pfeifen des Winds. Blumentöpfe, die gegen die Fensterrahmen stießen.

»Weißt du, was sein Team über ihn sagt? Dass er schon rangeht, aber nicht hart genug.« Leise Erregung schwang in seiner Stimme mit. »Nicht, dass er feige wäre – aber er schafft's einfach nicht, auch mal jemanden umzuhauen, mal richtig Schwein zu sein.«

Jamie wandte sich zu Michael, der sofort zurückwich. Angst spiegelte sich in seinen Augen.

»Das zahl ich dir heim«, sagte er.

»Lass mich«, sagte Michael. »Lass mich in Ruhe.«

Während er seinem Bruder einen Stoß verpasste, drang die Stimme ihres Vaters an ihre Ohren, rau und unüberhörbar: »Erinnerst du dich nicht mehr?«

In der Küche nahm er Michael in den Schwitzkasten. »Woher wissen sie das? Du Dreckskerl!«

»Ich kriege keine Luft mehr!«

»Du hast es ihnen erzählt, stimmt's?«

»Es wissen doch sowieso alle.«

»Was? Was hast du gesagt?« Er presste Michaels Kopf auf die Abtropffläche der Spüle, zog ihn mit dem Gesicht über das geriffelte Metall und stieß ihn dann zu Boden. Sein Bruder zitterte. Hier drin war vom Sturm fast nichts zu hören. Er spürte, wie ihn Scham und Reue überkamen. Immer, immer war es so. »Was wissen alle?«, fragte er.

Michael kroch in die Ecke und befühlte seine Wange. Schwer atmend blickte er auf, auch wenn er Jamie nicht in die Augen sah, sondern auf irgendeinen Punkt hinter seinem Kopf starrte.

»Dass du dich an Dorys Mädchen vergriffen hast«, sagte er mit tiefer Stimme. »Und dass er dich dafür plattmachen wird.«

Er bekam einfach kein Auge zu.

Er zog sich an und ging nach draußen. Es hatte aufgehört zu regnen. Die Bäume zuckten das Wasser von ihren Zweigen. Hell schien der Mond auf die nassen Blätter.

Seine Mutter war auf der Couch eingeschlafen und schnarchte leise. Das Mondlicht fiel durchs Fenster und hüllte sie ein, als wolle es sie jede Sekunde hochheben. Es sah unwirklich aus. Er zog die Decke glatt und deckte sie bis zum Kinn zu. Plötzlich öffnete sich ihr Mund, als wären zwei Scharniere aus den Angeln gefallen. Rasselnd atmete sie aus.

»Schatz?«

»Sorry, Mum«, sagte er. »Ich wollte dich nicht wecken.«

Es war, als würde sie aus einem tiefen Abgrund ihrer selbst an die Oberfläche tauchen. Die Medikamente, kein Zweifel. Schlagartig wurde ihm klar, wie verloren sie sich in ihrem Körper fühlen musste.

»Nein, mir tut's leid«, sagte sie mit dünner Stimme. »Es war dumm von mir. Wer kann sich schon aussuchen, wo er sterben will?« Ihre Augen waren halb geschlossen; das eine zuckte wie ein Silberfischchen.

»Wach auf, Mum.«

»Aber die Jungs wollen gar nicht weg. Ihnen gefällt es hier. Und dir auch.« Ihre Züge entspannten sich. »Auch wenn du's dir nicht eingestehen willst.«

»Mum.« Er berührte sie an der Schulter.

»Jetzt sehe ich klar. Aber meine Hände.«

»Mum.« Ein Glimmen in ihren Augen; dann bewegte sich ihr Mund. Ein Zittern durchlief ihre Lippen, ehe sie sich langsam zu einem Lächeln des Erkennens formten.

»Ach, du bist es, Liebling.« Sie verstummte wieder. Zusammen lauschten sie ihrem Atem. Sie roch nach Spiritus und alten Lappen.

»Was ist denn?«, fragte sie.

Eine geradezu Übelkeit erregende Welle von Antworten schwemmte auf seine Zunge, doch er sagte kein Wort.

»Geht es um das Mädchen?« Sie sprach sofort weiter, ohne eine Antwort abzuwarten. »Und diesen grässlichen Jungen? Hast du Angst?«

Er nickte.

»Du bist mein Sohn«, flüsterte sie. Ein eigenartiges Schwanken in ihren Augen, als würden sich Grashalme hinter ihrer Netzhaut bewegen. Einen Augenblick lang wirkte sie, als hätte sie den Faden verloren. »Und mein Sohn lässt sich von niemandem etwas vorschreiben.«

Langsam sackte ihr Kopf nach vorn. Die Muskeln um ihren Mund erschlafften; sie nickte wieder ein. Das Reich des Schlafs; das war der Ort, an dem sie inzwischen die meiste Zeit über lebte. Ein überwältigendes Gefühl der Zuneigung ergriff Besitz von ihm, doch gleichzeitig spürte er, wie es von seiner Verzweiflung vergiftet wurde. Wann würde der Wahnsinn endlich zu Ende sein? Montag, nach dem Training? Wie konnte er über sich hinauswachsen, wettmachen, was ihm fehlte? Und was, wenn es ihm nicht gelang? Als sie damals aus dem Krankenhaus gekommen war, hatte sie zu ihm und Michael gesagt: *So etwas wird euch nie passieren, das verspreche ich euch.* Er war am Arsch. Was auch immer er tun oder nicht tun würde, eins stand fest: dass er sich hinterher hassen würde. Das wusste er genau.

Von der Küstenstraße hörte er das Geräusch eines Lastwagens, unter dessen Reifen das Regenwasser zischte.

Ihr Kopf war auf die Brust gesackt. »James?«, nuschelte sie. Er ließ seine Finger zwischen die ihren gleiten. Zum ersten Mal fiel ihm auf, wie schlaff die Haut zwischen ihren Knöcheln war.

»Mein Wein«, sagte sie. Sie schwieg eine Weile, dann fuhr sie fort: »Kannst du mir mein Weinglas reichen?«

»Mum.«

»Dein Vater und ich, wir lieben dich sehr. Was immer auch geschehen mag.«

»Okay.«

»Okay?«

Erst eine gute Minute später ging ihm auf, dass sie offenbar versuchte, seine Hand zu drücken. »Okay.«

Er träumte, dass er allein war. Kaltes Glas an seinen Fingern, seiner Stirn. Er schreckte zurück, trat von einem schwarzen, beschlagenen Fenster zum nächsten, sah hinaus und rief nach ihm. Seine Stimme klang, als befände sie sich in einer eisernen Blase. Was, wenn niemand auf den Wiesen war und auch die langen weißen Korridore mit den gebohnerten Böden verlassen waren, die dunklen Bögen der Dünen, die er wie ein Betrunkener hinauf- und hinabstolperte? Was, wenn er ihn nicht finden würde?

Der Ozean schäumte und seufzte in der Dunkelheit. So lief das also. Am Ende wälzte man sich von einer Seite auf die andere – der Schlaf ein Strand, während die Brandung allen möglichen Müll heranspülte.

In der Schule hatte sich die Neuigkeit wie ein Lauffeuer verbreitet. Montag. Alle beobachteten ihn; alle wichen seinem Blick aus. Selbst die Lehrer schienen ihn geflissentlich zu ignorieren, nahmen ihn nicht einmal dran. Das Halbfinale, die Morgenversammlung – alles war in weite Ferne gerückt. Er wurde von den anderen geschnitten. Er war nicht der Erste, dem das passierte. Man war toter Raum, komplett isoliert – bis die Sache vorbei war. Es war nicht mal böse gemeint. Trotzdem herrschte eine seltsame Atmosphäre, die ganz und gar nicht zu dem passen wollte, was ihm bevorstand; alle redeten über die nahen Ferien und vor allem über das große Finale am kommenden Wochenende. Zum ersten Mal seit fünf Jahren standen sie wieder im Endspiel, und obendrein noch gegen die Erzfeinde aus Maroomba. Die allgemeine Vorfreude grenzte an Hysterie.

Die Pause verbrachte er auf der Toilette in Block C. Mittlerweile war ihm das Finale völlig egal. Er versuchte sich zu übergeben, doch es gelang ihm nicht.

Mittags sah er sie. Ihre Freundinnen hatten sich in einer Ecke des Downball-Felds versammelt, und plötzlich wandten sie sich alle gleichzeitig zu ihm, entfalteten sich wie eine Blume mit Karomuster und gaben den Blick frei auf Alison, die an der Wand mit den großen aufgemalten Zielscheiben lehnte. Einen Moment lang sah sie ihn an, ehe sich der Kreis um sie wieder schloss. Er merkte, dass er den Atem anhielt.

Den Unterricht nahm er wahr wie durch Nebel. Jede Stunde endete damit, dass der jeweilige Lehrer über das Team sprach und alle auf das große Spiel einschwor. Jamie fühlte sich schwach. Die Zeit allein trieb ihn an. Seine Gedanken hangelten sich von Minute von Minute.

»Los geht's, Halfies!«

Vor der letzten Stunde erspähte er Dory. Er war größer als alle anderen und sah trotz seiner Schuluniform aus wie ein Dockarbeiter; die Ärmel hatte er bis zum Bizeps hochgerollt, und unter den engen Shorts war das Spiel seiner Muskeln zu sehen. Engstehende Augen, flachsfarbenes, glattes Haar. Dutzende von anderen Schülern hingen auf dem Korridor herum. Ein paar bemerkten die beiden Kontrahenten und wichen zur Seite, doch Dory verschwand im Klassenzimmer. Wie immer war Lester bei ihm; von weitem blickte Jamie in sein Gesicht, das sich vor Wut verzerrte, als er etwas über den Flur brüllte.

»Verdammter Spasti!«, schien er zu rufen.

Jamie öffnete den Mund.

»Du und deine blöde Spastikermutter!«, brüllte er.

Aber vielleicht hatte er sich das auch nur eingebildet bei all dem Lärm auf dem Flur. Jamie schüttelte es ab – das Gefühl der Schande, das ihn gleichzeitig mit dem Gedanken an seine Mutter überkam. Dauernd diese Gedanken, die ihn unablässig mit der Nase auf das stießen, was vor ihm lag. Und das war immer dasselbe. Dory – groß und knallhart, ein echter Albtraum. Dory. Seine Eltern hatten ihn im Stich gelassen. X-mal war er in Schlägereien verwickelt gewesen; einmal war sogar jemand im Krankenhaus gelandet. Und er hatte eine Chinesin umgebracht.

Der Lehrer redete weiter, während Jamie immer wieder auf die Uhr sah.

Man musste es ausblenden. Es spiegelte sich in den Gesichtern der Spieler, die einen aufhalten wollten und wussten, dass sie womöglich eins verpasst bekamen. Es klang in besorgten Elternstimmen mit. Man musste es ausblenden, total ausblenden, sonst begann es wie Unkraut in einem zu wuchern.

Dann ertönte die Glocke.

Er war bereits unterwegs zu seinem Schließfach, als der Geographielehrer zu ihm aufschloss und ihn wortlos zum Büro des Direktors brachte.

»Geh schon«, sagte die Sekretärin. Sie sah auf. »Na los. Mr Leyland wartet.«

Jamie klopfte an und öffnete die Tür einen Spalt.

»Da ist er ja«, donnerte eine Stimme. Coach Rutherford. Er trug eine Sporthose und ein Halflead-T-Shirt; eine Trillerpfeife baumelte um seinen Hals. Er stand hinter dem Schreibtisch des Direktors. Wo war Mr Leyland?

»Ich wollte gerade zum Training«, sagte Jamie.

»Sehr löblich«, sagte der Coach und winkte ihn herein. Im selben Augenblick sah Jamie den Direktor, der auf dem Sofa neben der Tür Platz genommen hatte. Bei ihm saß Jamies Dad, und seine Mutter war auch da, in ihrem Rollstuhl. Was machte Mum denn hier? Wie angewurzelt blieb Jamie im Türrahmen stehen. So viele Leute. Den ganzen Tag – all die Tage seit der Party am Donnerstag – hatte er gewartet, und nun schien es, als hätte die Zeit ihn unsanft nach vorn geschubst. Alles schien, gebündelt in diesem einen Augenblick, gleichsam auf ihn niederzustürzen.

»Aber heute machst du mal Pause«, sagte der Coach. Er lächelte kurz, schloss die Hand um seine Trillerpfeife und schüttelte sie wie einen Würfelbecher. Jamies Dad stand auf und bedankte sich bei ihm. Er trug Arbeitsklamotten; seine Jeans war mit Öl und Sägemehl beschmiert. Dann wandte er sich um und dankte dem Direktor.

»Nichts zu danken.« Mr Leyland erhob sich ebenfalls. »Wenn einer unserer Schüler Probleme hat, geht uns das alle an.«

Der Coach verließ das Zimmer. Jamie schwieg. Er dachte an Dory und die anderen, die auf dem Spielfeld auf ihn warteten. Was sie jetzt unweigerlich von ihm denken mussten. Ein Gefühl der Leere breitete sich in ihm aus. Was sie über ihn sagen würden. Er erinnerte sich an die Worte, die Lester quer über den Flur gebrüllt hatte.

»Das geht Sie aber nichts an«, sagte seine Mum leise.

Sein Dad trat hinter den Rollstuhl. »Komm, Jamie.«

»Das müssen die Jungs unter sich ausmachen.«

»Maggie«, sagte sein Dad mit gedämpfter Stimme. »Das haben wir doch schon alles diskutiert.«

Jamie brachte es nicht über sich, ihnen in die Augen zu sehen. Ein Streit zwischen seinen Eltern war das Letzte, was er jetzt noch brauchte.

»Jamie«, richtete der Direktor mit gewichtiger Stimme

das Wort an ihn. »Ich habe mit Dory gesprochen. Er hat sich einsichtig gezeigt – es wird keinen Ärger geben.«

Sein Dad schob den Rollstuhl aus dem Zimmer.

»In Ordnung?«, sagte der Direktor. »Es ist vorbei.«

Selbst aus dem Wagen konnte er Dory noch sehen, selbst auf diese Entfernung – die größte Gestalt in einer Reihe anderer Jungs in grünen Trikots, derjenige, der sich einen Tick langsamer bewegte, wie zu einem eigenen inneren Rhythmus, während die anderen in Reih und Glied um die orangefarbenen Hütchen kurvten. Sprintübungen. Jamie gab keinen Ton von sich, während sie nach Hause fuhren.

Als sie geparkt hatten, stieg er aus und klappte den Rollstuhl auf.

»Hilf deiner Mutter ins Haus«, sagte sein Vater.

»Ich kann das schon allein, Bob.«

Sein Vater sah erst ihn an, dann zum Haus hinüber. »Ich habe gesagt, du sollst deiner Mutter helfen.«

Michael erschien in der Haustür. Als er Jamie erblickte, blieb er wie angewurzelt stehen, starrte ihn ernst an. Sonst sah er immer irgendwie verlegen drein, doch diesmal spiegelte sich tiefe Sorge in seinem Blick, vielleicht sogar mehr als das. Dann trat er hinter den Rollstuhl, um ihre Mutter ins Haus zu bringen.

»Ich geh runter zur Mole«, sagte Jamie zu seinem Vater.

Seine Mutter wandte sich zu ihm und sah ihn mit seltsam klaren Augen an. »Geh nur. Ich erlaube es dir. Jetzt geh schon.«

Allein machte er sich auf den Weg zur Mole. Dort war die Hölle los – lauter Touristenfamilien, die übers Wochenende angereist waren. Überall saßen Typen in Segeltuchstühlen mit ihren Angeln, Dutzende und Aberdutzende von fluoreszierenden Pilkern tanzten über dem Wasser.

Irgendwo lief ein Kofferradio; Musik erhob sich in klaren, bunten Farben in die Luft. Licht durchflutete die Bucht.

Aber war damit wirklich alles vorbei? Nur weil Direktor Leyland mit Dory gesprochen hatte? Was hatte er ihm wohl gesagt? Dass sie ohne Jamie riskierten, das Finale zu verlieren? Dass Jamies Dad ihn angebettelt hatte, seinen feigen Sohn zu schützen? Dass seine an den Rollstuhl gefesselt Mum bald sterben würde? Er ließ sich zwischen all den Leuten nieder, ließ den Blick über sie schweifen und lauschte dem Wirrwarr der Stimmen. Er verspürte den Drang, Dory alles zu erklären. Er wusste, was er ihm sagen würde – ach was, er konnte sagen, was er wollte, ihm alles haarklein auseinanderlegen, es würde nichts ändern. Aber vielleicht war es ja doch möglich, wieder zur Normalität zurückzukehren. Er würde die Schule zu Ende machen, samstags mit der Mannschaft auflaufen und zwei Stunden später wieder nach Hause gehen. Später konnte er dann in der Fischfabrik arbeiten oder vielleicht sogar mit John Thompson rausfahren. Sein Vater würde die Bettlaken von der Leine nehmen. *Stopp.* Sie würden ihre Asche unter den Waratahs verstreuen, und wenn sie mit der letzten Handvoll auf der Klippe standen, würde ihnen wahrscheinlich alles ins Gesicht wehen. Nein – er durfte nicht daran denken.

Er stand auf und ging. Er hatte lang genug hier gesessen, das Training war mittlerweile bestimmt vorbei. Er marschierte die Hauptstraße entlang. Als er das Watt erreichte, zog er die Schuhe aus und ließ sich von seinen Füßen lenken. An manchen Stellen sank er knöcheltief ein. Über Nacht war es kühl gewesen, und ihn fröstelte, als er durch das Wasser stapfte. Der blaue Himmel war von mineralisch anmutenden Streifen durchsetzt. Er passierte die alte Felsenpier und bahnte sich den Weg durch das dahinter liegende Gelände – scharfe, binsenartige Gräser zerkratzten ihm die Waden. Bei jedem einzelnen Schritt überlegte er, ob er nicht besser umkehren sollte, doch er ging weiter. Er folgte einem vagen, von halb versunkenen Bierflaschen gesäumten Pfad auf eine freie Fläche, wo geschwärzte Hülsen von Feuerwerksraketen, stummen Wächtern gleich, im Boden steckten.

Alison nicht zu vergessen. Wie sollte er sonst noch eine Chance bei ihr haben? Als er festen Boden unter den Füßen spürte, sank er auf die Knie. Ihm war kotzübel. Irgendwo hier in der Nähe hatten sie die halb im Matsch versunkene Leiche der Chinesin gefunden. Nein – nichts auf der Welt war es wert, so eine Tat zu begehen. Im selben Moment wurde ihm klar, dass ihm das Wissen um die tote Frau gar keine Angst machte. Er wollte endlich wissen, woran er war.

Dann lag das Haus vor ihm, mitten auf einer schlammigen Lichtung. Ein Mann saß auf einer Krabbenfalle vor der Tür und war dabei, ein Tau zu flechten. Um ihn herum lagen weitere Fallen und in ihrer Nutzlosigkeit erstarrte Fischernetze. Es konnte sich nur um Dorys Onkel handeln.

Er sah nicht auf. »Dory«, rief er. »Einer von deinen Freunden ist hier.«

Jamie trat näher. Der matschige Boden war provisorisch mit dünnen Brettern ausgelegt, die von alten Obstkisten stammten. Er sah die Hände des Mannes, seine geschwollenen Venen, die feinen Äderchen unter seiner Haut. Der Bund seiner Shorts schnitt tief in seinen Bierbauch.

»Dory!«

Die Fliegentür wurde geöffnet, und Dory trat heraus. Seine Gestalt nahm fast den gesamten Türrahmen ein, während er mit zusammengekniffenen Augen in die Sonne blinzelte. Er trug eine Trainingshose und ein fleckiges Unterhemd. Er rieb sich über die Stoppeln an Kinn und Wangen. Dann kam er Jamie über die Bretter entgegen.

»Du?« Er klang überrascht.

»Hol ihm erst mal was zu trinken«, sagte sein Onkel. »Und bring mir auch 'ne Flasche mit.«

»Nichts mehr da«, sagte Dory.

Sein Onkel sah auf und gab einen Grunzlaut von sich; sein Gesicht war so dunkel wie eine alte Kupfermünze. Im selben Moment hörte Jamie ein lautes Grölen aus dem Haus; hinter den notdürftig vernagelten Fenstern nahm er eine Bewegung wahr.

»Was hast du hier zu suchen?«, sagte Dory leise.

Jamie sah ihn verdutzt an. »Das weißt du genau.«

Dory ließ den Blick über das Gelände schweifen. »Die Sache ist gelaufen.«

»Warum?«

Ein angewiderter Ausdruck huschte über Dorys Erwachsenengesicht. »Warum?« Beinahe unwillkürlich warf er einen Blick über die Schulter und trat einen Schritt näher. »Bist du nicht ganz dicht, oder was?«

Lester erschien in der Tür. »Was für ein Arschloch«, stieß er hervor, während sich seine Züge zu einem Grinsen verzerrten.

»Jamie?«

Alison – es war Alisons Stimme. Sie trat in ihrer Schuluniform aus der Hütte, als wolle sie etwas beweisen. Selbst hier, mitten im Dreck, war ihr Kleid makellos sauber. Der Schlamm konnte ihr nichts anhaben. Eine dunkle Eindringlichkeit spiegelte sich in ihren Augen, als sie Jamie ansah.

»Ich dachte …« Er bemühte sich, seine Stimme fest und entschlossen klingen zu lassen. »Unten an der Mole gibt's Tintenfische.«

Sie zögerte einen Moment, trat dann ein paar Schritte näher, um schließlich doch neben Dory stehen zu bleiben. Ihr Blick hetzte zwischen ihnen hin und her. Dann beugte sie sich zu Dory und flüsterte ihm etwas ins Ohr – worauf ein tiefes, abgehacktes Lachen aus seiner Kehle drang.

»He«, sagte Dorys Onkel. Er ließ das Tau in seinen Schoß sinken. »Kann ich euch mal 'ne Frage stellen?«

»Alison«, sagte Jamie, doch dann versagte ihm die Stimme, und er brachte keinen Ton mehr heraus.

»Was macht ihr hier? Könnt ihr das nicht in der Schule regeln?«

»Hier kann er sich jedenfalls nicht hinter seiner Spastikermutter verstecken«, sagte Lester.

Dory lachte wieder. »Komm, Jamie, verpiss dich«, sagte er und wandte ihm den Rücken zu. »Okay?«

Er wusste nicht genau, was er von seinem Besuch erwartet hatte. Ihm war nicht klar gewesen, was er hier vorfinden würde. Doch damit – Alison, die Dory an sich zog und ihm abermals etwas ins Ohr zischte, der alte Mann auf der Krabbenfalle, der zu ihnen herüberglotzte – hatte er nicht gerechnet. Er trat auf Dory zu.

»Na schön«, sagte Dory.

Jamie riss die Arme hoch, doch der erste Schlag zielte auf seinen Magen – er spürte den Schmerz, spürte, wie der Atem jäh aus seinem Körper gepresst wurde. Als er sich an den Bauch griff, erwischte ihn der nächste Schlag an der Seite seines Kopfs. Er ging zu Boden. Die Erde war so matschig wie im Torraum auf einem Footballfeld.

»Voll auf die Fresse!«, grölte Lester.

»Ach so«, ließ sich Dorys Onkel vernehmen. »Jetzt kapiere ich.«

Alison sah Jamie verblüfft an. Dann begann sie zögernd zu lachen – ein dünnes Kichern, das sich unsicher in die Luft schwang.

War das genug? Heiß strömte die Luft in seine Lungen. Er wartete, bis er wieder zu Atem gekommen war. Dann stand er auf. Als er Dory ansah, schoss ihm durch den Kopf, dass er nie zuvor einen anderen Körper so genau betrachtet hatte, nicht einmal Alisons: die harte, muskulöse Brust, die verschorften Schultern. Das Gesicht thronte über dem steinernen Rumpf. Als es sich näherte, holte er zu einem Schwinger aus, doch er verlor das Gleichgewicht.

Wieder saß er im Matsch. Seine Kehle brannte. Die Welt verschwamm vor seinen Augen. Bleib unten. Eine Stimme, ein Flüstern – er sah hinüber zu der Stelle, wo Alison gestanden hatte, doch sie war nicht mehr da. Er erinnerte sich, was sie in jener Nacht an der Felsenpier gesagt hatte, unter den heißen Sternen. Zusammen hatten sie über das vom Mond beschienene Wasser gesehen, unter dessen Oberfläche Abalonemuscheln schimmerten … Mit dir ist es anders. Noch immer hörte er ihr Lachen, und plötzlich abermals Lesters Brüllen; wütend klang er, furchtbar wütend, als würde Dorys Zorn aus seiner Stimme sprechen. Als er wieder klar sehen konnte, erkannte er Michael, der sein Rad fallen ließ und sich den Sand aus den Augen rieb.

»Jetzt reicht's!« Im selben Moment lief sein Vater durch das hohe Gras auf die Lichtung. Na klar, dachte Jamie, während er seine Gedanken zu ordnen versuchte. Michael. Michael war ihm gefolgt.

»Bleib sitzen.«

Aber wer war das? Die Stimme war zu leise.

»Alles okay, mein Junge?«

»Bleib einfach sitzen.« Als Jamie sich umwandte, stellte er überrascht fest, dass es Dory war, der mit ihm sprach.

Sein Dad trat zu ihm.

Nur noch Alisons Lachen war zu hören, das sich plötzlich in eine Reihe hohler Schluchzer verwandelt hatte.

»Lass uns gehen, mein Junge.«

Er sah zu seinem Vater auf – bereit, all die Vorwürfe zu akzeptieren, die sich in seiner Miene spiegeln würden. Doch der Ausdruck, der sich auf dem Gesicht zeigte, war ganz anders; nichts war übrig von der Gewissheit, die sonst aus diesen Augen sprach. Stirnrunzelnd beugte sein Vater sich zu ihm und half ihm auf die Beine. Als er ihn berührte, durchlief Jamie ein Schauder.

»Tja«, wiegelte Dorys Onkel ab. Er lächelte. »So sind Jungs eben.«

Jamies Vater warf ihm einen ausdruckslosen Blick zu und wandte sich ab. »Komm, Jamie.«

Alison verharrte immer noch auf dem Bretterpfad, der durch den Matsch führte; Lester stand neben ihr. Sie hatte die Arme in Bauchhöhe über ihrer Schuluniform verschränkt, als wäre nicht Jamie, sondern sie in den Magen geschlagen worden. Ihr Schluchzen war verklungen. Jamie wollte gerade zu ihr gehen, als sein Dad ihm die Hand auf die Schulter legte.

»Sohn«, sagte er leise. Er schüttelte den Kopf.

Wie in Zeitlupe verzog sich Alisons Gesichtsausdruck zu einem hämischen Grinsen. Sie lief zu Dory. »Warte!«

Dory erwiderte irgendetwas.

»Was ich wollte?«, rief sie.

Dory wandte sich zu Jamie und seinem Dad. Sein Gesicht war wie eine Maske, hinter der sich eine weitere Maske verbarg, und dahinter … ja, was war dahinter? Vor Minuten noch hätte Jamie geschworen, dass dahinter nur Leere herrschte – ein schwarzer, in einem dunklen Raum eingeschlossener Sturm. Nun war er sich nicht mehr so sicher.

Dory griff nach Alisons Arm, doch sie riss sich los.

»Pack ist Pack«, murmelte sein Vater. »Egal, wo es herkommt.«

»Du willst ihn so einfach gehen lassen?« Neben Dory wirkte sie winzig. »Ich habe dir doch alles erzählt. Du weißt doch, was er mit mir gemacht hat!«

Alle schwiegen. Über das Gelände wehte eine kühle, salzgeschwängerte Brise, in der sich das Kreischen der Möwen verlor.

»Ich hab's dir gesagt«, gab Dory zurück. Es klang irgendwie unpersönlich. In diesem Moment kam es Jamie so vor, als würde Dory vielleicht nur mit sich selbst reden. Jamie hörte nicht auf, ihn anzusehen, doch gelang es ihm nicht, irgendeine Regung in sich zu erzeugen.

»Gehen wir«, sagte er zu seinem Vater.

Er hob die Hand, um sein Gesicht abzutasten, aber die Berührung kam schneller als erwartet. Sein Gesicht war taub. Er schmeckte Matsch und Blut. Er fühlte, dass er lächelte.

»Jamie?«, sagte sein Vater.

Er spürte, wie ihn alle ansahen, spürte die Wärme der Sonne auf seinen Zügen. Ein golden schimmernder Speichelfaden hing ihm von den Lippen. Schlaff, ja, entspannt stand er da, wie ein Sprinter, der gerade über die Ziellinie gelaufen war.

»He, ich bin noch da«, sagte Jamie. »Na los, komm her.«

Das Sprechen tat weh; er konnte den Kiefer kaum öffnen.

»Es reicht, Jamie.«

Er ließ seinen Vater reden und trat vor. »Na los, komm doch her.«

Dory musterte ihn verblüfft. Er atmete tief ein, hob die Faust und ging auf Jamie los. Sein Gesicht wirkte seltsam körnig, irgendwie verschwommen. Dann ertönte ein trockenes Knacken, als würde ein Brett aus Balsaholz zerbrechen, und einen Moment später lag Jamies Vater im Matsch. Alle erstarrten mitten in der Bewegung, und dann schlug Dory erneut zu, verpasste Jamie einen Schlag, der sich anfühlte, als würde er sich seiner erbarmen, und dann ging Jamie ebenfalls zu Boden, lag mitten im Dreck, während vor seinen Augen Funken tanzten, die so hell gleißten, dass sie bestimmt etwas zu bedeuten hatten.

Niemand sprach ein Wort, bis schließlich die dumpfe Stimme von Dory an Jamies Ohren drang: »Das war keine Absicht.«

»Du verdammter ... Idiot!«, rief Alison.

Lester: »Halt's Maul, Fotze.«

»Das wollte ich nicht. Sein Vater hat sich vor ihn geworfen.«

»Heilige Scheiße«, sagte Dorys Onkel.

Aber sollte damit tatsächlich alles zu Ende sein? Was, wenn das alles war, was einen am Ende erwartete, wenn man durchschaut hatte, worum es eigentlich ging? Er lag auf dem Boden, blickte über den schwarzen Matsch, die Gräser und den Sand bis hinüber zum flaschengrün schimmernden Ozean. Ein schöner Gedanke, jetzt draußen auf dem Wasser zu sein. Der Wind reizte seine Augen, bis sie tränten. Einst hatte er ihr – in aller Herrgottsfrühe, noch halb verschlafen – dabei zugesehen, wie sie oben am alten Gerichtsgebäude gemalt hatte. Blau und blaugrün und dunkelblau. Ein flüchtiges weißes Schäumen. Er sah ihr zu, wie sie die Bucht in ein Feld aus Farben verwandelte. Dann blickte er hinaus über die Klippe und sah alles mit ihren Augen – den Ort, die Dünen und das Watt, die Küstenlinie, die Bucht, die Sandbänke, das Riff und das endlose Meer. Nichts bewegte sich – Farbschlieren, schwungvoll aufgetragen, über die Leinwand gekratzt, einfach so, festgehalten zu einer Tageszeit, die sich nie wieder ändern würde. Und hier war sein Vater, der sich aus dem dunklen Morast erhoben und wieder die alte bekümmerte Miene aufgesetzt hatte. Dory, der trotz allem – der Leere, die in ihm herrschte – kein Interesse an ihm zu haben schien oder sich vielleicht auch nur außerstande fühlte, genug Hass auf Jamie aufzubringen. Michael, dem das nach wie vor mühelos gelang. Alison, deren Blick von einem zum anderen schweifte, Alison in ihrer makellos sauberen Schuluniform. Nur Lester sonnte sich im Triumph: Dory hatte ein Tabu gebrochen, und alles war immer noch beim Alten.

Sein Dad rappelte sich auf. Er war kleiner als Dory, baute sich aber direkt vor ihm auf.

»Schluss jetzt.«

Sie sahen sich an, und Dory senkte den Blick. Einen Moment später hustete Alison in ihre Hände und lief ins Haus. Michael stapfte in den Schlamm und half Jamie auf. Auf seinem Gesicht lag derselbe klare, gelassene Ausdruck, den Jamie zuletzt bei seiner Mutter gesehen hatte; seine Hände waren überraschend stark. Und er war da, auch dieses Mal, trotz allem. Jamie spürte, wie seine letzten Reserven schwanden. Während Michael ihm aufhalf, überließ Jamie sich ganz der Kraft seines Bruders. Sein Dad griff ihn unter den Armen. Zum ersten Mal gelang es Jamie, sich vorbehaltlos von ihnen auffangen zu lassen.

Dads Arme schlossen sich fester um ihn. »Alles klar«, sagte er.

Michael, dessen Gesicht immer noch schlammverkrustet war, hob sein Fahrrad vom Boden auf, drehte es um und schob es zu ihnen. Jamie klammerte sich an die Schulter seines Vaters. Am Rand der Lichtung blieb sein Dad stehen, wandte sich zu ihm, als wolle er ihm einen Kuss auf die Stirn geben, und sagte: »Alles in Ordnung, mein Junge.« Dann machten sie sich auf den langen Weg nach Hause.

Hiroshima

Halt den Rücken gerade, sagt Frau Sasaki. Sei ein dienst-
barer Geist und wisch den Boden. Im Boden hält sich noch
die Kälte der Nacht, die ich in den Knien spüre. Links von
mir dehnt Tomiko den Rücken und streckt ihre Beine, erst
das linke, dann das rechte, wie beim Frühsport. Abwechselnd hält sie jedes Bein zwei Atemzüge lang in der Luft,
hoch, runter, hoch, runter. Als ich den Blick senke, sehe ich
mein Gesicht auf dem spiegelblanken Boden. Es sieht noch
halb verschlafen aus. Der Putzlappen wischt über mein
Gesicht, schon ist es weg, dann wieder da, links, rechts, wie
ein Geist, der hinter einem Baum hervorspäht. Vater kennt
viele Geschichten über Baumgeister. Der höchste Baum
am Tempel in der Stadt ist älter als Großvater – sogar älter
als Großvaters Großvater, sagt er. Im Schatten seiner ausladenden Äste bleibt es selbst im Sommer kühl. Aber der
Geist sieht jung aus, sagt er, fast so jung wie ich. Es ist ein
Kampferbaum, sagt er. Vaters Garten ist voller Geister.
Mir gefällt es dort. Vielleicht bin ich ein Geist der Kiefern-
dielen im Korridor zwischen dem Portal und dem Innen-
raum. Hier in diesem Tempel oben in den Bergen. Hier
bin ich sicher. Ein Geist? Red keinen Unsinn, kleine Rübe.
So nennt mich meine große Schwester. Ihr Gesicht ist weiß
und erfüllt vom Yamato-Geist; jeden Abend denke ich vor
dem Einschlafen an sie. Ich möchte so aussehen wie sie.
Ein Geist wirst du erst, wenn du stirbst, kleine Rübe. Lie-

ber ein ehrenvoller Tod als ein Leben in Schande. Das sagt sie oft, und auch aus dem Radio hört man es dauernd. Mutter schweigt, wenn meine große Schwester so daherredet, ihr Namensschildchen, das Armband und das Stirnband trägt. Sie sieht aus wie eine Kriegerin, wenn sie von den Wehrübungen nach Hause kommt, mit grauem Staub bedeckt, als wäre sie aus Stein. Links, rechts, links, rechts – meine Knie tun nicht mehr so weh wie anfangs, aber dafür sorgt die Stellung nun dafür, dass sich mein Magen noch leerer anfühlt. Den Gürtel enger schnallen – bis zum Sieg! Nachdem wir bei der Morgenversammlung das Kaiserliche Erziehungsedikt aufgesagt haben, erinnert uns Frau Sasaki daran, dass wir alle kleine Bürger sind. Wenn ich mit dem frisch getränkten Lappen über die Dielen fahre, quieken sie manchmal wie kleine Hunde. *Hunger!*, japsen sie. *Hunger, Hunger!* Mein Geist lächelt mich an, inzwischen ein wenig wacher. Ein paar von den jüngeren Kindern sind völlig vernarrt in das Geräusch; wenn drei oder vier gleichzeitig herumquietschen, kichern sie. Kinder, sagt Frau Sasaki. Bürger.

Letzte Nacht gab es keine Bombenwarnungen; ich konnte nicht richtig schlafen. Hinter der Papiertür des Raums, in dem die Lehrer schlafen, befindet sich ein Radio, nur drangen keine Stimmen heraus, sondern Geräusche, die sich anhörten wie das Röcheln eines Kranken. Meine Matte ist vier Matten von dem Radio entfernt. Ich schlafe zusammen mit den anderen Mädchen am hinteren Ende des Tempelraums, direkt neben einer der steinernen Buddha-Statuen. Die Jungs schlafen vorn bei den Tempeltüren. Wenn ich mich hinlege und an die Decke sehe, liegt links von mir Tomiko und rechts von mir Yukiyo. Tomiko ist meine Freundin; Yukiyo ist ein Jahr älter als ich, aber sehr nett. Sie geht in die vierte Klasse. Vorgestern hat mir Yukiyo erzählt, dass ihr Vater an der Technischen Präfekturuniversität unterrichtet und Chef des Evakuierungsteams von Yokogawa-cho ist. Er hat in Tokio Medizin studiert, ging dann aber, nach der Mandschurei-Krise im sechsten Jahr der Showa-Zeit, der Ära des erleuchteten Friedens, nach China, um unseren verhassten Feind zu bekämpfen. Ich habe ihr erzählt, dass Vater auch in China war, dass er sich im treuen Dienst für den Kaiser die Beine ruiniert hat. Sie nickte beifällig. Allerdings habe ich ihr nichts davon erzählt, dass er nach seiner Rückkehr Shinto-Priester in Zaimoku-cho geworden ist. Mutter sagt, dass wir uns im Krieg befinden und manche Leute nicht an die Götter erinnert werden möchten. Sie sagt immer wieder, dass ich für diese Menschen beten soll.

Nach dem Putzen essen wir Reis mit Sojabohnen. Seit dem letzten Besuchstag haben wir nichts anderes mehr gegessen. Tomoe sagt ganz laut, dass sie Reis mit Sojabohnen genauso hasst wie die amerikanischen Teufel. Sie ist in der sechsten Klasse. Alle lachen, aber ich sehe, wie Herr Sasaki, der Mann von Frau Sasaki, ihr einen Blick zuwirft; genauso hat Vater meine große Schwester damals auf der Fähre angesehen. Dann blickt er wieder weg, auch so wie Vater. Vaters Gesicht ist regennass, und plötzlich sieht er mich an statt ihr. Herr Sasaki ist ein Lehrer von meiner alten Grundschule in der Stadt. Jetzt wohnt er mit uns hier oben in den Bergen. Verschwendung ist der größte Feind!, wiederhole ich in Gedanken. Das Gesicht meiner Schwester glüht vor Eifer. Den Gürtel enger schnallen – bis zum Sieg! Ich erinnere mich an die Geschichte des kleinen Prinzen von Sendai. Er sagt zu seinem Diener: Schau dir die kleinen Spatzen in ihrem Nest an, wie sie ihre gelben Schnäbel aufreißen, und sieh nur, da kommt auch schon die Mutter mit den Würmern – wie fröhlich sie fressen! Für einen Samurai mit leerem Bauch aber ist es eine Schande, sich hungrig zu fühlen. Ich mag auch keinen Reis mit Sojabohnen, aber er ist mir immer noch lieber als Reisbällchen mit Haferkleie. Oder getrocknete Sojabohnen. Wir

Drittklässler dürfen uns zuerst die Schalen mit den getrockneten Sojabohnen nehmen. Die Sechstklässler dürfen sich zuerst die Schalen mit Reis nehmen. Wir wiegen die Schalen in unseren Händen. Am Tag unserer Ankunft gab es ein richtiges Festessen: Reis mit roten Bohnen, dann rote und weiße Reiskuchen im nahegelegenen Dorf. Na, Kinder, sagte Frau Sasaki zu den jüngeren Kindern, die immer noch nach ihren Müttern weinten, ist es hier nicht schön? Aber am Vorabend hatte es bei uns zu Hause süße Reisklöße gegeben, und Vater hatte sogar eine Extraportion Zucker aus dem Schrein mitgebracht. So etwas Leckeres hatte ich schon seit Monaten nicht mehr gegessen. Auf dem Tisch stand eine Extraschale für meinen großen Bruder, der mit der Siebenundachtzigsten Kaiserlichen Division an einem Geheimkommando teilnimmt. Seit dem Zwischenfall an der Marco-Polo-Brücke im zwölften Jahr der Showa-Zeit, der Ära des erleuchteten Friedens, gehört er dieser Einheit an. Alles opfern wir dem Heiligen Krieg, und alles, was mit dem Heiligen Krieg zu tun hat, ist geheim. Wir müssen beten für Tojo-san und die Regierung seiner Kaiserlichen Majestät. Nein, von Tojo-san spricht keiner mehr, kleine Rübe. Koiso-san, sagt Mutter. Suzuki-san, sagt Vater. Nein, sagt meine große Schwester. Falte die Hände einfach für unser Vaterland. Mutter hat ein Photo von meinem großen Bruder in khakifarbener Uniform; er hält ein Gewehr in Händen und trägt einen Dolch an der rechten Seite. Es ist am Hafen von Ujina aufgenommen worden. Wir haben ihm auch ein Photo von uns geschickt. Hierher sehen. Jetzt nicht mehr blinzeln. Die Hasenzähne des Photographen über seinem Kasten, der Himmel dahinter dunkel und irgendwie grün. Dein Bruder Matsuo hat dich in den Armen gehalten, als du noch ein Baby warst, erzählt meine Mutter; er hat gesagt, du wärst kräftig wie ein Karpfen. Abends entfaltet sie manchmal einen Brief von ihm. Ich bin zum Gefreiten befördert worden,

liest sie vor. Ein Glück, dass wir im Umgang mit den Luft-
abwehrgeschützen geschult worden sind. Wenn ihr die
Zeit erübrigen könnt, schickt mir doch gelegentlich etwas
Tinte und einen Rasierer. Und Zigaretten, wenn möglich.
Ein Banzai auf unseren Kaiser! Bis bald, und liebe Grüße
an Sumi und Klein-Mayako. Mayako – er spricht von mir,
aber ich kann mich nicht an ihn erinnern.

Beim Frühsport laufe ich mit den anderen den Hügel
hinauf. Laufen ist gut gegen die Kälte, aber hinterher ist
man noch hungriger als zuvor. Es ist ein weißer, klarer,
wolkenloser Tag. Von der Anhöhe sieht man einen weiteren Berg und dahinter das Meer. Das Blau des Ozeans ist
dunkler als das Blau des Himmels. Hinter dem Berg liegt
die Stadt. Hier sind wir sicher. Dann hören wir die Sirenen
jenseits des Berges – mal schwächer, mal stärker, wie das
Pfeifen des Winds. Wir blicken hinaus über das Meer. Da
ist nur eins, sagt einer der Jungs, aber im ersten Moment
kann ich nichts erkennen. Jeder weiß, dass die feigen Amerikaner immer gleich mit Hunderten von Flugzeugen an-
rücken, wenn sie ihre Bomben abwerfen; die Bomberge-
schwader sehen aus wie Gänseschwärme, und es klingt, als
wäre ein schweres Gewitter im Anzug. Wenn es nur ein
einzelnes Flugzeug ist, sagt meine große Schwester, macht
es entweder Luftaufnahmen oder wirft Flugblätter ab.
Das Flugzeug schwebt, weit entfernt, links von uns vorbei.
Takai, ein hochgewachsener Sechstklässler, sagt zu einer
Gruppe von Drittklässlern, dass sie jetzt Chinesen, und zu
ein paar anderen, dass sie jetzt Amerikaner sind. Wir anderen formieren uns zu den Streitkräften seiner Kaiserlichen Majestät. Ich bin in der Fünften Division, so wie Vater. Evakuierung! Auf Takais Signal hin gehen unsere
Feinde bäuchlings zu Boden, stecken sich die Daumen in
die Ohren und bedecken ihre Augen mit den restlichen
Fingern, so wie wir es in der Schule gelernt haben. Wir anderen klauben Steine und Dreck auf und bewerfen den

Feind damit. Dann fallen wir über sie her, mit Knien und Ellbogen und Bambusschwertern. Hundert Millionen ehrenvolle Tode! Kein Zentimeter unseres Vaterlands wird preisgegeben! Meine Schwester wiederholt die Worte aus dem Radio. Vater sieht nicht sie, sondern mich an. Der sanfte Regen strömt über sein Haar und sein Gesicht. Im Regen hat alles die gleiche Farbe. Hundert Millionen ehrenvolle Tode!, spreche ich ihr nach. Furchtlos sind wir. Piloten der Kaiserlichen Luftwaffe verwandeln sich in von Menschenhand gelenkte Raketen und vernichten den Feind, opfern ihr Leben für das Vaterland. Ich liege tot auf dem Boden, blicke auf in den tiefblauen Himmel, während ein überwältigendes Glücksgefühl Besitz von mir ergreift. *Kana kana kana*. Wir werden unsere Nation verteidigen bis in alle Ewigkeit! Ein paar Kinder weinen. Ich empfinde so viel Liebe für mein Land, dass ich meinen Hunger vergesse und um ein Haar ebenfalls in Tränen ausbreche.

Am Abend klingt das Radio wieder wie ein kranker Mann. Es keucht und röchelt. Daneben hört man das leise Wimmern der Schwächsten, die ihr Weinen zu unterdrücken versuchen. Von der schwarzen Bucht weht der Wind über die Stadt bis hier hinauf. Als wir evakuiert wurden, blieb der Laster oben auf dem ersten Berg stehen, und als wir zurückblickten, sah die Stadt aus wie eine leere Reisschale, aus der – dort, wo das Meer ist – ein Stück herausgebrochen war. Abgesehen vom Radio und dem leisen Wimmern ist es still und dunkel im Tempel. Ich liege auf der Strohmatte und denke an meine große Schwester. Wir haben gerade Ferien, und sie nimmt mich mit zu den Wehrübungen. Vor kurzem ist sie dem Freiwilligenkorps junger Frauen und der Liga junger Patrioten beigetreten, obwohl sie mit ihrem Alter schwindeln musste. Mutter haben wir davon natürlich nichts erzählt. Wir nehmen die Straßenbahn nach Fujimi-cho, wo sich Hunderte von Studenten und ein paar Soldaten um ein großes Gebäude versammelt haben. Es ist heiß. Meine große Schwester hat darauf bestanden, dass wir unsere gefütterten Luftschutzkapuzen tragen, und nun rinnt mir der Schweiß vom Nacken über den Rücken und die Rückseiten meiner Beine hinab. Ein Mann vom Freiwilligenkorps tritt zu meiner großen Schwester und reicht ihr einen Korb. Sein Hemd steht offen; die Haut darunter, verklebt mit Schweiß und Staub, hat die Farbe von Beton. Ihr Namensschildchen beachtet er gar nicht weiter. Als er sie anlächelt, senkt sie den Blick zu lange, so wie es Katzen tun, und mir wird klar, dass sie sich kennen. Das ist meine kleine Rübe. Mayako, berichtige ich sie. Mayako gefällt mir auch besser, sagt er, während er sich zu mir herunterbeugt. Ist doch ein schöner Name. Siehst du das da drüben? Schau genau hin. Er läuft zurück zu dem Gebäude und ergreift das eine Ende einer langen Schrotsäge. Ein anderer Mann hält den Griff am anderen Ende. Jemand ruft etwas vom Dach. Fliesen und Papiertüren fallen zu Boden. Im aufsteigenden Staub leuchtet das Gesicht meiner großen Schwester. Sie erklärt mir, dass sie Brandschneisen schaffen, aber ich höre ihr gar nicht richtig zu, beobachte die Arme ihres Freundes bei der Arbeit, vor und zurück, genau im Takt mit dem Mann auf der anderen Seite. Von überall fallen Sachen zu Boden. Noch mehr Rufe; dann steigen zwei mit langen Seilen bewaffnete Soldaten zwei Leitern hinauf. Als sie wieder unten sind und sich weit genug von dem Gebäude entfernt haben, ergreifen zehn, vielleicht zwölf Männer die Seile und ziehen sie straff. Meine große Schwester hält meine Hand. Das Gebäude knarrt wie ein Baum, erbebt und fällt dann mit ohrenbetäubendem Krach in sich zusammen. Ist das nicht prächtig?, sagt sie. Staub wirbelt durch die Luft. Halt dir die Hand vor die Augen. Das Vaterland, schreit jemand. Wäre das Gebäude ein Baum, wäre es jetzt tot. Am Ende wird alles zu *kami*, sagt Vater. Er ist allein in seinem Schreingarten in der Stadt. Gehört das Haus jetzt zu den acht Millionen *kami*? Ich werde Mutter bitten, Vater für mich zu fragen. Der Gedanke macht mich ganz aufgeregt, und ich versuche mir den Lärm so genau wie möglich einzuprägen.

Mayako? Es ist Tomiko. Ja? Hörst du die Sirenen? Das ist nur der Wind. Nur der Wind, sage ich. Hier sind wir in Sicherheit, sagt Yukiyo. Dort bist du in Sicherheit, sagt Mutter. Mein Sohn ist in den Krieg gezogen, und jetzt will ihm meine ältere Tochter folgen. Du bist mein Herz. Wenn ich sterbe, wird wenigstens mein Herz weiterleben.

Vor der Evakuierung versichert meine große Schwester meiner Mutter nochmals, dass ich hier sicher bin. Sie sitzen in der Küche; ich höre sie, während ich im Garten Zikaden fange. Du kannst sie gern begleiten, sagt Mutter. Du bist jung, Sumi. Geh mit deiner Schwester. Ach was, hier bin ich genauso sicher, sagt meine große Schwester. Sicher? Du weißt doch genau, dass es jede Nacht Bombenwarnungen gibt. Aber keine Bomben, sagt meine große Schwester – die Flugzeuge fliegen über die Stadt, bombardieren uns aber nicht. Trotzdem haben sie Bomben, sagt Mutter. Freunde von mir kennen ein paar Studenten, die bei der Telefonvermittlung arbeiten. In Kobe sind Bomben gefallen. In Yokohama sind Bomben gefallen. In Nagoya sind Bomben gefallen. Und in Tokio, sagt Mutter. Ja, in Tokio. Aber nicht hier – wir haben Glück gehabt. Und was ist mit den Flugblättern, die die Amerikaner abwerfen?, fragt meine Mutter. Tomoe erzählt überall herum, dass die amerikanischen Flugblätter wie Banknoten aussehen. Aber nur auf der einen Seite. Was ist auf der anderen? Es ist verboten, die Flugblätter zu lesen. Ihr Vater arbeitet auf der Mitsubishi-Werft in Eba und klaubt sie vom Boden, ohne einen Blick darauf zu werfen, und gibt sie bei der Präfekturverwaltung ab. Hier sind wir sicher, sagt meine große Schwester. Ich bleibe. Ihr Gesicht ist weiß, selbst durch die schmutzigen Küchenfenster. Das wird dein Vater entscheiden, sagt Mutter. Ja, sage ich im Dunkeln zu Tomiko, hier sind wir sicher. Draußen pfeift der Wind, und ich stelle mir vor, dass ich die Motoren einer B-24 hören kann. Vater hat mir erklärt, wie sich Geräusche voneinander unterscheiden. Nicht zuletzt kommt es auf die Tonhöhe an. Die *Natsuzemi*-Zikade macht *ji-i-i*, die *Higurashi*-Zikade klingt wie eine Glocke – *kana kana kana* –, und die *Minminzemi*-Zikade klingt, als würde sie das Lotos-Sutra sprechen. Hörst du das? Das ist ein Flugzeug. Der Wind fegt unter der Tür durch und über die Mattenreihen, und ich bin wieder im Innern des dunklen Tempels. Das war nur dein Bauch, sage ich zu Tomiko. Das Radio röchelt. Morgen suche ich ein paar Kräuter für meine Kartoffeln, flüstert Yukiyo. Außerdem hat mir meine Mutter versprochen, mir beim nächsten Besuch eingelegte Aprikosen mitzubringen. Ich lege mich zurück, falte die Hände über dem Bauch und lausche dem Geräusch des Windes. Es hört sich an wie Grashalme, die sich bewegen. Ich atme ein und aus – eins, zwei, eins, zwei. Die schönste und seltenste Zikade, sagt Vater, ist die *tsukutsukuboshi*, die genau wie ein Vogel klingt: *chokko chokko uisu*.

Mayako. Mayako? *Chokko chokko uisu.*

Weißer Reis – ganze Schüsseln davon. Eba-Klöße mit Weizenkleie, Beifuß und Zucker, jeder Menge Zucker. Wenn unser Vaterland den Krieg erst gewonnen hat, können wir essen, was immer wir wollen. Große Schüsseln, randvoll mit silbrigem Reis. Hab Geduld, sagt Mutter. Verschwendung ist der größte Feind, sagt meine große Schwester. Mein Bruder hält seinen Dolch in der Hand; auf der Spitze steckt ein großes gedünstetes Radieschen. Auf Wiedersehen, kleine Mayako. Er sieht aus wie der Mann auf dem Photo.

Der Sojabohnen-Reis ist kalt. Als ich den Mund öffne, atme ich die kalte Morgenluft ein. *Liebet und ehret eure Eltern*, rufen wir im Chor, *seid ergeben euren Geschwistern, seid einig als Gatte und Gattin und treu als Freund dem Freunde! Seid bescheiden und haltet Maß, seid wohlwollend zu allen.* Tomiko und ich pflücken Flachs auf der Anhöhe hinter dem Tempel. Es ist ein strahlend schöner Tag, aber immer noch kalt. Milane und Aaskrähen kreisen über uns. Die Krähen sind böse Geister mit schwarzen Augen; sie machen mir Angst. *Karasu ni hampo no ko ari*, sagt Mutter. Die junge Krähe erfüllt ihre Kindspflicht und füttert die Eltern. Hab keine Angst, mein Herzenskind. Als ich Vater erzähle, was sie gesagt hat, lächelt er. Das ist ein chinesisches Sprichwort, sagt er. China ist unser Erzfeind, sage ich. Die Chinesen sind gottlose Banditen. Er senkt die Lider, weicht meinem Blick lange Zeit aus, so wie es Katzen tun. Ja, sagt er. Ich halte Ausschau nach Zinnkraut und Pestwurz und grabe Kiefernwurzeln aus. Die Zikaden machen *ji-i-i*. Ein paar von den Jungs machen sich auf zu den drei Anhöhen von uns entfernten Dörfern, um Kartoffeln zu besorgen. Als sie zurück sind, marschieren wir zur Farm im angrenzenden Dorf und arbeiten dort. Die Dorfjungs necken uns, weil wir so schwach auf den Beinen sind. Vorsicht, sonst werdet ihr noch ohnmächtig, ihr Stadtmenschen! Sieh mal, die hält die Schaufel, als würde sie gleich explodieren … Pass bloß auf, Kleine … *pika don*! In der langen Reihe der Studenten ist meine große Schwester die Jüngste, aber sie schuftet für zwei, nimmt Eimer mit Sand und Schutt entgegen und reicht sie weiter, ohne auch nur einmal innezuhalten. Es ist glühend heiß. In der Luft hängt immer noch der Staub des toten Gebäudes. Ihr Blick leuchtet, erfüllt vom Geist des Yamato, fliegt immer wieder zu dem jungen Mann hinüber, den ich vorhin an der Säge gesehen habe. In meiner alten Grundschule haben wir geübt, wie man Süßkartoffeln, Auberginen und Kürbisse anbaut. Die Erde umdrehen, einmal, zweimal, dreimal. Einmal, zweimal, dreimal. Herr Sasaki gibt die gleichen Kommandos. Er ist nett zu uns. Mein Mund ist heiß und trocken. Ich bin kein Schwächling aus der Stadt. Mein Geist ist hellwach. Einmal, zweimal, dreimal.

Wir sind wieder oben auf dem Hügel und ich in der Fünften Division, als vom Fluss Rufe zu uns heraufdringen. Kühles Wasser, grüne Blätter, und die Steine am Ufer sind moosbedeckt. In Vaters Garten gibt es mehr als fünfzig verschiedene Moosarten. Im Schatten der Bäume ist es kühl. Er ist immer allein dort. Ich lausche dem Wasser, wie es über die Steine spült. Vater sagt, das Wasser singt von Unbeständigkeit. Ich denke an Süßkartoffeln, Auberginen und Kürbisse. Es herrscht fieberhafte Aufregung, weil ein paar von den Jungs eine Libelle gefangen haben. Die Libelle ist drei Daumen lang. Takai prahlt, es sei eine Königslibelle. Ist es ein Weibchen? Ja, ein Weibchen, sagt Takai. Er bindet die Libelle mit einem Stück Flachs an einen Kirschbaumast; sie breitet ihre vier Flügel aus und bewegt sie so schnell, dass es aussieht, als würden sie sich gar nicht bewegen, während sie in allen möglichen Farben schillern – den Farben von Kiefernöl, Metall und nassen Steinen. Jetzt nicht mehr blinzeln. Wir treten näher, betrachten die Gefangene und singen, *Konna dansho Korai o, adzunza no meto ni makete, nigeru wa haji dewa naikai …* O König von Korea, schämst du dich nicht, vor der Königin des Ostens zu fliehen? Ich zerbreche mir den Kopf, wie das Märchen weitergeht. Sofort schwebt ein Libellenmännchen über das Wasser. Jemand fängt es ein, und wir lachen ausgelassen, während die Libelle von einer Hand zur anderen wandert.

Als ich so alt war wie du, sagt Mutter, bin ich am liebsten von der Straßenbahnbrücke in den Kyobashigawa gesprungen. Dort haben wir den ganzen Sommer über gespielt, meine Schwestern und ich. Dann wurden in der Einkaufszone im Hondori-Viertel überall Maiglöckchen-Laternen aufgestellt. Stundenlang spazierten wir auf und ab, ohne je zu Boden zu sehen, und wenn es dunkel wurde, kam es uns vor, als würden wir uns in einem Gewölbe mit lauter kleinen Monden befinden, und überall hing der Duft von heißen Kastanien in der Luft. Und die Lichter brannten die ganze Nacht? Ja, mein Herzenskind. Jetzt sind schon lange keine mehr da, weil das Metall benötigt wurde. Aber damals konnte man den ganzen Abend unter lauter kleinen Monden spazieren gehen, den ganzen Weg von Nakajima nach Shintenchi, und überall gab es Läden und Kinos und Musikclubs und Cafés und Restaurants.

Erzähl mir, wie du Vater kennengelernt hast. Wir haben uns bei einer Stepptanz-Aufführung in der Messehalle kennengelernt. Hinterher sind wir in ein Restaurant gegangen, in dem Jazz auf einem Grammophon gespielt wurde. Die Musik war einfach himmlisch – fröhlich und traurig zugleich, und niemand wusste, wie man dazu tanzen sollte. Das Wasser ist kalt. Hiroshima ist die Stadt der Flüsse, pflegt Vater zu sagen. Sieben Flüsse fließen durch die Stadt, und jeder hat sein eigenes *kami*. Ein Geist wirst du erst, wenn du stirbst, kleine Rübe. Lass uns gehen, Mayako. Sie ist ja klatschnass, sagt Tomoe. Bei dem Wind holt sie sich noch den Tod. Der Himmel hat die Farbe gewechselt. Frau Sasaki wird sie bestrafen, sagt Tomoe. In Kleidung zu schwimmen ist streng verboten, sagt Frau Sasaki. Masachan hat sich eine Lungenentzündung geholt, wurde ins Krankenhaus eingeliefert und kam nicht zurück. Tochiki und Akira und sein Freund mit den kleinen Ohren wurden von Herrn Sasaki in die Stadt zurückgebracht. Vielleicht waren sie ebenfalls ungezogen gewesen. Ich komme später nach, sage ich. Wenn meine Sachen wieder trocken sind, denke ich. Als ich so alt war wie du, sagt Mutter. Ihr letzter Besuch ist schon eine kleine Ewigkeit her. Den Gürtel enger schnallen – bis zum Sieg! Dann gehörst du auch zu den acht Millionen *kami*. Ich sage Frau Sasaki, dass du noch nach Wurzeln fürs Abendessen gräbst, sagt Tomiko. Das Licht wirkt, als hätte es jemand mit Wasserfarben gemalt, und auf den blauen Hügeln ruft ein Vogel *huu-huuh*. Wenn die Bauern den Ruf hören, wissen sie, dass sie die Hirse säen müssen, sagt Vater. Er sagt mir, wie der Vogel heißt: *awamakidori*. Das Heulen des Windes ist lauter geworden. Am wasserfarbenen Himmel über mir kreisen Milane, und von überall her höre ich den Gesang der Zikaden. Vater lehrt mich, ähnlich klingende Geräusche voneinander zu unterscheiden. Das ist eine B-24. Das ist eine B-27. Und das ist eine B-29. Vater war in China, hat dem Kaiser treu gedient und sich dabei die Beine ruiniert; nun dient er dem Kaiser als Priester in seinem Shinto-Schrein in der Stadt. Die Bäume im Garten werfen große, kühle Schatten. Du bist wie dein Bruder Matsuo, sagt er. Mein großer Bruder trägt eine Khakiuniform, hält ein Gewehr in Händen und trägt einen Dolch an der rechten Seite. Vater seufzt, als wäre ich unartig gewesen. Und wie deine Schwester bist du auch. *Kanai anzen*: Möge unsere Familie verschont bleiben. Du musst nicht hierbleiben, Mayako. Ich sehe mich um. Um mich herum sind Ahornbäume und Kiefern und Kirschbäume, kleine grüne Hügel und Teiche und Nanten-Sträucher mit roten Beeren. Wenn du einen bösen Traum hast, erzählst du ihn am nächsten Morgen den Nanten, dann wird er niemals wahr. Ich erblicke gelbe Pfingstrosen, Schwertlilien mit dünnen lilafarbenen Blüten und Lotosblumen mit becherförmigen Blättern. Auf den Steinen wachsen fünfzig verschiedene Moosarten. Aber hier gefällt es mir, sage ich. Ja, das weiß ich, sagt Vater.

Den Gürtel enger schnallen – bis zum Sieg! Ich stehe unter einem Gingko-Baum; der Himmel ist dunkel wie festgebackene Erde. Weit und breit keine Wasserfarben mehr. Ich stelle mir den Duft von Kartoffeln mit Kräutern vor, von Pestwurz und Zinnkraut. Der letzte Besuchstag ist schon so lange her. Yukiyo und Tomiko waren wütend, weil Mutter sich nicht an die Regeln gehalten und mir feinste Leckereien mitgebracht hat: zwei Birnen, Reis mit roten Bohnen und Sesamkörner mit Salz. Ihre Mütter hatten nicht so viel mitgebracht. Ich teilte mir die Sesamkörner mit ihnen. Wo ist meine große Schwester?, frage ich. Sumi hat keine Reiseerlaubnis erhalten, obwohl sie eigentlich ebenfalls evakuiert werden müsste. Sie lässt dir ausrichten, fleißig auf der Farm mitzuhelfen, wegen der Nahrungsmittelknappheit. Ja, Mutter. Tagsüber nimmt sie an den Wehrübungen teil, und abends arbeitet sie in der Munitionsfabrik. Sumi ist eine treue Untertanin, sagt Mutter. Ich sehe sie vor mir, im Regen, mit leuchtendem Gesicht. Vater weicht ihrem Blick aus. Sie sagt, du sollst dich an die Regeln des Bushido erinnern. Mutters Kopf ruht auf den Sommerkleidern, die sie mir mitgebracht hat. Jetzt ist mein Kleid nass, klebt kalt an meiner Haut. Laut heult der Wind. Dunkelheit und Geflüster erfüllen den Tempelraum in jener Nacht. Ihr Haar riecht nach Chrysanthemen und Kiefernöl, und im Schlaf versuche ich den Duft in der Nase zu behalten. Der Kaiser sitzt auf einem Chrysanthementhron und ist unser Vater. Blumen fallen vom Himmel. Meine Lider sind schwer; Mutter steht neben dem Laster. Die anderen Mütter sitzen bereits auf der Ladefläche und weinen. Das hier wollte ich dir noch geben. Hierher sehen, sagt der Mann mit den Hasenzähnen. Der Himmel ist so grün wie die Blätter des Pflaumenbaums am Abend. Ich stehe in der Mitte. Links von mir sitzt meine Mutter in ihrem besten Kimono, rechts sitzt Vater in seinem weißen *joe* mit dem Kopfschutz, und hinter mir steht meine große Schwester mit ihrem Namensschild, dem Armband und dem Stirnband vom Freiwilligenkorps. Wir blicken in die Schachtel. Mutter hält das Photo meines großen Bruders in Bauchhöhe in der Hand. Vaters Hand ruht auf der Bronzestatue von Kannon, der Göttin der Gnade. Jetzt nicht mehr blinzeln. Aber dann wird alles weiß um mich herum – die Schachtel verschwindet –, und ich blinzele doch. Ich bin unartig gewesen. Das ist nur der Magnesiumblitz, sagt Vater. Mach dir keine Sorgen, sagt er und lacht. Die Luft fühlt sich nach Regen an. Die Wolken sind grün. Es ist mit der Feldpost zurückgekommen, sagt Mutter. Nimm du es. Ich betrachte das Bild. Ist er denn nicht mehr an dem geheimen Ort?, frage ich. Als ich aufsehe, lächelt mich meine Mutter seltsam an, und dann sehe ich, dass ihr Tränen über die Wangen laufen. Dein Bruder ist jetzt in Sicherheit, sagt sie. Sie steigt auf den Lastwagen. Viele Kinder weinen. Ich weine nicht. Aber jetzt, allein auf diesem kalten Hügel, umgeben vom Heulen des Winds, weine ich doch. Mutter.

Mayako? Frau Sasaki wird mich bestimmt bestrafen. Aber es ist Frau Tamura, eine andere Lehrerin von meiner alten Grundschule in der Stadt. Sie kommt manchmal vorbei, erzählt uns alte Märchen und singt mit uns. In der Schule war sie ziemlich streng, aber hier im Tempel ist sie immer sehr nett. Frau Tamura tritt vor das Portal. Was ist denn passiert? Jemand bringt mir eine Schale Reis. Es ist Herr Sasaki. Ich bin zu spät, deshalb kann ich jetzt nicht mehr wiegen, in welcher Schale mehr ist. Ich bitte um Verzeihung, sage ich, aber ich will nach Hause. Aber hier bist du sicher, mein Kind. Ich bitte um Verzeihung, aber meine Schwester sagt, in der Stadt ist es genauso sicher. Deine Eltern möchten, dass du hier bleibst. Die Regierung und die Präfektur haben so entschieden. Ich bitte um Verzeihung, ich will dem Kaiser dienen und ein zerschlagenes Juwel sein. Die zwei Gesichter im Schatten könnten jedem gehören. Mayako, sagt die Frau, der nächste Besuchstag ist doch schon bald. Iss, sagt der Mann. Ich presse die Hände zusammen. *Kanai anzen:* Möge unsere Familie verschont bleiben.

An jenem Abend singt Frau Tamura nicht mehr. Ich liege auf dem Rücken. Links von mir liegt Tomiko, rechts Yukiyo. Ringsherum ertönt leises Schluchzen. Links von mir liegt Mutter; sie riecht nach Kiefernöl und Chrysanthemen, und wenn ich näher rücke, nach Staub und Schweiß. Ich liege rechts von ihr. Du kannst jetzt nicht nach Hause, Mayako, höre ich Frau Tamuras leise Stimme im Dunkel. Der Lastwagen kommt nur alle paar Wochen, und er war gerade heute erst da. Ich spüre ihre Lippen an meinem Ohr. Er ist vorhin erst abgefahren. Warte bis zum nächsten Besuchstag. Sie verströmt den würzigen Duft von Kartoffeln. Den Gürtel enger schnallen – bis zum Sieg! Sirenen heulen in der Ferne. Im Radio kommt eine Durchsage. Der Wind pfeift laut unter den Tempeltüren hindurch. Ist das eine B-29? Es ist nur ein einzelnes Flugzeug. Ehrenvoll ist es, sich für den Kaiser zu opfern. Wieder klingt das Radio wie ein kranker Mann. Takai sagt, dass die amerikanischen Teufel manchmal Aluminiumfolie abwerfen, um den Empfang zu stören. Es nieselt. Meine große Schwester und ich tragen unsere Luftschutzkapuzen. Vater trägt seinen weißen *joe*. Die Fähre gibt ein tiefes Grollen von sich, wie ein Flugzeug. Ringsum scheint alles zu verwaschen, bis das Wasser dieselbe Farbe hat wie der Himmel. Wir besuchen den Schrein auf der Insel Miyajima und beten darum, dass bei der Evakuierung alles glattgeht. Sumi, sagt Vater. Geh mit Mayako. Ich bleibe, sagt meine große Schwester. Du bist erst in der sechsten Klasse, sagt er. Du darfst mit ihr gehen, wenn du willst. Verzeih mir, aber ich will hierbleiben. Die Präfektur hat so entschieden, sagt Vater, und außerdem gibt es nicht genug zu essen. Erst wenn man richtig gelitten hat, weiß man, was wahres Leid bedeutet, sagt meine große Schwester. Vater beugt sich zu ihr. Sein Gesicht ist nass. Sumi, dort oben bist du in Sicherheit. Durch den Regen sehe ich den großen *Torii*-Bogen, der zum Schrein der Insel führt. Wie ein roter Geist erhebt er sich aus dem Wasser. Verzeih mir, aber der Feind wird mich nicht vertreiben, sagt meine große Schwester. Wasser tropft vom Rand ihrer Luftschutzkapuze. Du hast mir dir Geschichte von Ieyasus Sohn erzählt – wie mit den Jahren die Ehre wächst, die man in der Jugend erwirbt. Du hast in der Mandschurei gekämpft. Ich bin kein Kind mehr. Ich kenne die Regeln des Bushido und werde kämpfen wie du. Und wer soll sich um deine Schwester kümmern? Die anderen Kinder aus der Schule sind ja bei ihr, sagt meine große Schwester. Ich will nicht gehen, sage ich. Wenn sie uns bombardieren, sagt meine große Schwester, werde ich sterben wie ein zerschlagenes Juwel. Sie strahlt über das ganze Gesicht. Wie kann jemand so strahlen, wenn es regnet? Die Luft riecht wie der Hafen von Ujina. Sumi, hör mir zu. Geh mit Mayako. In den Bergen seid ihr sicher. Jeder, der nicht an sein Vaterland glaubt, ist ein *hikokumin*, sagt meine große Schwester. Ein Verräter. Vater schweigt lange Zeit. Dann richtet er den Blick auf mich, statt sie anzusehen. Ich will ein Held sein, sagt meine große Schwester, so wie du. Hundert Millionen ehrenvolle Tode! Lieber ein ehrenvoller Tod als ein Leben in Schande! Kein Zentimeter unseres Vaterlands wird preisgegeben! Diesmal liegt kein Staub auf ihrem Gesicht, und doch sieht es aus wie Stein. Vater sieht sie nicht an. Er sieht mich an. Hundert Millionen ehrenvolle Tode!, wiederhole ich ihre Worte. Ich will nicht gehen. Du gehst trotzdem, sagt Vater. Ja, du gehst, sagt meine große Schwester. Wie eine Kriegerin sieht sie aus. Nur eine kleine Weile, bis wir den Krieg gewonnen haben, kleine Rübe. Ich komme dich auch besuchen. Bestimmt? Ganz bestimmt, kleine Rübe. Lautlos fällt der Regen. Der Wind trägt das Entwarnungssignal zu uns herüber. Im Tempel weint jemand leise. Dann, in der Ferne, eine B-29. Aluminiumfolien flattern wie Kirschblüten vom Himmel. Ich rieche Kiefernöl und Chrysanthemen. Herzenskind.

Wenn ich schon nicht nach Hause kann, will ich wenigstens einen Brief schreiben, sage ich Herrn Sasaki vor dem Frühsport. *Sollte es sich als nötig erweisen, so opfert euch furchtlos für das Vaterland auf.* Heute müssen wir nicht putzen, sondern werden stattdessen auf Läuse untersucht. Ja, schreib deinen Eltern, sagt Herr Sasaki, das ist eine gute Idee. Er nickt. *So seid nicht nur gute und treue Untertanen, sondern setzt die glorreiche Tradition eurer Vorfahren fort.* Es ist ein heißer, klarer Morgen. Ich höre Sirengeheul und dann das Grollen einer einzelnen B-29. Das Dröhnen verbreitet sich über den blauen Himmel. Die Jungen lernen morsen, die Mädchen flechten Strohsandalen bei Frau Sasaki. Entwarnung. Ich kann alles entbehren, aber ich will wieder bei meiner Familie sein. Ich gehe nach draußen und beginne den Brief in Gedanken zu formulieren. Liebe Eltern. Danke für die Birnen und den Reis mit den roten Bohnen und die Sesamkörner. Danke für die *yukata* und die Holzsandalen. Hier ist es heiß. Wir lernen gerade, wie man Strohsandalen flicht. Gestern gab es Kartoffeln. Ein *Banzai* auf unseren Kaiser! *Sollte es sich als nötig erweisen, so opfert euch furchtlos für das Vaterland auf* – so steht es im Kaiserlichen Erziehungsedikt. Bitte lasst mich wieder nach Hause kommen und mit euch gegen den Feind kämpfen. Ich fördere das Photo zutage. Und danke für das Photo. In der leichten Brise höre ich das Grollen einer weiteren B-29. Nur ein einzelnes Flugzeug. Oft machen die Amerikaner nur Luftaufnahmen, sagt meine große Schwester. Hier draußen ist es heiß. Ich höre das Geräusch der *Higurashi-*Zikade – *kana kana kana*. Milane und Krähen kreisen am blauen Himmel. Ich stelle mir den Gesang der *tsukutsukuboshi* vor – *chokko chokko uisu. Chokko chokko uisu.* Um mich herum sind acht Millionen *kami*. Ich blicke auf das Photo in meiner Hand. Links von mir steht Mutter, rechts Vater. Hinter mir steht meine große Schwester. Die Aufnahme ist grau. Dann wird alles weiß, und meine linke Gesichtshälfte wird ganz warm. Jetzt nicht mehr blinzeln, sagt der Mann mit den Hasenzähnen. Mach dir keine Sorgen, sagt Vater. Er lacht mich an. Nicht blinzeln. Hierher sehen.

Tehran Calling

Die zweite Durchsage weckte sie auf. Sarah wandte sich zum Fenster: Erst war da nichts, nur die Nacht, bevor ihr Gesicht durch das Dunkel an die Oberfläche schwamm. Die Innenbeleuchtung ging an. Sie konnte sich nicht erinnern, wann sie eingeschlafen war. Überall um sie herum schminkten sich dunkeläugige Frauen ab, legten Kopftücher und Mäntel an, so still und in sich gekehrt, als hielte sie ein letzter Abglanz von Sarahs Schlaf in seinem Bann. Sarah legte ihr eigenes Kopftuch an und spürte, wie sich der Knoten um ihre Kehle schloss.

Die Stadt tauchte auf wie ein Traum aus Licht. Weiße und rote Ströme aus Neonlava, die parallel auf den arterienartig verzweigten Straßen verliefen, elektrische Pünktchen und Cluster, gelb, rosa, orange. Sie dachte an Parvin, die sich wohl gerade den Weg von einem Punkt zum anderen bahnte. Ein mechanisches Ächzen erklang, als sich das Fahrwerk öffnete. Das Flugzeug ging in Schräglage, bremste merklich ab, und Sekunden später setzte es auf und kam laut röhrend in der Mitte eines riesigen, wie verzaubert wirkenden Flugfelds zum Stillstand. Landebahnen schimmerten blau im Bodennebel, Rollbahnen grün. Lichter blinkten verschwommen im Kerosindunst. Sarah warf einen Blick auf ihre Uhr: Es war 4 Uhr morgens.

Im Flughafengebäude konnte sie Parvin nirgends entdecken. Sarah eilte durch das Terminal, während die Fotos an den Wänden sie gleichsam zu verfolgen schienen: Gesichter von Männern mit grauen Bärten und schwarzen Turbanen, deren Züge zwischen Güte und Missbilligung schwankten. Trotz der frühen Stunde herrschte ein unglaublicher, geradezu surrealer Betrieb. Trübes Licht zerrte an ihren Nerven, rief bei jedem Schritt die vertrauten Ängste wach: das Hetzen durch die U-Bahn-Tunnel, wenn sie zur Arbeit musste, das Piepsen des Digitalweckers in ihren Ohren, der bittere Geschmack von Zahnpasta auf ihrer Zunge. Sie ließ sich hinter den anderen Menschen hertreiben, kämpfte gegen die Müdigkeit an. Sie trug ein langes schwarzes Gewand und ein schwarzes Kopftuch. Alle Frauen trugen lange schwarze Gewänder und schwarze Kopftücher. Was sie leicht irritierte – sie hatte mehr modische Abwechslung erwartet, gehofft, positiv überrascht zu werden. Als sie um die Ecke bog, blinkte ihr eine Leuchtschrift entgegen: DER ISLAM WIRD DIE TEUFLISCHE HERRSCHAFT DES WESTENS ZERSCHLAGEN. Aber es war zu früh und sie zu müde, als dass die Drohung sie hätte einschüchtern können. Weitergehen, sagte sie sich.

Große Glasfenster trennten den Zollbereich von der Ankunftshalle. Als Sarah ihr Gepäck vom Band nahm, bemerkte sie einen jungen Mann, der sie durch das Glas beobachtete. Sie hielt einen Moment inne, wartete, bis ein paar andere Leute vor sie gerückt waren, und reihte sich dann hinter ihnen ein. Er war immer noch da. Schmächtig, glattrasiert, unauffällig gekleidet. Ein unangenehmes Gefühl machte sich in ihrer Magengegend breit. Sie hatte zu viel über die hiesige Zivilpolizei gelesen. Sie senkte den Blick, versuchte, unter ihrem Kopftuch zu verschwinden – und im selben Moment war er auch schon neben ihr.

»Sarah«, sagte er.

Sie erstarrte.

»Ich bin ein Freund von Parvin«, sagte er. Ihr war wohl bewusst, dass ihre sittsame Pose schon fast etwas Parodistisches an sich hatte – eine Glaubensschwester, die sich strengstens an die Regeln hielt –, doch fühlte sie sich außerstande, sich auch nur den Anflug eines Lächelns abzuringen. Von einer Sekunde auf die andere war sie hellwach, verspürte sie Angst, sah sie vor ihrem inneren Auge einen engen dunklen Raum … mit einem Metallstuhl in der Mitte.

»Parvin – du kennst sie doch, oder?«

Sie antwortete nicht. Was, wenn es bloß ein Trick war, um ihr Informationen zu entlocken – oder auch nur, um herauszubekommen, dass es eine Verbindung zwischen ihnen gab?

»Komm«, sagte er. Zum ersten Mal schien ein deutlicherer Akzent in seinem Englisch mitzuschwingen.

Sie sah auf, aber er machte keine Anstalten zu gehen. Er griff in die Hemdtasche. »Hier«, sagte er und trat einen Schritt zurück.

Es war ein Polaroid. Darauf Parvin, mit offenem Mund und einem diabolischen Funkeln in den Augen, die sich mit der einen Hand das lila glänzende Haar zurückstrich und mit der anderen Sarahs Schulter drückte. Das Licht des mit Kerzen bestückten Kuchens vor ihnen schimmerte auf ihren Gesichtern. Das Bild war an Sarahs dreißigstem Geburtstag aufgenommen worden. Vor fünf Jahren. Parvin hatte sie in ein Sushi-Restaurant unweit der Chinatown-Löwen eingeladen und das Personal nach dem Geburtstagsfoto überredet, »Happy Birthday« auf Japanisch zu singen. Nach dem Ständchen hatten sich die Kellner mit saurem Lächeln verdrückt. Zwar erinnerte sich Sarah, wie sehr ihr dreißigster Geburtstag sie damals deprimiert hatte, doch plötzlich empfand sie ein überwältigendes Gefühl von Nostalgie.

»Gut«, sagte der junge Mann. Er beugte sich näher zu ihr. »Also. Komm mit.«

Er sagte, er heiße Mahmoud. Er sei ein guter Freund von Parvin; sie bräuchte keine Angst zu haben. Außerdem sei er Vorsitzender der Partei. Parvin arbeite eng mit ihm zusammen. Warum sie Sarah nicht selbst abgeholt habe? Ihr sei in letzter Sekunde etwas dazwischengekommen. Er sprach schnell und abgehackt, in einem Tonfall, der deutlich durchblicken ließ, dass er keine weiteren Erklärungen geben wollte. Von der Kundgebung in zwei Tagen habe ihr Parvin ja sicher bereits erzählt.

Sarah saß neben ihm auf dem Rücksitz und fragte sich, was ihrer Freundin um diese Uhrzeit dazwischengekommen sein mochte. Es war schwer zu sagen, ob es bereits dämmerte. Zwar nahm sie ein schwaches Leuchten hinter dem Smog wahr, aber vielleicht handelte es sich auch nur um das elektrifizierte Glühen der Nacht, das vom tiefliegenden Dunst zurückgeworfen wurde. Am Steuer saß ein ziemlich unrasierter junger Typ namens Reza; rücksichtslos bretterte er mit dem Wagen, einem uralten Ford, in die Stadt hinein.

»Momentan ist ziemlich viel los«, sagte Mahmoud.

»Wo fahren wir hin?« Als sie das Fenster herunterkurbelte, drang ein Schwall von Benzingestank und anderen Abgasen in den Wagen; rasch schloss sie das Fenster wieder. Ihr war, als hätte der Wind einen Augenblick lang den Klang von Trommeln zu ihr herübergetragen. »Wo treffen wir Parvin?«

Die beiden Männer wechselten ein paar Worte auf Farsi.

»Wir haben Aschura«, sagte Mahmoud. »Unsere heiligste Woche.«

Sie nickte ungeduldig. Reza warf einen Blick in den Rückspiegel.

»Ganz in der Nähe deines Hotels findet eine der längsten Prozessionen statt«, fuhr Mahmoud fort. »Wenn du nicht zu müde bist, können wir gern vorbeifahren.«

»Wieso Hotel? Ich dachte, das hätten wir nur wegen des Visums gebucht.« Parvin hatte ihr versichert, dass die Bestätigung vom Hotel eine reine Formalität sei. »Ich will bei Parvin wohnen.«

Der Wagen schlingerte nach links. Sarah verlor das Gleichgewicht und prallte gegen Mahmoud, der erst das Gesicht verzog und dann, als sie wieder auf ihre Seite hinüberrutschte, betreten auf seine Knie blickte. Seltsamerweise ärgerte sie sich über seine Reaktion. Reza wandte sich halb um und sagte etwas in abgehackt klingendem Farsi. Ein kurzes Schweigen schloss sich an, ehe Mahmoud übersetzte: »Er sagt, hier in der Stadt gibt es tausend Unfälle pro Tag.« Reza warf ihr einen Blick aus dem Rückspiegel zu und nickte. Erneut herrschte Schweigen, bis Mahmoud schließlich sagte: »Wir dachten, es wäre besser, wenn du im Hotel bleibst.«

»Warum?« Sie runzelte die Stirn, schüttelte den Kopf. »Ich verstehe das nicht.«

Die Falten auf seinem Gesicht waren flach wie Linien auf Pauspapier. Das glatte Gesicht und seine leicht vorgeschobene Unterlippe verliehen ihm den Ausdruck eines ungezogenen Kindes. »Zumindest bis die Kundgebung vorbei ist.« Er klang leicht gereizt. »Parvin wird es dir erklären – sie stößt am Nachmittag zu uns.« Dann gab er keinen Ton mehr von sich.

Sarah lehnte sich zurück. Allmählich hellte sich der Himmel auf, hüllte die grauen Betonkästen Block für Block in sanftes blaues Licht. Sarah schluckte ein paarmal, um den Rußgeschmack aus ihrem Mund zu vertreiben. Sie hatte keine Wahl – sie musste auf Parvin warten. Plötzlich fühlte sie sich vollkommen zerschlagen. Ihr war immer noch leicht schwindelig, vom Flug und von den Schlaftabletten, die sie genommen hatte. Und nun hatte sie offenbar auch noch diesen glattrasierten, so überaus zurückhaltenden jungen Kerl – Mahmoud – vor den Kopf gestoßen. Sie drückte ihr Gesicht gegen die Scheibe. Die Stadt war still, erstarrt in den gedämpften Minuten vor Sonnenaufgang. Eine Frau trat auf die Zementstufen vor ihrem Haus, hielt ihr Kopftuch fest, damit es ihr der Wind nicht vom Kopf riss. Aus der Ferne war der unablässige Donner von Trommeln zu hören. Von einer Sekunde auf die andere war Sarah komplett überwältigt von der Fremdheit dieses Landes, ehe die Einsamkeit mit der Wucht einer schwarzen Säule auf sie niederstürzte.

Drei Monate zuvor war sie noch Seniorpartnerin bei Pearson, Peelle und Sloss gewesen – einer der Top-Kanzleien in Portland. Sie hatte ein eigenes Büro mit Blick auf den Fluss gehabt, die nächste Beförderung war bereits so gut wie abgemacht gewesen, und sie hatte sich eine Menge Respekt bei den Kollegen erarbeitet, auch wenn es manchmal schien, als läge das vor allem daran, dass sie noch keinen Fall so richtig in den Sand gesetzt hatte. Das Zwei-Zimmer-Apartment im Pearl District war zur Hälfte abbezahlt, und sie ging fast täglich ins Fitnessstudio, um sich in Form zu halten. Damals war auch Paul noch Teil ihres Lebens gewesen. Wenn sie vom Training nach Hause gekommen war, hatte er noch in den Federn gelegen oder sich, zerzaust und halb verschlafen, gerade im gleißend hellen Badezimmer rasiert und sie – strahlend, drahtig, lebhaft – dann jäh an sich gezogen. Eigentlich passte er gar nicht zu ihr, doch gelang es ihm immer wieder, ihren lebenslangen Verdacht zu zerstreuen, dass sie im Grunde ihres Herzens eine hohle Nummer war, die sich mit hohlen Dingen abgab.

Sie nahm das Kopftuch ab. Als sie im Hotel angekommen waren, hatte sie sofort ihren Jetlag vorgeschützt, worauf Mahmoud, der sich in ihrer Nähe ohnehin nicht sehr wohl zu fühlen schien, rasch die Lobby des Hotels verlassen hatte. In ihrem Zimmer angekommen, musste sie feststellen, dass die Vorhänge nicht zugezogen worden waren und gleißendes Licht hereinfiel. Die nach Osten hinausgehenden Fenster befanden sich auf einer Höhe mit der Krone einer großen Platane, die so nah war, dass sie die Blätter berühren konnte, die ihr Schattenmuster auf den Boden warfen.

Sie zog den langen schwarzen Mantel aus und warf ihn über die Stuhllehne. Ihre Bluse war schweißnass. Sie zog sie aus, schälte sich aus der Jeans, und im selben Moment erblickte sie sich im Badezimmerspiegel: schlank, olivfarbene Haut, Büstenhalter und Slip, die zufällig farblich genau auf ihren Körper abgestimmt waren. Ein schmales, in Verbandsmull eingewickeltes Bündel US-Dollar, das mit Pflaster in ihrer rechten Kniekehle befestigt war. Geheimnisvoll sah sie aus, ja beinahe glühend – hier schien eine andere Sonne, ein weißes, irgendwie unpersönlicheres Licht. Tja, aber deshalb war sie ja hier, oder? Jetzt war sie in der Wüste.

Sie hatten sich bei der Arbeit kennengelernt. Zuerst war er nur ein weiterer gutaussehender Anzugträger aus der Finanzrechtsabteilung gewesen, drei Etagen über ihr, ein Typ mit guten Zähnen, Armen, die seine Hemdsärmel dehnten, wenn er sich mit beiden Ellbogen auf einen Tresen stützte, so wie es alle Männer an den Bars dieser Welt tun. Er hatte genau jenes graumelierte Haar, das bei manchen Männern als Zeichen von Jugendlichkeit empfunden wird. Er war geschieden – keine Kinder – und stand in der Hierarchie über ihr. Sie hatten zusammen an verschiedenen Fällen gearbeitet. Eines Freitagabends – sie waren noch auf einen Absacker in eine Bar gegangen – brachte er das Gespräch auf den Fall, mit dem sie sich gerade befassten. Ihr Mandant hatte eine Forderung gegenüber einer pleitegegangenen Gesellschaft geltend gemacht, stand aber auf der Liste der Gläubiger ganz unten. Die Kanzlei hatte den Fall bereits zu den Akten legen wollen, als Sarah einen Antrag auf Bevorrechtigung einreichte und entgegen allen Erwartungen einen guten Vergleich erzielte. Es war ein ziemlich komplizierter Fall gewesen. Paul bewunderte ihre Fähigkeiten, und das sagte er ihr auch. Doch trotz ihres Engagements war ihr Job längst zu einer endlosen Abfolge leerer, immer gleicher Rituale geworden, so dass Sarah sein Lob lediglich als eine Art Code interpretierte. Sie fragte sich, was er ihr damit wirklich sagen wollte.

Er lud sie in ein Seafood-Restaurant unweit der Seven Corners ein, wo selbst das Wasser nach Muscheln schmeckte. Sie bestellten Krabben. Paul krempelte die Ärmel hoch und knackte eine Schere; seine perfekt rechteckig geschnittenen Fingernägel glitzerten im Dampf, der von seinem Teller aufstieg. Gebannt sah sie zu, wie er das feuchte Fleisch verschlang. Wie um sich an die Spielregeln zu halten, gab sie sich alle Mühe, besonders sinnlich zu wirken, hielt jeden Bissen noch einen Moment vor ihren geschürzten Lippen, doch schließlich tropfte ihr der Saft von Kinn und Fingern auf die Bluse. Er schien es nicht zu bemerken, zumindest tat er so. Anschließend besuchten sie einen kleinen Jazzclub, der sich in einem Sandsteingebäude befand, das von außen wie eine Pension anmutete. Die Musik, hektisch und atemlos, vermischte sich mit dem Alkohol, und als er seinen Stuhl von ihr wegdrehte und sich der Band zuwandte, die Hände auf die Knie gestützt, fieberhaft, fast wie in Trance, konnte sie es selbst kaum fassen, als sie sich zu ihm beugte und aus heiterem Himmel auf den Nacken küsste. Ein überraschter Ausdruck huschte über seine Miene, als er sich zu ihr umwandte.

Hart und kalt spürte sie die Tür des Apartments in ihrem Rücken. Sie stellte sich auf die Zehenspitzen. Seine Hände waren überall. Es war dunkel. Er griff unter ihr T-Shirt, zog es hoch, bis über ihr Gesicht. Sie warf den Kopf zurück. Der Kragen verfing sich unter ihrem Kinn.

Ungestüm küsste er sie durch den Stoff hindurch; sein Mund schmeckte salzig, nach ihrem Körper. Ihre Beine waren schwer. Jäh spürte sie seine Gürtelschnalle an der Haut.

»Ich kann nicht bleiben«, sagte sie.

»Ich höre gleich auf«, murmelte er, irgendwo in Nabelgegend. Seine Hände zerrten an ihrem Hosenbund.

»Es geht nicht.« Sie streckte die Hände aus und ertastete seine Schultern, die angespannten Nackenmuskeln. »Ich muss dringend noch einen Schriftsatz zu Ende bringen.« Einen Moment lang passierte nichts mehr; nur ihre Worte hingen noch in der Luft, während sie vor ihrem inneren Auge die Tastatur ihres Computers sah, auf die das blaue Licht des Bildschirmschoners fiel. Warum hatte sie das gesagt? Dann machte er plötzlich weiter. Vielleicht hatte sie zu leise gesprochen. Sie hob die Beine an, erst das eine, dann das andere. »Dreh dich um«, flüsterte er.

Sie wandte sich um. Kühl strich die Abendluft über ihre Haut, doch ihr Körper war immer noch erhitzt. Die Musik aus dem Jazzclub hallte in ihrem Kopf wider. So etwas hatte sie noch nie getan. Sich einfach so umgedreht. Sie war ein Mädchen, das sich immer erst unter der Decke auszog, und jetzt stand sie nackt in der Diele eines unbekannten Apartments – mit einem Mann, den sie ebenfalls kaum kannte.

»Weiter auseinander.«

In einer der benachbarten Wohnungen schrillte ein Telefon. Sie hörte, wie er seine Gürtelschnalle und den Reißverschluss öffnete. Sie spürte seine Hitze, ihr eigenes nervöses Verlangen. Er spuckte in seine Hand und ließ sie zwischen ihre Beine gleiten. Ein Schauder durchlief sie, entrang sich in einem unterdrückten Stöhnen ihrer Kehle.

»Auseinander.«

Jemand ging an das Telefon – ein gedämpfter, trister Kontrapunkt zu seinem schwammigen Atmen. Seine feuchten Hände, die sich um ihre Hüften legten. Seine Fingernägel. Urplötzlich verspürte sie den Drang, ihm in die Augen zu sehen. Sie fuhr herum, richtete den Blick auf sein Gesicht. Seine Augen waren geschlossen, seine Züge wutverzerrt; ein hämisches Lächeln spielte um seine Mundwinkel. Sie unterdrückte einen Schrei. Sie kannte ihn doch überhaupt nicht. Diesen Mann, der sie gerade vögelte. Dann sah sie noch einmal hin und erkannte, dass seine Miene gar nicht zornig war.

Als sie erwachte, war er nicht mehr da. Ein seltsam großes Zimmer, weißes Gleißen hinter den Jalousien. Außer an der Stelle, wo sie gelegen hatte, war das Bett kalt. *Du Idiotin*, schalt sie sich, *du verdammte, verdammte, verdammte Idiotin*. Die Sekretärinnen würden sich schlapp lachen. Aber was interessierte sie das überhaupt? *Verdammte Idiotin!* Sie stand auf, blinzelte gegen das schwache Flirren an, das durch die Jalousien fiel. Im selben Moment erblickte sie ihre Sachen – sorgfältig zusammengelegt – auf einem Stuhl. Der Mistkerl. Später hatte sie ihm erklärt, dass eine Frau selbigen Anblick nur auf eine Weise interpretieren konnte – wie hatte er nur von etwas anderem ausgehen können? Rasch zog sie sich an, als hätte es ihr jemand befohlen. Endlich fertig damit, war sie derart durch den Wind, dass sie es, als sie ihn auf dem Weg zur Tür am Küchentresen erblickte – immer noch in Boxershorts, während er, einen Kuli in der Hand, ihren Schriftsatz im Licht des offen stehenden Kühlschranks korrigierte und dann plötzlich auch noch ihren Namen rief –, als unglaublich unfair empfand, ja sogar als unverschämt, weil sie schlicht keine Kraft mehr hatte, ihm noch irgendetwas entgegenzusetzen.

Die Klimaanlage klickte zweimal; dann ertönte ein Rattern, ehe sie mit einem leisen Pfeifen wieder den Geist aufgab. Sarah probierte es erneut, aber es war zwecklos. Sie legte sich aufs Bett. Die Laken waren kühl, die Kissenbezüge so steif wie Pappe. Die Schatten der Zweige auf ihrer Haut sahen aus wie die Schriftzeichen hier: halb geöffnete Münder, Angelhaken, Sichelklingen, schwangere Lettern mit Pünktchen in ihren Bäuchen. Sie schloss die Augen. Erneut drang der Klang von Trommeln aus der Ferne an ihre Ohren. Aber sie fand einfach keinen Schlaf. Nach einer Weile stand sie wieder auf und öffnete den Badewannenhahn. Ihr war bewusst, dass es Verschwendung war, doch sie kümmerte sich nicht weiter um den Gedanken, ließ sich vom weißen Rauschen des Wassers einlullen.

Das Telefon klingelte. Als Sarah hochschrak – wie lange hatte sie geschlafen? –, stieg ihr ein widerwärtiger Gestank in die Nase; es roch nach fauligen Früchten, nach Spülwasser, das nicht abgelassen worden war. Der Geruch irritierte sie. Niemand meldete sich, als sie den Hörer abhob; nur ein fernes Summen war zu hören. Die Sonne stand hoch am Himmel. Plötzlich wurde ihr klar, dass sie den Gestank schon seit ihrer Ankunft in der Nase hatte – es roch wie eine Wunde, die unter der Stadt vor sich hin nässte.

Jemand klopfte dreimal hintereinander. Sie stakste zur Tür.

»Da bist du ja endlich!«, rief Parvin mit rauer Stimme und schlang die Arme um Sarahs Nacken. Sarah klammerte sich geradezu an sie; es überraschte sie selbst, wie unendlich erleichtert sie plötzlich war. Sie lösten sich voneinander. Ein Gefühl der Beunruhigung ergriff Besitz von ihr, als sie das schwarze Kopftuch sah, das Parvins Gesicht umrahmte.

»Oh, Sarah.« Parvin lächelte tapfer; tausend Worte schienen ihr auf der Zunge zu liegen, doch sie sprach nicht weiter.

»Was ist denn los?«, fragte Sarah. »Warum kann ich nicht bei dir wohnen?«

Parvin warf einen Blick über die Schulter. Mahmoud stand hinter ihr; er trug eine dunkle Hose und ein weißes, bis zum Adamsapfel hochgeknöpftes Hemd. Er musterte sie flüchtig, ehe er ihr den Rücken zukehrte.

»Hat er dir das nicht erklärt?« Parvin senkte die Stimme. »Nur eine Vorsichtsmaßnahme.«

»Wogegen?«

Parvin zögerte. »Es hat ein paar Verhaftungen gegeben.« Sie trat an Sarah vorbei ins Zimmer. »Aber während der Feiertage halten sie sich normalerweise zurück. Du meine Güte, hier stinkt's ja widerlich.« Sie wandte sich um und gestikulierte mit beiden Händen. »Wir reden nachher drüber, aber jetzt beeil dich. Wir sind spät dran.«

Sarah stürmte ins Badezimmer. Sie würde sich ihre Fragen für später aufheben. Das Wasser in der Wanne war trüb und rostig. Als sie den Hahn abdrehte, drangen die Geräusche der Außenwelt an ihre Ohren: Getrommel, das von allen Seiten zu kommen schien, die Klänge von Zimbeln, Fetzen von Lautsprecherstimmen. Sie bildete sich ein, die Schritte von Kinderfüßen zu hören.

»Sarah!«

Auf der Straße herrschte ein unglaublicher Lärm. Die Geräusche schienen sich in den Falten ihres Kopftuchs zu verfangen. Der Himmel war weiß bewölkt, und darunter wütete der Wind, als versuchte er zu entkommen. Parvin rief ihr zu, sie würden zum Haus ihrer Eltern gehen und dort ein paar Freunde treffen, aber erst wolle sie Sarah etwas zeigen. Sie bogen in einen chaotischen Basar ein: Läden über Läden, vor denen sich die Waren türmten: Hüte, Hemden, Schuhe und elektronische Geräte, die sie mit einer Kakophonie von Tönen und Trillern beschallten. Überall standen Karren mit grünen Pflaumen, großen gelben Limonen und schwarzroten Maulbeeren, Datteln, Rosinen und verschiedensten Nusssorten. Das trübe Sonnen-

234

licht bildete einen krassen Gegensatz zu den farbenfrohen Ständen.

Parvin wandte sich zu ihr. »Ich bin so froh, dass du da bist«, rief sie.

Sarah lächelte. Zum ersten Mal seit der Landung fühlte sie sich ganz und gar sicher. Das lange Gewand konnte nicht ganz verbergen, dass Parvin zugenommen hatte, und erneut stach ihr eine ungepflegte Strähne braunen Haars – Parvins natürliche Haarfarbe! – ins Auge, die unter dem Kopftuch hervorlugte. Selbst ihre Augen schienen brauner geworden zu sein. Sie wirkte wie eine gröbere, wahrhaftigere Version ihrer selbst.

»Wo warst du heute Morgen?«, fragte Sarah.

Parvin hob die Hand. Sie bogen um eine weitere Ecke, und von einer Sekunde auf die andere war die Luft von Zimbelscheppern und kehligen Schreien erfüllt. Eine Trauerprozession. Wie Sarah überrascht feststellte, sah alles genauso aus wie in den Nachrichten. Junge Männer saßen aufrecht hinter riesigen Trommeln; dahinter standen Männer, die sich auf die Brust schlugen und Eisenketten über ihre Schultern warfen, als handele es sich um Smokingjacken. Alle trugen sie Bärte; keiner – noch während ihr der Gedanke kam, regte sich ihr schlechtes Gewissen – war vom anderen zu unterscheiden. Männer mit grünen Stirnbändern, die weite schwarze Gewänder trugen. Männer, die ihre Hemden bis zum Nabel aufgerissen hatten. Männer mit nackten Oberkörpern und geschwollenen, geschundenen Rücken, die glänzten wie die Leiber von Schnecken.

Sarah atmete tief aus. Deswegen war sie hierher gekommen – um zu sehen, wie diese Stadt wirklich war, um sich mit eigenen Augen davon zu überzeugen, dass sie an jedem anderen Ort der Welt undenkbar gewesen wäre.

Dann sah sie, wie eine riesige rechteckige Leinwand an zwei Stangen die Straße hinuntergetragen wurde – sie schwebte in der Luft, wölbte sich wie ein Segel im Wind. Ein Mann mit schwarzem Bart war darauf abgebildet. Sein mascaradunkler, gütiger Blick schweifte über die Menge. Die Straße wimmelte nur so von derartigen Transparenten.

»Imam Hussein!«, rief Parvin, so laut, dass es beinahe fröhlich klang.

Auf dem Bild trug er ein dunkelgrünes Gewand und einen schwarzen Turban; seine sanften Kuhaugen verliehen ihm die Aura eines orientalischen Jesus'. Was hatte Parvin über bin Laden gesagt? Dass es sich offenbar um einen Irrtum gehandelt habe, dass niemand mit so leiser Stimme, so sanften Augen und so würdigem Bart derartige Dinge tun könne. Manchmal wusste man nicht so recht, wann sie etwas ironisch meinte.

»Der Enkel des Propheten.« Das war Mahmoud, der zu ihnen aufgeschlossen hatte.

Doch Parvin drängte bereits weiter ins Tohuwabohu. Sie stießen auf einen Knäuel von Körpern. Auf dem Boden lag ein Mann in weißer Hose, der aus einer Kopfwunde blutete; seine Hände bildeten eine Art Auffangschale unter seinem Kopf. Menschen beugten sich über ihn und gingen weiter. Erschrocken sah Sarah, dass sie ihre Ärmel mit seinem Blut benetzten.

»Warum …«

Das Dröhnen der Trommeln erstickte ihre Worte. Sie ließ sich vom Strom der Menge mitreißen und rief nochmals: »Warum machen die das?«

Es war das reinste Straßentheater, eine Aufführung, die sie mehr und mehr in Panik geraten ließ. Bloß ein Test, sagte sie sich. Sie würde ihre Rolle selbst gestalten. Sowohl Parvin als auch Mahmoud befanden sich ein Stück vor ihr auf der anderen Straßenseite – Parvin winkte ihr zu. Parvin, die ihr erst vor ein paar Monaten versichert hatte, dass ihr Besuch sich schon allein wegen der Feierlichkeiten zu

Aschura lohnen würde. Hinter ihnen wurde ein großer schwarzer Kessel herbeigeschleppt. Der Wind zerrte an einer Plane, auf der etwas Weißes, Wolliges herangetragen wurde. Sarah trat näher und schrak zurück. Der Kadaver eines Schafs ohne Kopf – zähes Blut floss aus dem Stumpf, schwärzte das verfilzte Vlies. Auf dem Bürgersteig blieben die Leute stehen, warfen die Hände gen Himmel und brachen in lautes Geheul aus.

Parvin drückte ihr einen Plastikbecher in die Hand. »Tee«, sagte sie.

Sarah warf einen Blick zurück.

Mahmoud deutete auf seinen Kopf. »Keine Sorge, mit ihm ist alles in Ordnung.«

»Von wegen! Er blutet!«

Eine Gruppe von Frauen und Mädchen versammelte sich um die am Boden liegende Gestalt. Alle trugen Tschadors, die nur ihre Schuhe und Gesichter frei ließen; fahle Trauer spiegelte sich auf ihren Mienen.

»Ich weiß genau, was du denkst«, rief Mahmoud. »Du denkst, das ist Barbarei. Du denkst, dass der Islam schrecklich gewalttätig ist.«

Sarah fiel auf, dass einige der Frauen weiße Turnschuhe trugen. Ihre Klagelaute wurden von Musik aus einem knisternden Ghettoblaster begleitet. Sie hielten weiße und gelbe Tulpen in Händen.

Abermals deutete Mahmoud auf seinen Kopf; diesmal lag eine gewisse Scheu in seiner Geste. Sarah merkte, dass ihr das Kopftuch in den Nacken gerutscht war. Rasch zog sie es über ihr Haar, ehe sie sich wieder zu ihm wandte.

»Ich habe an das arme Schaf gedacht. Und an den armen Kerl.«

»Der Mann hat sich in die Kopfhaut geschnitten, um an die Leiden des Imams zu erinnern«, erwiderte er mit einem leisen Lächeln.

»Und das Schaf?«

Wie aus dem Nichts tauchte eine bärtige, schwarz gewandete Gestalt mit einem weißen Käppi vor ihr auf und richtete ein Metallteil auf ihr Gesicht. Sie zuckte zurück, schloss die Augen und spürte im selben Moment, wie Feuchtigkeit auf ihre Wangen sprühte.

Beide Männer schienen sich köstlich zu amüsieren. »Parfüm für die Pilger«, erklärte Mahmoud dann.

Parvins Hand schloss sich um Sarahs Ellbogen.

Der Mann mit dem Parfüm ging weiter. Auf seinen Rücken hatte er einen Tank geschnallt, der aussah wie ein Raketenantrieb. Sarahs Gesicht roch nach Moschus und Ambra. Duft von der ganz billigen Sorte. Sie überlegte einen Moment, fuhr sich mit dem Finger über die nasse Wange und schnippte ein paar Tropfen auf Mahmouds glattrasiertes Kinn.

»Hör auf damit«, sagte er und wich zurück.

Sie errötete. »Aber wir sind doch alle Pilger«, sagte sie.

Schon lange bevor sie den Fuß auf ihre Straßen gesetzt hatte, hatte sich diese fremde Welt gegen sie verschworen. Als Parvin ihr von ihrem Entschluss erzählt hatte, eine wöchentliche Radiosendung ins Leben zu rufen, in der sie für eine Reform der Frauenrechte im Iran kämpfen wollte, hatte Sarah nicht so recht gewusst, was sie davon halten sollte. Damals – vier Jahre war es jetzt her – hatte sich niemand sonderlich große Gedanken über den Iran gemacht. In ihren Kreisen empfand man höchstens eine vage Solidarität mit dem Land – aus dem Verständnis heraus, dass ein Staat, der pausenlos von einer Regierung kritisiert wurde, die weiß Gott selbst genug Dreck am Stecken hatte, eigentlich gar nicht so schlecht sein konnte.

Parvin hatte ihre eigenen Ansichten. Sie nahm an einem Uni-Workshop teil und lernte, wie man Radiosendungen produziert. Sie informierte sich, wie sie ihre Sendung per Stream über das Internet an einen Sender in Holland wei-

terleiten konnte, der dann via Kurzwelle live in den Iran
übertrug. Kurzwelle – was bedeutete das überhaupt? Ihre
Sendung, *Tehran Calling*, war live, direkt, ungeschnitten,
ihre Mission die umfassende politische, wirtschaftliche und
religiöse Gleichstellung der iranischen Frauen. Die Frauen, die während der Sendung anriefen, verstießen gegen
das Gesetz – ja, sie riskierten ihr Leben. Mit der Zeit hatte
sich Sarah an die Ausbrüche ihrer Freundin gewöhnt. Seit
sie einander an der Uni begegnet waren, hatte sie sich ständig für irgendwelche hehren Ziele engagiert. Überraschend war allerdings, warum sie sich ausgerechnet diese
Problematik ausgesucht hatte: Im Hinblick auf ihre Vergangenheit im Iran hatte sie sich stets bedeckt gehalten, ja,
äußerst zugeknöpft gezeigt. Sarah wusste, dass sie das
Land als Teenager verlassen hatte. Ihre Eltern hatten sie
nach Europa geschickt. Dazu kam eine Reihe verstreuter
Informationen: Schweizer Internat, deutscher Freund, ein
älterer Exmann, von Beruf Ralleyfahrer, ihr Vater, ein
emeritierter Universitätsprofessor. Nichts wies darauf hin,
dass Parvin durch ihre Sendung zu einer kleinen Berühmtheit in persischen Reformerkreisen werden sollte,
und niemals hätte Sarah damit gerechnet, dass Parvin
schließlich in den Iran zurückkehren würde.

Fakt war, dass Sarah die Sendung nie richtig ernstgenommen hatte. Zum einen sprachen die Anrufer allesamt
Englisch. Sicher, es war ohnehin eine englischsprachige
Sendung, doch gelang es ihr einfach nicht, diese Leute als
Unterdrückte anzusehen – diese Anrufer, die nicht nur
Englisch sprachen, sondern darüber hinaus so überaus gebildet klangen und sich obendrein auch noch teure Ferngespräche leisten konnten. Natürlich wusste sie, dass ihre
Bedenken anmaßend und töricht waren. Bei ihren gelegentlichen Besuchen im Studio aber waren jedes Mal
Worte wie *Unterdrückung* gefallen, hatte sie jedes Mal
dasselbe politische Kauderwelsch über sich ergehen lassen

müssen; ebenso wenig gefiel ihr, dass Parvin sich, wenn auch unbewusst, am starken persischen Akzent ihrer Anrufer zu weiden schien. Während die Sendung immer bekannter wurde, kam es Sarah vor, als würde sie mehr und mehr zur Parodie verkommen.

Einmal war sie am Ende der Sendung dazugestoßen, als ein Anrufer mit starkem Akzent Parvin gerade fragte, wie sie denn aussehen würde.

Parvin hatte Sarah einen Blick zugeworfen, in dem List, Verachtung und Selbstironie mitschwangen, und in jenem Moment war Sarah aufgegangen, dass Parvin sich verändert hatte, dass eine Seite in ihr zum Vorschein kam, die ihr bislang unbekannt gewesen war.

»Du bist garantiert hässlich«, sagte der Mann. »So hässlich wie deine Stimme.«

Der Rest der Sendung bestand nur noch aus Schmähungen: Parvin wurde als Monarchistin, als unislamisch, als CIA-Marionette und als ignorante Kuh beschimpft. Sie legte nicht ein einziges Mal auf, ließ die Anrufer einfach weiterreden. Erst später erfuhr Sarah, dass sie am Jahrestag der Studentenunruhen 1999 in das kleine, hell erleuchtete Studio hereingeschneit war; an jenem Abend hatte sie nichts davon gewusst, hatte stattdessen mit ihren eigenen widersprüchlichen Gefühlen gekämpft. So hatte sie ihre Freundin noch nie erlebt. Was war aus der eigensinnigen, trotzigen Parvin geworden – der hitzigen Streiterin, der Karrierefrau, die sich trotz aller beruflichen Hingabe rühmte, stets ihre professionelle Ironie zu wahren? Wo war ihre Energie geblieben, auf die Sarah sich stets – oft zu sehr – verlassen hatte? Sie musste etwas antworten. Aber was? Und wie fand sie die richtige Mischung aus Mitgefühl, Takt und Gleichgültigkeit?

Auf einem Schild über dem Mischpult stand: Bitte hinterlassen Sie das Studio in dem Zustand, in dem Sie es vorgefunden haben.

»Tja, letztlich haben diese Leute recht«, sagte Parvin, als sie nach Hause fuhren. Es war dunkel; während sie redete, quoll Rauch aus ihrem Mund und fetzte aus dem offenen Fensterspalt. »Ja, natürlich bin ich dort geboren, aber trotzdem. Um wirklich Bescheid zu wissen, muss man dort leben.«

»Wie können diese Leute nur so mit dir reden?«, sagte Sarah. Sie erinnerte sich an die anonyme, hasserfüllte Stimme des Mannes, an all die anderen geifernden Stimmen. Die Berichte von Morden, Vergewaltigungen, Fingeramputationen schienen in direktem Zusammenhang mit der Borniertheit der Anrufer zu stehen. Sie merkte, wie sie die Wut packte. Und eigentlich hatte sie Folgendes zu Parvin sagen wollen: *Wie kannst du nur zulassen, dass diese Leute so mit dir reden?*

»Sie haben ein Recht darauf«, sagte Parvin.

»Ärgerst du dich denn nicht darüber?«

Doch ihre Freundin wich ihr aus, benahm sich vollkommen absurd. Irgendetwas stimmte nicht mit ihr. Das menschliche Bedürfnis, anderen zu gefallen, die Angst, andere vor den Kopf zu stoßen, schienen ihr völlig abhanden gekommen zu sein.

Und so hatten sie sich allmählich immer weiter auseinanderentwickelt. Schließlich hatte Sarah auch noch Paul kennengelernt und Parvin hatte nicht sehr begeistert auf ihn reagiert. Auch begriff sie anscheinend nicht, wie frustrierend es für Sarah war, dabei zusehen zu müssen, wie ihre Freundin immer tiefer in einer Welt versank, die mit dem modernen Iran nichts, aber auch gar nichts gemein zu haben schien: einem Land mit überwiegend junger Bevölkerung, die sich an Markenartikeln und Modedrogen berauschte, sich zwischen neuesten Websites und Underground-Partys bewegte. Wenn dort tatsächlich ein so tyrannisches Regime herrschte, schien sich die Bevölkerung nicht weiter darum zu kümmern – ein Bild des Iran, das

Sarah für umso authentischer hielt, weil es nicht den gängigen Vorstellungen entsprach. Mehr und mehr kam sie zu der Überzeugung, dass Parvin von Leuten benutzt wurde, die wieder und wieder auf ihrer Opferrolle herumreiten mussten – aus welchen Gründen auch immer.

Lange Zeit hielt Sarah sich gegenüber Parvin zurück, wies nur gelegentlich durch die Blume auf den einen oder anderen Widerspruch hin. Später begann sie ihr immer öfter Fakten vor Augen zu halten, mit denen sie ihrer Freundin klarmachen wollte, dass sie auf dem falschen Dampfer war: Die Demonstranten etwa, die während der Besetzung der amerikanischen Botschaft Flaggen verbrannt und antiamerikanische Parolen skandiert hatten, waren seinerzeit extra per Bus vom Land herangekarrt worden; sie hatten erst angefangen, als die Kameras liefen, und sobald keine Videokameras mehr auf sie gerichtet gewesen waren, hatten sie nicht mehr gebrüllt, sondern nur stumm die Fäuste gen Himmel gereckt. Es war ein Land, das mit seinen Selbsttäuschungen genug zu tun hatte. Parvins Hilfe wurde dort nicht benötigt.

Parvin aber ließ sich nicht beirren. Sie schmiss ihren Job bei einem Eventservice, den sie seit drei Jahren gemacht hatte, um sich ausschließlich um ihre Sendung zu kümmern. Kurze Zeit später beschäftigte sie sogar eine Assistentin – von welchem Geld, blieb Sarah ein Rätsel. Und schließlich bat sie Sarah, künftig nicht mehr im Studio vorbeizuschauen – ihre Präsenz und ihre Bemerkungen würden sie daran hindern, ihr Bestes zu geben. Bald darauf sprachen sie nicht mehr miteinander.

»Das ist doch genau, was sie will«, tröstete Paul sie.

»Was denn?«

»Dass wir über sie reden. Während sie die noble Leidensnummer abzieht.«

Sarah rutschte tiefer unter die Decke; vor ihrem inneren Auge sah sie ihre Freundin in dem dunklen, fensterlosen

Studio, die Kopfhörer, die sich wie Zangen um ihr Gesicht legten. Der Gedanke deprimierte sie. »Du kennst sie doch gar nicht.«

»Weißt du, was dein Problem ist?« Mit dem Finger beschrieb er eine Acht um ihre Brustwarzen.

»Was meinst du?«

»Dass du alles persönlich nimmst.« Er überlegte. »Begreif es doch endlich – *sie* hat keine Ahnung von *dir*, verstehst du?«

Aber stimmte das auch? Hatte Parvin nicht absolut sicher geklungen, als sie ihr während ihres letzten Gesprächs vorgeworfen hatte, sich Paul mit Haut und Haar ausgeliefert zu haben, sich null für ihre Mitmenschen zu interessieren und ein durch und durch nutzloses Leben zu führen? Erst hatte Sarah geglaubt, ihr diese Worte niemals verzeihen zu können. Dann aber war sie nicht mehr so sicher gewesen. Solange sie sich erinnern konnte, hatte sie tatsächlich stets das Gefühl gehabt, der starken Strömung ihres eigenen Lebens auszuweichen – dass sie am Rand dahintrieb, in seichten Strudeln vor sich hin kreiselte. Sie hatte schlicht nicht genug Tiefe. Erst als sie Paul getroffen und allmählich besser kennengelernt hatte, schien sich ihr die Möglichkeit eines tiefgründigeren, wahrhaftigeren Lebens zu eröffnen. Er hatte die Fähigkeit, sie zu erden. Und das war es, was Parvin niemals verstehen würde: dass Sarah tatsächlich eine eigene Entscheidung getroffen hatte.

Sie hatte sich entschieden, ihn zu lieben, und genau das tat sie auch. Sie liebte es, wie er einen Moment lang reglos verharrte, wenn er einen Raum betrat, wie sich seine Züge umwölkten, wenn er sie von hinten nahm, wie sich sein Kopf bewegte, wenn er, beladen mit Papiertüten, die Treppe heraufkam. Wenn er für sie kochte, krempelte er die Ärmel hoch und schwenkte die Pfanne so küchenchefmäßig, dass sie jedes Mal wieder lachen musste. Wenn er ihr Bett machte, ließ er das Laken stets demonstrativ über das

Matratzenende hängen. Sie liebte die verschiedenen Ausprägungen seiner Persönlichkeit – wie er während der Arbeit stets ernst und in sich gekehrt blieb, die altmodische Hingabe, mit der er sich seinem Beruf widmete. Sie lebten zusammen, arbeiteten zusammen. Einmal im Jahr besuchten sie seine Eltern in New Hampshire. Dort, in dem großen Haus mit dem großen Grundstück, begriff Sarah schließlich, wie sehr Pauls Charakter von den entspannten Umgangsformen seiner Eltern geprägt war; und dort, während sie die Tage mit seinen Eltern verbrachten, erlaubte sie sich zum ersten Mal, darüber nachzudenken, wie es wäre, selbst einen Sohn zu haben – schlicht unmöglich, es nicht zu tun!

Während ihres ersten Besuchs hatte sie ein ums andere Mal das angrenzende Wäldchen erforscht, durch das man zu einem See gelangte, den die Leute im Ort als »Weiher« bezeichneten. Eines heißen Nachmittags überredete sie Paul, mit ihr zum anderen Ufer zu schwimmen. Im Wasser fühlte sie sich am wohlsten, weil man sich treiben lassen konnte. Sie hatte nicht damit gerechnet, doch er erwies sich – sie fand es liebenswert – als ziemlich unsicherer Schwimmer, und sie legte ein eher gemächliches Tempo vor. Sie schwammen eine gute Meile und zogen sich an einem Felsen aus dem Wasser. Das Gestein war fast zu heiß, um sich darauf niederzulassen. Als sich Schlick und Sand wieder gesetzt hatten, wurde das Wasser so klar, dass sie bis auf den Grund sehen konnten. Mücken und Libellen tanzten über der Wasseroberfläche. Darunter glitten die Schatten von Fischen über die am Boden des Sees liegenden Blätter. Sie tauchte das Gesicht ins Wasser, und als sie die Augen öffnete, erblickte sie zwei braungefleckte Forellen, gerade mal eine Armeslänge von ihr entfernt; sie folgte ihren trägen Bewegungen, bis sie urplötzlich einen fast metallischen, schwarzweißen Schimmer aus dem Augenwinkel wahrnahm, und als sie den Kopf wandte, sah sie einen

Schnabel und stromlinienförmig gefaltete Flügel – einen Eistaucher, der in die kühle Tiefe schoss. Prustend hob sie den Kopf aus dem Wasser, stumm vor Entzücken, und als Paul zu ihr herübersah und lächelte, als würde er sie genau verstehen, wusste sie – ja, sie hätte es schwören können –, dass sie nie zuvor so glücklich gewesen war.

Parvin ging zurück in den Iran. Ein Jahr war es nun her – eine Neuigkeit, die sie als seltsam abstrakt empfunden hatte, als etwas, was nicht zu ihrem Leben gehörte. Ein Teil von ihr gab schließlich zu, dass sie ihre Freundin falsch eingeschätzt, sie nicht mal bei ihrem Wort genommen hatte. Der Teil jedoch, der jetzt Paul gehörte, fand mehr und mehr Gefallen an ihm: ein Hochgefühl, das sich, wenn sie an ihre ehemalige Freundin zurückdachte, mehr und mehr zur Genugtuung auswuchs.

»Was ich heute Morgen gemacht habe?«, sagte Parvin, während sie durch die smogverseuchten Straßen zum Wagen zurückmarschierten. Mahmoud ging hinter ihnen. »Tja, wo soll ich anfangen?«

Die Häuserwände links und rechts von ihnen waren bunt bemalt mit schiitischen Heiligen und trübselig dreinblickenden Märtyrern in Armeeuniformen, umrahmt von Blumen, Schmetterlingen und Regenbögen. Öffentlich gemachte Paradiese. Unter einer der Wandmalereien hing eine Lichterkette; darunter wiederum befand sich der Eingang eines Internetcafés, das nur so wimmelte von jungen Leuten. Als Sarah im Vorbeigehen einen Blick hineinwarf, sah sie Mädchen in hochhackigen Stiefeln, Mädchen, die zu ihren farbenprächtigen Hidschabs modische Sonnenbrillen trugen.

Da bin ich also, dachte Sarah, mitten in der Höhle des Löwen. Sie hatte sich ein Flugticket gekauft – mehr brauchte man nicht! –, und jetzt war sie tatsächlich hier, so unglaublich es ihr auch vorkommen mochte.

Als Mahmoud am frühen Morgen zum Flughafen gefahren war, um Sarah abzuholen, erklärte Parvin, hatte sie sich mit den Mitgliedern einer sympathisierenden Gruppe getroffen. Einer Theatergruppe von einer der kleineren Teheraner Unis, die sie in einer dringenden Angelegenheit habe sprechen wollen.

Mahmoud hielt gebührenden Abstand zu ihnen.

»Zuerst habe ich das Schlimmste befürchtet. Dass wir aufgeflogen wären. Oder dass sie am Donnerstag über uns herfallen.« Besorgt sah sie sich um. »Alles schon passiert.«

Sie kamen bei einem Juwelier vorbei, in dessen Auslage Gold, Silber und Kristalle schimmerten. Vor dem Laden standen ein paar Männer, die lebhaft miteinander diskutierten. Alle hatten sie die Haare mit Gel zurückgekämmt, und alle trugen alte Anzüge aus den Achtzigern. Auf der anderen Straßenseite erblickte Sarah eine Gruppe von Männern, die sich über den Lenker eines Motorrollers beugten, die unteren Hälften ihrer Gesichter von kurzen Bärten verschattet. Als sie Mahmoud ansah, erwiderte er kühl ihren Blick.

»Es ging um ihr neues Stück«, sagte Parvin. »Das war das große Geheimnis.«

»Ein Stück?«

»Oh, Sarah – du musst es dir unbedingt ansehen.« Sie raffte ihr Gewand in Kniehöhe und stieg über ein stinkendes Rinnsal, das die Gosse entlanglief. Überall am Bordstein sah man Rinnsale, in denen Abfälle in die Gullys trieben. »Einer von ihnen hatte eine kleine Schwester. Dreizehn war sie. Sie träumte davon, ebenfalls Schauspielerin zu werden.« Parvin senkte die Stimme. »Letzten Monat wurde sie verhaftet – wegen ›unkeuschen Verhaltens‹.«

»Was bedeutet das?«

»Sie haben sie zwei Wochen lang festgehalten, untersucht und verhört.« Abrupt wandte sie sich zu Sarah. »Bist du am Flughafen durchsucht worden?«

Sarah schüttelte den Kopf. Parvin nickte und ging weiter. Unwillkürlich kam Sarah ein anderer Fall in den Sinn, von dem sie vor ihrer Abreise gelesen hatte. Zahra Kazemi, eine kanadische Journalistin, die Aufnahmen von einer Demonstration gemacht hatte und nach ihrer Verhaftung von einem Wärter mit einem Schuh halbtot geschlagen worden war; sie war nicht mehr aus dem Koma erwacht. Sarah erinnerte sich an ein Bild von ihr: eine Frau Anfang fünfzig in einem weiten schokoladenfarbenen Pulli, der ihr eine leicht mädchenhafte Aura verlieh. Sie erinnerte sich an die Kamera um ihren Hals, den schwarzen Abgrund der Linse unter ihren ruhigen, verstörend gleichmütigen Gesichtszügen.

»Letzte Woche ist sie gehängt worden«, sagte Parvin. »Eine Dreizehnjährige! Darum geht es in dem Stück. Für eine Komödie ist ein bisschen viel Slapstick drin, aber sie mussten es ja auch in einer Woche zusammenstoppeln.« Sarah war verblüfft über die Härte, die sich in ihre Stimme geschlichen hatte. Parvin wies mit dem Daumen hinter sich. »Na ja, Mahmoud steht absolut nicht drauf.«

»Vergiss es!«, sagte Mahmoud. Sarah wandte sich um. Über dem Hemdkragen hüpfte sein Adamsapfel nachdrücklich auf und ab. »An Aschura kann man sowas nicht aufführen!«

»Gerade an Aschura«, fauchte Parvin. »Nicht zuletzt geht es ja um Religion.«

Sie hatten den Wagen erreicht. Parvin verharrte an der Beifahrertür und sah Sarah an. »Diese *Männer*« – sie verzog den Mund –, »ist dir klar, wie diese Männer Gottes den Willen des Herrn vollstrecken?« Obwohl sie wieder ruhiger klang, war ihr die Anspannung deutlich anzusehen. »Sie verschleppen ein Kind, weil es sich unmoralisch verhalten haben soll. Dann untersuchen sie das Mädchen – und stellen fest, dass es noch Jungfrau ist.«

»Parvin«, sagte Mahmoud mit beschwörender Stimme. »Bitte steig jetzt ein.«

»Was tun sie also? Sie verheiraten sie, um sie vergewaltigen zu können. Sie vergewaltigen sie, um sie hinrichten zu können – und das Paradies bleibt ihr ebenfalls versperrt, weil sie ja keine Jungfrau mehr ist.« Ihre Nasenflügel zuckten. »Männer Gottes«, sagte sie.

Hinter dem nächsten Häuserblock ertönten so laute Paukenschläge, dass die Betonbauten erzitterten. Mahmoud ließ den Blick über die Straße schweifen. Verblüfft stellte Sarah fest, dass sie eine gewisse Sympathie für ihn empfand – und das, obwohl Parvins Zorn sie durchaus beeindruckte. Niemand, den sie kannte, hätte es gewagt, sich derart kritisch über den Islam zu äußern. Parvin stieg in den Wagen. Eine Weile hielt sie den Blick auf ihren Schoß gesenkt, ehe sie in leiserem, beschwichtigendem Ton das Wort an Mahmoud richtete: »Und was ist mit Sarah? Wenn wir das Stück erst nach Aschura aufführen lassen, kann sie es nicht sehen.«

»Wie lange bleibst du denn?« Mahmoud nagelte Sarah mit seinem Blick fest.

Sarah lächelte müde. »Sechs Tage.«

Ratternd sprang der Motor an. Mahmoud fuhr schweigend durch die Straßen; auch Parvin gab keinen Ton von sich. Sie fädelten sich in den Verkehr auf einer belebten Einbahnstraße ein und schienen direkt in eine Smogwand hineinzufahren. In Sarahs Kopf war es genauso dunstig wie draußen; es gelang ihr nicht, auch nur einen klaren Gedanken zu fassen. Es schien unfassbar, dass sie erst ein paar Stunden hier war. Sie entspannte sich, und plötzlich war es fast so, als sei sie wieder zu Hause – schiefergrauer Himmel, Betonmauern, Zementflächen, Werbetafeln und Verkehrszeichen. Doch sobald sie ein wenig genauer hinsah, stach ihr sofort irgendetwas ins Auge, das nicht ins Bild passte: Hauswände neigten sich zueinander, nichts schien wirklich gerade zu sein; Straßen verwandelten sich in Wege, die in Sackgassen endeten. Überall erblickte sie Lettern, auf Lastwagen, Verkehrszeichen, T-Shirts – Buchstaben, die wie geschmolzen wirkten, wie Achtelnoten und Notenschlüssel, die auf unsichtbaren Linien tanzten. Es ging bergauf. Sarah steckte den Kopf ganz aus dem Fenster; der Wind drückte ihr das Kopftuch gegen die Ohren. Dauernd meinte sie, irgendwo englische Wortfetzen zu vernehmen, kam es ihr vor, als würde sie einen Bekannten erkennen, doch dann fiel es ihr wie Schuppen von den Augen. Außer Parvin kannte sie niemanden. Ein Blick, und die Leute wussten sofort Bescheid. Sie war vollkommen fremd hier.

Als sie durch die stillen, gepflegten Alleen Nordtehrans fuhren, kam es ihr vor, als befänden sie sich plötzlich in einem anderen Land. Durch den grünen Baldachin der Bäume erblickte sie die mächtigen, schneebedeckten Hänge des Elburs, gesprenkelt von Sonne, Wolken und Schatten. Mahmoud bog in eine schmale Straße ein und hielt vor einer alten, verwitterten Villa, die Parvins Eltern gehörte, wie Sarah zu ihrer Überraschung erfuhr.

Als sie den Salon betraten, fielen ihr zuerst die Frauen auf, die an einem großen Esstisch saßen. Ihre langen Gewänder und die Kopftücher hatten sie abgelegt. Es waren auch ein paar Männer anwesend, die sich am anderen Ende des Zimmers vor einer Gruppe opulent verzierter Sofas versammelt hatten. Mahmoud gesellte sich sofort zu ihnen. Auf kleinen Tischen standen Tabletts mit Brot, Ziegenkäse, Pistazien und Joghurt.

Die Anwesenden verstummten, als Sarah eintrat.

»Das ist Sarah Middleton«, verkündete Parvin, während sie sich das Kopftuch wie eine Kapuze in den Nacken streifte. »Meine beste Freundin – ich habe euch ja schon von ihr erzählt.« Dann wiederholte sie das Ganze auf Farsi, was irgendwie erheblich energischer klang.

Ein paar der Frauen nickten Sarah zu. »Komm, setz

dich zu uns«, sagte eine von ihnen. Sarah ließ sich am anderen Ende des Tisches nieder.

»Danke.«

Die Frau nahm ein Glas, das wie eine Eieruhr aussah, und schenkte Sarah einen Tee ein. Sie rückte eine Vase mit rosafarbenen, ins Bläuliche spielenden Gladiolen beiseite. »Ich heiße Roya«, sagte sie. Sie war noch jung, doch ihr leicht mürrischer Gesichtsausdruck ließ ihre Mundwinkel unvorteilhaft nach unten sacken. Über ihrem gedrungenen Körper trug sie ein enges T-Shirt mit einem aufgedruckten chinesischen Schriftzeichen, das an ihr wie eine Parodie auf die neueste Mode wirkte. »Du bist das also«, sagte sie.

»Wer?«

»Die mit dem gebrochenen Herzen.« Sie musterte Sarah. »Verzeih mein schlechtes Englisch.«

Abrupt wandte sich Sarah zu Parvin, die am anderen Ende des Tischs Platz genommen hatte – vergeblich, da ihre Freundin in ein Gespräch mit den anderen Frauen vertieft war. Sie richtete den Blick wieder auf ihr Gegenüber. Wer war diese Frau? Was wusste sie von ihr? Was bezweckte sie mit diesem gehässigen Kommentar? Im selben Moment beugte sich Roya zu ihr.

»Ich kann dir auch einen Wein bringen«, sagte sie.

Sarah erwiderte das Angebot mit einem knappen Kopfschütteln.

»Meine Eltern keltern ihn selbst. Ich weiß, wo die Flaschen stehen. Wenn du willst, kann ich auch etwas von ihrem Opium holen.«

Mahmouds Stimme ertönte, und sofort beendeten die Männer ihre Gespräche und kamen zum Tisch herüber. Sarah fiel auf, dass Mahmoud zwar der Kleinste von ihnen war, aber ganz offensichtlich den größten Respekt genoss. Sie stand auf. Sie wollte allein sein.

»Was hast du vor?«, rief Parvin vom anderen Tischende. »Komm, jetzt bleib doch hier.«

»Ich kann ja für sie dolmetschen«, sagte Roya. Parvin warf ihnen ein Lächeln zu, ehe sie sich wieder den anderen Frauen zuwandte.

Sarah ging langsam ein Licht auf. »Du wohnst hier?«

Roya hob die Hand vor den Mund. »Hat sie dir nichts von mir erzählt?« Sie stützte das Kinn in die Hände – eine unbeholfen kokette Geste. »Ich bin Parvins Schwester.«

Sarah setzte sich wieder und nippte an ihrem Tee. Jetzt war sie völlig verunsichert. Natürlich war es Parvins Sache, was sie ihr erzählte, aber warum hatte sie ihr vorenthalten, dass sie eine Schwester hatte – oder dass ihre Eltern eine edle, altehrwürdige Villa besaßen? Was hatte ihre beste Freundin ihr sonst noch verschwiegen?

»Sind eure Eltern auch hier?«

»Nein, wegen der Kundgebung.« Als sie Sarahs Gesichtsausdruck bemerkte, fügte Roya hinzu: »Sie sind im Urlaub in der Türkei und haben uns so lange das Haus überlassen.«

Dann begann die Diskussion. Mahmoud sprach zuerst, aber schnell fielen ihm andere ins Wort, Parvin vor allem. Während Roya ihr die Auseinandersetzung in ihrem holprigen Englisch übersetzte, wurde Sarah rasch klar, dass sie erneut über das Theaterstück debattierten. Parvin wollte das Martyrium des Mädchens und ihre Hinrichtung auf die Bühne bringen – auf eben dem Platz, wo auch die Kundgebung stattfinden sollte. Mahmoud sagte, das sei zu gefährlich; die Religionspolizei würde den Platz überwachen. Eine derartige Aufführung würde als Verspottung der schiitischen Passionsspiele aufgefasst werden, in denen die Schlacht von Kerbala nachgestellt wurde. Sarah versuchte sich zu konzentrieren, doch während Roya ihr ins Ohr raunte, begann alles um sie herum zu verschwimmen, der Raum, die fremden Leute, der hitzige Disput, einfach alles, bis es ihr schließlich vorkam, als befände sie sich wieder im Haus ihrer Mutter, als würde sie den Pflanzen vor

251

dem Wohnzimmerfenster beim Welken zusehen. Parvin gestikulierte. Während Sarah sie beobachtete, verspürte sie einen Anflug von Zärtlichkeit: Zumindest schien Parvin ihren Liebeskummer ernstgenommen zu haben, wenn sie ihrer Schwester davon erzählt hatte. *Die mit dem gebrochenen Herzen.* Hatte sie Roya auch erzählt, dass sie ihren Job gekündigt und sich seit drei Monaten bei ihrer Mutter verkrochen hatte? Dass sie seit drei Monaten kaum ein Wort gesprochen, alles zu vergessen versucht hatte, aber unablässig wieder von ihrer Einsamkeit eingeholt worden war? Dass es ihr pausenlos vorkam, als würde sie nach einem kurzen Nachmittagsschlaf in totaler Dunkelheit erwachen? Selbst jetzt nahm sie diese Monate wie durch einen Nebel wahr. Die aufrichtigen, anfangs unerträglichen Gespräche über Paul, die sie mit Parvin geführt hatte – nun kam es ihr vor, als hätte sie ihre wirklichen Erinnerungen damit nur vertagt. Wie Liebende hatten sie miteinander gesprochen, vorsichtig, behutsam, doch als Parvin sie schließlich eingeladen hatte, waren es nicht ihre ermunternden Worte gewesen, die Sarah bewogen hatten, nach Teheran zu kommen, sondern ein leiser Unterton von Verletzlichkeit in Parvins Stimme, als sie kurz und knapp gesagt hatte: *Ich möchte, dass du siehst, was ich hier tue.*

Sie hörte, wie ihr Name fiel. Sie blinzelte, sah Mahmoud an. »Was meinst du, Sarah?«, sagte er auf Englisch.

Alle musterten sie schweigend. Sie ließ ihre Gedanken zurückschweifen: die Kundgebung, die Aufführung. Aus dem Augenwinkel nahm sie wahr, dass Parvin sie mit finsterem Blick fixierte.

»Nun ja«, sagte sie. »Wenn es gefährlich ist …«

Mahmoud zog einen Mundwinkel hoch.

»Wie soll sie das beurteilen?«, fiel ihr Parvin ins Wort. »Sie ist gerade mal einen halben Tag hier.«

»Und du? Wie lange bist du hier?«

»Mahmoud«, ließ sich eine der Frauen vernehmen.

»War sie 1999 hier?«, fragte er. »Als wir auf die Straßen gegangen sind und Hassan und Ramyar und Ava verhaftet wurden? Sie« – er deutete auf Parvin – »hat doch bloß in einem amerikanischen Studio gesessen und schlaue Sprüche von sich gegeben.«

»1999 gab es meine Sendung noch gar nicht«, gab Parvin zurück.

»Und wo warst du im letzten Juni?«, murmelte eine junge dunkelhaarige Frau.

»Sie war nicht hier«, sagte Mahmoud. »Weder 1999 noch im letzten Juni.«

Parvin richtete ihren Blick direkt auf ihn. »Aber jetzt bin ich hier«, gab sie zurück, doch ihr Tonfall schraubte sich nach oben, als sei sie nicht sicher, ob sie in Wirklichkeit eine Frage stellen wollte.

»Und ihretwegen sollen wir jetzt unseren Glauben herabsetzen? Obwohl sie nichts davon versteht?«

Roya warf Sarah einen Seitenblick zu. »Hab Nachsicht mit ihm.«

»Warum bist du hier?«, meldete sich ein anderer Mann zu Wort.

Einen Moment lang verstummten alle; dann erst begriff Sarah, dass die Frage an sie gerichtet war. Sie nahm sich ein Stück Brot und tunkte es in den Joghurt. Es wäre Wahnsinn gewesen, sich mit jemandem auf eine Diskussion einzulassen, der seine Aggressionen kaum zügeln konnte.

Parvin wandte sich zu Sarah. Ihr Gesicht wirkte seltsam ausgehöhlt. »Sie besucht mich hier«, sagte sie.

Mahmoud hob gebieterisch zwei Finger und reckte den Kopf. Dann begann er auf Farsi zu sprechen.

»Der Imam kommt mit weniger als hundert Mann nach Kerbala«, übersetzte Roya. Ihre Stimme hatte einen offiziellen, unpersönlichen Tonfall angenommen. »Er hat sich im Kampf gegen Yazids Heerscharen für sein Volk geopfert.«

Mahmoud richtete den Blick auf Sarah.

»Er wird – wie sagt man auf Englisch? – geköpft. Er hat sein Leben für die Mütter und Töchter unseres Volkes gegeben. Und nun sollen wir ihm ins Gesicht spucken?«

Parvin war ihre Wut deutlich anzusehen. Leise antwortete sie etwas auf Farsi.

»Für das Mädchen hat er aber nichts getan«, sagte Roya. Mahmoud erwiderte etwas. »An Aschura trauern wir um den Imam«, übersetzte Roya.

Sie wartete, bis Parvin geantwortet hatte, und sagte: »Und wer trauert um das dreizehnjährige Mädchen?«

Und dann, als Mahmoud noch einmal gesprochen hatte, äffte sie ihn unwillkürlich nach, indem sie die Hand hob und mit den Fingern schnippte: »Das sind zwei völlig verschiedene Dinge.«

Roya führte sie in ein Zimmer im ersten Stock, in dem es durchdringend nach Holzpolitur roch. Das Fenster hatte hölzerne Läden und war mit milchfarbenen Gardinen verhängt. Davor stand ein kleiner Schreibtisch, an der Wand ein Bett. Roya zog die Vorhänge auf und ließ die Sonne herein.

»Dort ist das Bad«, sagte sie. Als Sarah ihr einen verwirrten Blick zuwarf, öffnete sie eine Tür in der Wand und zeigte Sarah das Badezimmer, das ebenso groß war wie der Raum, in dem sie sich befanden. Die Toilette bestand aus einem Loch im Boden, das mit Porzellan eingefasst war; daneben hing ein Schlauch. Durch die Wand vernahm Sarah die Stimme eines britischen Nachrichtensprechers.

»Habt ihr Satellitenanschluss?«, fragte sie

Roya lächelte sie fast mütterlich an. Dann verschränkte sie die Arme über dem chinesischen Schriftzeichen auf

254

ihrer Brust und wippte auf den Fersen. Plötzlich wirkte ihre Miene verkniffen und abweisend.

»Parvin sagt, du wärst wegen der Kundgebung hergekommen.«

»Ja«, sagte Sarah zögernd.

Roya gab ein trockenes Lachen von sich. »Parvin nimmt sich immer alles so zu Herzen«, sagte sie.

»Geraten die beiden öfter so aneinander?«, fragte Sarah. »Parvin und Mahmoud, meine ich.«

»Ja«, sagte Roya, korrigierte sich aber sofort. »Nein, nicht so heftig.«

Plötzlich kam Sarah ein Gedanke. »Wie denkst *du* über die Aufführung?« Als Roya nichts erwiderte, wechselte sie rasch das Thema: »Ihr seid doch sicher alle froh, dass Parvin wieder hier ist.«

Roya aber ging offenbar etwas anderes im Kopf herum. Schließlich sagte sie: »Mahmoud redet nicht darüber.« Reglos stand sie da. »1999 ist sein Bruder erschossen worden. Auf dem Platz, an dem die Kundgebung stattfinden soll.«

Sarah atmete tief aus.

»Und dann ist er auch noch von seinem Vater verstoßen worden – einem sehr angesehenen Geistlichen. In der Moschee hat er sich von seinem Sohn losgesagt.«

Roya schob Sarah zurück in das Arbeitszimmer und blieb vor dem Schreibtisch stehen. Passiv stand sie da, als warte sie darauf, dass Sarah ihr die Erlaubnis erteilte zu gehen. »Parvin gefällt Amerika, nicht wahr?« Sie sprach es *Amrika* aus. Ohne eine Antwort abzuwarten, fuhr sie fort: »Parvin wollte schon als Kind dorthin.« Sie beugte sich vor. Sarah begriff, dass sie ihr etwas Vertrauliches sagen wollte. »Ich hätte auch nach Amerika gehen können, weißt du.«

Das Licht des Spätnachmittags ließ ihre scharfen Züge hervortreten. Plötzlich ging Sarah ein Licht auf. Die Frau, die vor ihr stand, war diejenige, die zurückgeblieben war. Sie hatte sich geopfert, damit ihre Schwester ins Ausland gehen konnte.

»Das Stück, das sie aufführen wollen«, sagte Roya, »ist so eine Art Vergeltung, wenn du mich fragst.« Sie schien einen Moment zu überlegen. »Aber wer wird eigentlich damit bestraft?«

»Du könntest doch immer noch nach Amerika gehen«, sagte Sarah.

Roya starrte sie einen Moment lang an; dann lösten sich ihre Gesichtszüge in ein aalglattes Lächeln auf. »Ich habe schon drüber nachgedacht«, sagte sie. »Aber warum sollte ich von hier fortgehen?« Sie kicherte in ihre Finger. »Hier passiert doch gerade so viel. Nicht, dass ich am Ende noch etwas verpasse.«

Als Parvin vierzehn gewesen war, hatten ihre Eltern in den Augen des Revolutionskomitees schon lange als Subversive gegolten. Obwohl sie gläubige Muslime waren und anfänglich sogar die Revolution unterstützt hatten, waren sie gezwungen, in den Untergrund zu gehen. Ihre beiden älteren Brüder wurden an die Front geschickt.

Sarah zuckte innerlich zusammen. Ihre Brüder hatte Parvin nie zuvor erwähnt.

In jenem Krieg, erzählte Parvin weiter, waren Tausende von Kindern auf die Minenfelder geschickt worden, um diese zu »räumen« – mit einem kleinen Plastikschlüssel um den Hals, der ihnen die Pforte zum Paradies öffnen würde. Soldaten waren während der irakischen Chemieangriffe ums Leben gekommen, weil die Gasmasken wegen der langen Bärte, mit denen sie ihren Glauben unter Beweis stellen wollten, nicht luftdicht abschließen konnten. Parvin schwieg. Über ihre Brüder verlor sie kein weiteres Wort.

Sie saßen in einem der Zimmer in der oberen Etage.

Draußen stand eine kaputte Straßenlaterne, die mal brannte, mal wieder ausging. Sarah fiel auf, dass es rundherum noch dunkler wurde, sobald das Licht anging.

Unterdessen, berichtete Parvin, waren sie in Teheran nicht nur mit Raketen bombardiert, sondern zudem unablässig mit Durchsagen beschallt worden, die den Märtyrertod verherrlichten. Das war 1988. Eines Tages hatte eine Bombe das Haus nebenan getroffen, in dem ihr Onkel mit seiner Familie lebte. Sie lief hinüber, doch die Ruine war bereits von Bassidschi abgeriegelt worden – noch ehe die Krankenwagen eintrafen. Wie immer trugen sie rote Stirnbänder und brüllten Parolen von ihren Motorrädern. Als Parvin sich an ihnen vorbeidrängeln wollte, wurde sie sofort niedergeschlagen. Niemand kam ihr zu Hilfe, während die Kerle mit ihren Motorrädern sie umkreisten und immer wieder haarscharf an ihrem Kopf vorbeischlitterten. *Heulsuse!*, schrien sie. *Nieder mit Saddam!*, schrien sie. *Nieder mit Amerika!* In jenem Moment hatte sie gewusst, dass sie dem Land den Rücken kehren musste. Der Gedanke quälte sie – ihre Eltern hatten ihr bereits klar und deutlich zu verstehen gegeben, dass sie ihre Heimat niemals verlassen würden. Mit ihrer Vaterlandsliebe war es vorbei – oder liebte sie ihr Land vielleicht sogar mehr als ihre Eltern? Wohin es gehen sollte, war ihr egal – warum nicht gleich nach Amerika, wenn diese Dreckskerle es so verteufelten? Nur eines wusste sie genau: dass sie dieses Land nicht mehr ertragen konnte.

Als Parvin alles erzählt hatte, war es draußen stockdunkel geworden; die defekte Laterne erhellte das Zimmer in unregelmäßigen, unheimlichen Abständen. Wind war aufgekommen, und die dunkle Außenwelt schien voller Gefahren: Läden schlugen gegen Fensterrahmen, alte Dosen schepperten über die Straßen. Als sie aufsah, nahm Sarah erschrocken wahr, wie schnell die Wolken über den Mond zu huschen schienen.

»Tut mir leid wegen heute Nachmittag«, murmelte Parvin.

Sarah ging nicht darauf ein. Sie warf Parvin einen finsteren Blick zu. »Warum hast du mir all das nie erzählt?«

»Weil du mich dann ganz anders gesehen hättest.« Parvin knipste eine Lampe an. »Weil ich keine exotische Freundin mit traumatischer Vergangenheit sein wollte.«

»Aber deine Brüder.«

Parvin wich ihrem Blick aus.

»Und deine Schwester. Ich bin deine Freundin. Du hättest doch wenigstens deine Geschwister erwähnen können.«

Ein seltsames, abstraktes Mitleid begann in Sarah aufzukeimen. Jahrelang hatte sie mehr über Parvins Vergangenheit erfahren wollen – und nun, da sie alles wusste, fühlte sie sich ihr kein bisschen näher als zuvor. War sie nicht auch deshalb hierher gekommen, um Parvins Entscheidung zu verstehen? Gut, sie wusste jetzt, dass ihre Brüder umgekommen waren, aber hatte ihr das irgendwelche neuen Einsichten gebracht?

»Meine Schwester?« Parvin lächelte irritiert. »Du meinst Roya? Aber sie ist gar nicht meine Schwester. Sie war mit meinem älteren Bruder verheiratet.« Sie brach ab. »Ich bin nie so richtig warm geworden mit ihr.«

Draußen stürmte es jetzt; Wassertropfen spritzten durch die Fensterläden. Parvin stand auf und schloss das Fenster. Ihr Ausdruck war ernst und in sich gekehrt.

Parvin wandte sich um. »Alle reden davon, dass ich hätte hier sein müssen«, sagte sie. »Aber ich war hier.«

In gewisser Weise beneidete Sarah Parvin und Roya um ihre Vergangenheit, darum, dass nicht zuletzt Krieg und Not sie untrennbar miteinander verbunden hatten; eine so machtvolle Vergangenheit, dass beide – auf unterschiedliche Weise – gezwungen gewesen waren, vor ihr zu fliehen. Selbst Mahmoud konnte sich auf seine mythischen

Schlachten berufen. Was hatte sie selbst vorzuweisen? Ein paar vage, halbgare Erinnerungen an eine Jugend, die sich im Nachhinein seltsam gebraucht anfühlte, so als habe sie schon jemand vor ihr durchlebt. Kurz sah sie ihre Eltern vor sich, ihre dunstigen, verwischten Gesichter. Nur Paul hatte sie klar vor Augen – so deutlich, dass es weh tat. Wie er einen Moment lang reglos verharrte, wenn er einen Raum betrat. Ihre Vergangenheit hatte ihr nie wirkliche Entschuldigungen geliefert.

»Egal«, sagte Parvin. »Sie sind alle Heuchler, durch die Bank. Sie würden allesamt sofort ausreisen, wenn sie nur den Mut dazu hätten.«

Sarah zögerte. Unwillkürlich kam ihr in den Sinn, was Roya vorhin gesagt hatte. »Ist es wirklich so schlimm?«

»Sie verlieren dauernd die Nerven, das ist alles. Ich habe die Nase voll von den ewigen Debatten und Ausflüchten. Wir eiern hier bloß rum, statt endlich zu handeln. Die anderen, die handeln – frag mal das hingerichtete Mädchen, wie lange sie gezögert haben.«

Sie sprach so, als säße sie einer Interviewerin gegenüber, als hätte sie ein Mikrophon vor der Nase. Wütend ging sie auf und ab. Sarah erinnerte sich daran, dass ihre beiden Brüder an der Westfront umgekommen waren – doch schien ihr das als Erklärung viel zu simpel. Es musste einen tieferen Sinn hinter Parvins Verhalten geben. Parvin hatte das Land als Teenager verlassen und war als Sektiererin zurückgekehrt. Den größten Teil ihres Lebens hatte sie sorgenfrei in Portland verbracht, aber was waren diese Jahre für sie gewesen? Oder hatte sie ihr Leben in den Vereinigten Staaten doch nur als eine Dürreperiode betrachtet, eine Zeit des Übergangs? Und wenn ja, was hatte sie, Sarah, dann für eine Rolle gespielt?

»Sieh dir doch nur an, wie sie uns behandeln«, sagte Parvin. »Und wir lassen es auch noch zu, ohne etwas zu unternehmen. Wir kriechen vor ihnen, nur um ihre religiösen Gefühle ja nicht zu verletzen. Und die Frauen« – angewidert breitete sie die Hände aus – »reden die ganze Zeit von Gleichberechtigung – unter der Scharia! In einem islamischen Staat! Was für ein Schwachsinn!«

Sarah erinnerte sich, wie Mahmoud während ihrer Diskussion zwei Finger wie eine virtuelle Pistole hochgereckt hatte. »Und die Mitglieder der Theatergruppe?«, fragte sie. »Wissen sie schon, was ihr entschieden habt?«

»Was?«

»Dass sie ihr Stück nicht aufführen können.«

Parvin sah sie stirnrunzelnd an. »Wenn sie es aufführen wollen – wer soll sie daran hindern?« Es knarrte in den Wänden, als das Haus von einer Böe erfasst wurde. Parvin senkte das Kinn; dann schüttelte sie energisch den Kopf, als wollte sie jeden Protest Sarahs im Keim ersticken. »Dann spielen sie das Stück eben nicht während der Kundgebung. Es muss ja nicht im offiziellen Programm stattfinden.«

»Ich verstehe bloß nicht«, platzte Sarah heraus, »was du damit erreichen willst. Wenn ihr mit dem Stück nur andere Leute gegen euch aufbringt …«

»Erinnerst du dich an die Prozession von heute Morgen?«

»… und dann noch an einem der höchsten religiösen Feiertage …«

»Du hast sie ja selbst gesehen – all die Gläubigen, die gemeinsam um den Imam trauern.« Parvin wandte sich abrupt zu ihr. »Tja, aber wenn du dazugehörst, dann sieht das alles etwas anders aus. Ich werde dir sagen, worum es wirklich geht. Um sexuelle Reize. So läuft das hier. Den lieben langen Tag hören die Leute immer nur, was verboten ist – tu dies nicht, tu das nicht. Und dann kriegen sie endlich die Gelegenheit, mal etwas zu *fühlen*, menschliche Regungen zu empfinden – in Gottes Namen.« Fieberhaft suchte sie nach den richtigen Worten. »Es ist ein einziger großer Be-

trug«, sagte sie dann. »Lasst euch mal so richtig gehen –
und dann zieht gefälligst wieder die Schleier enger.«

Sarah hatte einen Moment lang den Atem angehalten.
Als sie nun ausatmete, hatte sie das Gefühl, dass irgendetwas in ihr kalt und hart geworden war. »Ich denke,
du weißt, was du tust«, sagte sie. »Aber ich verstehe dich
nicht – kein bisschen.« Es verblüffte sie selbst, wie ruhig
sie war.

Parvin hielt einen Moment inne. »Hör zu«, sagte sie
dann. »Ich weiß, vieles kommt einem im ersten Moment
unbegreiflich vor. Aber warte erst mal ab. Am Donnerstag ...«

»Ich will ja verstehen, worum es geht«, fuhr Sarah fort.
»Wirklich. Deswegen bin ich schließlich überhaupt hierher gekommen. Aber ich kriege all das einfach nicht zu
fassen – nicht mal intellektuell, und emotional schon gar
nicht.«

Eine Weile stand Parvin einfach nur reglos da, ehe sie
sich zum Fenster begab und hinausspähte. Während Sarah
wartete, spürte sie, wie sich ein Gefühl der verpassten Gelegenheit in ihr ausbreitete, eine tief verwurzelte Einsamkeit, die wie eine Droge durch ihre Adern schwemmte. Sie
hatte ihre Wahl getroffen, vor Jahren schon – ebenso wie
Parvin. Wie konnten sie glauben, jetzt noch irgendetwas
rückgängig machen zu können?

»Hat es irgendwas mit Paul zu tun?«, fragte Parvin.

Sarah schwieg.

Parvin überlegte einen Augenblick. »Wir können drüber reden, wenn du willst«, sagte sie dann.

»Warum muss alles immer irgendwas mit Paul zu tun
haben?«

Parvins Miene verzog sich. »Stimmt es denn nicht?«

Und da war er wieder, dieser seltsam vertraute Unterton, der sich in Parvins Stimme geschlichen hatte, seit sie
mit ihrer Sendung begonnen hatte. Der ihr gleichsam zu

sagen schien, dass ihre Beziehung zu Paul nicht weiter der Rede wert und er selbst nur ein Luxusobjekt gewesen war, das Sarah anderen Frauen weggeschnappt, nicht zu schätzen gewusst und gedankenlos verbraucht hatte.

»Keine Sorge«, sagte Sarah. »Du brauchst dich nicht mit ihm zu belasten.«

Es begann zu regnen. Parvin sah aus dem Fenster. »Du bist sicher müde. Roya hat das Gästezimmer für dich vorbereitet.« Sie verharrte reglos in ihrer Position, ohne sich umzudrehen. »Ich habe nie etwas gegen Paul gehabt, ganz im Gegenteil. Du hast dir das Leben selbst zur Hölle gemacht.«

»Pardon«, sagte Sarah. »Es tut mir leid, dass ich« – ihre Kehle schnürte sich zusammen – »nie so tolle Probleme hatte wie du.«

»Du liebe Güte«, sagte Parvin mit schneidender Stimme. »Du hast dich wirklich kein bisschen verändert.« Sie ging zur Tür und wandte sich um. »Glaubst du, ich ziehe hier irgendeine Show ab?« Ihre Stimme klang ungewöhnlich ausdruckslos. »Ich habe dir alles über mich erzählt.«

Sarah musterte sie mit ebenso elendem wie vorwurfsvollem Blick. »Ich weiß.«

Parvin verließ das Zimmer. Sarah blieb allein zurück und lauschte dem Regen. Sie war mit den Nerven am Ende, am Boden zerstört. Alles, alles machte sie kaputt. Nur Augenblicke später – obwohl es eigentlich noch zu früh war, um schon schlafen zu gehen – schlich sie sich aus dem Zimmer, schloss vorsichtig die Tür hinter sich, als würde sie heimlich eine Krankenstation verlassen, und machte sich auf die Suche nach ihrem Bett.

Roya lag falsch: Es war nicht Paul, der ihr das Herz gebrochen hatte. Ihr Herz war schon defekt geliefert worden. Von Anfang an hatte sie ihr Leben immer wieder neu justieren müssen. Mit überdurchschnittlichem Fleiß hatte sie sich in ihrer Durchschnittlichkeit eingerichtet: Sie erfüllte ihr Pensum, kam ihren Verpflichtungen nach, fand Trost im ewigen Kreislauf von Arbeit und Schlaf. Sie hatte ihr Leben elegant um Konventionen herum arrangiert – konventionellen Ehrgeiz, konventionellen Erfolg – und war immer wieder erstaunt, dass diesen Trick niemand durchschaute: Niemand erkannte, dass alles an Sarah Middleton bloße Fassade war. Nur Parvin schien es gespürt zu haben, als sie sich damals auf dem College angefreundet hatten. Sie standen sich durchaus nahe, doch vor allem hatte sie es Sarah leichtgemacht, indem sie ebenso wenige Fragen stellte, als sie selbst beantworten wollte, und Sarah war ihr dafür stets dankbar gewesen.

Durch Paul war natürlich alles schwieriger geworden. Parvin hatte nie verstanden, dass die Beziehung zu Paul in gewisser Weise wie Fernsehen war – eins der wenigen Dinge, die ihrem Leben zumindest vorübergehend so etwas wie Tiefe verliehen. Er gab ihrer Konventionalität Glanz, Dimension, Kontur. Wie war das passiert? Selbst jetzt verblasste alles andere im Licht ihrer Erinnerungen an ihn. Ihr letzter Morgen: Sie sah sie genau vor sich, die ausladenden Ahornbäume, von deren Ästen und Blättern der letzte dampfende Tau tropfte. Kalt war es gewesen unter dem grünen Baldachin, unter null, und das Gras unter ihren Füßen hatte geknistert wie Weihnachtspapier.

Sie trennten sich dort, wo ihre Beziehung für Sarah erst wirklich begonnen hatte. Auf ihrem letzten Ausflug nach New Hampshire, im stummen Nachhall einer ihrer seltenen Auseinandersetzungen, hatte sie ihn mit leiser Stimme – so, als wolle sie seine Antwort gar nicht hören – gefragt, ob er sie verlassen wollte.

Er hatte gezögert, sichtlich angestrengt überlegt, als handele es sich um eine Fangfrage.

»Nein«, sagte er schließlich. »Warum? Willst du, dass ich dich verlasse?«

Er hatte nein gesagt. Doch hatte sich ein tiefer Schatten über seine Züge gelegt.

Am nächsten Morgen hatte sie draußen im knöcheltiefen feuchten Gras gestanden, über ihr Leben in Portland nachgedacht – das Apartment, das sie sich teilten, die Kanzlei, in der sie beide arbeiteten – und sich gefragt, wie sie es so lange miteinander ausgehalten hatten. Jahre ihres Lebens. Sie wandte sich um, betrachtete das gesichtslose Haus und sah ihn schlafend vor sich, im Schutz seiner sorgenfreien Kindheit, seiner unbeirrbaren Eltern – ihrem unentwirrbaren Netz gemeinsamer Ansichten –, und plötzlich kam es ihr vor, als sei ihre gesamte Beziehung eine einzige Simulation gewesen. Was wusste sie wirklich von ihm? Wie fühlte er eigentlich für sie? Die Haustür wurde geöffnet. In einen Morgenmantel eingehüllt, trat er aus dem Haus.

»Sarah?«

In seinen Pantoffeln betrat er den Rasen.

»Es ist eiskalt hier draußen«, sagte er. »Komm.«

Sie sah ihm entgegen. Das Gras schimmerte hellgrün, leicht gelblich im Morgenlicht. Hinter ihm verteilten sich dunkle Wolken am Horizont, trieben so rasch und tief dahin, dass sie die Spitzen der Bäume zu berühren schienen. Er blieb stehen. Dann sah sie es in seinem Gesicht. Ihr Magen krampfte sich zusammen, doch schwang darin eine gewisse Erleichterung mit, während sie an all die Dinge dachte, die nun auf sie zukamen – die enervierende Auflösung ihrer Wohnung, der Hickhack um ihre gemeinsamen Anschaffungen, das gegenseitige Ausweichen an ihrem Arbeitsplatz –, an all die unausweichlichen Gespräche, die nun folgen würden.

Paul streifte seinen Bademantel ab und hüllte sie darin ein. Er trug Boxershorts und ein T-Shirt, und der Anblick brach ihr schier das Herz.

Was war wirklich gewesen, was Simulation? Woran sollte sie sich festhalten, wovon sich lösen? Sarah saß auf ihrem Bett und blickte hinaus in den trüben Schein des Dunkels. Niedrige graue Betonkästen erstreckten sich bis an den Rand der braun schimmernden Slums; Mahmoud hatte ihr erzählt, dass dahinter die Salzwüste lag. Dasht-e Kavir. Ununterbrochen drang Musik zu ihr herüber – das Dröhnen der Trommeln, aber auch Fetzen von lauten Klagerufen. Einmal hörte sie sogar den Titelsong aus *Titanic*.

Anfangs war es einfach schrecklich gewesen. Sie hatte sich den Terminkalender randvoll gepackt, jede Sekunde ihres Tages verplant – und trotzdem war es ihr nicht gelungen, ihn aus ihren Gedanken zu bannen. Schließlich hatte sie gekündigt und war zu ihrer Mutter gezogen. Sie hatte genug gespart; Geld war kein Thema. Die Kündigung war ihr überraschend leichtgefallen, doch die Tage ohne Arbeit waren schier nicht auszuhalten. Es gelang ihr nicht, auch nur im mindesten vorauszuplanen, sie hangelte sich durch die Stunden, ja Minuten, und das auch nur mit Parvins Hilfe, die ihr immer wieder gut zuredete. Wieder und wieder sprachen sie über ihren Kummer – während Sarah die ganze Zeit über den Verdacht nicht loswurde, dass ihre Freundin sich nur noch dafür interessierte. Was war wirklich gewesen? Wann war Sarah wahrhaft glücklich gewesen? Nun, in dieser dunklen Villa, offenbarte sich ihr das Muster ihres Lebens. Die Arbeit: eine gekettelte Decke aus Terminen. Paul: gefärbte Fäden, die sich bei der leisesten Berührung aufzulösen drohten. Wahres Glück hatte sie eigentlich nur empfunden, wenn sie vor der Arbeit allein im Hallenbad ihre Bahnen gezogen hatte. Ihr gefiel die Stille eines beginnenden neuen Tags, der frische Geruch des Chlors, die hohen, fleckigen Fenster, durch die das Licht im Sommer wie durch ein Honigglas fiel. Manchmal, wenn sie die Erste war, glänzte die Wasseroberfläche, als sei sie aus Kupfer. Ihr gefiel das Gefühl der

Verbundenheit mit den anderen Schwimmern – alles richtige Schwimmer, niemand, der bloß badete –, das Gefühl der Einsamkeit, das Gefühl, keinerlei Kompromisse mit anderen Menschen eingehen zu müssen und doch unter Menschen zu sein, einfach da zu sein und deshalb dazuzugehören. Es gefiel ihr, mit Gänsehaut auf dem Startblock zu stehen und von einer Sekunde auf die andere ins Wasser einzutauchen, das prickelnde Gefühl auf ihrer Haut zu spüren – Nässe, Kälte, feuchtes Haar, die Gewissheit, sich einfach nur warmschwimmen zu müssen. Sie zog Bahn um Bahn, passte den Rhythmus ihrer Züge dem Gleichmaß ihres Atems an, spürte, wie die Luft hinter ihren Rippen zirkulierte und sich eine Art Frieden in ihr ausbreitete. Dann, danach – nach Hause.

Es war noch still im Haus, als Sarah am nächsten Morgen erwachte. Sie ließ Wasser in die Wanne laufen, schaltete das Licht im Bad ein und wieder aus. Das Wasser reflektierte den knochenfarbenen Himmel. Sie schlüpfte aus ihrer Unterwäsche und stieg in das kalte Wasser.

Langsam erwachte das Haus zum Leben. Sie lag in der Wanne, betrachtete die hohe, stuckverzierte Decke, atmete den Geruch von Holzpolitur und Rosenwasser ein. Sie hatte die Nacht überstanden. Ob Parvin schon wach war? Sarah empfand eine leise, sanfte Reue, als hätte sich ihr Zorn über Nacht in Wohlgefallen aufgelöst.

Als sie sich anzog, drang von draußen elektrisch verstärktes, geradezu unheimlich klingendes Geheul an ihre Ohren. Der Ruf zum Gebet. Sie trat ans Fenster, spähte durch die Läden und das Laubwerk dahinter. Das Geheul brachte etwas tief in ihr zum Klingen. Zum ersten Mal streifte sie der Gedanke, dass die Reinheit des Glaubens Millionen Menschen dazu bewegte, ihre Stirnen auf den Boden zu senken, standhaft, fünfmal am Tag. Worin bestand die Lüge? Dass man sein Leben ändern konnte? Sie sah hinaus, ließ den Blick über die unbekannte Stadt schweifen, die sich im Morgenlicht erstreckte, über das gleißende Labyrinth von Straßen und Mauern, Villen und Basaren. Selbst der Smog hatte sich verzogen, so dass sie freien Blick auf den majestätischen, schneebedeckten Damavand hatte, der zum Greifen nah schien. Dann herrschte Stille – nur eine Zwei-Minuten-Stille, wie sie wusste, aber sie gab sich dem Frieden hin.

Als sie sich umwandte, stand Parvin in der Tür. Sie trug ein langes, fließendes grünes Kleid und presste die Lippen zusammen.

Sarah wollte etwas sagen, doch Parvin hob die Hand. Sie ließ sich auf Sarahs Bett nieder. Der Gebetsruf setzte wieder ein. Die Stimme des Mannes dehnte sich endlos, klang wie ein Instrument.

»Es gibt ein Wort in unserer Sprache«, sagte Parvin. »*Khafeghan*. Es steht für eine Art Klaustrophobie. Wenn man das Gefühl hat, keine Luft mehr zu bekommen.« Sie reckte den Kopf und starrte geradeaus. »Es wird hier häufig benutzt.«

Sarah versuchte, das Wort zu wiederholen. »Ich glaube, ich verstehe«, sagte sie dann.

Parvin wandte sich zu ihr. »Hör mir zu«, sagte sie. »Das ist jetzt mein Leben. Und meine Arbeit.« Sie verzog die Lippen und brachte ein Lächeln zustande. »Es reicht, dass du hier bist.«

»Ich kann es immer noch nicht ganz glauben. Dass ich hier bin. Und du auch.«

Parvin überlegte einen Moment. »Ich werde dir keine Lügen erzählen«, sagte sie dann. »Mahmoud meint, du solltest morgen lieber nicht mitkommen.«

»Und was meinst du?«

»Da ist noch was«, sagte Parvin. »Einer von uns geht nicht an sein Handy. Wahrscheinlich hat es nichts zu bedeuten, aber man kann nie wissen.«

Sarah sah Parvin an, abermals erstaunt über das grüne Kleid – aber irgendwie auch froh über die Selbstverständlichkeit, mit der sie es trug. Sarah verspürte einen Rest von Frieden in sich. Gern hätte sie das Gefühl mit ihrer Freundin geteilt, doch ehe sie etwas sagen konnte, hatte Parvin das Zimmer bereits wieder verlassen.

Den ganzen Tag berieten sich die Parteimitglieder. Sarah war froh, allein sein zu können, blätterte in den Büchern im Arbeitszimmer – großteils deutsche Bücher über Kunst und Architektur –, machte schließlich den Fernseher ausfindig und sah sich die BBC-Nachrichten an, die mehr oder weniger belanglos waren. Sie ließ den Blick über die Berge und die darüber hinweg treibenden Wolken schweifen. Der Jetlag steckte ihr nach wie vor in den Knochen, und schließlich schlief sie ein.

Am späten Nachmittag platzte Roya in ihr Zimmer. Im ersten Moment erkannte Sarah sie nicht, da sie ein langes Gewand und Kopftuch trug.

»Parvin ist unterwegs«, sagte sie. Sie warf einen Blick auf das Handy in ihrer Hand. »Reza hat gesagt, sie treffen sich mit der Theatergruppe. Auf dem Platz, wo die Kundgebung stattfinden soll. Er begleitet sie.«

»Warte«, sagte Sarah. »Wo gehst du jetzt hin?«

»Einkaufen.« Sie schürzte die Lippen und lächelte ironisch. »Aber Mahmoud fährt später auch noch zum Platz.«

Es war fast dunkel, als sie das Haus verließen. Die Hauptstraße war verstopft von breiten, kantigen Autos. Sie bogen in eine Einbahnstraße, die zu beiden Seiten von Kanälen gesäumt wurde. Busse verpesteten die Luft mit Abgasen. Überall erblickte Sarah Männer mit Tüchern vor den Gesichtern. Eine Stadt der Banditen. Urplötzlich raste ein Bus auf sie zu; sie stieß einen Laut des Entsetzens aus und schloss die Augen, doch nichts passierte. Nur die Busspur, murmelte Mahmoud beruhigend.

Sie vermieden es, über Parvin zu reden. Stattdessen sprachen sie über das Programm der Kundgebung. Sarah fragte Mahmoud nach seinem Vater. Erst zögerte er, doch dann erzählte er, dass sein Vater ein hoher Geistlicher war, nur einen Rang unter einem Ayatollah – doch sein eigener Glaube, sagte er, sei vielschichtiger als der seines Vaters. Er war nach der Revolution geboren. Was das bedeutete? Es bedeutete, dass man eine bestimmte Haltung hatte.

Er und sein Vater sprachen nicht mehr miteinander.

»Ich hatte ganz vergessen, dass du Anwältin bist«, sagte er trocken.

Die Partei setzte sich für die Bürgerrechte ein. Das war alles. Sie war nicht anti-islamisch und auch nicht gegen Amerika. Sie hatten sich nach dem 11. September zusammengetan, so wie tausend andere Gruppen auch. Ob sie wüsste, was sie gerufen hätten? *Nieder mit dem Terror!*, hatten sie gerufen. *Nieder mit bin Laden! Wir trauern mit Amerika!*

Er wandte sich abrupt zu ihr. »War Parvin früher genauso?«

»Wie?«

»War ihr früher alles genauso egal? Hat sie sich genauso wenig um die Meinung anderer geschert?«

Sie rumpelten über eine niedrige Brücke. Das Wasser unter ihnen war schaumig und voller Dreck.

»Sie will doch nur helfen«, sagte Sarah. Auch wenn ihr nicht ganz klar war, warum, wusste sie genau, dass sie Parvin stets vor Mahmoud verteidigen würde. Das war sie ihr schuldig.

»Und warum bist du hier?«

Sie lachte nervös. »Von Politik habe ich keine Ahnung«, sagte sie. »Ich bin einfach nur so da. Zur moralischen Unterstützung.«

»Zur moralischen Unterstützung«, wiederholte er.

Sie parkten und gingen zu Fuß weiter. Es nieselte; der

Betonboden unter ihnen färbte sich schwarz. Schließlich gelangten sie zu einem großen Platz, der von Tausenden von Kerzen erleuchtet war. Durch das Flimmern erkannte Sarah zwei parallele Reihen von Ständen; am anderen Ende des Platzes befand sich eine Bühne; links und rechts davon hingen riesige Porträts des Märtyrers mit dem schwarzen Bart herab. In den Bäumen waren grüne Lampions aufgehängt. Mahmoud erklärte, dass die Kerzen den Weg des toten Imams erleuchten sollten.

»Und hier …«

»Ja«, sagte er. Er deutete zur Bühne, hielt die Handfläche hoch und bewegte sie wie einen Scheibenwischer. »Morgen werden hier Tausende von Menschen sein.«

»Wo ist Parvin?«

Er runzelte die Stirn. »Sie hat ihr Handy ausgeschaltet.«

Sie gingen weiter, bis sie bei den Ständen angekommen waren. Hier wimmelte es nur so von zumeist jungen Leuten. Petroleumlampen und schwach leuchtende Neonröhren erhellten die Szenerie. Nun, im Halbdunkel, wurde sie auch nicht mehr so oft angestarrt. In der Luft hing der Geruch von verbranntem Fleisch. Mahmoud marschierte hinter ihr; sie passierten ein paar Stände, an denen lange, an Holzgriffen befestigte Ketten feilgeboten wurden. Dann kamen sie an Händlern vorbei, die Fruchtsäfte und gegrilltes Fleisch verkauften, und ihr lief das Wasser im Munde zusammen. Als sie stehen blieb, um zwei Kebabs zu kaufen, gesellte sich sofort ein geistesgegenwärtiger junger Eisverkäufer zu ihr. Seine Augen wollten ihm schier aus dem Kopf quellen, als er ihr ins Gesicht blickte.

»Tut mir leid«, murmelte sie.

Mahmoud nahm den Kebab an, aß aber nichts. Sie ließen die Stände hinter sich und stellten sich unter einen Baum; die von den Ästen hängenden Lampions hüllten sie in grünes Licht. »Wie?«, sagte er. »Du kommst ausgerechnet an Aschura in den Iran – und willst nicht über Politik reden?« Er sprach mit lauter Stimme, um durch den Lärm zu ihr durchzudringen. »Kommt überhaupt jemand in den Iran, um *nicht* über Politik zu reden?«

Als sie ihn ansah, wurde ihr klar, dass er nur einen Witz gemacht hatte. Allmählich begann sie sich wohler zu fühlen; anscheinend wurde sie langsam warm mit den Menschen hier.

Die große Bühne befand sich direkt vor ihnen. Gerade fand eine Kampfszene statt; es ging lautstark zur Sache, während Holzschwerter auf Schilde trafen. Die jungen Nachtschwärmer um sie herum schenkten ihnen keine Beachtung. Parvin war nirgendwo zu sehen. Sarah setzte sich neben Mahmoud auf eine Bank. Ihnen gegenüber saß ein alter Mann und bleckte seine Zähne – eine Gestalt wie aus einem Traum. Der Baum hinter ihnen blühte; Dutzende von Kerzen brannten um seinen Stamm. Immer wieder knieten Leute nieder, um andächtig neue Kerzen zu entzünden – Frauen, deren Gestalten unter ihren Gewändern kaum auszumachen, Männer, deren Gesichter hinter den Bärten kaum zu erkennen waren. Wer waren diese Menschen? Welche Bedeutung hatten sie für sie? Je mehr sie sich umblickte, desto weniger sah sie von der Stadt.

Mahmoud streckte den rechten Arm aus. »Siehst du die da?«, fragte er.

Es waren Teenager, die sich in losen Grüppchen vor der Bühne herumtrieben. Die meisten Mädchen trugen hochhackige Pumps, modisch verschlissene Jeans und Caprihosen. Alle waren aufgedonnert und stark geschminkt. Ihre Kopftücher waren nicht schwarz, sondern bunt und durchsichtig und weit nach hinten geschoben, so dass ihr Haar zu sehen war; und statt langer Gewänder trugen sie figurbetonte Trenchcoats, die ihnen nur knapp bis zu den Knien reichten. Ein Gefühl der Verlegenheit ergriff Besitz von ihr. Sie erinnerte sich an die Durchsage des Piloten, erinnerte sich, wie es ihr vorgekommen war, als würde sie sich nackt ausziehen, als sie das Kopftuch angelegt hatte. Und jetzt dies. Wie sollte hier jemand etwas zu befürchten haben, wenn alles so deutlich zur Schau getragen werden konnte, offenbar von jedermann geduldet wurde?

»Sie sind nicht wegen Aschura hier«, sagte Mahmoud verächtlich. »Sie feiern lieber den Valentinstag.« Viele der Mädchen hielten Blumensträuße und Teddybären in Händen. Pärchen turtelten miteinander.

»Weißt du, wie sie das hier nennen?«, fragte er. »›Die Hussein-Party‹.« Er sah sie nicht an. Im Kerzenlicht wirkten seine Züge wie gemeißelt. Seinen Kebab hatte er nicht angerührt. Der Wind trug den Duft von Gewürzen zu ihnen.

Knaller explodierten, ganz in der Nähe, sie zuckte zusammen. Dann sah sie, wie die Jugendlichen unruhig wurden. Klingeltöne wehten durch die Luft; Dutzende griffen gleichzeitig nach ihren Handys.

Sie rückten vom südlichen Ende des Parks an. Vier Autos – alte Blechhaufen, die aussahen, als würden sie von irgendeinem amerikanischen Schrottplatz stammen, inklusive einer Karre mit völlig zersplitterter Windschutzscheibe – hielten hintereinander an, Stoßstange an Stoßstange. Im selben Moment öffneten sich auch schon die Türen. Bärtige Männer sprangen heraus, Knüppel, Ketten und Walkie-Talkies in Händen.

»Da sind sie«, zischte Mahmoud. Er zog sie zurück auf die Bank. »Sie haben dich schon bemerkt.«

Einer der Männer ließ seinen Knüppel auf eine Gruppe von Jugendlichen niedergehen, als würde er sich mit einer Machete den Weg durch ein Dickicht freischlagen. Die Kids stoben auseinander. Ein Mädchen stieß einen spitzen Schrei aus. Die Männer, die die Nachhut bildeten, brüllten Parolen durch ihre vor den Mund gelegten Hände. Dann trat einer der Kerle zu ihnen.

»Was ist mit deinem Kopftuch?«

Sie straffte das Tuch, strich die hervorlugenden Strähnen zurück und zog sich das vordere Ende über die Stirn.

Von den Ständen drangen Schreie zu ihnen herüber. Das Gedränge lichtete sich zusehends, während die Kerle sich ihren Weg durch die Menge bahnten.

»Hör auf, sie anzusehen«, sagte Mahmoud. Er rückte näher zu ihr. Nun wirkten sie wie ein Paar, körperlich vertraut, aber nicht zu intim. Ein konventionelles Paar unter all den Jugendlichen, das von diesen Männern nichts zu befürchten hatte.

Unwillkürlich hielt sie den Atem an, als sie sah, wie ein paar der Kerle drei Schatten zu ihren Autos schleiften. Im selben Moment blieb ihr buchstäblich das Herz stehen. Das Gesicht mit den dunklen Stoppeln – es war Reza, den sie anscheinend bewusstlos geschlagen hatten. Die beiden anderen Männer kannte sie nicht. Ein Mädchen stand unweit entfernt, die Hände vor den weit aufgerissenen Mund gepresst.

»Nicht hinsehen«, murmelte Mahmoud. Sie senkte den Kopf und holte tief Luft. Die Kerle droschen mit ihren Knüppeln auf eine Reihe von Metallpfählen ein. Jeder einzelne Schlag vibrierte in ihrer Magengrube. Sie spürte Mahmouds Körperwärme. Über dem nassen Boden flackerte das Licht der Kerzen, vermischt mit grünen Schatten. Der alte Mann auf der Bank gegenüber rief irgendetwas und begann schallend zu lachen. Eine andere Männerstimme fiel in sein Gegröle ein.

Mahmoud neigte den Kopf zu ihr. »Keine Sorge«, sagte er. »Du bist amerikanische Staatsbürgerin.«

»Wo ist Parvin?«

»Hör mir gut zu«, flüsterte er ihr ins Ohr. »Als Parvin aus den Staaten hierher kam, ist sie gleich beim ersten Mal in die Mangel genommen worden.«

Sarah drehte sich der Magen um.

»Sie wollte nicht, dass du davon erfährst. Aber ihr ist nichts passiert. Nur damit du's weißt.«

Ein Mann baute sich vor ihnen auf. Kies und Glassplitter klebten an seinen Schuhen – billigen, weichen Kunstlederschuhen. Damit konnte man bestimmt niemanden totschlagen. Neben den Schuhen baumelte das Ende seines Knüppels.

»*Salam.*«

»*Salam*«, sagte Mahmoud. Sarah hielt den Kopf gesenkt; der Knoten des Kopftuchs schnürte ihr die Kehle zu. Mahmoud und der andere Mann wechselten ein paar Worte. Der Kerl mit dem Knüppel klang völlig normal, schien bester Stimmung zu sein. Offenbar machte er sogar eine launige Bemerkung, die er mehrmals wiederholte, während Mahmoud mitlachte, ein schrecklich hohles Lachen von sich gab. Dann schwieg der Kerl für einen Moment – eine winzige Pause –, ehe er urplötzlich das Wort an Sarah richtete. Seine Stimme klang völlig anders als zuvor.

Mahmoud sagte etwas auf Farsi. Der Kerl unterbrach ihn, ließ eine Kaskade gereizt klingender, rauer Laute auf ihn niedergehen, so wie sie es aus dem Fernsehen kannte, wenn jemand aus dem Nahen Osten interviewt wurde. Mahmoud wandte sich zu ihr und sagte irgendetwas, diesmal aber auf Farsi – nachdrückliche, melodiöse Worte, von denen ihr Leben abzuhängen schien. Der Kerl streckte die Hand aus, stieß Mahmoud mit dem Ellbogen beiseite, griff nach ihrem Kinn und hob es an.

Sie verschluckte sich an ihrem eigenen Atem und musste husten.

Der Mann nahm sie genau in Augenschein. Er sah gefährlich aus – seine Augen standen weit auseinander, seine lilafarbenen Lippen quollen gleichsam durch seinen Bart. Merkwürdigerweise kam es ihr vor, als sähe sie ihn nicht zum ersten Mal, als sei sie ihm schon einmal in einer ähnlichen Situation begegnet. Der Mann sagte etwas zu ihr. Hinter ihm streiften seine Kumpane über den Platz. Eine tiefe Kerbe zeichnete sich auf dem feuchten Boden ab, als er seinen Knüppel mit einer ungeduldigen Bewegung über die Erde zog. Sie zwang sich zu lächeln – so krampfhaft, dass es ihr schier die Mundwinkel zerriss – und senkte den Kopf. Ihr Magen revoltierte. Nein. Sie durfte sich jetzt nicht übergeben.

Hatte sie eine Wahl? Sie stand auf. Der Mann rief etwas, worauf drei andere Kerle zu ihnen traten; einer schleifte eine Eisenkette hinter sich her. Ihre Klamotten stanken nach Benzin.

In ihren Schläfen pochte es. »Ich bin amerikanische Staatsbürgerin«, sagte sie. Ihre Stimme klang gequetscht; ein englischer Akzent hatte sich in ihren Tonfall geschlichen.

Alle schwiegen. Dann gab der Kerl, der mit Mahmoud geredet hatte, ein scharfes, schrilles Lachen von sich. Mahmoud stand auf, begann auf ihn einzureden. Er kramte seine Brieftasche hervor, klappte sie auf und hielt sie dem Kerl hin. Sarah starrte zu Boden. Dann begannen alle vier zu lachen, ehe der Mann mit der Kette eine Frage stellte. Mahmoud erwiderte etwas. Hinter ihnen röhrten die Motoren der Wagen, waren entfernte Schreie aus der angrenzenden Straße zu vernehmen. Auf dem Platz selbst war es totenstill. Schließlich warf er Mahmoud die Brieftasche zu, schwenkte seinen Knüppel wie ein Baseballspieler, der sein Handgelenk lockert, klopfte erst gegen seinen einen, dann gegen den anderen Schuh, ehe er sich in einer fließenden Bewegung umwandte und davonging. Die anderen folgten ihm.

Sarah wartete; das Blut rauschte in ihren Ohren. Sie wagte es nicht, den Blick zu heben, aber schließlich sah sie doch auf. Die Wagen waren verschwunden.

Sie wandte sich zu Mahmoud. »Was hast du zu ihnen gesagt?«

Seine Miene war angespannt; er sah erschöpft aus.

»Was hast du gesagt?«

»Hast du gesehen, wen sie sich gegriffen haben?«

Sie nickte.

»Sie haben gesagt, sie hätten sie mitgenommen, weil sie Sympathisanten der Amerikaner sind.«

»Aber ich bin doch Amerikanerin.«

Er lachte trocken. »Ich habe ihnen gesagt, dass du gar nichts bist. Bloß eine blöde Touristin, der ich die Stadt zeige.«

Sie schüttelte den Kopf. Die grünen Lichter machten sie schwindelig. Fahnen flatterten im Wind.

»Was waren das für Männer? Was haben sie mit Reza vor?«

»Ich habe ihnen gesagt, ich hätte dir den Platz zeigen wollen, aber das ganze ungläubige Gesocks würde einem jeden Spaß verderben.«

Sie griff nach seinem Arm. »Wo ist Parvin?«

Mahmoud lachte leise; es klang, als würde er sich räuspern. »Du bist Amerikanerin. Der Kerl war neidisch auf mich.« Sie setzten sich wieder. Sie merkte, dass ihre Haut von einem kalten Schweißfilm bedeckt war; sie zitterte. Er förderte sein Handy zutage und tippte eine Nummer ein. Die Finger seiner anderen Hand zuckten nervös auf seinem Oberschenkel, und doch schien es, als würde ein System dahinterstecken, als würde er ein unsichtbares Instrument stimmen. Er wählte eine andere Nummer. Und noch eine. Schließlich erreichte er jemanden. Seine Stimme klang anders als vorher, höher, atemloser. Sie wartete, bis er aufgelegt hatte.

»Ihr Handy ist immer noch ausgeschaltet. Niemand hat sie gesehen.«

Sie ließ ihr Gesicht in die Hände sinken.

»Keiner weiß, wer die beiden anderen waren, die zusammen mit Reza weggebracht worden sind«, sagte er.

»Ich glaube, sie haben sich einfach blindlings Leute aus der Menge gegriffen. Trotzdem müssen wir erstmal abwarten.«

»Was waren das für Kerle?«

Er sah sie mit ausdrucksloser Miene an. »Sie nennen sich Ansar-e Hezbollah. Freunde der Partei Gottes.«

»Aber warum haben sie uns gehen lassen?« Sie schluckte; ihre Kehle war trocken. »Was hast du zu ihnen gesagt?«

Er zuckte mit den Schultern.

»Was hast du gesagt?«

Er richtete seine dunklen Augen auf sie, senkte dann wieder den Kopf. »Willst du das wirklich wissen?«

»Ja.«

Seine Stimme klang rau. »Ich habe ihnen gesagt, wer mein Vater ist.« Einen Moment lang war sein Blick völlig leer; dann wandte er sich abrupt zu ihr. »Und jetzt will ich auch die Wahrheit wissen. Warum bist du hierher gekommen?«

»Was meinst du?«

Er wartete; seine Augen glänzten im Kerzenlicht. Sie schwieg, wich seinem Blick aus.

»Ich bin geflohen«, sagte sie und lachte.

Er lachte ebenfalls, aber es klang bitter. »Dann bist du die erste Amerikanerin, die in den Iran geflohen ist.«

»Vor einem Mann«, sagte sie. Sie war von sich selbst überrascht. Ein vages Hochgefühl ergriff Besitz von ihr, der Drang, ihr Leben vor ihm auszubreiten, Dinge preiszugeben, die sie nur einem Fremden erzählen konnte. Der kaum wahrnehmbare, entrückte Anflug eines Lächelns umspielte Mahmouds Lippen. Er hatte sich auf seinen Vater berufen. Er hatte sie vor diesen Kerlen gerettet. Er hatte sie im Widerstreit mit sich selbst gelassen. Sie verspürte eine seltsame Traurigkeit, aber gleichzeitig sah sie das Meer der Kerzen, Rauchblumen im Wind.

»Parvin ist hierher gekommen, um sich einen Mann zu suchen.« Sein Lächeln wurde eine Spur breiter. »Sie hat gesagt, sie wolle mich kennenlernen, bevor sie mich heiratet.«

»Sie will dich heiraten?«

»Sie will mich retten. Damit ich nach Amerika gehen kann, wenn ich will.«

Es war kein Witz. Ihr Schweigen schien ihn zu amüsieren.

»Nicht alle Vögel fliegen in die gleiche Richtung. Wir sind jung – die meisten von uns.« Er fuhr sich mit der Handwurzel über das Kinn.

Sie zwang sich zu einem Nicken.

»Und vielleicht will ich mich ja retten lassen«, fuhr er fort. »Ich bin eben auch jung und erwarte mir einiges vom Leben.«

»Wie alt bist du denn?«

Seine Pupillen waren stahlgrau. »Dreiundzwanzig. Ich weiß, was du denkst. Du betrachtest mich nicht als Mann, das kann ich genau sehen.«

»Das stimmt nicht.«

Es stimmte tatsächlich nicht. Dauernd hatte er sie missverstanden. Sie dachte an Parvin, daran, dass der Mann neben ihr der Verlobte ihrer Freundin war – noch so etwas, wovon sie nichts erzählt hatte. Sie dachte an Reza, an Zahra Kazemi und den Mann mit den dicken lilafarbenen Lippen. Sie dachte an Paul. Nichts passte zusammen, aber vielleicht passte ja generell nichts zusammen. Vielleicht lag das in der Natur der Dinge. Sie dachte an die Fahrt hierher, an all das Grau, den Schmutz und den Smog, aus dem jäh eine himmelwärts ragende Turmspitze auftauchte, die sanfte Wölbung eines Torbogens, und einen Augenblick lang hatte sie sich vorgestellt, wie es wohl wäre, unter den Geistern dieser uralten Stadt zu leben.

Mahmoud führte sie durch die dunklen Straßen. Der aufkommende Wind hatte viele der Trauerkerzen gelöscht. Hunde streunten durch die Gassen. Sie folgte ihm zu einem Hochhaus, dessen eine Wand weiß getüncht und anschließend mit dem Porträt eines graubärtigen Mannes mit schwarzem Turban bemalt worden war. Er trug eine Brille. Der Hintergrund war in Grün und Rot gehalten, die ganze Wand ungleichmäßig von Scheinwerfern erhellt.

Es war ein Hotel. Aus einer abgesperrten Gasse hinter ihnen drang raues Männerlachen. Ein Junge mit Baseballkappe pinkelte gegen eine Mauer.

Der Mann am Empfang war hager und trug einen kurzen Bart. Er starrte sie unverwandt an.

Im Zimmer angekommen, zog Mahmoud die Vorhänge zu. »Hier sind wir erstmal sicher«, sagte er.

»Und was wird jetzt aus Reza?«, fragte sie.

»Keine Ahnung.« Er wollte noch etwas sagen, hielt aber inne. »Wir können jetzt nur noch warten.«

Wieder rang sie um Atem. Gierig schnappte sie nach Luft. »Glaubst du, mit Parvin ist alles in Ordnung?«

Er setzte sich neben sie auf das Bett. »Ich denke schon«, sagte er. Dann legte er zögernd den Arm um sie. Sie wehrte sich nicht, kam ihm aber auch nicht entgegen.

Später kam es ihr vor, als würden sie sich bereits eine kleine Ewigkeit in dem Zimmer aufhalten. Zweimal ging er an sein Handy, erfuhr jedoch nichts Neues. Immer wieder trat Sarah ans Fenster, hob den Vorhangsaum und starrte hinaus in die funkelnde Nacht, als könne sie ihre Freundin allein dadurch wieder herbeizaubern. Es schien eine Stadt wie jede andere zu sein, doch darunter in der Tiefe, das wusste sie nun, lag eine fremde, feindselige Welt.

Siebentausend Meilen weit war sie gereist, und dann hatte sie als Freundin auf der ganzen Linie versagt. Parvin hatte sich ihr anvertraut, hatte ihr Innerstes nach außen gekehrt, und Sarah hatte sie immer wieder zurückgewiesen, in den Schlund einer grausamen Wahrheit gestürzt. Da waren das dreizehnjährige Mädchen, die kleinen dunklen Räume und die kleinen hellen Räume, die Frau mit dem Kleinmädchengesicht, der Mann, der mit den Händen an einen Deckenventilator gefesselt war. Ein Metallstuhl mit einer Gasflamme darunter. Das Herz schlug ihr bis zum Hals. Warum war sie hierher gekommen? Was hatte sie sich davon erhofft? Sicher, sie hatte nach einem Sinn gesucht, aber irgendwie schien an diesem chaotischen Ort alles einen Sinn zu haben – egal, ob man ging, blieb oder zurückkehrte. Sie hatte über den eigenen Horizont hinausblicken wollen, doch war alles beim Alten geblieben. Sie war allein. Parvin war allein.

Plötzlich stand Mahmoud hinter ihr. Er führte sie zum Bett, bedeutete ihr, sich hinzulegen, und holte ihr ein Glas Wasser.

»Keine Angst«, sagte er. Er reichte ihr ein paar Hotelservietten. »Glaub mir. Alles wird gutgehen. Wie beim letzten Mal.«

»Woher willst du das wissen?«

»Ruh dich aus«, sagte er.

Sie stützte sich auf die Ellbogen. Unter der Decke brannte eine nackte Glühbirne. Von draußen drang Verkehrslärm herein. Sie versuchte sich zu beruhigen, fügte sich den Geräuschen ihres Körpers, dem wilden Klopfen ihres Herzens. Kurz darauf beugte sich Mahmoud über sie, musterte sie eindringlich und sagte: »Warte hier.«

»Wo willst du hin?« Sie hasste die Verzweiflung, die aus ihrer Stimme sprach. Sie schloss die Augen und begann zu zittern. Dann wartete sie.

Stunden – oder vielleicht doch nur Minuten? – später kam er zurück und legte die Türkette vor. Er zog seine Jacke aus. Dann legte er zwei Pfeifen, einen Plastikbeutel und eine Kerze auf den Tisch.

»Das wird dir helfen«, sagte er.

»Was ist das?«

Er sah sie verwundert an. »Besser als Alkohol«, sagte er.

Die Ironie des Ganzen war ihr dunkel bewusst, fügte sich nahtlos in all die Geschichten, die sie hier erlebt hatte. Die vergangenen zwei Tage hatten alles auf den Kopf gestellt. Was sie sich vorgestellt hatte, spielte keine Rolle mehr. Sie war hier, jetzt.

Umständlich riss Mahmoud ein Streichholz an und entzündete die Kerze. Er zog ein paarmal an der Pfeife und paffte weißen Rauch.

»Hier«, sagte er. Es roch nach Karamell und Schokolade. Sie sah zu, wie er das weiche Harz zu einem erbsengroßen Kügelchen formte und es in das Pfeifenende stopfte. »Leg dich so hin«, sagte er.

»So?«, fragte sie.

Das metallene Pfeifenende war rußgeschwärzt; er hielt es in die Flamme. Ein leises Knistern. »Und jetzt atme den Rauch ein.«

Sie gehorchte.

»Genau so«, sagte er. Seine Miene war ernst; wieder umspielte das kleine geheimnisvolle Lächeln seine Lippen. Er kannte sie kein bisschen. Er war freundlich zu ihr. Er zeigte ihr, wie sie die Pfeife drehen musste. Er bereitete die zweite Pfeife vor. Er reichte sie ihr, während sie ihm die andere zurückgab, und als sie fertig geraucht hatten, tauschten sie die Pfeifen erneut aus, fast förmlich diesmal. Das Hemd klebte an seinem Körper. Als sich ihre Blicke trafen, sahen sie verlegen zur Seite. Später begann er zu reden, seine Worte rauchgeschwängert. Irgendwann stand er schwankend auf und machte das Licht aus, und irgendwann erlosch auch die Laterne vor dem Fenster, so dass nur noch die Kerze brannte.

Er schob ihr die Hand zwischen die Beine. Sie sah es kommen, und dann war es auch schon passiert – sie fand es nicht unbedingt angenehm. Das Kerzenlicht schimmerte auf seiner Haut, so dass seine Stirn und seine Wangenknochen leuchtend weiß glänzten, als hätte sich die Flamme durch seine Haut gebrannt.

Sie schloss die Augen. Die Nacht verebbte hinter ihren Lidern.

»Wie geht's dir?«

Seine Stimme schien von weit her zu kommen, rief nach ihr wie aus einem Brunnenschacht. Ihr Körper schien aus Wasser zu bestehen. Worte trieben in Luftblasen an die Oberfläche. Sie atmete den Rauch ein, und mit jedem Zug schien sich ihr Körper weiter zu verflüchtigen. Sie erhob sich mit der Leichtigkeit und Eleganz einer Schwimmerin.

Sie trat ans Fenster und sah hinaus. Die lichtdurchfluteten Straßen wirkten wie schmale Ufer, zwischen denen ein endloser Strom aus Metall dahinfloss. Ein Gewirr von Scheinwerfern, Kerzen, Laternen in der Ferne, die sich in einer gleißenden, alles verschlingenden Leere verloren. Irgendwo da draußen war Parvin. Hinter diesen Lichtern. Ihre Freundin Parvin.

Mahmoud rief sie zum Bett zurück.

Man konnte nie wissen. Straßen. Frauen, an deren Kleidern der Wind zerrte. Wehende Tschadors, Schattenfetzen. Der Wind, der ihnen ins Gesicht schlug, die Schleier sanft bauschte wie Laken auf einer Wäscheleine. Lichter. Man wusste nie, wann sich das Licht wieder zusammenballte und alles um sich herum erdrückte. Sie legte die Hände an die Scheibe. Sie war allein, und noch war Zeit. Aus den Wipfeln der Platanen stoben schwarze Vögel zu Tausenden gen Himmel.

»Sarah!«

Ihr Name barg immer noch einen schwachen Trost, und sie hielt inne.

Im Boot

Plötzlich war der Sturm da. Der Seitenwind pfiff durch die Löcher im wurmstichigen Holz, klang wie ein Chor leise seufzender Stimmen. Das Boot begann zu schaukeln. Als Mai aus der Ladeluke spähte, stockte ihr der Atem: Das Boot war so weit in ein Wellental gesackt, dass sie nur eine riesige Wand aus schwarzgrünem Wasser sah, die auf sie herabzustürzen schien; sie schloss die Augen, und als sie sie wieder öffnete – das Boot stand nun so steil im Wasser, dass der Ozean ihrem Blick komplett entschwunden war –, kam es ihr vor, als würden sie durch die Luft segeln, durch einen dunklen, tintenfarbenen Himmel schießen, der sich ständig veränderte.

Jemand prallte gegen sie, stieß sie gegen den Luken-rand. Das Boot kippte abrupt nach rechts; sie rutschte aus und schlitterte die Stufen des Niedergangs hinunter, während sich ein Schwall Wasser über sie ergoss. Über ihr schlug die Luke zu. Sie landete auf einer Reihe von ande-ren Körpern, spürte Schenkel und Rippen und Arme und Köpfe, die ihr den Weg versperrten, mit jedem ächzenden Schlingern zerrten und stießen, als wollten sie das Boot durch einen gemeinsamen Kraftakt wieder in den Wind bringen. Das Schaukeln wurde schlimmer und schlimmer. Es wurde jetzt schnell dunkel, und im Laderaum herrsch-te ein nahezu unheimliches Zwielicht.

Nur Zentimeter vor sich erblickte Mai einen im Schneidersitz kauernden, vornübergebeugten Mann, der in seine Hände hustete und dann die Ellbogen wieder auf die Knie sinken ließ. Sein Gesicht war völlig ausdruckslos. Als ihr ein stechender Geruch in die Nase stieg, ging ihr auf, dass er sich erbrochen hatte. Im unruhigen Halbdunkel schwankten die Passagiere hin und her, während in der Bilge Salzwasser und Urin schwappten, erbrachen sich in Plastiktüten, die von einem zum anderen weitergereicht wurden, bis der jeweilige Beutel jemanden erreichte, der neben einem Speigatt hockte.

»Hier.«

Mai ergriff die Tüte und versuchte den Inhalt in die Abflussöffnung zu leeren, doch verlor sie plötzlich den Halt. Der dünne gelbe Saft ergoss sich in ihren Schoß.

Auf den Stufen unter ihr begann ein Kind zu weinen; abrupte Schluchzer drangen an ihre Ohren.

Sofort sah sie sich nach Truong um. Und da war er; er hatte die Knie ans Kinn gezogen und sah so unbeteiligt ins Leere wie ein Spielzeugsoldat aus Keramik. Ihre Blicke trafen sich. Aber sie konnte ohnehin nichts tun. Er saß am Fuß der Stufen, eingequetscht zwischen einem älteren Ehepaar. Wo war Quyen? Sie schüttelte die Panik ab, die automatisch Besitz von ihr ergriff.

Und dann brach der Sturm mit voller Kraft los. Mit einem Mal wurde es im Laderaum vollständig dunkel. Der Wind fuhr heulend durch die Ritzen. Sie wurde hin und her gestoßen, fühlte die Hände anderer, die blindlings umhertasteten, hörte dumpfes Getrampel und Gebrüll von oben. Alles drehte sich um sie, überall stank es nach Erbrochenem. Ihr Magen krampfte sich zusammen, schien sich gleichsam durch ihren Rachen quetschen zu wollen. So war das also, dachte sie, wenn man dem Tod ins Angesicht sah.

Sie schloss die Augen, schluckte nachdrücklich, versuchte die schwankende Schwärze, das Heulen des Winds zu vergessen. Sie versuchte sich die Geschichten ihres Vaters in Erinnerung zu rufen – wilde Stürme, zehn, fünfzehn Meter hohe Wellen! –, doch waren sie ein Witz gegen das, was sie eben erst gesehen hatte: jene massiven, tosenden Wasserwände, den aufgewühlten Himmel, der aussah wie eine Pfütze, in der jemand mit einem Stock rührte. Während sie, eingeklemmt zwischen den anderen Leibern, an ihren Vater dachte, überkam sie allmählich ein Gefühl von Einsamkeit, einer Einsamkeit, die ebenso groß war wie ihre Angst. Konzentriere dich, ermahnte sie sich. Und genau das tat sie auch, konzentrierte sich mit aller Macht auf den Gedanken an ihre Familie, dann auf die dichtgedrängten Körper, zwischen denen sie kauerte, spürte jeden Quadratzentimeter warmer Haut und durch sie hindurch das, was sie alle zu fühlen schienen – nur, was? Den nahenden Tod? Angst? Resignation? Und so verharrte sie in dem Kokon aus menschlichen, hin und her wogenden Leibern und konzentrierte sich, bis es vorbei war.

Sie öffnete die Augen. Eine Prozession von Menschen stieg über sie hinweg – so langsam, als seien sie hypnotisiert – und erklomm die an Deck führenden Stufen. Sie rappelte sich auf und folgte ihnen.

Kein Stern stand am Himmel. Nur das Licht des Mondes schien herab, eines tiefhängenden, gelben, pockennarbigen Mondes, so groß, wie sie ihn nie zuvor gesehen hatte. Die Oberfläche schien so nah, als würde sie von einem Tal zu den Kämmen eines Berges aufsehen. Perlmuttfarbenes Licht fiel auf die fassungslosen, salzverkrusteten Gesichter der hundert Menschen, die sich an Deck versammelt hatten; allesamt hatten sie den Tod erwartet und nun stattdessen diese unheimliche Galgenfrist erhalten.

Niemand sprach ein Wort. Die lautlose Nacht hielt alle

in ihrem Bann; das Würgen, das Weinen der Babys, die keuchenden Atemstöße, alles war verstummt. Die Welt um sie herum schien völlig fremd, jenseits des Fassbaren – da stand sie unter dem riesigen Mond, und weit und breit war nichts als endlose Weite und absolute Stille.

Nebel wallte über das Wasser.

Als Mai zum Heck blickte, entdeckte sie Quyen, die auf ein Knie gefallen war und sich mit den Händen auf den Boden stützte. Ihr Kopf war kraftlos auf die linke Schulter gesackt. Auf ihren Unterarmen befanden sich blutige Striemen. Offenbar hatte sie sich noch an Deck aufgehalten, als der Sturm losgebrochen war; anscheinend hatte sie jemand an einen niedrigen Holm gefesselt und ihr damit das Leben gerettet.

Mai suchte nach Truong.

Aus dem Laderaum drangen gedämpfte Gebetsgesänge zu ihr herauf. Im selben Moment vernahm Mai ein Keuchen hinter sich; als sie herumfuhr, sah sie in die bleichen Gesichter mehrerer Passagiere, die die Hände vor den Mund geschlagen hatten und sie mit geweiteten Augen anstarrten.

»Hörst du das?«

»Was denn?«

»Still! Sei still!«, herrschte sie jemand an. »Hör zu!«

Doch auch als sie schwieg und lauschte, drang von überall her Geflüster an ihre Ohren, das Gewisper von Hunderten, Tausenden von Menschen, der melodische, kaum wahrnehmbare Singsang ihrer Heimatsprache, der dennoch manchmal so nahe zu sein schien, dass sie sich unwillkürlich umdrehte – doch war da nichts außer dichtem, grauem Nebel.

»Da ist nichts«, flüsterte sie. »Das ist nur der Wind.«

»Wer ist da?«, rief eine laute Stimme vom Bug aus.

Keine Antwort, nur unverständliches, leises Murmeln.

»Hier?«

Der zweite Mann nickte. Mai erkannte ihn sofort. Es war Anh Phuoc, der Kapitän des Boots. Er war, wie Quyen ihr gesagt hatte, eine jener mythischen Figuren, denen die Flucht gelungen war und die ein ums andere Mal zurückkehrten, um wiederum anderen zur Flucht zu verhelfen.

Er nickte und blickte hinaus in den Dunst.

Im selben Augenblick begriff sie, wo sie sich befanden – es konnte nicht anders sein. Jeder hatte von diesen Orten gehört. Sie waren auf die Felder der Toten geraten, jene Meeresgegenden, wo Tausende mit ihren Booten gekentert und ertrunken waren. Sie starrten hinaus in den Nebel, alle in gemeinsamer Geistesabwesenheit, jeder in seine eigenen Nichtgedanken versunken, als wären sie im Wahn kollektiv über Bord gesprungen, durch die gläserne Oberfläche des Wassers gebrochen, in schwarzen Sirup eingetaucht und, nach Luft ringend, wieder an die Oberfläche gekommen – mitten im zähflüssigen Nass, desorientiert und von Panik erfüllt, ohne ein Fünkchen Licht oder den geringsten Laut, irgendetwas, woran sie sich hätten halten können.

»Versuch zu schlafen.«

Es war Quyen, die sich der letzten Fessel entledigt hatte und auf sie zugekrochen kam. Mai wandte sich ihr zu, senkte aber sofort wieder den Blick. Etwas seltsam Totes stand ihr ins Gesicht geschrieben.

»Ich habe Truong unter Deck gesehen ...«, begann Mai, doch dann sah sie, dass er hinter seiner Mutter aufgetaucht war. Schweigend stand er da, ohne Quyen zu berühren. Für einen Moment hätte sie den Jungen am liebsten in die Arme geschlossen und fest an ihre Brust gedrückt, um ihn – seine Verschlossenheit, seine Selbstbeherrschung, was immer es sein mochte – von ganz nahem zu spüren. Doch konnte sie ebenso wenig aus ihrer Haut wie er und rührte sich nicht vom Fleck. Aus dem Laderaum stieg der Geruch von Weihrauch zu ihr auf. Unten beteten sie zu ihren Vorfahren. Ihr wurde leicht schwindelig. Ein entfernter Gedanke streifte ihr Bewusstsein, verfestigte sich – vielleicht gehörten die Stimmen über dem Wasser ja ihren Ahnen. Vielleicht antworteten sie auf ihre Gebete, dachte sie. Was wussten sie? Was wollten sie ihnen so nachdrücklich mitteilen?

»Es ist vorbei.«

Sie stellte sich vor, Quyens Worte seien nicht an Truong, sondern an sie gerichtet.

»Der Sturm ist vorbei, Kind. Versuch zu schlafen.«

Mai gehorchte, und als sie die Augen schloss im Wissen darum, dass beide bei ihr waren, fand sie das Raunen der Geisterstimmen fast schon wieder beruhigend – wie das Rauschen eines beginnenden Monsuns oder die Klänge einer entfernten Hochzeit, die der Wind durch mittägliche Straßen trug. Eine leichte Brise, in der die Stimmen von Hafenarbeitern widerklangen. Zwischendurch glaubte sie gar, die eine oder andere Stimme zu erkennen. Als sie die Augen einen Moment später wieder öffnete, war es Morgen: Der Mond war verschwunden, und die Wolkenstreifen zeichneten sich am Himmel ab wie blaue Striemen auf nackter Haut.

Während der ersten fünf Tage war das Meer ruhig und glatt gewesen. Es war sengend heiß, und Mai blieb die Wahl, entweder an Deck in der Sonne zu braten oder in der Ofenhitze des Laderaums auszuharren. Anfangs waren manche sogar noch schwimmen gegangen, hatten sich an Seilen hinter dem träge dahintuckernden Kahn herziehen lassen, doch hinterher hatten sie, verkrustet mit Salz, in der Sonne gebraten wie Schweine auf dem Rost.

Sie verbrachte so viel Zeit wie möglich unten im Laderaum, in dem es nach den Exkrementen von hundert Menschen stank. Quyen hatte erklärt, ihr Boot sei besonders überfüllt, da es zwei menschliche Ladungen mit sich führte; ein anderes, vom selben Schlepper organisiertes Boot war in letzter Sekunde von den Kommunisten beschlagnahmt worden.

Die Familien blieben die meiste Zeit unter sich. Mai war allein. Sie hielt sich nah bei Quyen und ihrem sechsjährigen Sohn Truong. Er war ein mageres Kind von ungewöhnlich knochiger Statur; er hatte einen Kopf, der zu groß war für seinen Körper, und schwarze, auffallend ruhige Augen, die zu groß waren für seinen Kopf. Er sprach mit speichelfeuchter Stimme, wenn auch nur selten, und lächelte nie, soweit Mai es beurteilen konnte. Er wirkte wie ein alter Mann, der in die unfertige Hülle eines Jungen gequetscht worden war. Seltsam, dachte sie, dass Quyen einem solchen Kind das Leben geschenkt hatte – die warmherzige, stets zum Tratschen aufgelegte Quyen.

Als Mai den Jungen kennengelernt hatte, waren sie im Schutz der Nacht durch einen Hafen voller Häscher gesegelt. Doch auch unter diesen Umständen hatten seine Züge nicht die geringste Regung verraten. Auch dafür war der Krieg verantwortlich, hatte sie gedacht – für das steinharte Gesicht eines gerade sechs Jahre alten Kindes. Erst als sich das Boot zur Seite neigte und er gegen sie gedrückt wurde, spürte sie überrascht seinen Herzschlag – ein elektrisches Flackern, das durch die Wölbungen seines Rückens, seines Bauchs und seiner Brust zuckte. Sein Körper vibrierte nur so vor Leben. In jenem Augenblick war ihr klar geworden, dass es in ihm rumorte, ja, brodelte, und dass sie um jeden Preis herausfinden musste, was hinter seinen dunklen, leblosen Augen vor sich ging.

Zwei Nächte später, als Mai versucht hatte, an Deck Schlaf zu finden, hatte jemand ein Volkslied angestimmt. Die schwache Stimme drang aus dem Laderaum zu ihr herauf. Es war ein altes vietnamesisches Volkslied, eine Melodie, die ihr auf Anhieb vertraut vorkam:

Soldatenfrau wollt' ich nie werden
Was müsst ihr in die Ferne ziehen
Und damit unsere Liebe fliehen
Was soll all dieses Leid auf Erden?

Einst hatte ihre Mutter im Schatten der Hibiskushecke genau dieselben Worte gesungen, als Mais Vater im Krieg gewesen war. Der Hibiskus vor ihrer Küche in Phu Vinh, der nur einen Tag lang blühte. Und selbst als es schon dämmerte, hatte ihre Mutter unaufhörlich das Lied von der verlassenen Soldatenfrau gesungen; ihr langes schwarzes Haar war, weich wie ein Moskitonetz, über Mais Gesicht gefallen, während Mai die roten, dunkler und dunkler werdenden Blüten durch den Haarvorhang betrachtet hatte.

Mai folgte der Melodie in den Laderaum und verharrte am Fuß des Niedergangs; im Dunkel konnte sie die Umrisse von Quyen ausmachen, die hinter Truong auf der Seite lag. Ihre Stimme war dünn, zudem fehlte das Vibrato, mit dem Sängerinnen sonst ihre Kunst bewiesen. Mai blieb stehen und lauschte:

Du gehst den Pfad von Wind und Regen
Und ich steh vor den leeren Kissen
Will dich berühren, doch stattdessen …

Ihre Mutter hatte stets auf ihren Mann gewartet, wenn er zur See gefahren war, dann erneut, als er sich dem Kampf gegen die Kommunisten angeschlossen hatte, und schließlich – fünf Jahre später –, als er ins Umerziehungslager geschickt worden war. Zehn Tage würde er wohl fortbleiben, entsprechend dem üblichen Strafmaß für Soldaten aus den unteren Rängen. Mai erinnerte sich: Am elften Tag waren die Straßen gefegt und mit Lampions geschmückt, und die Frauen trugen ihre schönsten und farbenfrohesten Kleider. Der Krieg war verloren, und ihre Männer und Väter kamen endlich nach Hause. Mai und Lan trugen Kleider, die ihre Mutter ausgeliehen hatte. Sie warteten den ganzen langen Nachmittag hindurch, dann den ganzen langen Abend; die Lampions leuchteten immer greller, das Reis-Congee und die Spanferkel wurden kalt und zäh. Am nächsten Morgen fragte Mais Mutter bei den Behörden nach, erhielt aber keine Antwort. Und es gab nichts, was sie – oder sonst jemand – hätte unternehmen können.

Von ihren Gefühlen überwältigt, wollte sie Quyen erst bitten, mit dem Singen aufzuhören, im selben Augenblick aber wünschte sie sich, das Lied würde nie mehr enden. Wie ließ sich all das nur erklären? Danach war ihre Mutter nicht mehr dieselbe gewesen, in Monaten um Jahre gealtert – und doch hatte sie ihr keinen Trost gespendet. Sie war eine selbstsüchtige Tochter gewesen, hatte ihre eigene Trauer über die ihrer Mutter gestellt. Von jenem Tag an hatte ihre Mutter nie wieder gesungen.

Mai hockte sich hin, wischte sich die Augen mit den Ärmeln und lauschte dem Lied. Im selben Augenblick stellte sie erschrocken fest, dass Quyen die Lippen gar nicht bewegte. Sie schlief. Dann brach der Gesang abrupt ab. Truong setzte sich auf, wandte den Kopf und starrte Mai mit seinen großen dunklen Augen an. Sie war so verblüfft, dass sie keinen Ton hervorbrachte. Sie betrachtete sein bleiches Gesicht, die sanfte, mädchenhafte Kurve zwischen seiner Nase und seinen Lippen, erwiderte seinen durchdringenden Blick. Dann spürte sie, wie sich ihre Unruhe allmählich wieder legte. Truong ließ sie keine Sekunde aus den Augen, ehe er schließlich wieder den Mund öffnete und tief Luft holte:

> *Die Liebe hast du mitgenommen*
> *An fremde Orte, wo das Leben*
> *Geraubet wird und nicht gegeben*
> *O Krieger, wirst du wiederkommen?*

Quyen regte sich. Mit geschlossenen Augen murmelte sie: »Ja, du vermisst deinen Vater auch – nicht wahr, mein Prinz?«

Er hörte auf zu singen. Schatten verschoben sich in der Dunkelheit.

Und so hatte alles angefangen: Ihre Mutter führte sie aus der trüben Küche in den Garten. Drei Monate zuvor war ihr Vater aus dem Umerziehungslager entlassen und umgehend ins Krankenhaus in Vinh Long gebracht worden. Er war erblindet. Die Ärzte wussten nicht weiter, weil sie keine körperliche Ursache feststellen konnten. Die Umerziehung hatte ihn das Augenlicht gekostet. Mai zog wie jeden Tag von Ecke zu Ecke und bot Schnitttabak feil, um ihre Familie zu unterstützen. In gewisser Weise ähnelte die Krankheit ihres Vaters dem Krieg: Immer passierte irgendwo etwas, während sie ihrem Tagwerk nachging.

An jenem Tag war das Geschäft ziemlich flau gewesen und sie früher als sonst nach Hause gegangen. Neben der kahlen Hibiskushecke, unter Zweigen von Mastix und weißem Storax, hatte ihre Mutter die Finger in den Hosenbund geschoben und ihr ein feuchtes Bündel Geldscheine in die Hand gedrückt. Die Scheine hatten so oft den Besitzer gewechselt, dass die Farben völlig verblasst waren.

»Mach damit, was du willst, Kind, aber gib nicht alles auf einmal aus, *nha*?«

Verwundert über ihre Mutter, die sonst die Sparsamkeit in Person war, wollte Mai etwas erwidern, doch ihre Mutter wischte sich die Hände an ihrer Pyjamahose ab und ging ins Haus zurück.

Zwei Tage später bat sie Mai, ihren Vater im Krankenhaus zu besuchen.

»Mein gute, gute Tochter«, hatte er nach langem Schweigen gesagt. Sein Blick war auf einen unsichtbaren Punkt in der Luft gerichtet. Als sie hereingekommen war, hatte er kaum auf sie reagiert. Es war erst ihr zweiter Besuch seit seiner Entlassung aus dem Umerziehungslager. Was hatten sie ihm nur angetan? Ja, bei seiner Rückkehr vor drei Monaten hatte er hager und abgezehrt ausgesehen, doch nun war sein Gesicht völlig eingefallen, als würde sich der Schädel darunter allmählich auflösen. Seine Augen traten wie schwarze Steine aus den tiefen Höhlen.

»Wie geht es Ba?«

»Ba geht es schlecht«, sagte er und rieb sich das stoppelige Kinn. Er sprach mit ihr wie mit einer Dienstmagd. Er blickte nicht einmal in ihre Richtung.

Mai zögerte. »Kann Ba mich sehen?«

Er wirkte überhaupt nicht blind. Sie hatte sich immer vorgestellt, dass ein Blinder nur noch in tiefschwarzes Dunkel starrte – was aber, wenn das gar nicht stimmte? Seine Augen schienen völlig unverändert. Was, wenn er nur so tat, als ob er nicht sehen könne?

»Bald geht es Ba wieder besser.«

»Meine Tochter ist ein großes Mädchen geworden. Wie alt ist sie jetzt?«

»Sechzehn.«

»Du meine Güte«, stieß er hervor. Er lächelte. »Dann hat sie ja inzwischen bestimmt auch einen Freund, *ha*?«

Mai errötete, während ihr Vater die Hand ausstreckte und ihr über den Kopf strich. Instinktiv schmiegte sie ihre Wange in seine raue Handfläche. Sie hatte ihm so viel sagen und noch mehr Fragen stellen wollen, aber er hätte ebenso gut taub sein können. Er gab ein humorloses Lachen von sich. »Als Ba sechzehn war, musste er sich um seine Familie kümmern.«

Mai antwortete nicht. Es kam ihr unschicklich vor, ihn anzusehen, ohne dass er ihren Blick erwiderte.

»Kümmere dich um deine Mutter«, sagte er.

Sieh mich an, wollte sie sagen. Kurz überlegte sie, ob sie

aufstehen und ihm direkt in die Augen sehen sollte, aber dann verließ sie der Mut. Nur ein Mal, dachte sie. Sieh mich nur ein Mal an, Ba, und ich mache alles, was du willst.

»Und tu, was sie sagt, *nha*?«

»Ja, Ba.«

Er nickte kurz und zwang ein Lächeln auf seine Lippen.

»Gehorche deiner Mutter. Versprich es mir, *nha*?«

»Ja, Ba.«

»Kind.« Verschwörerisch senkte er die Stimme. Mai beugte sich zu ihm hinunter. Endlich, endlich wollte er mit ihr reden – ein ganzes Leben hatte sie darauf gewartet. Er roch wie ein altes Kanalisationsrohr. »Hör auf damit«, flüsterte er. Sie hielt den Atem an, den Blick auf seine Augen geheftet, die nach wie vor ins Nichts gerichtet waren. »Hör auf zu weinen, Kind.«

Sie hielt ganz still, während er abermals über ihren Kopf strich.

»Gutes Mädchen«, sagte er.

Am folgenden Tag brachte ihre Mutter sie zum Bus nach Rach Gia. Die Fahrt sollte etwa fünf Stunden dauern; für Fälle von Reisekrankheit lagen Plastiktüten bereit. Am Markt würde sie von einem Onkel abgeholt werden, den sie nicht kannte. »Gib ihm das hier«, sagte ihre Mutter und drückte ihr ein zusammengefaltetes, aus einem Schulheft gerissenes Blatt Papier in die Hand. Als Mai gerade in den Bus steigen wollte, zupfte ihr kleiner Bruder Lan an ihrer Bluse und fragte, ob es ihr etwas ausmachen würde, wenn er ihr Rad benutzte.

»Nimm bloß dein eigenes!«

Sie stieg ein, setzte sich und sah durch das schmierige Fenster zu den beiden hinaus. Plötzlich hob ihre Mutter zögernd die Hand, als überlegte sie, eine Rikscha anzuhalten.

»Ma?«

Mai bahnte sich ihren Weg durch die anderen, unbeteiligt dastehenden Fahrgäste und eilte hinaus zu ihrer Mutter. Schwer atmend stand sie da, während ihr plötzlich aufging, dass es diesmal ein längerer Abschied sein würde. Ihre Mutter fragte, ob sie das Geld noch habe. Ja. Schärfte ihr ein, es niemandem zu zeigen. Ihre Mutter lächelte zerstreut, streckte die Hand aus und strich ihr mit den Fingern durchs Haar.

»Kind«, sagte sie leise, »vergiss doch nicht immer, deinen Hut aufzusetzen.«

»Ich habe Ba gar nicht auf Wiedersehen gesagt«, stammelte Mai.

Die Hand ihrer Mutter wanderte in einer fließenden Bewegung über ihren Schädel bis in den Nacken. »Keine Sorge«, sagte sie. »Ma macht das schon. Ich grüße ihn von dir.«

Als der Bus losfuhr, erinnerte sich Mai mit einem Mal daran, wie ihr Vater zum ersten Mal fortgegangen und in den Krieg gezogen war; sieben Jahre war das jetzt her. Ihre Mutter hatte sich krampfhaft an seinen Arm geklammert, war um ein Haar mit seinem Körper verschmolzen, und durch ihr Gesicht zogen sich so viele Furchen, als sei es unfähig, einen zusammenhängenden Gefühlsausdruck beizubehalten. Beim zweiten Mal aber – fünf Jahre später, gegen Kriegsende – war ihre Miene glatt und unbewegt geblieben. Sie hatte gelernt, sich in völliger Ausdruckslosigkeit zu üben.

Mai warf einen Blick aus dem Rückfenster, hielt Ausschau nach dem Gesicht ihrer Mutter – doch die Straße klaffte wie eine Wunde an der Stelle, wo sie eben noch gestanden hatte.

Nachdem sie ihn singen gehört hatte, ertappte sich Mai ein ums andere Mal dabei, wie sie Truong beobachtete oder Ausschau nach ihm hielt. Am wohlsten fühlte sie sich, wenn sie im Schatten der Ladeluke saß und ihm und den anderen Kindern beim Spielen zusah. Der einzige Aufbau auf dem Vordeck war das Ruderhaus; gleich dahinter spielten die Kinder, auf einer kleinen Fläche, die ihnen die Erwachsenen zugestanden hatten. Viele Kinder waren doppelt so alt wie Truong. Er spielte mit, auch wenn ihn die Spiele nicht sonderlich zu interessieren schienen; wenn er sich langweilte, ließ er die anderen Kids einfach stehen, worauf sich jedes Mal ein Grüppchen um ihn scharte, damit er ein neues Spiel vorschlug.

Im Gegensatz zu den anderen sah er sich nicht dauernd nach seiner Familie um. Er lebte in seiner eigenen Welt, und Quyen ließ ihn in Ruhe. Stets eingequetscht zwischen Dutzenden von anderen schwitzenden Körpern, fand Mai es seltsam tröstlich, ihn zu beobachten, während sie sich ein ums andere Mal fragte, wie er nur so bleich sein konnte, wo er doch den ganzen Tag in der Sonne war.

Unglaublich, dass sie ihn erst seit ein paar Tagen kannte.

Quyen zufolge war Truongs Vater die Flucht bereits gelungen. Sie hatte Mai erzählt, dass er sicher in Pulau Bidong angekommen war, einem der größeren malaysischen Flüchtlingslager; dort wartete er seit acht Monaten auf sie.

Warum waren sie nicht zusammen geflohen?

»Wir gehen nach Amerika«, hatte Quyen gesagt, ohne auf Mais Frage einzugehen. »Ein Angebot aus Kanada hat mein Mann bereits abgelehnt. Er hat gesagt, er hätte sich mit ein paar Leuten vom Roten Halbmond angefreundet.«

»Roter Halbmond?«

»Hast du Familie in Malaysia?«

Mai antwortete nicht. Quyen missdeutete ihr Schweigen und fuhr fort: »Dann gehst du wahrscheinlich nach Australien, oder?«

»Nein. Ich weiß nicht.«

»Wie, du weißt nicht?« Quyen schürzte die Lippen und zog eine Miene, als müsste sie ihr die Entscheidung abnehmen. »Na, dann kommst du eben mit uns.«

296

»*Hoi*«, sagte Mai unsicher.

»Dir bleibt gar nichts anderes übrig«, sagte Quyen und deutete auf Truong. »Der Kleine mag dich. Er spricht die ganze Zeit nur von dir.«

Mai errötete geschmeichelt, auch wenn sie sich nicht recht erklären konnte, warum; sie wusste genau, dass Quyen log. »Er ist wirklich tapfer«, sagte sie. »Und so geduldig.«

»Ja«, erwiderte Quyen. Sie überlegte einen Moment. »Ganz wie sein Vater.«

»Und wie er singt – absolut ungewöhnlich für einen so kleinen Jungen. Ein echtes Wunderkind. Eines Tages wird er dir eine Stange Geld einbringen.«

»*Hoi*, lass die Witze.«

Verblüfft musterte sie ihre Freundin. »Das war kein Witz.«

Sie wandten sich wieder Truong zu, seiner mageren, aufrechten Gestalt; die Kleider hingen von seinen Gliedern wie von den Ästen eines halb entlaubten Baums. Mit großen Gesten bedeutete er der zerlumpten Bande um sich herum, ihre Sandalen auf einen Haufen zu werfen. Kurz fragte sich Mai, ob Quyen so etwas wie Stolz empfand, während sie dabei zusah, wie sich die anderen Kinder um ihren Sohn scharten. Das Spiel hatten ihr Bruder und seine Freunde auch oft gespielt. Während sie einen Moment lang ihre Gedanken schweifen ließ, konnte sich Mai beinahe weismachen, dass es ihr kleiner Bruder Lan war, der sich mit einem Satz in Sicherheit brachte, während der frisch ernannte Drache herumfuhr, um seinen Schatz zu bewachen. Lan war etwa genauso alt wie Truong. Unwillkürlich musste sie an ihren Vater und ihren Besuch im Krankenhaus denken, als Quyen plötzlich sagte:

»Eigentlich war er ein Unfall.«

Mai errötete.

»Na ja, halt ein Ausrutscher. So was passiert eben im Krieg.«

Wie konnte sie nur über so etwas Witze machen? Mai erinnerte sich noch genau an den Hausaltar mit dem Photo ihres Vaters, an den Weihrauch, die Gebete und das Leid, das ihre Mutter fünf Jahre lang tagtäglich neu erfahren hatte.

»Du vermisst ihn bestimmt«, sagte Mai. »Truongs Vater.«

Quyen nickte.

»Wann habt ihr geheiratet?«

»Neunzehnhundertzweiundsiebzig«, antwortete Quyen. »Mitten im Krieg.« Einen Augenblick lang sah sie völlig ausdruckslos drein, was sie jünger erscheinen ließ. »Damals war ich so alt wie du.«

»Vielleicht passieren ja noch mehr Unfälle, wenn du ihn wiedersiehst«, sagte Mai hastig. »Wenn wir endlich wieder an Land sind.«

Quyen schnaubte verächtlich, dann lachte sie. Ihr Gesicht hatte wieder den üblichen Ausdruck angenommen – klug, erfahren, durchsetzungsfähig. Hübsch sah sie aus, wenn sie lachte. »Vielleicht«, sagte sie. Sie stieß Mai in die Seite. »Und wie stehst du zu solchen Unfällen?«

Doch nun, da sie das Wörtchen »Land« in den Mund genommen hatte, stand Mai der Sinn nach allem anderen als nach Späßen. Sie hatte versucht, den Gedanken an die Ankunft zu verdrängen. Überall um sie herum wurde ununterbrochen über ihre Situation geredet: dass sie sich irgendwo auf dem Japanischen Meer auf einer Dschunke befanden und leicht in die Hände von Piraten geraten konnten; jeder hatte Geschichten von Booten gehört, die gerammt und geplündert, von Frauen, die misshandelt und geschändet worden waren. Obendrein litten sie Hunger, und einige waren inzwischen krank geworden. Über ihre größte Angst verlor allerdings niemand ein Wort: dass sie es womöglich nicht schaffen würden.

Mai verdrängte die düsteren Gedanken. Um das Thema zu wechseln, sagte sie einfach, was ihr gerade einfiel. »War es denn nicht gefährlich, mit Truong zu fliehen?«, fragte sie. »Er ist doch noch so jung.«

Quyen lächelte. »Er war der Grund, warum ich überhaupt an Flucht gedacht habe«, sagte sie schließlich. Das Lächeln gefror auf ihren Lippen.

Erneut wandten sie ihre Blicke dem Jungen zu. Und während Mai den Kleinen beobachtete, ging ihr plötzlich auf, dass ihr Quyens Entschlossenheit, je eingehender sie darüber nachdachte, immer oberflächlicher erschien, so sehr sie sich auch bemühte, ihre Freundin zu verstehen. Einmal mehr musterte sie den mageren Jungen. Seine Miene war genauso steinern und unbewegt wie immer.

Auf dem überfüllten Markt von Rach Gia hatte Mai sich mit einem Mann getroffen, dessen scheeler Blick stets auf einen Punkt hinter ihrer Schulter gerichtet blieb. Sie hatte an einem Stand gewartet, an dem Petroleum, Öle und Schmierstoffe wie Gewürze auslagen, als vom nahegelegenen Korianderstand ihr Name erklungen war.

»Mai«, drang seine Stimme an ihre Ohren. »Mai, *ha*?« Ihr war immer noch schlecht von der Busfahrt gewesen – überhaupt ihre allererste Fahrt mit einem Automobil –, und schon wurde sie von diesem Mann aufgegabelt, der sie umarmte und sie mal in diese, dann in jene Richtung lenkte.

»Hast du den Brief, Kind?«, grunzte er ihr ins Ohr.

Sie war völlig durcheinander. Er wiederholte die Frage, hielt sie eine Armlänge auf Abstand und sah ihr zum ersten Mal in die Augen. Sie musste sich Mühe geben, nicht auf der Stelle in Tränen auszubrechen.

»Du liebe Güte«, sagte er, ließ sie hastig los und trat einen Schritt zurück. Sein Gesicht verzerrte sich zu einem breiten, unnatürlichen Lächeln, ehe er ihr den Rücken zukehrte und ging. Urplötzlich erinnerte sich Mai an die

Worte ihrer Mutter. Das zusammengefaltete Blatt Papier. Sie lief hinter ihm her und drückte es ihm in die Hand. Er überflog die Nachricht, faltete das Papier zu einem winzigen Quadrat zusammen, und dann war er wieder der liebe Onkel.

Ihr erstes Versteck befand sich in einem Schuppen hinter einem Haus am Fluss. Der Onkel gehieß ihr, auf ein roh gezimmertes Hochbett zu steigen und sich nicht vom Fleck zu bewegen. Sie lag unter dem Wellblechdach, das sich nur ein paar Daumenlängen über ihrem Kopf befand, und gegen Mittag war die Hitze schier unerträglich. Sie schwitzte so sehr, dass ihr Schweiß die Holzbretter unter ihr dunkel färbte.

Ein paar Tage später – an jenem Mittag war die Hitze am schlimmsten gewesen – holte ihr Onkel sie ab und schärfte ihr einen Namen und eine Adresse in Rach Gia ein, für den Fall, dass ihr jemand Fragen stellen sollte. Ihr war schwindelig, als sie aufstand.

»Sobald du drüben bist«, wies er sie an, »schreibst du deiner Mutter. Sie wird dir Bescheid geben, was du tun sollst.« Sie nickte benommen. Es war die erste und letzte Bestätigung des neuen Lebens, das ihr bevorstand; ein Boot wartete, mit dem sie das Land verlassen würde. Er sah sie an und seufzte. »Pass auf dich auf – sonst hat sie nichts gesagt.« Abermals umarmte er sie kurz. »Hast du mich verstanden, Kind?« Natürlich war er nicht ihr richtiger Onkel – so viel war ihr inzwischen klar –, aber trotzdem hatte sie einen dicken Kloß in der Kehle. Es war das letzte Mal, dass sie ihn sah.

Bei ihrem zweiten Versteck handelte es sich um ein Boot, das auf dem Loc Thang unter einer Brücke ankerte. Tagelang war Mai unter Deck zwischen Säcken mit Süßkartoffeln eingepfercht, zusammen mit etwa sechzig anderen Flüchtlingen. Niemand sprach ein Wort; im

Dunkel hörte man nur die Ratten. Sie ertappte sich dabei, wie sie leise weinte, und hielt sich die Hand vor den Mund. Einige Male brachte der Besitzer des Boots ein paar Kilo Reis vorbei; sie kochten den Reis und die Kartoffeln über niedrig gedrehten Petroleumflammen, gaben Salz dazu und kauten schweigend ihre Portionen. Wer husten musste, hustete in seinen Ärmel, um das Geräusch zu dämpfen. Eltern stellten ihre Babys mit Schlaftabletten ruhig.

Eines Abends erschien der Besitzer mit einem Mann, der zu ihr trat und ihr auf die Schulter tippte. Dasselbe tat er bei fünf weiteren Leuten. Sie folgten ihm an Deck, ins heiße, seltsam weite Dunkel. Ein Ruderboot wartete auf sie; nach kurzem Zögern und leisem Murren stiegen sie einer nach dem anderen ein. Mai saß in der Mitte. Der neue Mann wies den Führer des Boots an, zum anderen Ufer überzusetzen. Stattdessen paddelte dieser endlos lange den Fluss hinab. Es schien Stunden zu dauern; schließlich nickte Mai ein. Sie erwachte, als ein hohl klingendes Geräusch an ihre Ohren drang. Eine dunkle Ansammlung von Hausbooten umgab sie. Der Bootsführer machte an einem der Hausboote fest und kletterte an Bord, wo er eine kleine Laterne entzündete und anfing, große, nach Diesel stinkende Fässer ins Boot zu laden. Kurz darauf legten sie am Ufer an. Der Bootsführer sprang mit einer Hacke an Land und begann, unweit einer Gruppe von Kokospalmen einen großen grauen Gegenstand auszugraben.

»Ein abnehmbares Segel«, flüsterte jemand.

Mai wandte sich um. Die Stimme gehörte einer jungen Frau. Sie klang, als würde sie sich auf einem Markt über schlechte Waren beschweren.

»Das ist ein abnehmbares Segel«, wiederholte sie.

Mai fragte sie, was das sei, doch im selben Moment drehte sich der Bootsführer um und brachte sie mit einem finsteren Blick zum Schweigen. Kurz darauf spürte Mai eine gewölbte Hand am Ohr.

»Ich bin Chi Quyen.« Mit dem Wort *Chi* bezeichnete sie sich als ältere Schwester. Sie lehnte sich zurück, lächelte düster, aber nicht unfreundlich, und beugte sich wieder vor. »Chi ist auch allein.«

Mai nickte. Zögernd hob sie einen Finger und legte ihn an die Lippen.

Lange Zeit glitten sie lautlos am Ufer entlang, bis ihnen dichtes Schilf den Weg versperrte. Sie hielten an. Der Bootsführer wandte sich um, schüttelte den massigen Kopf und führte den Finger an die Lippen. Es war stockdunkel. Er riss ein Streichholz an, entzündete ein Räucherstäbchen und steckte es in einen Spalt am Bug des Boots. Kurz darauf war Mai vollends verwirrt, da niemand zu beten schien. Als das Räucherstäbchen heruntergebrannt war, bat der Schlepper den Bootsführer mit leiser Stimme, ein weiteres anzuzünden. Mindestens eine Stunde verging. Ein paarmal stach das harte, düstere Profil des Bootsführers aus dem Dunkel. Tief sog Mai den schweren Geruch des Sandelholzes ein.

Das Boot schwankte. »Vielleicht warten sie schon«, flüsterte eine neue, barsche Stimme. »Raus aus dem Schilf, damit sie das Signal sehen können.«

»Kopf runter!«, schnauzte der Bootsführer.

Im selben Moment ging Mai auf, dass das Räucherstäbchen – das schwache Glühen, vielleicht auch der Rauch – ein verabredetes Zeichen war.

»Sie werden nicht warten«, sagte jemand.

»Raus aus dem Schilf«, wiederholte der andere Mann.

Mai spürte Quyens heißen Atem am Ohr. »Wenn sie kommen, folge mir, *nha*? Spring aus dem Boot und schwimm ins Schilf. Du kannst doch schwimmen, oder?«

»Wenn wer kommt?«

»Verdammt noch mal, Kopf runter, habe ich gesagt!«

Jemand hinter ihr zischte, und das Boot schaukelte wild hin und her. Der Bootsführer fuhr herum. Dann blitzte Licht durchs Schilf, wie von einem Scheinwerfer, der an- und ausgeschaltet wurde. Der Bootsführer zündete ein weiteres Räucherstäbchen an, steckte es abermals an den Bug und paddelte schweigend und behende aus dem Schilf. Dann erblickten sie etwas im flackernden Licht, das vom Ufer auf den Fluss gerichtet wurde. Einen alten, tief im Wasser liegenden Fischkutter, vielleicht zwanzig Meter lang, jedenfalls kleiner, als sie es erwartet hatte. Während sich der Kutter auf sie zu bewegte, nahmen sie nun auch das Grollen des Dieselmotors wahr. Auf dem Vordeck erhob sich ein rechteckiges Ruderhaus, am anderen Ende ein Kran; Masten und Takelage nahmen den Mittelteil des Kahns ein. Zwei aufgemalte Augen zierten den Bug. Sie legten längs des Kutters an; drei Männer beugten sich zu ihnen und zogen einen nach dem anderen an den Handgelenken an Bord. Im Nu waren sie oben. Bevor sie in den Laderaum gescheucht wurden, warf Mai noch einen Blick zurück und sah, wie das verlassene Boot im Kielwasser des Kutters flussabwärts trieb.

Der Gestank im Laderaum war derart unerträglich, dass ihr das Wasser in die Augen schoss. Der Geruch von Urin und menschlichem Kot, Schweiß und Erbrochenem. Sie befand sich in einem schwarzen, von Menschen überfüllten Loch, Leiber um Leiber, Augen und Augen und Augen, und wenn ihr das Boot, mit dem sie hierher gekommen waren, bereits eng vorgekommen war, dann war es hier kaum möglich zu atmen, geschweige denn sich zu bewegen. Später zählte sie mindestens zweihundert Menschen, zusammengepfercht in einem Raum, der für fünfzehn bestimmt war. Sich zu setzen war so gut wie unmöglich; man bekam kaum einem Fuß auf den Boden. Sie hielt sich an einem Deckenbalken nahe der Luke fest, der sich glücklicherweise unweit eines Speigatts befand, durch das Luft hereindrang.

Quyen quetschte sich auf die Stufe unter ihr und begann mit einem kleinen Jungen zu flüstern. Sie bemerkte Mais Blick und lächelte tapfer.

Im Schneckentempo setzte der Kahn seinen Weg fort. Einige Passagiere warfen ihre Kleidung auf die Motoren, um den Lärm zu dämpfen.

»Ruhe jetzt!«, schnauzte jemand von oben. »Gleich sind wir am Hafen.«

Dabei hatte niemand einen Ton von sich gegeben. Durch das Speigatt spähte Mai hinaus in die Nacht; der Kutter fuhr in einen belebten Hafen ein. Sie spürte, wie sich der Körper des Jungen, mit dem Quyen eben geflüstert hatte, eng an sie presste.

»Naturhafeneinfahrt, hundert Meter lang«, vernahm sie plötzlich eine Stimme. Das Wasser transportierte die gedämpften Worte klar und deutlich an ihre Ohren. Dann begriff sie, dass jemand an Deck gesprochen hatte, womöglich nur zu sich selbst. »Zehn Meter breit bei Flut.«

Dann eine weitere, vom Wind herbeigetragene Stimme. »Vietcong ... bewaffnet mit M-30ern ...«

»Maschinenpistolen?«

»Gewehre.«

»Und der Passierschein? Was hat Phuoc gesagt?«

Seltsam, wie es sich anfühlte, das eilige Flattern eines Kinderherzens, dachte Mai. Wie verletzlich es war.

Ein tiefer Seufzer. »Der Passierschein bringt sowieso nichts. Die schießen sofort, wenn jemand bei Nacht ausläuft.«

Die beiden Männer schwiegen einen Moment lang. Dann sagte eine Stimme: »Warten wir's ab.«

Sie wollte nichts mehr hören, kauerte sich zu dem kleinen Jungen, versuchte, alles um sich herum zu vergessen: die Stimmen, den Gestank. Ein kalter Schauder lief ihr über den Rücken, als sie sich all die anderen Gestalten im Dunkel vergegenwärtigte. Schwarze Schemen in der Fins-

ternis, die wie Schatten auf einem Ölteppich verschmolzen. Sie kauerte in der Dunkelheit unter der Einstiegsluke.
Behielt die Bucht durch das Speigatt im Auge. Unausweichlich stiegen düstere Gedanken in ihr auf. Hier war
sie also gelandet – im dunklen Unterleib einer Dschunke,
die sie in endlose Weiten entführte. Was wusste sie schon
über das Meer? Obwohl sie die Tochter eines Fischers war,
fürchtete sie sich. Im selben Moment streckte Quyen die
Hand aus und legte die Handfläche mit erstaunlich routi-
nierter Geste an die Stirn des Jungen. Während sie seine
düstere Miene betrachtete, musste Mai unwillkürlich an
ihren Vater denken. Ihre letzte Begegnung. Seine Blind-
heit. Er hatte ihr gesagt, der Krieg sei nicht schuld daran,
doch wie sollte sie das glauben, da sich sein Blick nur noch
nach innen zu richten schien?

Dann verloschen die Lichter an Land, die sie durch das
Speigatt sah, nacheinander wie durch einen Zaubertrick.
Gleichzeitig schaltete jemand die Motoren aus.

Sie zog den Jungen fester an sich; er versuchte sich aus
ihrem Griff zu winden wie ein unwilliges Tier.

»Truong«, drang ein scharfes Flüstern zu ihnen.

Sie spähte ins Dunkel. Es war Quyen.

»Benimm dich.« Quyen sah Mai an und fügte ent-
schuldigend hinzu. »Das ist mein kleiner Lausejunge.
Truong.«

»Dein Junge?« Mai runzelte die Stirn. »Aber ...«

Aus dem finstersten Teil des Laderaums ertönten mehrere zischende Stimmen, die sie gehießen zu schweigen.
Es wurde so still, dass selbst das Geräusch des Kielwassers
ohrenbetäubend laut erschien. Dann hörten sie ein lautes
Knirschen an der Außenwand des Schiffsrumpfs – das
scheußlichste Geräusch, das Mai je vernommen hatte.

»Was war das?«

»Eine Mine? Ich habe gehört, dass sie manche Hä-
fen ...«

Bei jeder noch so kleinen Bewegung des Kahns erklang das metallische Schaben von neuem.

»O nein!«

»Aber hier kommen doch jeden Tag Boote durch ...«

»Schluss jetzt!«, unterbrach sie eine angespannte Stimme.

Mit einem Mal war das Geräusch nicht mehr zu hören; eine tiefe, gähnende Stille schloss sich an. Bei jedem Ächzen des Kahns, jedem Schwappen am Rumpf zuckte Mai zusammen. Dann ertönte urplötzlich der Ruf einer entfernten Stimme und verhallte wieder. Sie legte die Wange an den Kopf des Jungen, und zum ersten Mal reagierte er auf sie, umklammerte mit beiden Händen ihren Unterarm. Sie schloss die Augen, konzentrierte sich auf seinen flatternden Herzschlag, als könne ihr einzig der zarte Rhythmus seines Herzens einen Ausweg weisen. Die Minuten wurden lang und länger. Der Kutter bahnte sich seinen Weg aus der Bucht, geradewegs hinaus aufs offene Meer. Schließlich verkündete der Mann mit der angespannten Stimme hustend:

»Jetzt sind wir erst mal in Sicherheit.«

Alle murmelten durcheinander. Die Luke wurde geöffnet. Im unvermittelt erstrahlenden Sternenlicht sah Mai klar und deutlich das Gesicht des Jungen, der sich nach oben streckte, um frische Luft zu schnappen.

»Benimm dich«, sagte Quyen. »Sag hallo zu Chi.«

Mit schwarzen, klaren, ungerührten Augen sah er zu Mai auf. »*Chao*, Chi«, sagte er mit dünner Stimme.

Die allgemeine Erleichterung war deutlich zu spüren; überall um sie herum entspannten sich Gesichter, Körper und Stimmen. Nur Mai stellte verblüfft fest, dass sie trotz der Wärme zitterte, während sie den seltsamen Jungen umklammerte, und Erleichterung verschafften ihr lediglich die brennenden Tränen, die ihr jäh in die Augen traten.

Sechs Tage waren sie nun unterwegs. Aber der Sturm hatte alles verändert.

Die Fischer auf dem Boot stimmten überein, dass dieser Sturm schneller über sie hereingebrochen war als alle, die sie je erlebt hatten. Er hatte Planken herausgerissen und einen Teil der Verschalung zerstört. Im Laderaum stand Wasser, und bald darauf gaben beide Motoren den Geist auf.

Auch die Vorräte waren verdorben. Sie hatten kaum noch Trinkwasser. Anh Phuoc, dessen Autorität keine Sekunde in Frage gestellt wurde, rationierte die verbleibenden Vorräte; zuerst wurden die Kinder und die Kranken versorgt. Pro Person gab es täglich kaum mehr als ein paar Mundvoll feucht gewordenes Getreide.

Die ganze Zeit über war es unerträglich heiß gewesen, schon lange, bevor die erste Leiche über Bord geworfen wurde. Während des Sturms war bereits eine Handvoll Leute über Bord gegangen, doch war dies der erste Todesfall, den alle Passagiere des Boots mitbekamen. Während eine Frau eine Totenklage sang, die schier nicht enden wollte, wurde das zusammengeschnürte Bündel über Bord geworfen und landete mit einem schwachen Klatschen im Wasser.

Mai sah nicht hin, so wie alle anderen auch.

Nachdem der Sturm vorbei war, kam es Mai vor, als sei ein Schleier von der Welt gerissen worden. Alles um sie herum wirkte viel intensiver als sonst; die Sonne war heißer, das Licht greller, die See dunkler, jedes Wort ein Misston im allgemeinen Schweigen. Der Sturm hatte die Passagiere des Boots zum Rückzug ins Private gezwungen; die Gegenwart der anderen führte jedem Einzelnen immer wieder vor Augen, welcher Katastrophe sie nur um ein Haar entronnen waren. Die Kinder spielten so seltsam nach innen gewandt, als würden sie Selbstgespräche führen.

Selbst die Zeit begann sich zu verändern: Die sechs Tage vor dem Sturm dehnten sich in der Erinnerung aus, bis es schien, als habe sich die Geschichte ihres ganzen Lebens allein und ausschließlich auf diesem Boot ereignet.

Ein Mann verbrannte seine Kleidung, um Rauchsignale zu senden. Er wurde überwältigt und das Feuer erstickt – je länger sie unterwegs waren, desto mehr wuchs die Angst vor Piraten. Am Abend wurde ein weiteres Bündel über Bord geworfen. Minuten später hörten sie jemanden im Wasser strampeln. Es war zu dunkel, um etwas sehen zu können, doch trotzdem wandten alle den Blick ab.

Dann kam der Durst. Manche tranken ihren eigenen Urin. Andere wiederum waren so verzweifelt, dass sie vergaßen, was passiert war, und um einen neuen Sturm beteten. Es war grotesk, von so viel Wasser umgeben zu sein und trotzdem verdursten zu müssen. Mai ging bald auf, dass sie es nicht lange durchhalten würde. Am Tag nach dem Sturm machte sie es einigen von den älteren Jungs nach und holte sich mittels eines Eimers, den sie an einem Tau befestigt hatte, Wasser herauf. In der Mittagssonne glitzerte es wie ein Amethyst, sah köstlich und erfrischend aus.

Sie trank davon. Zuerst schmeckte es einwandfrei. Es war ein wahrer Segen. Doch im nächsten Moment brannte es so heftig, dass sie sich am liebsten die Kehle herausgerissen hätte.

»Du dumme Kuh«, fuhr Quyen sie an und bedeutete ihr, sich sofort zu übergeben. Sie schloss sie fest in die Arme. »Um Himmels willen, reiß dich zusammen! Es dauert doch nicht mehr lange.«

Aber was wusste Quyen schon? Mai hatte gehört – wer eigentlich nicht? –, dass andere Boote nicht mehr als zwei Tage für die Überfahrt benötigten. Sie versuchte zu schlafen, den Schmerz in ihrer wunden Kehle zu vergessen. Sieben Tage waren sie nun schon auf See. Wie lange sollte es denn noch dauern? Ihr Vater ging ihr nicht mehr aus dem Sinn – Wochen, ja Monate hatte er hier, auf ebendiesem Meer verbracht, auf ganz ähnlichen Booten. Er war vor ihr hier gewesen.

Als sie am Nachmittag erwachte, fühlten sich ihre Muskeln seltsam flüssig an. Schmatzend pumpte ihr Herz. Sie lauschte den schwachen Rhythmen ihres Körpers, das kontrapunktische Ächzen und Knarren des Boots im Ohr, das gelegentliche Flattern eines Segels. Die Sonne schien grell vom Himmel, aber es war nicht heiß. Obwohl Mai es nicht für möglich gehalten hätte, war sie noch durstiger als zuvor.

»Ich schaffe es nicht«, sagte sie. Nackte Panik ergriff sie, als sie es aussprach.

»Ruhig«, sagte Quyen. »Versuch wieder zu schlafen.«

Mai kämpfte sich auf die Ellbogen. Während ihr ein paar Kinder ins Auge fielen, die unweit entfernt am Schanzkleid standen, stellte sie sich ihren kleinen Bruder vor, wie er sich mit bösem Lächeln umdrehte und »Drache!« knurrte. Sie lächelte, hielt krampfhaft die Tränen zurück. Hinter ihm verkaufte ihr alter Schulfreund Huong, umgeben von feuchtem Gestank, Nudeln mit Schweinefleisch vor dem Eingang zum Fischmarkt. Sie nahm denselben Weg wie immer, beschleunigte ihre Schritte, eilte vorbei an Ständen, an denen Stoffe und Kaffee feilgeboten wurden, vorbei an dem staubigen Fußballplatz, wo Fischersöhne und Lastwagenfahrer sie herbeiwinkten, um Zigaretten von ihr zu kaufen, und dann zum Kai, wo sie meistens stand – hier, inmitten der Kerle mit den harten Muskeln, die Kisten um Kisten stapelten, inmitten rauher Männerstimmen und schillernder blauer Fischleiber, der Paletten mit Eisblöcken, der glänzenden Kupferwaagen, der an- und ablegenden Kähne, der Frachten, die gerade geladen oder gelöscht wurden …

Ein barbrüstiger Mann wandte sich um und sah ihr direkt in die Augen.

»Ba?«

Sie war überglücklich, ihn so zu sehen: jung und kraftvoll, mit klarem, unbeirrbarem Blick. Er sah aus wie auf dem Photo, das zu Hause auf dem Altar stand. Es war ihr Vater vor dem Krieg, vor Umerziehung und Krankenhaus. Wenn sie ihm damals in die Augen gesehen hatte, war das gewesen, als würde er sie auf seine Schultern heben. Er hatte starke Hände, die nach Salz und feuchten Tauen rochen. Lächelnd trat sie auf ihn zu, doch er sah sie streng an.

»Du hast es mir versprochen, Tochter«, sagte er.

Wenn er zur See fuhr, war es ihr immer vorgekommen, als führe sie nur ein halbes Leben; stets hatte sie auf seine Rückkehr gewartet, damit sie sich endlich erzählen konnten, was sie in der Abwesenheit des anderen erlebt hatten. Ihre Mutter sagte, er würde sie verderben. Damit hatte sie recht, aber natürlich änderte sich nichts durch ihre Klagen: Er fuhr wieder hinaus, und jedes Mal wartete Mai von neuem.

Verblüfft stellte sie fest, wie plötzlich nackte Wut in ihr aufstieg.

»Warum hast du deine Tochter weggeschickt? Ich habe Ba gehorcht.« Ihre Worte sprühten wie Funken in alle Richtungen. »Ich hätte doch warten können, bis es Ba wieder besser geht.« Zehn Tage hatte er wegbleiben wollen, und dann war er nach zwei Jahren zurückgekehrt, völlig verändert und blind. Schon kam ihr der nächste Gedanke. »Es war Ba, der seine Tochter verlassen hat.«

Er stand einfach nur da, mit teergeschwärztem Gesicht und leerem Blick. Sie schlug die Hände vor den Mund, konnte nicht fassen, was sie soeben von sich gegeben hatte. Die Worte schienen ihr die Kehle zu versengen.

»Es tut mir leid«, flüsterte sie. »Ba und Ma haben alles für ihre Tochter getan. Es tut mir leid. Wie konnte ich nur so dumm sein?«

Stets war er behende vom Boot gesprungen, hatte sie

schwungvoll in den Arm genommen und auf seine Schultern gesetzt, während ihre Mutter sich die feuchten Hände an ihrer Seidenhose abwischte und nervös lächelte. Ich kriege sie nicht mehr von mir runter, hatte er immer gesagt. Seine Hände zitterten an ihren Rippen – sie steckt fest, ich kriege meinen süßen Käfer nicht mehr von mir herunter!

Er fehlte ihr so sehr, dass der Abschiedsschmerz sogar ihren Durst überwog. Immerzu hatte sie sich nach seiner Rückkehr gesehnt. Nun war er zurück, und sie wollte ihr Wiedersehen nicht durch unbedachte Worte verderben.

»Es tut mir leid.«

Er antwortete nicht.

»Es tut mir leid, Ba.«

»Mai.«

Er schüttelte sie. Abermals sagte sie, dass es ihr leidtat, und dann spürte sie, wie Finger in ihrem Mund herumtasteten, während ihr ein widerlicher Gestank in die Nase stieg. Als sie ihren Blick konzentrierte, erkannte sie, dass nicht ihr Vater, sondern Truongs dürre Gestalt vor ihr stand.

»Dem Himmel sei Dank«, murmelte Quyen.

Ein tiefer Schauder durchlief sie, als ihr aufging, was sie die ganze Zeit zu dem Jungen hingezogen hatte – nämlich keineswegs sein zartes Alter oder seine magere Statur, wie sie zuerst angenommen hatte. Und an ihren kleinen Bruder erinnerte er sie auch nicht. Es war sein Gesicht. Es trug denselben Ausdruck wie das ihres Vaters, seit er von der Umerziehung zurückgekehrt war. Es war ein Gesicht, das nichts mehr überraschen konnte.

Sie keuchte unwillkürlich, als der Schmerz sie erneut überwältigte. Sie war wieder wach. Sie fror.

»Mai hat kein Fieber mehr«, stellte Quyen fest. Ein breites Lächeln umspielte ihre Lippen; Mai hätte nicht geglaubt, je wieder jemanden so lächeln zu sehen. Plötzlich fühlte sie sich an ihre Mutter erinnert, und einen Moment später brach sie zu ihrer eigenen Überraschung in Tränen aus.

»Gut«, flüsterte Quyen. »Das ist gut.«

Mai wischte sich Augen und Mund mit dem Saum ihrer Bluse. »Ich habe Durst«, sagte sie. Sie sah sich nach Truong um, konnte ihn aber nirgends entdecken.

»Das wundert mich nicht. Du hast zwei Tage geschlafen.«

Es war Abend. Mit Quyens Hilfe rappelte Mai sich auf; im ersten Moment wollten ihre Beine sofort wieder nachgeben. Langsam stieg sie die Stufen hinauf. An Deck schirmte sie die Augen gegen die untergehende Sonne ab, die am glühend roten Firmament langsam im schwarzen Wasser versank. Dutzende und Aberdutzende sonnenverbrannter Gesichter, von denen sich die Haut schälte, starrten leer in die Ferne.

»Alle sind hier oben«, flüsterte Quyen. »Unten liegen nur noch die Kranken.«

»Die Kranken?«

Besorgt ließ Mai den Blick über das Deck schweifen, dann noch einmal. Sie zwang sich, ruhig zu bleiben. »Wo ist Truong?«, fragte sie.

»Truong? Keine Ahnung.«

»Aber ich habe ihn doch gesehen, als ich aufgewacht bin.«

Quyen fasste sie genau ins Auge. »Er hat sich Sorgen um dich gemacht, das war alles.«

Er war nicht bei den anderen Kindern. Mai kämpfte sich durch den Morast aus Armen und Beinen Richtung Ruderhaus. Niemand machte ihr Platz. Im selben Moment erspähte sie ihn auf dem Niedergang. Um ein Haar hätte sie einen Schrei ausgestoßen. Den blassen Jungen mit den feinen Zügen gab es nicht mehr: Seine Lippen waren aufgesprungen, seine Wangen sonnenverbrannt und spröde wie zerschrammtes Glas. Sein Blick wirkte verschwommen. Zögernd stand er da, als erwarte er, gescholten zu werden.

Mai riss sich mit aller Macht zusammen. »Geht es dir gut?«

»Ja. Und dir?«

»Truong, benimm dich!«, fuhr ihn Quyen an.

»Wie geht es Chi Mai?«

»Besser.« Sie beugte sich zu ihm, blickte ihm besorgt in die tränenden Augen. Das geschwollene Gesicht ließ seine Züge schläfrig erscheinen.

»Chi Mai war sehr krank.«

»Jetzt geht es Chi wieder besser.«

»Tan und An waren noch kränker«, sagte er. »Aber Ma sagt, sie hätten Glück gehabt.«

Mai lächelte Quyen an; Truong war viel gesprächiger als sonst. Seine Stimme klang rau, aber fest. Wie in Habachtstellung stand er vor ihnen, die Hände an die Seiten gelegt.

»Das freut Chi sehr.«

»Sie sind gestorben«, sagte er. Als Mai nichts erwiderte, fuhr er fort: »Ich habe den Hai gesehen. Die Onkels haben versucht, ihn damit zu fangen« – er zeigte auf ein Ankertau, das vom Heckkran hing –, »aber er war zu schnell.«

»Truong!«

Sein Blick zuckte zu seiner Mutter. Dann sagte er: »Vierzehn von uns sind gestorben, während Chi Mai geschlafen hat.«

»Sohn!«

Er ballte die Hände zu Fäusten und öffnete sie dann wieder. »Chi Mai ist nicht mehr krank, *ha*?«

»Es geht ihr wieder gut«, sagten Mai und Quyen gleichzeitig.

Es war schwierig, seinen dürren, erschöpften Körper mit dem Bild jenes Jungen in Einklang zu bringen, den sie in Erinnerung hatte. Während sie ihn betrachtete, spürte

Mai, wie erschöpft sie selbst war. »Tja, lass mich überlegen ...« Sie streckte ihm die Handfläche entgegen. »Willst du Schnappen spielen?«

Seine dunklen Augen starrten sie irgendwie mitleidig an.

»Stell dir vor, das ist der Hai«, rief sie. Quyen warf ihr einen Blick zu. Erschrocken über sich selbst, zog Mai abrupt ihre Hand zurück. »Chi hat nur einen Witz gemacht.«

Es war schon spät geworden, als ein junges Mädchen mit dürren Beinen zum Schandeck ging und sich graziös über Bord fallen ließ; im ersten Moment sah es aus, als würde sie sich besonders tief verneigen.

»Hilfe!«, rief jemand.

»Lass sie doch«, sagte ein anderer. »Ist doch ihre Entscheidung.«

»Um Himmels willen, so tut doch etwas!« Der Mann, der zuerst gesprochen hatte, rappelte sich auf und sah verzweifelt in die Runde. »Wir müssen sie retten!«

»Mach du doch. Na los, spring.«

Er stand da wie eine Vogelscheuche, rührte sich nicht vom Fleck. Die Blicke aller waren auf ihn gerichtet. Er trat an die Stelle, von der sie gesprungen war, und spähte hinunter ins Wasser.

»Ich sehe sie nirgends«, sagte er.

»Wahrscheinlich hat sie keine Familie«, flüsterte Quyen in Mais Ohr.

»Sie hat es richtig gemacht«, sagte eine andere gedämpfte Stimme. »Oder fällt irgendeinem von euch etwas Besseres ein?«

»*Hoi*«, ließ sich Anh Phuoc vernehmen, der unbemerkt zu ihnen getreten war. »*Hoi,* jetzt reicht's aber.«

Umerziehungslager. Zwei Jahre lang hatte dieses Wort ihre Phantasie beschäftigt; sie wusste einfach nicht, was sie sich darunter vorstellen sollte. Ihr Vater hatte nicht darüber geredet, und von ihrer Mutter hatte sie auch nichts erfahren. Nun aber sprach endlich jemand mit ihr darüber, zum ersten Mal. Anh Phuoc war im selben Regiment gewesen wie ihr Vater und ebenfalls in ein Umerziehungslager geschickt worden, das sogar im selben Bezirk lag. Nein, er hatte ihn nicht gekannt. Als die Kommunisten im März 1975 Ban Me Thuot eingenommen hatten, waren die Amerikaner längst fort und die südvietnamesischen Truppen auf dem Rückzug gewesen; Soldaten waren desertiert, hatten Zuflucht unter der Zivilbevölkerung gesucht, waren in den Dschungel geflohen. Alle versuchten, ihre Haut zu retten, doch bald war ihnen klar, dass es kein Entrinnen vor den Kommunisten gab – nicht in dem Land, das diese nun vollständig kontrollierten. Sie hetzten alle gegeneinander auf, erzählte er, die Menschen im Süden gegen die Bevölkerung im Norden, ein Dorf gegen das andere. Und dann schwieg er.

Mai wartete. Sie sah, wie er sich erinnerte. In den vergangenen neun Tagen war er um Jahre gealtert; er hatte Tränensäcke unter den Augen, und seine Haut war von dunklen Sonnenflecken übersät.

»In den Lagern ist man ihnen ausgeliefert«, sagte er. »Mit Haut und Haar – und dann polen sie einen um.«

Auf dem Achterdeck bahnte sich eine Frau mittleren Alters ihren Weg durch die auf dem Boden hockende Menge. Sie hielt sich mit beiden Händen am Schandeck fest, um nicht das Gleichgewicht zu verlieren.

»Sie bringen einen dazu, die eigene Frau ans Messer zu liefern«, fuhr er fort. »Sie spielen Kinder gegen ihre Eltern aus. Man hat nur eine Chance – ihnen zu gehorchen und alles und jeden zu denunzieren.«

Die Frau taumelte auf sie zu. Mit heiserer Stimme beklagte sie sich. Sie wollte zusätzliches Wasser. Sie behaupteten, ihre Ration einem Kind gegeben zu haben, das ohnmächtig geworden war, und deutete nach achtern. Anh Phuoc warf Mai einen ernsten Blick zu und folgte der Frau.

Ihr Vater hätte sie niemals denunziert. Das hätte er nicht übers Herz gebracht, so viel stand für sie fest. Doch wiederum verstand sie, warum es so wichtig war, nicht unterzugehen, um jeden Preis an der Oberfläche zu bleiben. Weil unter der Oberfläche nichts als Furcht und Wahnsinn lauerten. Während mehr und mehr Tote über Bord geworfen worden waren, hatte sie sich entschlossen, auf keinen Fall hinzusehen, weigerte sie sich, die Bündel als menschlich wahrzunehmen; auch wollte sie nicht wissen, wer Angehörige verloren hatte. Sie lenkte sich mit den alltäglichsten Dingen ab: dem Wetter, dem Schwappen des Wassers, der unablässig verstreichenden Zeit.

»Mai!«

Es war Anh Phuoc. Sie erhob sich und stakste entlang des Schandecks zum Heck. Hinter der Luke zum Laderaum erblickte sie plötzlich Truong. Er saß gegen den rostigen Sockel des Ladekrans gelehnt; das Kinn war ihm auf die Brust gesackt, und die mageren Arme hingen schlaff herab.

Mai stürzte zu ihm, drängte die anderen mit Ellbogen und Knien aus dem Weg. Die Umstehenden sahen teilnahmslos zu.

»Wasser!«

Niemand reagierte. Sie blickte sich um und erspähte eine Feldflasche; sie griff danach, schraubte sie auf und hielt sie an seinen Mund. Ein dünnes Rinnsal benetzte seine gesprungenen Lippen, ehe ihr die Feldflasche auch schon wieder aus der Hand gerissen wurde. Als sie aufsah, starrte sie in das hassverzerrte Gesicht eines Mannes, der fast gleichzeitig zuschlug; hart trafen seine Knöchel auf ihre Wange. Halb fiel sie, halb warf sie sich schützend vor Truong.

»Sie hat mein Wasser gestohlen.«

»Du kriegst neues«, gab Anh Phuoc knapp zurück.

Truong begann zu husten. Mais Wange brannte; sie

setzte sich auf und murmelte eine Entschuldigung in Richtung des Mannes. Er hob die Feldflasche auf. Ein paar Leute sahen zu ihnen herüber, besorgt wegen des verschwendeten Wassers. Am Vorabend hatte es einen kleinen Tumult gegeben, als eine Frau – dem Gerücht nach eine Schauspielerin – sich mit dem Rest ihrer Ration das Gesicht gewaschen hatte.

Blinzelnd sah Truong zu Mai auf. Sein gesamter Körper, das dunkle, aufgeschwemmte Gesicht, die ausgezehrten, skelettartigen Glieder, alles schien in Auflösung begriffen. Als sie seine geschwollene Wange berührte, begann ihre eigene Wange zu schmerzen.

»Ma«, hauchte er.

»Ist ja gut«, sagte sie. »Ma kommt gleich. Chi ist bei dir.«

»Wo ist Quyen?«, fragte Anh Phuoc. Er wandte sich um und marschierte eilig los.

»Ich wollte nur zählen, wie viele wir noch sind«, sagte Truong.

Wieder hustete er; kratzend entwich die Luft seiner Kehle. Während sie ihn ansah, verspürte Mai ein Gefühl der Hilflosigkeit, das sich wie ein plötzlicher Kopfschmerz hinter ihrer Stirn bemerkbar machte. »Mein Junge«, flüsterte sie.

Quyen trat zu ihnen. Sie bewegte sich langsamer als sonst; ihre Züge wirkten verhärmt, ihr Haar war verfilzt. Sie kniete neben Truong nieder. »Oh«, sagte sie. »Du hast dir wehgetan.«

»Er ist ohnmächtig geworden«, sagte Mai.

»Warum bist du denn nicht bei Ma geblieben?«

»Da unten gefällt's mir nicht«, sagte er.

»Oh, Mai«, stieß Quyen hervor. »Ist alles in Ordnung mit dir?«

»Er sollte nicht in der Sonne bleiben. Außerdem braucht er mehr Wasser.«

»Unten ist es zu dunkel«, sagte Truong. »Da kann man nicht zählen.« Er hob die Arme und ließ sie von den Knien baumeln. Wie ein alter Mann. Quyen beugte sich zu ihm und nahm ihn in die Arme, zwängte ihn zwischen ihre Ellbogen und fuhr ihm mit der einen Hand durchs Haar, während sie mit der anderen seine Stirn fühlte.

»Ich war so müde«, sagte Quyen zu Mai. »Danke, dass du dich um ihn gekümmert hast.«

»Er muss etwas trinken.«

»Hast du verstanden?«, richtete Quyen das Wort an Truong. »Weißt du überhaupt, was für ein Glück du gehabt hast? Dass Chi Mai rechtzeitig hier war?«

Anh Phuoc beugte sich zu ihnen. »Kommt mit«, murmelte er. Die Blicke der anderen im Nacken, folgten sie ihm ins Ruderhaus. Er schloss die Tür hinter ihnen. Er förderte eine Plastikflasche zutage, goss sorgfältig die Verschlusskappe voll und gab dem Jungen zu trinken.

Allein der Anblick des Wassers führte dazu, dass sich Mais Magen schmerzhaft zusammenkrampfte, aber sie blieb still.

»Guter Junge«, sagte Anh Phuoc.

Quyen richtete den Blick auf die Plastikflasche. »Ist das alles, was wir noch haben?«

Anh Phuoc langte nach unten und öffnete den Schrank unter dem Fahrstand, in dem drei Plastikflaschen standen.

»Das wär's«, sagte er. »Es sei denn, es gibt Regen.«

»Wie lange kommen wir damit aus?«

»Noch einen Tag. Allerhöchstens zwei.«

Mai hob den schmerzenden Kopf und ließ den Blick durch die Fenster des Ruderhauses schweifen. Von hier oben konnte sie das Boot in voller Länge überblicken: Weit und breit sah sie nichts als Lumpen, schwarzhaarige Köpfe und sonnenverbranntes Fleisch. Wenn man die Passagiere zählen wollte, dann am besten von hier. Sie zwang sich, nicht wieder auf die Wasserflasche zu blicken, und

318

starrte hinaus in den Himmel. Kein Wölkchen in Sicht. Doch nichts war trügerischer als der Himmel – er sah überall gleich aus. Sie fasste den Horizont ins Auge. Von allen Seiten umgab er sie wie ein langer, fahler Ring – doch wohin sie auch sah, überall fiel er nur in weitere Wassermassen ab.

Der Morgen des zehnten Tages brach an. Das Boot dümpelte antriebslos dahin. Graue Schatten huschten über das Wasser. Sie hatten das Segel gehisst; die Männer wechselten sich ab, krächzten einander Befehle zu, während sie versuchten, das Boot Richtung Süden zu steuern.

Mai beobachtete Truong mit neu erwachter Aufmerksamkeit. Seit Mai wieder genesen war, hatte Quyen sich zurückgezogen; den Tag wie auch die Nacht verbrachte sie zusammengekauert unter dem Niedergang, wo sie alle schliefen. Als Mai hinunterstieg, saß sie – eingequetscht zwischen zwei alten Frauen – im Zwielicht und starrte geistesabwesend ins Dunkel des Laderaums.

»Wie geht es Truong?«, fragte Quyen sie leise.

»Ich habe ihm schon x-mal gesagt, dass er nach dir sehen soll.«

»Er hat Angst hier unten.«

Mai nickte. Sie wusste nicht, was sie sagen sollte.

Quyen senkte das Kinn und schloss die Augen. Krank sah sie nicht aus.

»Ist alles in Ordnung mit Chi?«

Quyen nickte beinahe ungeduldig. Eine der neben ihr hockenden Frauen spuckte in ihre Hände. Als Quyen wieder aufsah, wirkten ihre tief zerfurchten Züge völlig entrückt.

»Pass auf ihn auf, *nha*? Bitte.«

An Deck zogen sich die Stunden in der brütenden Hitze. Mai lag auf dem Rücken unter dem Kran, den Kopf an das Schienbein eines anderen gelehnt, die Beine mit denen ihres Nachbarn verschränkt. Truong hatte sich neben sie gequetscht. Der Schatten des Krans kroch langsam über ihre Körper. Sie legte den Arm vors Gesicht, um die schwelende Hitze abzuwehren. Als eine leichte Brise aufkam, begann das Boot sachte im Wasser zu schaukeln. Sie ritt auf den Schultern ihres Vaters. Ihre Mutter sah ihnen freudestrahlend zu. Wann immer er nach Hause kam, brachte er etwas mit sich, das ihre Mutter zuweilen doch mit so etwas wie Glück erfüllte.

Truong begann zu singen. Leise sang er für sich selbst, so leise, dass sie ihn nicht gehört hätte, wäre ihr Ohr nicht direkt neben seinem Mund gewesen. Vorsichtig verlagerte sie den Arm, um ihn besser hören zu können. Er sang die Ballade, die er schon in der dritten Nacht ihrer Reise gesungen hatte. Sie lauschte ihm, wagte kaum zu atmen und sah hinauf in den dunkler werdenden Himmel, unter dem sich die Verstrebungen des Krans wie die Äste eines Baums abzeichneten.

Als er fertig war, herrschte ein schier unerträgliches Schweigen. Mai streckte die Hand aus und ergriff seinen Arm.

»Wer hat dir beigebracht, so zu singen?«

Er antwortete nicht.

Als sie am nächsten Morgen erwachte, erblickte sie eine Pfütze von Erbrochenem neben seinem zusammengerollten, schlafenden Körper. Die Pfütze schimmerte grau im frühen Tageslicht.

»Er hat das Fieber«, hörte sie eine Stimme hinter sich. Es war eine der beiden alten Frauen, die neben ihnen geschlafen hatten. Die Luke stand offen; wie Nebel waberte das Licht herein, schien trübe auf die drei Schlafenden unter dem Niedergang. Der Rest des Laderaums lag im Dunkel.

»Unsinn«, sagte Mai.

»Das arme Kind. Und er ist bestimmt nicht der Letzte. Was für ein Jammer.«

»Halt endlich den Mund!« Verlegen schlug Mai die Hand vor den Mund, doch es war niemand da, der sie getadelt hätte. Auf der anderen Seite des Niedergangs regten sich mehrere Schläfer.

Noch nicht richtig wach, drehte Quyen sich um und stützte sich auf einen Ellbogen. Mit den Fingerknöcheln strich sie über seine Wange. Für einen Moment glaubte Mai, blankes Entsetzen über ihr Gesicht huschen zu sehen.

»Es tut mir leid«, murmelte Mai in Richtung der alten Frau.

Truong öffnete die Augen. Sein Blick war glasig. Er sah aus wie ein von der Sonne verbranntes Gespenst. Er beugte sich zur Seite und würgte, aber es war nichts mehr in ihm, was er hätte von sich geben können. Ein nach abgestandenem Rauch riechender Mann zog wie unbeabsichtigt die Beine ein.

»Was das Meer für Unheil anrichten kann«, sagte die alte Frau. Ihr Zahnfleisch war vom Betelkauen purpurrot verfärbt.

»Tut dir der Bauch weh?«, fragte Mai den Jungen.

»Ja.«

»Alles hat es mir genommen. Meinen Mann und meine beiden Töchter.«

»Er hat bloß Bauchschmerzen«, sagte Quyen und warf einen Blick in die Runde, als sollte es nur jemand wagen, ihr zu widersprechen. Dutzende von reglosen, apathischen Augenpaaren beobachteten sie aus den Schatten.

Am Abend gab Anh Phuoc die letzten Wasserrationen aus. Müde schlurfte er über das Boot, wiederholte jedem, der ihn aufhielt, dass es tatsächlich nicht mehr zu trinken gab, wobei er die Namen der Männer und Frauen so betonte, als sei das der einzige Trost, den er noch bieten konnte. Ein paar leise Laute der Enttäuschung waren zu vernehmen; ansonsten herrschte betretenes Schweigen.

Als Mai ihre Ration in Truongs Becher kippte, runzelte Quyen die Stirn und senkte den Blick. »Danke«, sagte sie schließlich. Zum ersten Mal benutzte sie das Wort für »jüngere Schwester«.

»Ach was. Ich habe ja schon einen Schluck getrunken.«

»Das arme Kind«, sagte die alte Frau und schüttelte den Kopf.

Truong trank ein wenig Wasser, hustete die Hälfte aber wieder aus. Im Halbdunkel sah sein Gesicht fahl, fast durchsichtig aus.

Er öffnete den Mund. »Ma«, sagte er.

»Ich bin ja bei dir«, sagte Quyen.

»Ma.«

Quyen biss sich auf die Lippen und wischte Truong mit einem Blusenzipfel den Schweiß von der Stirn. Als sein Blick schließlich klarer wurde, schien er Mai anzusehen.

»Mir ist so heiß«, sagte er.

»*Hoi*«, sagte Quyen, während sie ihm die Lider und den Haaransatz abtupfte.

»Ich will aufstehen.«

»Schlaf, mein Schatz. Mein kleiner Prinz. Schlaf.«

Mai wollte ihm unbedingt etwas sagen – etwas Nützliches, etwas Tröstliches –, doch bekam sie keinen Ton heraus. Sie stand auf, um die Luke zu schließen.

Die alte Frau nahm ein Betelblatt und steckte es sich in den Schlitz ihres zahnlosen Mundes.

Sein Fieber nahm den üblichen Verlauf. Muskelschmerzen und Übelkeit am Anfang. Am Abend vergrößerten sich die Pusteln; aus manchen trat blutiger Eiter aus. Er war zu schwach, um noch etwas trinken zu können.

Als Mai mitten in der Nacht erwachte, lag Truong halb auf ihrem Bauch. Er war federleicht, so dass sie sein Gewicht kaum spürte; es war, als bestünde er aus wenig mehr als Knochen und Luft. »Alles wird gut«, hauchte sie ins Dunkel, während ihre Gedanken, teils noch im Traum verloren, für ein paar weitere Augenblicke zwischen Horizont und grauer See verharrten. Zu Hause hatte sie mit Lan auf einer Matte geschlafen, ihre Mutter an der Wand gegenüber. Sie streckte die Hand aus und strich über Truongs Stirn.

Er regte sich.

»Alles in Ordnung?«

»Ich will nach oben.«

Sein Gesicht war feucht und heiß. Als Mai aufsah, bemerkte sie Quyen, die im Dunkel unter dem Niedergang hockte und den Blick auf sie gerichtet hatte.

»Geh ruhig mit ihm«, sagte sie müde.

Mai fand einen freien Platz nahe des Ruderhauses, das von schlafenden Familien umgeben war. Als es dämmerte, sackte Truongs Kopf mit einem gedämpften Geräusch auf die Planken. Mai, noch im Halbschlaf, griff nach seinen Schultern und schüttelte ihn sacht. Keine Reaktion. Sie setzte sich auf und schüttelte ihn nochmals. Seine Kleidung war steif von getrocknetem Schweiß. Nichts.

»Truong«, flüsterte Mai beunruhigt. Sie fühlte seine Wange. Sie war noch warm – sie war noch warm, dem Himmel sei Dank! Als sie die Hand auf seine Stirn legte, stellte sie fest, dass er heißer war als am Abend zuvor. Er hatte hohes Fieber. Sein Atem ging flach und unruhig. Mit letzter Kraft hob sie den schmächtigen, reglosen Körper vom Boden und trug ihn die Stufen hinauf ins Ruderhaus.

Anh Phuoc saß zusammengesackt unter dem Steuerstand und schlief. Auf dem Boden lagen nebeneinander drei mit Lumpen zugedeckte Säuglinge.

Er erwachte. »Was ist los?« Dann sah er Truong in ihren Armen. »Wo ist Quyen?«

Behutsam ließ Mai den Jungen zu Boden sinken. Dann

kehrte sie Anh Phuoc den Rücken zu, um Quyen zu holen.

»Warte.« Anh Phuoc erhob sich, sah aus dem Fenster und ließ seinen Blick über das Deck schweifen, ehe er hinter den Steuerstand griff und eine Feldflasche zutage förderte. Er schraubte die Kappe ab und goss ein winziges Rinnsal Wasser in einen Becher. »Das war eigentlich für sie«, sagte er und wies auf die reglos daliegenden Babys. »Unglaublich, dass sie zwölf Tage durchgehalten haben.« Er schraubte die Flasche wieder zu und reichte ihr den Becher mit größtmöglicher Vorsicht. »Sie werden es trotzdem nicht schaffen.« Er schwieg einen Moment. »Ich gehe Quyen holen.«

Truong wachte nicht auf. Mai tunkte ihren Finger in die Tasse und benetzte die innere Linie seiner Lippen. Sobald seine Lippen wieder trocken waren, fuhr sie erneut mit dem befeuchteten Finger darüber. Unablässig machte sie damit weiter. Einmal kam es ihr sogar so vor, als habe sich sein Adamsapfel bewegt. Je länger sie sein Gesicht – die sonnenverbrannte, von Pusteln übersäte Haut, die dunklen Flecken und verschorften Stellen – betrachtete, desto mehr verschwammen seine Züge vor ihren Augen, bis sie schließlich kein Gesicht mehr sah, sondern eine braune, verwüstete Landschaft. Als sie ausatmete, war ihr, als würde ein Feuer in ihren Lungen schwelen.

Sie hörte Stimmen an Deck. Jemand rief etwas. Sie fuhr aus dem Schlaf hoch und fühlte zuallererst Truongs Stirn; er war immer noch bewusstlos und hatte nach wie vor hohes Fieber. Eine merkwürdige Spannung lag in der Luft. War wieder jemand gestorben? Mai öffnete die Tür des Ruderhauses und fragte eine unweit entfernt stehende Frau, was passiert war.

»Jemand hat Wale gesehen«, sagte die Frau.

»Wale?«

»Und Landvögel.«

Urplötzlich fühlte sie sich wieder krank. Ihr Herzschlag geriet aus dem Rhythmus. »Land? Jemand hat Land gesichtet?«

Die Frau zuckte nur mit den Schultern.

Im selben Moment kletterte Quyen aus der Luke, mit wirrem Haar und tränenden Augen.

»Hier!«, rief Mai aufgeregt. »Hier bin ich, Chi Quyen.« Sie stellte sich auf die Zehenspitzen und ließ den Blick über den Horizont schweifen. Doch sie sah nichts. Erneut kniff sie die Augen zusammen. »Jemand hat Land gesichtet«, rief sie laut. Als sie die finsteren Blicke um sich herum gewahrte, wandte sie sich wieder zu Quyen. Erst jetzt bemerkte sie den schroffen Blick ihrer Freundin. Quyen baute sich vor ihr auf und musterte sie unverwandt.

»Wo ist mein Sohn?«

Sie drängte sie beiseite und stürmte in das Ruderhaus. Mai wich zurück und stolperte über die Schwelle.

Quyen stürzte zu Truong und beugte sich über ihren Jungen. Sie stieß einen kehligen Schrei aus und wandte sich abrupt zu Mai um.

»Bleib ihm bloß vom Leib!«, keifte sie. »Du hast schon genug Unheil angerichtet!« Sie war sichtlich erregt; ihre Stimme drohte sich zu überschlagen.

»Chi«, keuchte Mai.

»Ich hab's mir anders überlegt.« Quyens Stimme bebte. Erst aufgebracht, dann herausfordernd sah sie Mai an. »Er ist mein Sohn! Mein Sohn – und nicht deiner!«

»*Hoi*«, unterbrach sie eine Männerstimme.

Mai fuhr herum. In der Tür stand Anh Phuoc.

»Was ist los?«

Quyen funkelte ihn an. Er wartete. Schließlich sagte sie beleidigt: »Sie hat mir meinen Sohn weggenommen.«

Er seufzte. »Sie hat sich um ihn gekümmert.«

Quyen starrte ihn ungläubig an und begann zu lachen. Dann schlug sie sich beide Hände vor den Mund. Als sei ihr das Ganze furchtbar peinlich, beugte sie sich zu Truong und rieb ihren Kopf wie ein Tier an seiner Brust. Mai beobachtete sie. Hinter ihren Schläfen pochte es. Quyens Körper bebte, hob und senkte sich in kleinen Stößen, bis sie sich – langsam, ruckend – wieder beruhigte. Einen Augenblick lang schien es, als wolle sie nie wieder aufsehen; als sie dann aber doch den Blick hob, war ihre Miene völlig ausdruckslos.

»Mai würde Truong niemals etwas antun«, sagte Anh Phuoc müde. »Sie liebt ihn.«

Quyen lächelte erschöpft. »Ich weiß.« Trotzdem sah sie Mai nicht an. Stattdessen wandte sie sich wieder um und beugte sich erneut über ihren bewusstlosen Sohn. Im selben Moment begann sie zu weinen – erst lautlos, doch dann brach es, Atemzug um Atemzug, aus ihr heraus, bis das ganze Boot ihr Heulen hören konnte.

Er war ein Kind der Schande, aber sie liebte ihn trotzdem. Sollte sie sich deswegen etwa schämen? Bei seiner Geburt war sie noch sehr jung gewesen; sie hatte ihn zu ihrer Tante in Da Lat gegeben und bald darauf geheiratet. In den Wirren des Krieges war sie dann aber nie dazu gekommen, ihn zu besuchen. Außerdem hatte sie ihrem Ehemann nie von ihrem Kind erzählt.

»Er würde mich verlassen«, sagte sie. »Sofort.«

Trotzdem hatte sie es nicht übers Herz gebracht, ihren einzigen Sohn in die Hände der Kommunisten fallen zu lassen – auch wenn er sie nicht kannte, vielleicht gar nicht mit ihr gehen wollte. Ihre Tante hatte sich quergestellt, und Quyen war gezwungen gewesen, ihn bei Nacht und Nebel zu entführen. Es war ein Fehler gewesen, überhaupt ein Kind zu bekommen, doch ihr noch größerer Fehler hatte darin bestanden, ihn einfach wegzugeben. Natürlich war sie davon überzeugt gewesen, dass sie richtig gehandelt hatte, doch als er immer schwächer und schließlich krank geworden war, hatte sie sich gefragt, ob es sich nicht um eine Strafe für ihren Fehltritt handelte. Vielleicht lag es nicht in ihrer Macht, ob er überlebte oder starb.

Sie flehte Mai an, ihr zu vergeben.

Mai sagte kein Wort.

»Er liebt seine Mutter nicht«, sagte Quyen.

»Das ist nicht wahr.«

Quyen kniete nieder und strich Truong das Haar aus der Stirn. Sie hatten ihn wieder in den Laderaum gebracht, an ihren Platz unter dem Niedergang, damit er nicht der prallen Sonne ausgesetzt war.

Quyen schniefte. »Ich hab's verdient. Wie kann man nur tatenlos zusehen, während es dem eigenen Sohn immer schlechter geht?«

»Du warst krank.«

Ein seltsam scheuer Ausdruck trat auf Quyens Miene, als sie Mai ansah. Sie senkte den Blick.

»Ich wusste, dass du dich um ihn kümmern würdest«, sagte sie.

»Ja, natürlich.«

»Nein.« Sie betrachtete das fiebrige Gesicht ihres Sohns. »Vergib mir. Es war mehr als das. Ich weiß nicht, was ich mir dabei gedacht habe.« Sie gab etwas von sich, das wie ein hohles Kichern klang. »Ich wollte dich fragen, ob … ob du so tun könntest, als wärst du seine Mutter.« Verwundert schüttelte sie den Kopf. »Er mag dich so sehr. Ja. Ich habe mir gedacht, du könntest dich vielleicht seiner annehmen – na ja, nur, bis ich meinem Mann die Wahrheit gesagt habe.«

Mai schwieg. Ihre Gedanken überschlugen sich.

Abermals zog Quyen die Nase hoch. »*Hoi*«, verkündete sie. »Das reicht jetzt aber.« Sie strich über ihren Unterarm, der immer noch die Spuren der Fesseln trug, mit denen sie während des Sturms an Deck festgeschnürt worden war, und lächelte ins Leere. »Es ist meine Schuld.«

»Chi.«

»Ja. Was immer auch geschieht, ich trage die Schuld.«

Unsicher ließ Mai den Blick über Truongs abgezehrte Züge wandern.

»Du musst nicht antworten«, fuhr Quyen in beinahe aufgeräumtem Tonfall fort. »Ich hab's verdient, was immer auch passieren mag.«

An jenem Nachmittag erreichte das Fieber seinen Höhepunkt. Truong schlief unruhig, schreckte immer wieder hoch; er atmete schnell und unregelmäßig. Ihre Nachbarn im Laderaum rückten ein Stück zur Seite, damit er mehr Platz hatte. Als ein paar Kinder kamen, um Truong zu besuchen, scheuchte Quyen sie fort, ohne auch nur aufzusehen. Mai hockte schweigend neben der Betel kauenden alten Frau und verfolgte verblüfft, mit welcher Hingabe sich ihre Freundin um den Kleinen kümmerte.

Am späten Nachmittag – fünf lange Stunden später – entkrampfte sich Truongs schmaler Körper; auch atmete er nun ruhiger. Die Furchen auf seiner Stirn glätteten sich. Offenbar hatte er die Krankheit besiegt, so unglaublich es auch erscheinen mochte.

»Das Gröbste ist überstanden«, sagte Mai. »Das Fieber geht zurück.«

Quyen nahm Truong in den Schoß und wiegte ihn sacht hin und her. »Ja, ja, ja, ja«, seufzte sie. »Schlaf nur, mein Süßer.«

Seine Kleidung war schweißnass. Während Mai seine gelösten Züge betrachtete, ertappte sie sich einen flüchtigen Moment lang bei der Vorstellung, er sei tot. Sie verdrängte den Gedanken. Quyens Haar fiel über das Gesicht ihres Sohnes. Mehr und mehr hatte Mai das seltsame Gefühl, als würde sie versuchen, die beiden durch das verschmierte, schwankende Fenster eines immer schneller fahrenden Busses im Auge zu behalten.

Truong bekam Schluckauf, öffnete die Augen und krächzte: »Hat Ma einen Schluck Wasser?« Mit einem kaum hörbaren Seufzer beugte sich Quyen über ihn und bedeckte seine Stirn mit Küssen. Draußen wurde es dunkel; das letzte Licht des Tages fiel fahl auf seine Haut. Nach einer Weile räusperte er sich abermals.

»Kann Ma für mich singen?«

»Sing für das arme Kind«, sagte die alte Frau.

Quyen nickte. Dann begann sie zu singen – ein Schlaflied aus dem Süden, das Mai seit Jahren nicht mehr gehört hatte. Ihre Stimme klang viel sanfter, als Mai gedacht hatte.

Truong schüttelte den Kopf. »Nein, nicht das.« Er schluckte mühsam. »Mein Lieblingslied.«

»Dein Lieblingslied«, wiederholte Quyen. Sie biss sich auf die Unterlippe, runzelte die Stirn und warf Mai einen ratlosen Blick zu.

Mai streckte die Hand aus und strich Truong durchs Haar. »Aber dann musst du schlafen, *nha*?« Sie wartete, bis er die Augen geschlossen hatte. Quyen ergriff ihre Hand. Mai räusperte sich. Zu ihrer Überraschung stellte sie fest, dass ihre Stimme sogar noch tiefer und rauer klang als die ihrer Freundin:

Ich bin der Mond, der scheint und wacht
Auf tausend Gipfeln leucht' ich dir
Wenn auf der Jagd nach Raubgetier
Du trunken schweifst durch dunkle Nacht.

Lau-Lan nimmst du im Sturme ein
Zwingst wilde Flüsse in ein Joch
Bist selbst blutrot, dein Ross jedoch
Ist weißer als mein eig'ner Schein.

Mit einem Mal versagte ihr die Stimme. Sie schluckte, nahm die Melodie wieder auf und sang weiter. So sanftmütig Quyens Blick ihr begegnete, so hart und fest erklang Mais Stimme, ohne noch einmal innezuhalten, bis das Lied zu Ende war.

Die alte Frau nickte versonnen.

Am nächsten Morgen – dem Morgen des dreizehnten Tages – erspähten zwei der Fischer Land. Eine Welle der Aufregung brandete schwach durch das Boot. Die Passagiere sahen einander an, als würden sie sich zum ersten Mal erblicken.

»Wir haben's geschafft«, verkündete ein Mann. Die Sonne fiel hinter ihm durch die Ladeluke, während er auf dem Niedergang verharrte; im Widerschein konnte Mai sein Gesicht nicht erkennen. »Wir sind in Sicherheit«, sagte er mit rauer, kehliger Stimme.

Quyen und Truong befanden sich an ihrem üblichen Platz. Mai hatte die beiden über Nacht allein gelassen und am anderen Ende des Laderaums geschlafen. Zusammen mit all jenen, die noch genügend Kraft dazu hatten, folgte sie dem Mann an Deck. Die frühe Morgensonne durchdrang ihren Körper, als sei er aus Papier. Während sie den Blick über das halbleere Deck schweifen ließ, wurde ihr schwindelig – hatten tatsächlich so viele ihr Leben gelassen? Unwillkürlich musste sie daran denken, wie Truong unablässig die Passagiere gezählt hatte. Die Überlebenden hatten sich am Bug versammelt und hielten angestrengt Ausschau; die Muskeln ihrer Nacken und Schultern waren sichtlich angespannt. Als sie zu ihnen trat, erspähte sie in der Ferne von Wellen umschäumte Riffe und jenseits davon einen weißen Sandstrand, der sie wie ein offenes Lächeln begrüßte. Vögel kreisten über dem Wasser.

Während der Nacht hatte sie einen Entschluss gefasst. Stets drehten sich ihre Gedanken um Truong und ihren

Vater, wie er in seinem Krankenhausbett saß, Dinge vor Augen, die nur er allein sehen konnte. Eine Straße ohne Beleuchtung. Ein Schmerz durchlief sie, den sie bis in die Knochen spürte. Wenn sie an Land waren, würde sie ihrer Familie schreiben, auf ihre Angehörigen warten und sich um Truong kümmern, als sei er ihr eigenes Kind. Eine übermächtige Freude ergriff Besitz von ihr. Ja, sie würde es Quyen sagen. Sie würde sich seiner annehmen, ganz und gar, ohne Vorbehalt, und nach Möglichkeit nicht daran denken, dass Quyen ihn irgendwann wieder zu sich holen würde.

Sie fühlte sich beinahe schwerelos, als sie den Niedergang hinunterstieg. Als sie unten angekommen war, wandte sie sich um und warf einen Blick hinter die Treppe. Da waren sie. Gemurmel erfüllte den Laderaum.

»Chi Quyen.«

Sie wollte gerade erneut ihren Namen rufen, als sie merkte, dass etwas nicht stimmte. Merkwürdig steif beugte sich Quyen über Truongs schlafende Gestalt.

Mai trat näher. »Chi?«

Quyens gekrümmter Oberkörper reckte sich, holte Luft. Ohne sich zu Mai umzudrehen, sagte sie: »Was soll ich jetzt nur tun?« Ihre Stimme war flach und ausdruckslos.

Mai ging in die Hocke. Ihr Herz klopfte schneller und schneller, schlug bis zum Hals.

»Er hat es nicht geschafft.« Sie hielt kurz inne. »Er ist nicht mehr aufgewacht.«

Das kann nicht sein, dachte Mai. Was redete sie da? Als sie am Abend zuvor schlafen gegangen war, hatte sich Truong doch auf dem Weg der Besserung befunden. Wieder und wieder hatte er Mai gebeten, für ihn zu singen. Was war nur geschehen?

Quyen bewegte sich ein Stück zur Seite. Truong war in eine Decke gehüllt. Das Bündel lief am unteren Ende spitz zu, dort, wo sich seine Beine befinden mussten. Von ihm selbst war nichts zu sehen. Wie war das nur möglich? Sie presste sich die Handwurzeln in die Augen, so fest sie nur konnte. Dann spürte sie Quyens trauerkühles Gesicht, das sich rau und feucht an ihre Fingerknöchel schmiegte. Zuerst wich sie zurück, doch dann lauschte sie den Worten, die Quyen ihr ins Ohr flüsterte. Sie bat Mai um Hilfe. Sie bat Mai, ihn zusammen mit ihr an Deck zu tragen. Die Zeit sei gekommen, sagte sie. Die Zeit, die sich so endlos hingezogen hatte, bis Stunden und Tage nicht mehr voneinander zu unterscheiden gewesen waren, schien sich plötzlich im Moment ihrer bevorstehenden Aufgabe zu bündeln. Erst standen sie sich gegenüber – wann hatten sie sich überhaupt erhoben? –, dann knieten sie nieder und blickten einander über das leblose Bündel hin an. Quyen bewegte sich so vorsichtig, als wolle sie keinesfalls mehr Platz beanspruchen, als ihr Sohn jetzt benötigte. Nichts um sich herum schien sie mehr wahrzunehmen. Gemeinsam trugen sie das Bündel nach achtern, durch die auseinanderweichende, schweigende Menge und vorbei am Kran, wo eine Gruppe der stärksten Männer wartete, als der Wind plötzlich einen Zipfel der Decke beiseite schlug und den Blick auf den kleinen Kopf freigab, die aschfahle Schönheit seines Gesichts, die neue, dunkle Glätte seines Teints. Zitternd beugte sich Quyen über ihren Sohn, presste ihre Lippen an seine Wange.

Flankiert von drei Männern wartete Anh Phuoc ein paar Sekunden ab, bevor er Quyen an der Schulter berührte.

»Wir sind bald da«, sagte er, an niemand Besonderen gerichtet.

Als sei das ein Befehl, ergriff Mai den Arm ihrer Freundin und führte sie über die gesamte Länge des Boots zum Bug. Erneut wich die Menge auseinander. Gischt sprühte in ihre Gesichter, während sie schweigend dastanden und ihre Blicke, ihre Gedanken auf die verschwommenen Konturen der Halbinsel richteten, diesen nicht für möglich gehaltenen Ort, um nicht mit ansehen zu müssen, wie die Männer die Decke abstreiften und den kleinen Körper ein, zwei, drei Mal durch die Luft schwangen, bevor sie ihn so weit wie möglich über die Heckkante schleuderten, damit er außer Sicht war, wenn die Haie kamen.

Danksagung

Mein tiefster Dank gebührt meiner Lektorin Robin Desser und meinem Agenten Eric Simonoff, für ihre Geduld, ihr Verständnis, ihren Enthusiasmus und ihre Kompetenz.

Für ihre unschätzbare Hilfe in der Anfangsphase bedanke ich mich bei Michael Ray, Brigid Hughes, Yiyun Li, Christina Thompson, Katherine Vaz, Hannah Tinti und Bradford Morrow.

Von Herzen bedanke ich mich bei Ashley Capps, Leslie Jamison, David Sarno, Josh Rolnick, Fiona McFarlane, Salvatore Scibona, Danny Khalastchi, Chris Stuck, Ché Frye, Shiv Chandran, Priyanthi Milton, Meredith Rose, Marilynne Robinson, Ethan Canin, Lan Samantha Chang, James Alan McPherson, Margot Livesey, Chris Offutt, Adam Haslett und Charles D'Ambrosio – Freunde, Lehrer und Leser. Dank auch an Cecile Barendsma, Connie Brothers, Deb West, Maria Campbell, Josh Kendall und Chris Lamb.

Für die großzügige Unterstützung danke ich dem Iowa Writers' Workshop, dem Fine Arts Work Center in Provincetown, der Phillips Exeter Academy, James Michener und der Copernicus Society of America, der MacDowell Colony und der Corporation of Yaddo.

In Gedenken an Frank Conroy.